BASTEI
LÜBBE

Weitere Titel des Autors:

61630 Die Medici
92297 Die Medici-Verschwörung

Über den Autor:

Lorenzo de' Medici wurde in Mailand geboren und studierte Ökonomie in der Schweiz und Kunstwissenschaft in den USA. Er lebte außerdem in Deutschland, Österreich und Monte Carlo. Als Sohn von Prinz Lorenzo de' Medici und Prinzessin Irina Carrega Bertolini di Lucedio stammt er aus einer der berühmtesten Familien Italiens. Heute lebt und arbeitet Lorenzo de' Medici als Schriftsteller in Barcelona.

Lorenzo de' Medici

Das Geheimnis der Malerin

Historischer Roman

Aus dem Spanischen
von Sybille Martin

Bastei Lübbe

BASTEI LÜBBE TASCHENBUCH
Band 16301

1. Auflage: August 2009

Vollständige Taschenbuchausgabe
der in Ehrenwirth unter dem Titel
DAS GEHEIMNIS DER SOFONISBA
erschienenen Hardcoverausgabe

Bastei Lübbe Taschenbücher und Ehrenwirth
in der Verlagsgruppe Lübbe

Titel der spanischen Originalausgabe: »El Secreto de Sofonisba«
Originalverlag: Editiones B, S. A., 2007
Durch Vermittlung der AVA international GmbH
(www.ava-international.de) und Ute Körner
Literary Agent, S. L. (www.uklitag.com)

Umschlaggestaltung: Atelier Versen, Bad Aibling
Satz: Bosbach Kommunikation & Design GmbH, Köln
Gesetzt aus der Berkeley
Druck und Verarbeitung: CPI – Ebner & Spiegel, Ulm
Printed in Germany
ISBN 978-3-404-16301-4

*Für Sofonisba Anguissola,
um ihr Andenken zu wahren.*

Ein Roman über eine Malerin kann nur einem anderen Maler gewidmet werden: meinem Freund Humberto Tran mit großer Zuneigung.

1

Palermo 1624

Sie hatten noch kein Wort gewechselt, seit sie einander vorgestellt worden waren, als Anthonis van Dycks wachsamer und neugieriger Blick zufällig auf die Hände der alten Sofonisba fiel. Er betrachtete sie nur verstohlen, um seine natürliche Neigung, Gegenstände und Menschen aufmerksam zu mustern, nicht allzu deutlich werden zu lassen. Es war eine seiner kleinen Marotten, die er unter Berufskrankheit einordnete. Seit er malte, hatte er sich angewöhnt, Menschen und Dinge, die seine Aufmerksamkeit erregten, bis ins kleinste Detail zu erforschen.

Sofonisbas Hände waren ausgesprochen winzig und schienen nicht recht zum Körper zu passen. Sie waren von der Arthrose verkrümmt und so knochig, dass die Haut durchsichtig wirkte und die blauen Adern besonders stark hervortraten. Anthonis verlieh seiner Fantasie einen Moment Flügel und stellte sich vor, dass diese Adern sich wie kleine Flüsse um Inselchen schlängelten, die wiederum von den unzähligen Altersflecken gebildet wurden. Ihm war schon früher aufgefallen, dass sich Hände und Gesicht von alternden Menschen mit diesen Flecken überzogen, aber bisher hatte er noch nie Inselchen in ihnen gesehen. Er fand ihre Hände beeindruckend schön. Sofonisba Anguissola bewegte sie anmutig, ihre bedächtigen Gesten wirkten wohlüberlegt, als sei sie sich ihrer Ausdruckskraft bewusst und dieses Bewusstsein ihr zur zweiten Natur geworden. Die elegante und sensible Art ihrer Handbewegungen kündete von der guten Erziehung, die sie als Mädchen genossen haben musste. Derart fasziniert konnte der junge Maler den Blick nicht von diesen Händen abwenden. Sie waren zweifelsohne der besondere Reiz dieser alten Dame.

Es war, als redeten diese Hände eigenmächtig, als vermittelten sie den unerschütterlichen Charakter der Malerin. Anthonis ging durch den Kopf, dass diese vielsagende Gestik Gefühle ausdrückte, deren Beredsamkeit umfassender war als jedes Wort.

Dem aufmerksamen Flamen war die Botschaft nicht entgangen. Es war etwas ganz anderes als das typische Gestikulieren der meisten Italiener beim Sprechen.

Das machte ihn nachdenklich, und Sofonisbas Auftreten machte ihm klar, dass ihre schlichten Gesten und langsamen Bewegungen bei genauerem Hinsehen Aspekte ihrer Persönlichkeit verrieten. Das musste er sich für seine nächsten Bilder merken, er würde die Hände auf seinen Porträts feiner ausarbeiten.

Dieser Gedanke brachte ihm in Erinnerung, wie alt seine Gesprächspartnerin und wie kritisch ihr Gesundheitszustand war. Sofonisba musste fast hundert sein, vielleicht fehlten ihr noch drei oder vier Jahre. Ein unvorstellbar hohes Alter. Wirklich außergewöhnlich. Sosehr er sich auch daran zu erinnern versuchte, er hatte noch keinen Menschen getroffen, der fast ein Jahrhundert alt geworden wäre. Sofonisba noch kennenzulernen war wirklich ein besonderer Glücksfall.

Mit einem Anflug von Traurigkeit sagte er sich, dass sich diese Hände mit großer Wahrscheinlichkeit schon bald nicht mehr so anmutig bewegen würden.

2

Anthonis van Dyck war einen Tag zuvor aus seiner Heimatstadt Antwerpen in Palermo eingetroffen. Es war eine lange, beschwerliche Reise gewesen, aber die Mühe hatte sich gelohnt.

Er war noch rechtzeitig gekommen, um die berühmteste Malerin des Jahrhunderts, Sofonisba Anguissola, lebend anzutreffen. Als er in den vergangenen Monaten versucht hatte, mit ihr Verbindung aufzunehmen, und besonders, als er die letzten Reisevorbereitungen traf, befürchtete er schon, sie könnte inzwischen verstorben sein. Es hieß, die Malerin sei ein lebender Mythos, doch Anthonis konnte nur ahnen, wie nahe das der Wahrheit kam. Zudem hatte er gehört, dass ihr Gesundheitszustand ausgesprochen schlecht sei. Daher auch seine Eile. Eine einfache Erkältung hätte ihrem Leben, das nur noch an einem seidenen Faden hing, ein Ende bereiten können.

Anthonis war das Risiko eingegangen, weil er davon überzeugt war, dass die Reise ein Gewinn sein würde. Es bestand zudem die Gefahr – selbst wenn Sofonisba bei seiner Ankunft in Palermo noch leben sollte –, dass sie ihn gar nicht mehr verstanden hätte, wie es bei sehr alten Menschen oft geschieht. Doch er hatte Glück gehabt, und das war keineswegs selbstverständlich. Wie er sich nun selbst überzeugen konnte, hörte Sofonisba noch sehr gut und nahm regen Anteil am Gespräch. Am Ende war alles gut gegangen. Anthonis fand, er sei ein Glückspilz, weil er seinen Traum verwirklicht hatte: Sofonisba Anguissola, die letzte lebende Künstlerin des goldenen Zeitalters der Renaissancemalerei und Zeitgenossin von Michelangelo, persönlich kennenzulernen.

Diese Begegnung zu arrangieren war für ihn zu einer wahren Besessenheit, einem unaufschiebbaren Plan, einem Wettlauf gegen die Zeit geworden, den zu verlieren er sich nicht leisten konnte. Die Gebrechlichkeit seiner Gastgeberin hätte ihm einen bösen Streich spielen können. Auf dieser endlosen Reise von Antwerpen ins ferne Sizilien war immer wieder die Angst in ihm aufgestiegen, zu spät zu kommen. Es wäre nicht nur enttäuschend, sondern auch sehr bedauerlich gewesen. Nach der langen Planung dieses Vorhabens waren seine Erwartungen ins Unermessliche gestiegen, und hätte sich alles im letzten Moment wegen einer dummen Laune des Schicksals zerschlagen, wäre er am Boden zerstört gewesen.

Vor einiger Zeit hatte sein Meister, der berühmte Peter Paul Rubens, in seiner Werkstatt in Antwerpen zum ersten Mal den seltsamen Namen Sofonisba Anguissola erwähnt.

Sie waren die großen alten Meister durchgegangen, als er sich an sie erinnerte. Beim Vollenden des Porträts eines Honoratioren der Stadt nannte Rubens ihren Namen und erklärte, dass sie eine der größten Porträtmalerinnen aller Zeiten sei. Anthonis hatte diesen Namen noch nie gehört.

Der Meister erzählte, dass er sie persönlich kennengelernt hatte auf einer Reise, die ihn durch Genua führte, wo die Künstlerin damals lebte. Diese einmalige Begegnung hatte ihn so beeindruckt, dass er noch Jahre später mit dem größten Respekt von ihr sprach.

Seine Schilderung verriet seine Bewunderung für die erste, größte und höchstwahrscheinlich bedeutendste Malerin der Renaissance. Die wenigen lobenden Worte klangen fast so, als fiele es dem Meister schwer, das große Talent dieser Frau zu würdigen, denn in der Geschichte der Malerei war es das erste Mal, dass eine Frau als Künstlerin anerkannt wurde. So etwas

Einmaliges und Ungeheuerliches hatte es noch nie gegeben. Nicht, dass es Frauen verboten gewesen wäre zu malen, aber noch keine hatte solche Begabung und Sachkenntnis sowie Schöpfergeist und Geschicklichkeit bewiesen wie Sofonisba Anguissola. Sie hatte Szenen aus dem Alltagsleben, das Lachen und das Weinen auf Leinwand gebannt, Themen, derer sich vor ihr noch kein Maler angenommen hatte.

Ihr früher Ruhm war schon bald über die Grenzen Italiens hinaus bis nach Spanien vorgedrungen und hatte dazu geführt, dass Philipp II. sie an den spanischen Königshof berufen hatte. Es war bekannt, dass sie viele Jahre dort verbrachte, bis sie in ihr Heimatland zurückkehrte.

Je mehr der Meister von ihr erzählte, desto stärker fühlte sich Anthonis von ihrer Persönlichkeit angezogen, bis er am Ende völlig von ihr gefangen war. Sein Wunsch, sie kennenzulernen, steigerte sich zur Besessenheit, wurde fast zu einem physischen Bedürfnis. Da man von ihr wie von einem Denkmal aus der Vergangenheit sprach, wurde ihm klar, dass er sich beeilen musste, um seinen Wunschtraum zu verwirklichen. Allein die Vorstellung, dass sie, wenn auch nur wenige Jahre, eine Zeitgenossin von ihm war und er sie nicht persönlich kennengelernt hätte, war unerträglich. Voller Neugier hatte er Nachforschungen über sie angestellt und zu diesem Zweck Freunde und Bekannte angeschrieben und gefragt, ob sie von ihr gehört hatten und ihren Aufenthaltsort kannten. In seinen Briefen bat er auch um Hinweise auf Orte, wo man ihre Arbeiten sehen könnte. Er wollte sich mit eigenen Augen von ihrem großen Talent überzeugen, das selbst Meister Rubens beeindruckte.

Doch in den vergangenen Monaten hatte er nur wenige und enttäuschende Antworten erhalten. Viele von denen, die seine Briefe beantworteten, wussten nichts. Einige kannten nicht einmal ihren Namen. Andere hingegen, vielleicht die Gebildeteren unter ihnen, hatten von ihr gehört, jedoch als von einer

Legende der Vergangenheit. Vermutlich sei sie seit Jahren tot. Und sollte sie noch leben, müsste sie ihrer Meinung nach inzwischen hundert Jahre alt sein. Doch da Menschen nur selten so alt wurden, erschien das eher unwahrscheinlich.

Enttäuscht, aber nicht resigniert, wollte der junge Anthonis seinen Plan schon aufgeben, als eines schönen Tages ein Brief von einem befreundeten Maler, der in Rom Studien betrieb, eintraf. Er versicherte ihm, gehört zu haben, dass Sofonisba Anguissola noch lebte. Keiner wusste genau, wo, einige verwiesen auf Genua als Wohnort, während andere behaupteten, sie hätte sich nach Palermo zurückgezogen. Diese Neuigkeit ermutigte Anthonis, an beide Orte zu schreiben, es kam jedoch keine Antwort. Dann erinnerte er sich daran, dass Sofonisba aus Cremona stammte. Mit ein wenig Glück würden sich vielleicht Familienangehörige ausfindig machen lassen. Sollte die Malerin tatsächlich noch leben, müsste das jemand aus der Familie wissen. Und er hatte Glück.

Aus Cremona erhielt er eine vielversprechende Antwort. Eine gewisse Bianca, Nichte der Künstlerin und Tochter einer Schwester Sofonisbas, bestätigte ihm, dass sie noch mit ihrer Tante korrespondiere, dass sie demzufolge noch lebe und in guter geistiger Verfassung sei. Zumindest waren das ihre letzten Nachrichten aus Palermo, wo sich Sofonisba mit ihrem zweiten Ehegatten vor einigen Jahren niedergelassen hatte.

In ihrem ausführlichen Brief erklärte die Nichte, dass Sofonisbas zweiter Mann Orazio Lomellini aus einem bekannten Genueser Geschlecht stamme, das früher in Seefahrt und Handel zwischen Genua und Sizilien tätig war, und dass er und seine Frau 1615 von Genua nach Palermo übergesiedelt seien, weil Orazio dort verschiedenen Ämtern und Verpflichtungen nachkommen musste. Sie hatten sich in Seralcadi, dem alten arabischen Stadtviertel, eine Villa gekauft. Abschließend erklärte Bianca, dass ihre Tante schon in jungen Jahren mit ihrem ersten Mann, dem zweitältesten Sohn einer sizilianischen Adelsfamilie, der aber 1578 unglücklicherweise im Meer vor Neapel ertrunken war, in Sizilien gelebt hatte.

Jetzt verfügte Anthonis über mehr Hinweise als nötig. Begeisterter denn je griff er wieder zu Papier und Feder, um einen langen Brief an die angegebene Adresse zu schreiben, in dem er erklärte, wer er war und was er machte, wobei er in allen Einzelheiten die Arbeit seines Meisters Rubens beschrieb und natürlich erwähnte, dass der Meister zufällig ihren Namen genannt hatte. Um ihr zu schmeicheln, fügte er noch dessen lobende Worte hinzu. Er schloss sein Schreiben mit seinem aufrichtigen Wunsch, sie kennenzulernen.

Unsicher, ob er den richtigen Ton getroffen hatte, las er den Brief wiederholt und korrigierte das eine oder andere, bevor er den Brief endlich abschickte. Da er die Adressatin nicht kannte, wollte er sich so unmissverständlich wie möglich ausdrücken und erreichen, dass sie ihm auch antwortete.

Es vergingen mehrere Wochen, ohne dass er eine Antwort erhielt. War sie vielleicht inzwischen verstorben? Fast hätte er die Hoffnung endgültig aufgegeben, als endlich die ersehnte Antwort eintraf. Der Brief war nicht von ihr selbst, sondern von einer anderen Person abgefasst und unterschrieben, aber die Malerin ließ ihn ganz offiziell wissen, dass sie ihn empfangen würde. Zum Zeichen ihres Wohlwollens ließ sie hinzufügen, dass sie sich sehr gut an Meister Rubens erinnere, und bat ihn, ihm Grüße von ihr auszurichten, sollte das nicht zu viel verlangt sein. Es waren wenige Zeilen, wahrscheinlich von einem Sekretär geschrieben, aber sie reichten, um Anthonis in helle Aufregung zu versetzen. Er fragte sich, wie ihn ein schlichter Brief, geschrieben von einem Unbekannten, der ihm mitteilte, dass er eine ihm persönlich Unbekannte kennenlernen könnte, so sehr in Aufruhr versetzen konnte. Er fand keine Antwort. Er war einfach glücklich, weil er sein Ziel erreicht hatte. Er würde Sofonisba Anguissola kennenlernen, der es als Erster gelungen war, sich als Frau und als Malerin mit ihrer Kunst in einer von Männern dominierten Gesellschaft durchzusetzen.

Als er ihr jetzt in dem kleinen Salon, in dem die Dame ihre Gäste empfing, gegenübersaß, ging Anthonis van Dyck all das erneut durch den Kopf. Bei seiner Ankunft hatte ihn eine Dienerin in einen großen Salon voller Gemälde geführt. Doch ihm war keine Zeit geblieben, die Bilder zu betrachten, denn sie bedeutete ihm, ihr zu folgen. Nachdem sie einen langen Flur durchquert hatten, gingen sie eine Treppe in den ersten Stock hinauf, wo er in einen kleinen Privatsalon gebeten wurde. Auf diesem kurzen Weg wurde deutlich, dass er sich in einem geschmackvoll eingerichteten Herrenhaus befand, woraus er schließen konnte, dass Sofonisba in gewissem Wohlstand lebte.

Da saß sie und erwartete ihn. Sie war von zarter Gestalt, zierlicher, als er sie sich vorgestellt hatte. In ihrem Sessel wirkte sie wie eine große Puppe, fast wie ein Gegenstand, dachte der junge Maler. Doch dann befürchtete er, sie könnte ihn durchschauen, und verscheuchte diesen herzlosen Gedanken augenblicklich.

Es war ihre allererste Begegnung.

Seine Aufregung und seine charakteristische Schüchternheit bewirkten, dass sich Anthonis bei der Vorstellung ein wenig steif verhielt, doch die fast hundertjährige Malerin empfing ihn völlig natürlich, und vom ersten Augenblick an wurde ihre große Menschenkenntnis deutlich. Ihre Begrüßung war fast herzlich, sie drückte Interesse und sogar Zuneigung für diesen unbekannten jungen Mann aus, der so große Mühen auf sich genommen hatte, um sie zu finden.

Sofonisba war schwarz gekleidet und trug einen schwarzen Schleier, der ihr das Aussehen einer Nonne verlieh. Der Schleier bedeckte das Haar, was ihn auf den Gedanken brachte, dass sie vielleicht kahl war oder zumindest recht schütteres Haar hatte, denn nirgendwo lugte eine Strähne hervor.

Auf den ersten Blick hatte Anthonis den Eindruck, Sofonisba müsse sehr gebrechlich sein, weil sie so schrecklich dünn war.

Von dieser zarten Erscheinung hob sich das längliche, runzlige Gesicht ab: Es war oval und vom Alter gezeichnet, mit einer mächtigen Adlernase und Augen wie zwei schmale Schlitze, auf denen die Augenlider schwer zu lasten schienen. Anthonis konnte ihre Augen nicht erkennen, stellte sich aber vor, dass sie ihn aufmerksam und neugierig musterten. Er fragte sich, welche Farbe diese Augen wohl hatten. Wahrscheinlich braun, wie bei den meisten Italienern, die er kannte. Schade, dass er sie nicht sehen konnte. Wäre ihm Zeit geblieben, die Gemälde im Salon zu betrachten, hätte er darunter zahlreiche Selbstporträts der Künstlerin entdeckt und gesehen, dass sie mit ihrem blonden Haar und den blauen Augen eine untypische Italienerin war. Er wusste es noch nicht, sollte es aber bald erfahren: Sofonisba war praktisch blind. Ein wenig konnte sie noch sehen, aber um die Gesichtszüge eines Menschen oder die Form von Gegenständen genau zu erkennen, musste sie sich ihnen stark nähern. Der alten Dame machte es Spaß, ihre Gäste ein wenig an der Nase herumzuführen, indem sie sich in ihrem vertrauten Umfeld noch sicher bewegte, doch diese Täuschung hielt meist nicht lange vor.

Er saß erst seit ein paar Minuten vor ihr, aber dennoch empfand Anthonis augenblicklich eine große Zuneigung für diese Frau.

Endlich war er am Ziel.

Sie saß in einem Sessel von üblicher Größe, der im Vergleich zu dieser zarten Gestalt jedoch riesig und unproportioniert wirkte, was den Eindruck noch verstärkte, dass es mit der Gesundheit der Künstlerin nicht zum Besten zu stehen schien.

Anthonis spürte, dass sie ihn irgendwie ungeduldig erwartet hatte, wie eine Großmutter, die auf den Besuch ihres kleinen Enkels wartet. Er konnte nicht wissen, dass die Mühe, die ein völlig unbekannter junger Mann auf sich nahm, indem er durch halb Europa reiste, nur um sie kennenzulernen, ihre Neugier geweckt hatte. Sie war nicht mehr daran gewöhnt, mit Fremden zu plaudern, denn in den letzten Jahren hatte sie nicht mehr viele Besucher empfangen. Auch hatte sie sein Eintreten nicht gleich bemerkt, sodass er sie dabei ertappte, wie sie ihren Schleier glatt strich. Diese weibliche, kokette Geste drückte den Wunsch aus, für den Empfang des jungen Besuchers angemessen gekleidet zu sein.

Sie unterhielten sich auf Französisch, denn Anthonis sprach nur ein paar Brocken Italienisch, die für eine tiefsinnige Unterhaltung nicht ausreichten. Sofonisba sprach so gut Französisch, dass sie sogar den niederländischen Akzent ihres Gesprächspartners herauszuhören glaubte. Anthonis war kein Niederländer, sondern zweisprachiger Flame.

Seine Stimme überraschte Sofonisba, die ihn kaum sehen konnte. Es war eine harmonische, jugendliche Stimme. Der Mann klang viel jünger, als sie sich ihn vorgestellt hatte. Von seinem Schreibstil hatte sie ohne besonderen Grund darauf geschlossen, dass es sich um einen gestandenen Mann mittleren Alters handeln musste, der um diesen Besuch bat. Wenn sie ehrlich war, hatte dieser Brief sie überrascht. Die Wortwahl, der höfliche Ton und die offene Bewunderung für ihre Person waren für sie etwas fast Vergessenes. In ihrer natürlich-naiven Bescheidenheit hatte sie nicht geglaubt, dass ihr Name in Künstlerkreisen noch von Belang war, und noch viel weniger bei der jungen Künstlergeneration. Es war so viel Zeit vergangen… Dass sie noch immer imstande war, solche Begeisterung auszulösen, verblüffte sie wirklich.

Seiner Stimme nach zu urteilen war dieser van Dyck also ein blutjunger Bursche. Sofonisba konnte ihre Neugier nicht bezwingen und fragte ihn schon nach wenigen Sätzen, wie alt er sei. Sie wusste, dass das etwas unhöflich wirkte, aber in ihrem ehrwürdigen Alter konnte sie sich das erlauben. Anthonis störte diese Frage nicht, und als er antwortete, »Ich bin fünfundzwanzig Jahre alt, Madame«, lächelte Sofonisba zärtlich. Diese Reaktion zeigte Anthonis, dass sich seine Jugend nicht so negativ auf ihre Zusammenkünfte auswirken würde, wie er anfangs befürchtet hatte. Er war in dem Glauben gekommen, dass sie es gewohnt sei, ausschließlich Menschen mit einem gewissen Einfluss zu empfangen. Er selbst hatte es noch nicht zu großer Bedeutung gebracht, obwohl er mit seinem gesunden Selbstvertrauen nicht daran zweifelte, dass auch er eines Tages hohes Ansehen genießen würde.

Auf seine Antwort rief die alte Dame aus: »Mein Gott, so jung seid Ihr noch.«

Von dem Moment an war das Gespräch verbindlicher und vertraulicher, als hätte die eher unbedeutende Altersfrage die Greisin beruhigt. Sofonisba entspannte sich und zeigte sich aufrichtig erfreut, mit diesem jungen Mann zu sprechen. Sie hatte nie Kinder gehabt, vielleicht umgab sie sich deshalb so gerne mit jungen Menschen, in deren Gesellschaft sie regelrecht aufblühte.

Es folgte ein kurzes Schweigen. Nach dem üblichen Austausch von Höflichkeiten wusste keiner von beiden das Gespräch zu beginnen. Sie versuchten, sich gegenseitig einzuschätzen. Anthonis war ziemlich befangen. Auf dem langen Weg von Antwerpen nach Palermo hatte er andauernd darüber nachgedacht, was er sie fragen wollte, im Geiste hatte er sich Fragen zurechtgelegt und nach der besten und stimmigsten Formulierung gesucht. Er wollte einen guten Eindruck erwecken und nicht nur einfach neugierig wirken. Unglücklicherweise erinnerte er sich jetzt, als er vor ihr saß, an keine einzige dieser Fragen. Er fand einfach nicht die richtigen Worte.

Schließlich war Sofonisba diejenige, die das Eis brach. Sie spürte die Verlegenheit des jungen Mannes und versuchte, ihm aus der Bedrängnis zu helfen. Sofonisba redete mit einem Hauch von Stimme, tonlos und ohne jeglichen Anflug von Dialekt. Sie erkundigte sich, wie die Reise gewesen sei, nach seinem Land und nach seiner Familie. Es schien, als wären die Rollen vertauscht, als hätte sie ihn kennenlernen wollen. Anthonis antwortete zunächst zurückhaltend, dann immer offener. Er war schon im Begriff, sie nach ihrem Alter zu fragen, unterdrückte aber den Impuls und bezwang seine Neugier, denn er wollte von Madame Anguissola nicht für unverschämt gehalten werden. Das hätte die harmonische Atmosphäre zerstört, die sich zwischen ihnen entwickelte. Höchstwahrscheinlich würde sie es im Laufe des Gesprächs von selbst erwähnen. Alte Menschen betonen jungen gegenüber gerne ihre große Lebenserfahrung. Sie wiederum wollte genauestens über die Arbeit von Meister Rubens unterrichtet werden, an den sie sich gut erinnerte. Es waren zwar dreißig Jahre vergangen, seit er sie getroffen hatte, und auch damals war sie schon eine betagte Dame gewesen. An das genaue Datum erinnerte sie sich nicht mehr, sie wusste nur, dass es in Genua gewesen war, wo sie mit Orazio gelebt hatte, bevor sie ihren Wohnsitz nach Sizilien verlegt hatten.

Während der Unterhaltung sah sich Anthonis unauffällig um: Er wollte herausfinden, wie die Künstlerin lebte. Doch als er feststellte, dass der Raum wie jeder andere mit Sesseln, Tischchen, Teppichen und Zierrat ausgestattet war, spürte er einen Anflug von Enttäuschung. Ein paar Pflanzen sollten einen angenehmen Anblick bieten, was ihnen aber nicht ganz gelang. An den Wänden hingen hauptsächlich Landschaftsbilder. Eine Landschaft kam ihm vage bekannt vor, ihm wollte aber der Name nicht einfallen. Ein Bild hinter Sofonisbas Sessel fesselte seine Aufmerksamkeit am stärksten. Es war das außergewöhnliche Porträt einer jungen Frau. Sie saß vor einem dunklen Hintergrund und malte ein Bild. Das Gesicht und eine Hand fielen besonders ins Auge, sie waren so naturgetreu dargestellt, dass die junge Frau sehr lebendig wirkte, als sei sie anwesend und lausche stumm ihrem Gespräch. Die Figur hatte eine seltsame, fast übernatürliche Ausstrahlung.

Er bezweifelte, dass die Landschaftsmalereien von Sofonisba stammten, weil es nicht ihr Genre war, aber dieses Bild könnte durchaus von ihr sein, zum einen, weil sie als Porträtmalerin Ruhm erlangt hatte, zum anderen, weil Künstler ihre Werke gerne im eigenen Haus aufzuhängen pflegen. Aber er wagte nicht, danach zu fragen. Noch waren sie nicht so vertraut miteinander, als dass derart persönliche Fragen schicklich gewesen wären. Und wenn es nicht von ihr stammte? Das wäre ihm sehr peinlich gewesen. Was für eine Blamage! Er würde bestimmt noch Gelegenheit haben, es zu erfahren.

Jedenfalls fiel es ihm schwer, die Augen von der jungen Frau auf dem Porträt abzuwenden. Sie war von außergewöhnlicher Schönheit, mit großen blauen Augen, die ihre natürliche Sanftmut ausdrückten. Das blonde Haar war im Stile der damaligen Mode hochgesteckt. Sollte es wirklich ein Werk von ihr sein, dann war es das erste, das er von ihr erblickte. Und es war wirklich schön. Er war entzückt.

Er wollte sie schon fragen, wer die junge Dame auf dem Bild sei, unterdrückte aber auch diesen Impuls und hob sich die Frage für später auf, denn er wollte den Zauber des Augenblicks nicht zerstören.

Im Laufe der Unterhaltung überraschte Sofonisba ihn angenehm. Sie war nicht nur bei sehr klarem Verstand und konnte angeregt plaudern, sondern sie schien auch körperlich in ziemlich guter Verfassung zu sein. Weder zitterten ihre Hände, noch wackelte sie mit dem Kopf, wie es Anthonis bei anderen Greisen beobachtet hatte. Sie verstand alles, was er sagte, auf Anhieb. Anfangs hatte er ein wenig die Stimme gehoben, um sicherzugehen, dass sie ihn auch verstand, denn er hatte befürchtet, sie könne schwerhörig sein, aber sie hatte seinen übertriebenen Tonfall und die künstliche Modulation seiner Stimme sofort bemerkt und fast flüsternd, als wollte sie sich ihrerseits vergewissern, dass ihr Gesprächspartner nicht taub war, klargestellt, dass sie sehr gut höre.

Bei diesem ersten Zusammentreffen erforschten sie sich gegenseitig. Nichts von dem, was Anthonis sich zu fragen oder zu tun vorgenommen hatte, war nötig. Die Dinge nahmen ihren natürlichen Lauf, strenges Verfolgen eines Gesprächsfadens war überflüssig. Sofonisba war entzückt von ihrem jungen Gast, sie fand ihn ausgesprochen interessant. Der junge Bursche hatte eine positive Lebenseinstellung und war ein charmanter Gesprächspartner. Zudem zeigte er sich geistreich und imstande, die Dinge aus einer humorigen Perspektive zu betrachten. Sie unterhielt sich blendend, das war ihr schon lange nicht mehr passiert. Er wusste den Humor geschickt einzusetzen, um Umstände und Erlebnisse so natürlich und detailgenau zu schildern, dass die Greisin begeistert lauschte. Tatsächlich entwickelte sich in den ersten gemeinsam verbrachten Stunden nicht nur eine Freundschaft, sondern mehr noch eine Mischung aus Komplizenschaft, Vertrauen und Respekt für den großen Altersunterschied sowie eine erstaunliche Übereinstimmung in ihrer Liebe zur Kunst.

Die Zeit verging, ohne dass sie es bemerkten. Als es zu dämmern begann und der Augenblick des Abschiednehmens gekommen war, vereinbarten sie, sich am nächsten Tag wiederzusehen. Sie verabschiedeten sich wie alte Freunde, nicht überschwänglich, aber im Bewusstsein der gegenseitigen, aufrichtigen Zuneigung. Als Anthonis widerstrebend das Haus verließ, hatte er ein merkwürdiges Gefühl. In seinem tiefsten Innern verspürte er sowohl Melancholie als auch sprühende Euphorie. Einerseits fürchtete er, sie wegen ihrer Gebrechlichkeit am nächsten Tag nicht wiederzusehen, und andererseits war er hochzufrieden, einen seiner Träume verwirklicht zu haben. Er hatte es sogar geschafft, sie für ihn einzunehmen. Also sollte er sich besser nicht von düsteren Gedanken hinreißen lassen. Bisher war alles gut verlaufen. Er fühlte sich ermutigt und beschloss, sich von den Flügeln der Euphorie treiben zu lassen.

3

Der junge Anthonis van Dyck verbrachte eine unruhige Nacht. In der Einsamkeit seines Bettes spielte ihm sein Unterbewusstsein einen seltsamen Streich. Seine Träume, voller Bilder von der Reise und überreizt von den Eindrücken beim ersten Treffen mit Sofonisba, führten ihn in die entlegensten Hirnwindungen. Er folgte ihm auf dem rutschigen Pfad zwischen Wachsein und Albtraum, ohne die Bilder seines Unterbewusstseins genau zu erfassen und unfähig zu unterscheiden, wann er träumte oder wann er sich auf vertrautem Terrain befand.

Bei diesem merkwürdigen Streifzug versammelten sich die Erscheinungen sämtlicher großer Künstler des vergangenen Jahrhunderts von Michelangelo bis Vasari, als handle es sich um ein Fest; aber es tauchten auch eine sehr alte Frau, von der er nur den Rücken sah, und ein blutjunges Mädchen mit riesigen blauen Augen auf. Er konnte sie nicht richtig erkennen, und wenn er sich anstrengte, verschwand das Mädchen wie von Geisterhand.

Mitten in diesen Traumwirren, als sein Geist noch immer von den nächtlichen Fantasien heimgesucht wurde, überraschten ihn die ersten Sonnenstrahlen. Er hatte unvermittelt das Gefühl, etwas Wichtiges tun zu müssen, konnte aber nicht erkennen, was es war. Etwas Offensichtliches, Greifbares, aber er musste erst aus seinem konfusen Zustand herausfinden. Dann erinnerte er sich an Sofonisba und den gestrigen Tag. Er lächelte beim Gedanken daran, sie schon bald wiederzusehen.

Obwohl es keinerlei Anzeichen dafür gab, bildete er sich plötzlich ein, dass die Greisin ein bedeutendes Geheimnis wahrte, das sie nur ihm anvertrauen würde. Es war seine Art, sich mit ihr durch ein zartes, unlösbares Band verbunden zu fühlen.

Doch als er vollständig wach war, wurde ihm bewusst, dass seine Fantasie wenig mit der Wirklichkeit zu tun hatte und dass Sofonisba lediglich eine Zeitgenossin der historischen Gestalten aus seinen Träumen war. Selbst wenn sie eine leidenschaftliche Frau gewesen sein mochte, machte sie das noch lange nicht zur Hüterin eines wichtigen, unaussprechlichen Geheimnisses. Und sollte Sofonisba tatsächlich ein Geheimnis haben, warum sollte sie es dann ausgerechnet ihm anvertrauen?

Beim Gedanken an sie stellte er fest, dass er sich nicht an ihr Gesicht erinnerte. Sosehr er sich auch bemühte, er konnte in seinem Gedächtnis kein Bild finden, obwohl er am Vortag so aufmerksam ihre Züge studiert hatte. Doch jetzt entglitten sie ihm, als hätte der Schlaf selbst die kleinste Erinnerung an sie ausgelöscht. Er konzentrierte sich. Sein Geist konnte ihm doch keinen so bösen Streich spielen. Als er schließlich alle anderen Gedanken verscheucht hatte, tauchte ihr Bild endlich auf. Sie saß zufrieden in diesem viel zu großen Sessel und wartete auf ihn. Das war eine beruhigende Vorstellung.

Anthonis kleidete sich rasch an und machte sich ohne Rücksicht auf das Knurren seines Magens, den es nach einem Frühstück verlangte, forschen Schritts auf den Weg ins arabische Viertel zum Haus seiner neuen Freundin.

Beim Gehen hatte er das merkwürdige Gefühl, gegen die Zeit anzulaufen, so als würde seine Uhr die Stunden doppelt anzeigen, und ihm bliebe nur die halbe Zeit.

Die Strahlen der trotz der frühen Morgenstunde schon warmen Herbstsonne Siziliens waren viel stärker als die in seinem Land, wenn sie sich zu dieser Jahreszeit durch den dichten Frühnebel kämpften. Zu dem Zeitpunkt erwachte Antwerpen erst aus einer langen Nacht.

Seine morgendlichen Spaziergänge entlang der flandrischen Kanäle, auf denen er sich von Zufall und Gewohnheit auf der Suche nach sich selbst und in seine Einsamkeit versunken treiben ließ, vermisste er nicht. Weitab von Pinseln und Leinwänden, ohne den allgegenwärtigen Geruch nach frischer Farbe und Terpentin, der ihn den ganzen Tag umgab, konnte er bei diesen Spaziergängen alles aus einer gewissen Distanz betrachten und durchdenken. Wenn er dann in der Werkstatt eintraf, erlaubten ihm diese einsamen Gedankenspiele, den Arbeitstag gelassen in Angriff zu nehmen.

Morgens auf dem Weg zur Werkstatt, nur in seine Fantasien und Gedanken versunken, pflegte er von der Zukunft und allem, was er gerne tun würde, zu träumen. Die Bürger seiner Stadt verließen ihre Häuser gewöhnlich nicht so früh, weshalb er nur selten jemandem begegnete. Höchstens mal einem Fuhrmann, der seine Ware zum Markt kutschierte, oder einem Knecht auf dem Weg zur Arbeit. Aber da er diese Leute nicht kannte, grüßte er auch nicht.

Als er auf Sofonisbas Haus zuging, hatten sich seine Hirngespinste verflüchtigt. Er hatte die sonderbaren Träume der Nacht erst einmal beiseitegeschoben und dachte nur an die bevorstehende Zusammenkunft. Der Anblick der Villa beruhigte ihn. Es war ein dreistöckiges, solide gebautes Herrenhaus mit weißer Fassade und aus Stein gemeißelten Fenstersimsen, das an einer Straßenecke stand. Die Eingangstür war ausgesprochen schlicht und ohne jeglichen Schmuck, abgesehen von den beiden großen Messingringen, die an jedem Türflügel hingen. Anthonis entdeckte erst jetzt, dass das Erscheinungsbild des Gebäudes sich deutlich von den Nachbarhäusern absetzte. Die dunkelgrün gestrichenen Fensterläden, durch die man hinaus-, aber nicht hineinsehen konnte, waren trotz der frühen Stunde schon geschlossen, gewiss um das Haus vor Hitze zu schützen. Drinnen spürte man den Temperaturunterschied deutlich, die dicken Wände hielten es angenehm kühl. Der Boden der Eingangshalle bestand aus schwarzem Marmor, während die Räume mit hellem Parkett ausgelegt waren, das teilweise mit kostbaren Teppichen bedeckt war. Beim Durchqueren des Hauses auf demselben Weg wie am Tag zuvor spürte Anthonis, dass seine Befürchtungen unbegründet gewesen waren. Da saß Sofonisba fast verloren in diesem Sessel, der ihm jetzt noch größer erschien als gestern, und erwartete ihn, als wären ihre Unterhaltungen eine alte, vertraute Gewohnheit. Oder war sie etwa geschrumpft? Sie begrüßte ihn mit typisch südländischer Herzlichkeit, und da es noch sehr früh war, fragte sie ihn als aufmerksame Gastgeberin als Erstes, ob er schon etwas gegessen habe. Als er das verneinte, rief Sofonisba eine Hausangestellte und wies sie an, sofort ein üppiges Frühstück zuzubereiten.

Am ersten Tag hatte Anthonis einigermaßen überrascht festgestellt – weil er nicht damit gerechnet oder nicht darüber nachgedacht hatte –, dass Sofonisba recht wohlhabend zu sein schien. Das Haus war groß und geräumig, es war stilvoll eingerichtet und wurde von einer vielköpfigen Dienerschaft versorgt. Möglicherweise waren diese Annehmlichkeiten ein Zeichen vieler Jahre des Erfolgs, zu denen gewiss auch das Vermögen ihres Mannes beitrug. Er erinnerte sich genau, dass die Nichte in ihrem Brief erwähnt hatte, Sofonisbas Gatte stamme aus einer angesehenen Genueser Kaufmannsfamilie und habe mehrere Ämter und Pflichten in Sizilien inne. Obwohl er ihn noch nicht kennengelernt hatte, konnte er sich jetzt mit eigenen Augen davon überzeugen, dass das stimmte.

Sofonisba hatte seine Abwesenheit damit entschuldigt, dass er in diesen Tagen ins Landesinnere der Insel hatte reisen müssen, um seine Ländereien in Augenschein zu nehmen. Anthonis wusste nur wenig über ihn, er glaubte jedoch verstanden zu haben, dass er zehn Jahre jünger war als seine Frau.

Die Dienstmagd, eine eher reizlose junge Frau, deren Augenbrauen eine haarige Linie bildeten und die von Kopf bis Fuß dunkelgrau gekleidet war sowie eine lange schwarze Schürze trug, kam mit einem Tablett voller Köstlichkeiten zurück. Der Duft des guten italienischen Kaffees, so anders als der in Flandern, weckte augenblicklich seinen Appetit, und der Anblick des getoasteten Brots, der Butter und Marmelade, dazu Spiegeleier mit Würstchen – eine kleine Aufmerksamkeit für den Gast aus dem Norden –, ließen ihn fast seine gute Kinderstube vergessen. Er warf Sofonisba einen fragenden Blick zu, und da sie ihn mit einem Kopfnicken aufforderte, ließ er sich nicht zweimal bitten und begann zu essen.

Sie beobachtete ihn schweigend, als sei dies ein wichtiger und feierlicher Augenblick, so als wäre der Sohn aus dem Krieg heimgekehrt. Auf ihren Lippen lag ein wohlwollendes Lächeln.

Anthonis aß mit sichtlich großem Appetit und sah gelegentlich flüchtig zu ihr auf. Er fand sie noch gebrechlicher als beim ersten Mal, als hätte die Nacht diesen an einem Seidenfaden hängenden Körper noch weiter geschwächt. Bei diesem Gedanken befielen ihn erneut Zweifel bezüglich ihrer Lebenserwartung. Was konnte man in diesem Alter noch erwarten? Bestimmt würde sie nicht mehr lange leben.

Nach dem Frühstück plauderten sie über dies und jenes, als würden sie sich schon lange kennen, wobei Anthonis seine Ungeduld im Zaum halten musste, denn ihm waren endlich seine auf der Reise formulierten Fragen wieder eingefallen.

Sie sprach mit gleichmütiger Stimme und erinnerte sich überraschend klar an ein paar Begebenheiten aus ihrer Kindheit. Bevor ihr Gast noch Gelegenheit hatte, ihr eine einzige Frage zu stellen, begann sie, ihm zu erzählen, wie sie Malerin geworden war. Genau danach hatte er sie fragen wollen. Es überraschte ihn, dass sie ihm zuvorkam, obwohl er sich ihres Scharfblicks und ihrer Lebenserfahrung bewusst war.

Sie war eher aus Zufall als aus wahrer Berufung Malerin geworden. Sie wurde als erstes Kind von sechs Mädchen und einem Jungen einer kinderreichen Familie des Großbürgertums von Cremona im Norden Italiens geboren. Da ihr Vater Amilcare Anguissola nicht über genügend Mittel verfügte, um alle seine Töchter mit einer guten Mitgift ausstatten zu können, hatte er sich vorgenommen, ihnen wenigstens eine solide Ausbildung und vernünftiges künstlerisches Rüstzeug mitzugeben. So hatte jede Tochter mehr oder weniger guten Unterricht in Literatur, Kunst, Musik, Poesie und Zeichnen erhalten.

»Wollt Ihr damit sagen, dass alle Schwestern Zeichenunterricht bekamen?«, fragte Anthonis, wobei er sich mit der Serviette die Lippen abtupfte. »War es damals nicht ungewöhnlich, dass Mädchen im Zeichnen unterrichtet wurden?«

Bevor sie antwortete, machte es sich Sofonisba in ihrem Sessel bequemer und gab damit zu verstehen, dass sie eine ausführliche Erklärung abgeben würde. Sie wusste, dass einige Aspekte dieser Antwort den jungen Zuhörer überraschen würden.

»Eigentlich war es keine freiwillige Entscheidung«, setzte sie mit fester Stimme an, »und auch nicht unser Wunsch. Es war einfach notwendig, bedingt durch die Besonderheiten unserer Familie. Natürlich war das zu jener Zeit nicht üblich – ich glaube, das ist es heutzutage noch nicht –, jungen Frauen unseres Standes den Weg zu einer Künstlerlaufbahn zu ebnen. In meiner Jugend, und ich spreche von den Jahren 1530 bis 1550, befassten sich junge Mädchen aus gutem Hause – und meine Familie war eine der bekanntesten der Stadt – nicht mit den schönen Künsten. Den meisten war eine vorteilhafte Eheschließung zugedacht, oder sie wurden ins Kloster geschickt, was immer ein ehrbarer Ausweg war. Es konnte geschehen, dass eine besonders viel Glück hatte und zur Gesellschaftsdame einer Dame des Hochadels, einer Prinzessin oder Herzogin, auserkoren wurde. In meiner Region hatten einige das Glück, das war ein Vorteil der nahe gelegenen Herzogtümer. Da Italien in viele unabhängige Fürstentümer unterteilt war, hatte jedes seinen eigenen kleinen Hofstaat. Wenn ein junges Mädchen an einen dieser Höfe berufen wurde, betrachtete man das als großes Glück, denn das garantierte ihr eine würdige Position und ein Leben in aristokratischer Gesellschaft, mit der sie sonst kaum in Berührung gekommen wäre, wenn ihre Familie nicht über genügend Mittel verfügte. Aber von diesen Posten gab es nur wenige, und die Anwärterinnen waren zahlreich. Man bedenke, dass allein meine Familie sechs Mädchen unterzubringen hatte, ganz zu schweigen von unserem Bruder Asdrubale.«

»Asdrubale?«, wiederholte Anthonis, der sehr aufmerksam zuhörte. »Ein sehr origineller Name.«

»Kennt Ihr die Geschichte von Karthago nicht?«, fragte Sofonisba und lächelte hintergründig, als wolle sie den Bildungsstand des jungen Mannes prüfen.

»Nicht besonders gut«, räumte Anthonis leicht errötend ein.

»Es ist eine Eigenheit meiner Familie, sehr ausgefallene Namen zu vergeben. Mein Großvater hieß Annibale, mein Vater Amilcare und mein Bruder Asdrubale. Alle drei Namen stammen aus der Geschichte Karthagos und den Punischen Kriegen. Meiner auch. Habt Ihr schon mal eine Frau mit dem Namen Sofonisba kennengelernt?«

»Wenn ich ehrlich sein soll, nein.«

»Schaut, mein Junge… Ich darf Euch doch ›mein Junge‹ nennen, nicht wahr?«, fragte sie mit einem gewinnenden Lächeln. Seine Zustimmung voraussetzend fuhr sie fort: »In meiner Familie taufte man die Neugeborenen mit ungewöhnlichen Namen, aber nicht immer. Drei meiner Schwestern haben herkömmliche Namen: Lucia, Anna Maria und Elena. Mich als Stammhalterin nannten sie Sofonisba, während eine meiner Schwestern Europa hieß und eine andere Minerva. Ich weiß, das klingt seltsam, und man könnte meinen, dass meine Familie ein wenig exzentrisch war, aber ich versichere Euch, alle Namen haben einen historischen Hintergrund. Der Name meines Großvaters, Annibale, stammt von Hamilcar Barcas Sohn Hannibal, dem großen Feind des alten Rom, und dessen Bruder hieß Hasdrubal. Aber es war dessen Schwager mit demselben Namen, der eine seiner Töchter Sofonisba taufte. Aus diesem Grund hat mein Vater diesen Namen für mich ausgesucht.«

»Euer Vater war wirklich ein einfallsreicher Mann.«

»Er war vor allem ein gebildeter Mann«, betonte Sofonisba.

»Das bezweifle ich keineswegs«, beeilte sich Anthonis zu sagen.

»Wie ich Euch schon sagte«, fuhr sie in ruhigem Tonfall fort, »verfügte meine Familie nicht über unbegrenzte finanzielle Mittel, sodass sich mein Vater etwas einfallen lassen musste, um seinen Töchtern eine würdige Zukunft zu sichern. Er dachte, wenn er uns als Mitgift kulturelles Rüstzeug und das Beherrschen einer Kunst, was für junge Mädchen unseres Standes untypisch war, mitgeben würde, ließe sich damit das Fehlen materieller Güter wettmachen. Er glaubte – und da irrte er nicht –, dass eine ausgezeichnete Ausbildung eine Entschädigung und zugleich Voraussetzung für eine gute Partie sein würde. Wenn ein Mädchen aus gutem, aber nicht vermögendem Hause eine solide kulturelle Bildung vorzuweisen hatte, konnte sie zumindest auf eine würdige Eheschließung hoffen. Das war der wirkliche Grund, warum wir alle Malerinnen wurden.«

»Alle?«, fragte Anthonis erstaunt. »Wollt Ihr damit sagen, alle sechs Schwestern?«

»Ja, natürlich alle. Wusstet Ihr das nicht?«, erwiderte Sofonisba amüsiert lächelnd.

Der junge Mann hatte das wirklich nicht gewusst. Als er Erkundigungen über sie angestellt hatte, hatte niemand die Schwestern erwähnt. Er war ehrlich verblüfft.

»Nein, das wusste ich nicht«, räumte er schließlich ein. »Ihr stammt aus einer wirklich erstaunlichen Familie, Madame. Sechs Schwestern und alle Malerinnen. Das ist ja unglaublich.«

Sofonisba zuckte die Achseln. Sie fand das nicht so unglaublich.

»Das Leben ist voller erstaunlicher Dinge«, sagte sie. »Obwohl ich es nicht so außergewöhnlich finde.«

»Und Euer Bruder Asdrubale? War er auch Maler?«

»Nein, Asdrubale nicht. Er beschäftigte sich mit anderen Dingen.«

»Verzeiht, wenn ich aufdringlich wirke, Madame, aber ich habe noch nie davon gehört, dass Eure Schwestern Malerinnen waren.«

»Das macht nichts«, erwiderte sie beschwichtigend.

»Haben Eure Schwestern denn weitergemalt?«

»Selbstverständlich. Obwohl ich – in aller Bescheidenheit – zugeben muss, dass ich wahrscheinlich mehr Glück hatte als sie. Sie alle waren auf ihre Weise talentiert.«

Anthonis dachte darüber nach. Sechs Schwestern und Renaissancemalerinnen ... Sehr interessant, nur eine war berühmt geworden! Vielleicht lag es daran, dass nur eine von ihnen über die Grenzen Italiens hinaus Ruhm erlangt hatte. Wahrscheinlich hatte Sofonisba mit ihrem Ruf einer großartigen Porträtmalerin unfreiwillig das Talent der anderen in den Schatten gestellt.

»Und warum haben alle Schwestern ausgerechnet die Malerei gewählt?«, fragte er schließlich. »Waren sie der am stärksten zugeneigt?«

»Nicht sonderlich. Es war keine bewusste Wahl, auch hier hat der Zufall mitgespielt. Außer dem Zeichnen erhielten wir ja auch Unterricht in anderen Fächern wie Literatur, Musik und Poesie. Damals lebte in Cremona ein ziemlich berühmter Maler, Bernardino Campi. Mein Vater kannte ihn gut und fragte ihn, ob er meine Schwester Elena und mich im Zeichnen unterrichten könnte. Der Meister war einverstanden. Natürlich gingen wir nicht in die große Werkstatt, in der Schüler jeglicher Couleur verkehrten, das wäre in den Augen der Gesellschaft unschicklich gewesen. Wir wurden in einem kleinen Atelier unterrichtet. Dann entschied sich Elena für einen anderen Weg, obwohl sie weiterhin malte.«

»Einen anderen Weg?«

»Den Weg des Herrn.«

»Wollt Ihr damit sagen, sie wurde Nonne?«

»Ja, doch auch nach ihrem Eintritt ins Kloster malte sie weiter. Sakrale Kunst natürlich. Vielleicht erreichte sie aus diesem Grund nicht meine … nennen wir es Popularität. Wir waren die beiden Ältesten, deshalb lernten wir zusammen.«

»Es ist schon eigenartig«, sagte Anthonis, als würde er laut denken, »dass von sechs Schwestern alle Malerinnen geworden sind. Ich kann es wirklich kaum glauben.«

»Ja, es wirkt vielleicht eigenartig, aber für uns war es ganz normal. Wir wurden so erzogen. Unser Vater wollte keine von uns benachteiligen. Für ihn waren wir alle gleich. Es war selbstverständlich, dass jede dieselben Chancen bekam.«

»Aber Ihr seid die herausragendste, Ihr seid berühmt geworden. Dafür gab es einen Grund, nehme ich an.«

Sofonisba lächelte. Sie wirkte verlegen.

»Sagen wir, ich hatte mehr Glück als meine Schwestern«, räumte sie schließlich ein. »Ich besaß eine gewisse natürliche Gabe für das Zeichnen, aber das bedeutet nicht, dass ich mehr Talent als sie gehabt hätte. Ich habe sehr gerne gezeichnet und den Zeichenunterricht zu nutzen gewusst.«

»Aber zwischen einer gewissen Gabe für das Zeichnen und dem Werdegang einer großen Malerin besteht ein gewaltiger Unterschied«, erwiderte Anthonis beharrlich.

Sofonisba lächelte wieder.

»Ich weiß nicht, ob man bei mir von einem solchen Werdegang sprechen kann. Ich sehe das nicht so. Ich würde sagen, mir war das Schicksal gewogen.«

Die Art, wie sie diese Worte aussprach, machte Anthonis van Dyck klar, dass sie weder aus Beschützerinstinkt noch aus Familiensinn die Kunst ihrer Schwestern verteidigte. Es war schlicht und einfach Bescheidenheit. So war sie eben.

»Ihr seid zu bescheiden, Madame. Euer Ruhm ist beträchtlich. Ohne außerordentliches Talent kommt man nicht zu solch einem Ruf wie Ihr.«

»Redet keinen Unsinn!«, sagte Sofonisba nun etwas spitz.

Anthonis begriff, dass ihr dieses Thema peinlich war. Dann erzählte sie in sanfterem Tonfall weiter, als bereue sie, so schroff gewesen zu sein.

»Ich habe einfach Glück gehabt. Mein Malstil gefiel, das ist alles. Die Möglichkeit, die Großen dieser Welt zu porträtieren und ihre Gunst zu genießen, hatte natürlich wesentlichen Einfluss auf meine Entwicklung. Das Schicksal war mir gewogen und bot mir eine große Chance, aber ich glaube nicht, dass es nur an meiner Begabung lag.« Als wäre es ihr peinlich, so viel über ihr Talent zu reden, wechselte sie plötzlich das Thema und fragte ihn: »Seid Ihr sicher, dass Ihr Euch nicht langweilt?«

»Überhaupt nicht«, erwiderte Anthonis etwas gekränkt. »Das kann ich Euch versichern. Für mich ist es eine große Ehre, diesen Augenblick mit Euch teilen zu dürfen.«

»Ihr seid noch sehr jung, Monsieur van Dyck, aber ich sehe, dass Ihr die Umgangsformen und Galanterie der alten Schule gelernt habt«, sagte die Greisin.

Anthonis lachte herzlich auf. Er hatte ein angenehmes Lachen.

Dieser junge Mann mit dem ernsten, gelehrten Gesicht, dem schönen schulterlangen Haar und dem stets um seine Lippen spielenden Lächeln gefiel Sofonisba sehr. Er war freundlich und geistreich, und seine zuvorkommende Art hatte sie sofort für ihn eingenommen.

Vom ersten Augenblick an hatte er bewiesen, dass er mit älteren Menschen umzugehen wusste, deshalb fühlte sie sich behaglich in seiner Gesellschaft. Vor ihrem ersten Zusammentreffen hatte sie befürchtet, einen jungen Unbekannten kennenzulernen, der sie einer kalten, unpersönlichen Befragung aussetzte, wie sie es schon früher erlebt hatte. Das hätte sie nicht ertragen.

Während sie plauderten, machte sich der junge Mann in einem weißen Heft Notizen, es waren Stichworte ihrer Unterhaltung. »Sechs Schwestern, alle Malerinnen, Amilcare, Asdrubale, Annibale.« Er hatte gedankenverloren – ein weiteres Anzeichen seiner Berufskrankheit – seine Gastgeberin in ihrem Sessel zu skizzieren begonnen. Das tat er immer, wenn er einen interessanten Menschen oder eine entzückende Landschaft vor Augen hatte. Anhand der Skizzen frischte er später seine Erinnerung auf, wenn er ein Bild malen wollte. Bei seiner Zeichnung legte er besonderen Wert auf das Gesicht und die Hände, die ihn so faszinierten.

»Fahrt bitte fort, Madame«, sagte er nach einer kurzen Pause, ohne das Zeichnen zu unterbrechen. »Es sei denn, Ihr seid erschöpft. Wollt Ihr, dass wir unterbrechen?«

»Nein, noch nicht. Ich sage Euch Bescheid, wenn ich müde werde. Wo waren wir stehen geblieben?«

»Ihr sagtet, dass Ihr und Eure Schwester Elena von Meister Campi unterrichtet wurdet.«

»Ach ja.«

»Verzeiht … erinnert Ihr Euch in etwa an das Jahr?«

»Hmm … das ist so lange her.« Sie schien in Erinnerungen versunken zu sein, als sie plötzlich fragte:

»Wisst Ihr, wie alt ich bin?«

Wenn Anthonis fähig gewesen wäre, innerlich zu lächeln, ohne das geringste äußerliche Anzeichen wie ein leichtes Zucken um seine Mundwinkel, hätte er es getan. Stattdessen lächelte er unverhohlen.

Er hatte es gewusst.

Er hatte gewusst, dass diese Frage kommen würde. Er kannte die Denkart alter Menschen gut genug, um zu wissen, dass in einem bestimmten Moment der Unterhaltung die Altersfrage auftauchte. Er bemühte sich, seine Befriedigung zu verbergen, und wurde ernst. Dann musterte er aufmerksam Sofonisbas Gesichtszüge, als sähe er sie zum ersten Mal. Wie würde sie reagieren, wenn er ihr Alter schätzen musste? Er wollte sich nicht von komplizierten Gedanken über die weibliche Koketterie ablenken lassen und wählte eine diplomatische Antwort, was wiederum seine gute Kinderstube bezeugte:

»Ich könnte es nicht sagen, Madame.«

»Oh, wie galant«, rief Sofonisba lachend. »Nun denn, ich bin vor kurzem sechsundneunzig geworden.«

Stimmte das, oder hatte sie sich ein paar Jahre jünger gemacht, um nicht schon wie ein Fossil zu wirken? Er meinte gehört zu haben, dass sie ein oder zwei Jahre älter sei. Doch das war eigentlich unwichtig.

Sie sah ihn erwartungsvoll an. »Ein überaus verehrungswürdiges Alter, Madame«, sagte er taktvoll. »Es gibt nur wenige Menschen, die sich eines so fruchtbaren Lebens rühmen können.«

»Unglücklicherweise, unglücklicherweise. Glaubt ja nicht, das sei ein Verdienst. Ganz zu schweigen von den vielen Menschen, die ich gekannt habe und die nicht mehr da sind. Es ist nicht angenehm, so lange zu leben und alle Verwandten und Freunde sterben zu sehen. Und es ist hart, allein zurückzubleiben, obwohl ich mich sehr glücklich schätzen kann, einen Mann zu haben, der mich liebt.«

»Das bezweifle ich nicht«, sagte Anthonis und wusste nicht, was er noch hinzufügen sollte.

»Schaut, mein Junge.« Die Widrigkeiten des hohen Alters waren ihr wichtig. »Ich war immer ein optimistischer Mensch. Wenn ich morgens aufstehe, danke ich Gott für die Körperteile, die noch funktionieren, statt mich darüber zu beklagen, was alles nicht mehr funktioniert. Jeder neue Tag ist ein Geschenk für mich, dessen bin ich mir wohl bewusst.«

»Wenn dem nicht so wäre, hätte ich nie die Ehre gehabt, Euch kennenzulernen, Madame«, erwiderte Anthonis höflich. Er war bemüht, das Gespräch wieder zurück zu seinem eigentlichen Thema zu lenken: »Ihr sagtet vorhin, dass Ihr schon ganz jung das Atelier von Meister Campi besucht habt.«

»Ja, ja, schon als Kind«, antwortete Sofonisba nach einem Augenblick des Nachdenkens. »Mit acht oder zehn Jahren.«

»Ihr wart noch ein Kind?«, entfuhr es Anthonis.

»Ja, das waren wir. Denn Künste wie Musik und Zeichnen muss man sehr früh zu lernen beginnen. Wenn man älter wird, fällt es einem viel schwerer.«

»So ist es. Ich habe auch ganz jung angefangen«, räumte Anthonis ein. »Ihr sagtet …?«

»Mein Vater war Würdenträger der Stadt Cremona, wo sich alle kannten, denn in Wirklichkeit war es ein sehr kleines Städtchen, und er unterhielt gute Beziehungen zu Meister Campi. Er bat ihn, meine Schwester und mich im Zeichnen zu unterrichten, und der willigte ein. Aber eigentlich waren wir nur kurz bei Meister Campi, denn er wurde für ein Auftragswerk nach Mailand berufen und verließ unsere Stadt für immer. Ihm folgte Bernardino Gatti. Ein Maler aus Pavia, der in Cremona und Piacenza wirkte. Von ihm lernte ich viel. Als mein Vater sah, dass meine Schwester und ich eine gewisse Begabung fürs Zeichnen hatten, war er so stolz auf uns, dass er an alle Mächtigen Italiens schrieb und ihnen die Verdienste seiner Töchter anpries. Manchmal legte er seinen Briefen Zeichnungen bei. Er wollte unser Talent bekannt machen, obwohl wir, um ehrlich zu sein, noch ganz am Anfang standen. Und dank seines Eifers wurden wir von der Familie Gonzaga nach Mantua eingeladen. Die Gonzagas hatten so viel von uns gehört, dass sie neugierig geworden waren und uns kennenlernen wollten; sie wollten sich mit eigenen Augen davon überzeugen, ob unser Ruf auch der Wahrheit entsprach. Sie baten darum, unsere ersten Studien zu sehen. Für uns war es wirklich ein Glück, denn sie waren sichtlich beeindruckt, oder zumindest kam es mir so vor. Wie dem auch sei, dank ihrer Unterstützung erlaubte man uns, in der Werkstatt des großen Meisters Giulio Romano zu malen, dem Schüler von Raffael, der auch in Mantua lebte. Das war einer meiner prägendsten Lebensabschnitte, denn dort fand ich meinen eigenen Stil. Von Giulio Romano lernte ich sehr viel. Ihm habe ich einen großen Teil meiner Entwicklung zu verdanken.«

Die alte Dame gönnte sich eine kleine Pause.

»Dank der Umtriebigkeit meines Vaters«, fuhr sie kurz darauf fort, »wollte mich später auch die Familie Farnese aus Parma kennenlernen. Dort arbeitete ich zusammen mit Giulio Clovio, der ebenfalls in dieser wunderbaren Stadt lebte. Er führte mich in die Kunst der Miniaturmalerei ein. Eine neue Technik, die ich nicht kannte. Das war eine wunderbare Erfahrung.«

»Damals hattet Ihr bestimmt schon beträchtliche Einnahmen«, warf Anthonis ein. »Ich nehme doch an, dass diese Fürsten Eure ersten Werke gekauft haben.«

Sofonisba lachte nervös auf.

»Nein, nein, Monsieur van Dyck, da irrt Ihr Euch gewaltig. Ihr müsst wissen, dass meine Schwestern und ich nie ein einziges Bild verkauft haben. Für uns war es eine Ehre, von diesen hohen Herrschaften gebeten zu werden, ein Porträt von ihnen zu malen. Wir verkauften unsere Gemälde nicht, wir verschenkten sie!«

Anthonis wurde blass.

»Ihr habt kein einziges Eurer Bilder verkauft? Nie? Nur in Eurer Anfangsphase oder auch später nicht?«

»Niemals«, bekräftigte sie.

»Aber … Verzeiht mir die indiskrete Frage: Wovon habt Ihr gelebt, wenn Ihr alle Bilder verschenkt habt?«

Sofonisbas Gesichtsausdruck zeigte eine Mischung aus Befriedigung und Herablassung. Sie wusste, dass sie ihren jungen Besucher überrascht hatte.

»Schaut, mein Junge, es waren andere Zeiten, und wir waren Damen. Unsere Bilder zu verkaufen wäre unanständig gewesen. Eine Dame konnte ihre Kunst nicht verkaufen. Das war Sache der Händler. Es war unumgänglich, Rang und Anstand zu wahren. Trotzdem wurden wir von den Fürsten und Herrschern großzügig mit wertvollen Geschenken entschädigt.«

»Unglaublich«, entfuhr es dem verblüfften Anthonis. »Dann begründet sich Euer großer Ruhm auf das Verschenken von Bildern …«

»Mir ist bewusst, dass Euch das sehr wundert, aber das war die einzige Möglichkeit für eine Frau meines Standes, die Kunst des Malens auszuüben. Alles andere wäre nicht … wie soll ich es ausdrücken …«, sie schien in ihrem Gedächtnis nach dem richtigen Wort zu suchen, »schicklich gewesen. Es war einfach unwürdig für eine Frau in meiner Position. Ich sage Euch noch etwas: Ich bin glücklich, dass es so war. Ich fühlte mich freier, und die Leute redeten von mir. Mein Ruf eilte mir von Hof zu Hof voraus. Sogar Vasari wollte mich kennenlernen und machte sich gar die Mühe, persönlich nach Cremona zu kommen, um mich malen zu sehen. Und er war nicht der Einzige. Auch unser unvergleichlicher, weltberühmter Meister Michelangelo Buonarroti schrieb mir schmeichelhafte ermunternde Briefe, nachdem er ein paar meiner Bilder gesehen hatte.«

»Dann waren sie es, die Euer Talent bis an die Königshöfe bekannt machten, was so weit ging, dass Ihr an den spanischen Hof berufen wurdet, um dort als Hofmalerin zu wirken!«, rief Anthonis, wobei er eine Seite in seinem Skizzenbuch umblätterte, um ein Detail der Hand seines Modells zu zeichnen.

»Nicht ganz«, korrigierte sie. »So war es nicht, auch wenn es stimmt, dass das Lob der großen Meister mir beträchtlich geholfen hat, denn ich erhielt Aufträge aus den verschiedensten Landesteilen. Aber das ging nicht so schnell … oder habt Ihr es eilig?«

»Sagt das nicht mal im Scherz, Madame. Ich verfüge über alle Zeit der Welt.«

Sofonisba gewährte sich einen Augenblick zum Nachdenken.

»Zunächst sollte ich klarstellen, dass ich nie zur Hofmalerin des spanischen Hofes ernannt wurde, obwohl ich fünfzehn Jahre dort lebte. Das war ganz anders. Eigentlich hatte mich Seine Majestät Philipp II. auf Empfehlung des Herzogs von Alba zur Hofdame auserkoren. Ich sollte diese Funktion im Dienste der neuen Königin von Spanien, Elisabeth von Valois, der jungen Gattin des Königs, ausüben, die bald aus Paris eintreffen sollte. Ich erlaube mir, Euch darauf aufmerksam zu machen, dass die Position einer Hofdame einen höheren Stellenwert hat als die des Hofmalers. Außerdem existierte die Bezeichnung Hofmalerin nicht, denn diese Position war ausschließlich Männern vorbehalten.«

»Und wie kam es genau dazu, dass sich der König für Euch als Hofdame interessierte?«

»Als ich einmal in Mailand war, stellte mich der Herzog von Sessa, der Gouverneur der Stadt, eines Tages dem Herzog von Alba vor, er war Oberbefehlshaber der spanischen Truppen in Italien und eine sehr einflussreiche Persönlichkeit am spanischen Hof. Der Herzog bat mich, ein Porträt von ihm zu malen, und da er höchst zufrieden mit dem Ergebnis war, überredete er Philipp II. dazu, mich als Gesellschaftsdame für die neue Königin an seinen Hof zu berufen.«

»Wirklich ein Glücksfall, ohne Zweifel. Doch wenn Ihr nicht diese Gabe und dieses große Talent zum Malen gehabt hättet, wäre das wahrscheinlich nicht geschehen. Daraus folgt, dass das Verdienst ausschließlich Eures ist. Könntet Ihr mir erzählen, wie sich Euer Aufenthalt in Spanien gestaltete?«

»Oh, das ist eine andere Geschichte. Da sie etwas länger ist und ich jetzt ein wenig erschöpft bin, erzähle ich sie Euch später, wenn es Euch nichts ausmacht. Jetzt werde ich mich zurückziehen und ein wenig ausruhen. Wenn Ihr die Liebenswürdigkeit hättet und am Nachmittag wiederkämet?«

»Selbstverständlich, Madame. Ich komme wieder, wann immer Ihr mich empfangt. Dann verabschiede ich mich jetzt mit Eurer Erlaubnis. Heute Nachmittag erzählt Ihr mir dann von Eurer Zeit in Spanien. Diese Geschichte interessiert mich wirklich. Die Atmosphäre am Hofe Philipps II. muss sicher sehr aufregend gewesen sein.«

»Aufregend?«, wiederholte Sofonisba überrascht. »Mit diesem Wort würde ich den spanischen Hof nicht beschreiben. Dort herrschte eine überaus steife Atmosphäre, wisst Ihr? Mit einem ausgesprochen strengen Protokoll.«

Die Greisin machte Anstalten, sich zu erheben, und hielt Anthonis den Arm hin, damit er ihr half. Sie bewegte sich ausgesprochen mühsam. Es war ein Wunder, dass sie trotz ihres Alters noch über einen so klaren Verstand verfügte und sich so genau an die Vergangenheit erinnerte. Anthonis hatte gemerkt, dass sie plötzlich ermattete und zu Unkonzentriertheit neigte. Es musste sehr erschöpfend für sie sein, sich all das wieder ins Gedächtnis zu rufen. Er warf sich vor, nicht selbst den Besuch beendet zu haben.

Er führte sie zur Tür, wo dasselbe Dienstmädchen, das ihm das Frühstück serviert hatte, sie erwartete, um sie in ihr Schlafgemach zu bringen. Sofonisba drehte sich auf ihren Stock gestützt noch einmal um und verabschiedete ihn mit einem leichten Kopfnicken.

»Bis später, mein Junge«, sagte sie. »Denkt daran, Eure Zeichnungen weiterzuentwickeln. Und vielen Dank für Eure Geduld, den Geschichten einer alten Dame zu lauschen.«

»Es ist mir eine Ehre und ein Vergnügen, Madame, das versichere ich Euch«, erwiderte Anthonis zum Abschied.

4

Rom – Anno Domini 1564

In Erwartung, von Seiner Heiligkeit empfangen zu werden, ging Kardinal Mezzoferro ungeduldig im Vorzimmer auf und ab. Der Papst hatte ihn, ohne einen Grund zu nennen, dringend in den Vatikan berufen. Die ungewöhnliche Vorladung kam für Seine Eminenz überraschend, als er sich gerade mit Freunden und Verwandten in seinem schönen Landhaus vor den Toren Roms zu Tisch setzen wollte.

Das Auftauchen des päpstlichen Gesandten, eines höflichen, aber zur Eile drängenden, wortkargen Mannes, kam ausgesprochen ungelegen und hatte den Kardinal verdrossen, doch seine Proteste hatten nichts genützt. Wenn der Heilige Vater ihn so dringend zu sprechen wünschte, gab es keine Ausflüchte. Um sicherzugehen, dass er sich auch sogleich auf den Weg machte, hatte der Pontifex zudem Anweisungen gegeben, den hohen Würdenträger zu begleiten. Der Papst wusste um die ausgeprägte Unwilligkeit des ehrwürdigen Kardinals, seine geliebte Residenz zu verlassen, deshalb hatte er ihm eine Kutsche und eine kleine Reitergarde als Eskorte geschickt.

Es war eher ungewöhnlich, dass die Staatskanzlei des Vatikans sich um die Fortbewegung seiner hohen Würdenträger kümmerte, da diese selbst über genügend Mittel dafür verfügten.

Schließlich hatte sich Mezzoferro nach einem kurzen Wortwechsel von den lakonischen Erklärungen des päpstlichen Gesandten überzeugen lassen. Es handelte sich um eine äußerst dringliche Angelegenheit.

Ihm blieb nichts weiter übrig, als dem Wunsch des Kirchenoberhaupts Folge zu leisten und seine Freunde allein zu lassen. Er bat sie noch, ohne ihn mit dem Bankett zu beginnen. Sobald er seinen Verpflichtungen nachgekommen wäre, würde er wieder bei ihnen sein.

Kardinal Mezzoferro war ein großer Freund des guten Essens, sein Ruf eines Feinschmeckers und Kenners der raffiniertesten Soßen gab in ganz Rom Anlass zu Scherzen. Wegen eines plötzlichen Rufes aus dem Vatikan auf ein Mahl zu verzichten bedeutete für ihn wahrlich ein großes Opfer und bewirkte Unmut und schlechte Laune. Doch in Gegenwart des Boten unterdrückte er seine Verärgerung und beschränkte sich auf ein giftiges Lächeln. In Wirklichkeit war er wütend.

Er kannte den Grund für diese Dringlichkeit nicht und hoffte, dass sie gerechtfertigt wäre.

Angesichts der Unerbittlichkeit des Gesandten hatte er einen Augenblick lang befürchtet, dass er wegen irgendeines Vergehens *ipso facto* zur Engelsburg gebracht und in einen der unterirdischen Kerker geworfen werden würde. Er wäre nicht der Erste gewesen in diesen Zeiten. Niemand, nicht einmal ein Kardinal, war vor der Verleumdung oder dem Racheakt eines neiderfüllten Ordensbruders gefeit. Und Mezzoferro hatte viele Feinde. Neid und Ehrgeiz sowie ausgeprägter Machtinstinkt waren unter den Klerikern weit verbreitet. Aber sosehr er sich auch bemühte, es fiel ihm partout kein vernünftiger Grund für eine Verhaftung ein.

Um in die Engelsburg gesperrt zu werden, bedurfte es selbstverständlich der Zustimmung des Papstes, und er glaubte nicht, dass Papst Pius IV. so weit gehen würde. Bevor dieser Petrus' Thron bestiegen hatte, waren sie Freunde gewesen. Doch was konnte nicht alles passieren, und es war nicht ausgeschlossen, dass irgendein Einfaltspinsel imstande war, den scharfsichtigen Pontifex zu einem so niederträchtigen Schritt zu bewegen. Der Heilige Vater hatte einen Schwachpunkt: Er sah sich ständig durch Komplotte bedroht. Man konnte sich nie in Sicherheit wiegen, selbst wenn man ein reines Gewissen hatte.

Ausgesprochen verstimmt verließ er die Villa. Als er an einem Tisch mit einer Obstschale vorbeikam, griff er sich ein paar Äpfel. Sie würden ihm helfen, seinen hungrigen Magen zu überlisten.

Draußen erwarteten ihn die Kutsche mit den Insignien des Vatikans gut sichtbar auf den Türen und ein halbes Dutzend Gardisten zu Pferd. Er wusste aus Erfahrung, dass es inner- oder außerhalb des Kirchenstaates niemand gewagt hätte, eine solche Kutsche aufzuhalten.

Sein extremes Übergewicht machte das Einsteigen mühsam, doch mit einer verdrießlichen Handbewegung lehnte er die angebotene Hilfe eines Bediensteten ab und machte es sich auf der Sitzbank bequem. Der päpstliche Gesandte nahm ihm gegenüber Platz.

Da sein Begleiter nicht bereit zu sein schien, den Mund aufzumachen – er wusste nicht, ob aus Respekt gegenüber seinem Amt oder weil er diesbezüglich Anweisungen erhalten hatte –, grübelte der Kardinal auf der Fahrt weiter darüber nach, aus welchem Grund der Papst ihn so dringlich einbestellt haben könnte. Gab es vielleicht Neuigkeiten in den diplomatischen Beziehungen zu Frankreich, die solche Eile verlangten? Er war erst vor kurzem von einer Reise ins Königreich zurückgekehrt, wo er Katharina von Medici eine Botschaft des Heiligen Vaters überbracht hatte. Der Papst hatte seiner Empörung darüber Ausdruck verliehen, wie nachsichtig die Königin mit den protestantischen Ketzern umging, sowie über den geringen Eifer, mit dem sie den katholischen Glauben vertrat. Er wollte sie zur Räson bringen und empfahl ihr, gut nachzudenken, bevor sie eine Entscheidung traf, die sich negativ auf die gesamte Christenheit auswirken könnte. Das Beispiel Frankreichs, wo es erlaubt war, beide Religionen zu praktizieren, könnte in anderen Ländern Schule machen. Und das wäre einer Abspaltung gleichgekommen. Der Papst konnte nicht zulassen, dass die heilige römische Kirche die Hälfte ihrer Gläubigen verlor.

Die Fahrt dauerte knapp eine Stunde. Kurz vor den Vatikanspalästen fiel dem Kardinal auf, dass die Kutsche in einen wenig befahrenen Feldweg einbog, statt auf den Haupteingang zuzufahren.

Das überraschte ihn nicht. Es war nicht das erste Mal, dass er diesen Weg nahm. Er führte zu einem Seiteneingang, der nur benutzt wurde, wenn eine Persönlichkeit möglichst unauffällig in den Vatikan gebracht werden sollte. Die anderen Eingänge erlaubten solcherart Diskretion nicht.

Der Vatikan war als Machtzentrum *per se* eine Schlangengrube und Szenario der vielfältigsten Ränke um Macht und Einfluss. Jede Art von Intrigen war erlaubt, solange man die Sitten und Gewohnheiten respektierte. Es gab natürlich genau festgelegte Regeln, aber niemand kümmerte sich darum.

Diese Atmosphäre herrschte zu normalen Zeiten, doch wenn ein Konklave bevorstand, bei dem der Nachfolger auf den Heiligen Stuhl gewählt wurde, der wegen des Todes eines Papstes vakant war, waren heimliche Treffen, Bespitzelungen und Gerüchte an der Tagesordnung, um jedweden möglichen Kandidaten entweder zu unterstützen, zu beeinflussen oder zu diffamieren.

Nicht immer gewann der einflussreichste Kandidat. Es gab Bewerber, die für den Stimmenkauf ein kleines Vermögen ausgaben und am Ende nicht gewählt wurden. Wenn absehbar war, dass keiner der Kandidaten eine klare Mehrheit erzielen würde, wurde die Kandidatur des schwächsten Kardinals erwogen, der ohne einen Kompromiss zwischen den beiden großen Wunschkandidaten nie die notwendige Stimmenzahl bekommen würde.

Die Kutsche hielt vor einem kleinen, unscheinbar wirkenden Gebäude in den Gärten des Vatikans.

Offiziell war es die Residenz für verdiente Kleriker, Männer, die ihr Leben in den Dienst der heiligen Kirche gestellt hatten und denen man ihren Ruhestand auf ihre Kosten zugestand, aber Kardinal Mezzoferro konnte sich nicht daran erinnern, irgendwann einmal einen alten Geistlichen durch die Flure gehen oder aus dem Fenster schauen gesehen zu haben. Wie dem auch sei, er war schon zu anderen Gelegenheiten gebeten worden, diesen geheimen Eingang zu benutzen.

Tatsächlich kannten nur ganz wenige diesen Geheimgang, der vom Kellergewölbe des Gebäudes zu den Hauptpalästen führte, dem Sitz der weltlichen Regierung des Kirchenstaates und der noch wichtigeren geistlichen Leitung der gesamten Christenheit.

Sein schweigsamer Begleiter stieg rasch aus und stellte ihm einen Schemel an die Kutschentür, damit der Kardinal bequem aussteigen konnte. Er begleitete ihn zum Palasteingang, wo ein anderer Bediensteter wartete, küsste ihm den Ring und verschwand. Er hatte seinen Teil des Auftrags erfüllt: den erlauchten Kardinal von seinem Landsitz abzuholen und ihn unverzüglich in den Vatikan zu bringen. Jetzt war es Aufgabe eines anderen, ihn durch das Labyrinth der unterirdischen Gänge zu geleiten, die zu den Privatgemächern des Kirchenoberhaupts führten.

Der neue Begleiter begrüßte ihn mit einem knappen »Eure Eminenz«, aber Mezzoferro reagierte nicht darauf. Er dachte an den langen Weg, der ihm bevorstand, und daran, wie viele Begleiter er noch treffen würde in den unterirdischen Gängen, bis er sein Ziel erreicht haben würde.

Der Mann spürte, dass der Kardinal schlecht gelaunt war, und bat ihn nach dem protokollarischen Kuss des Rings, ihm zu folgen. Er kannte den Ruf des Kardinals, auch wenn er nie mit ihm persönlich zu tun gehabt hatte. Es hieß, er sei einer der einflussreichsten Männer der Kurie und enger Freund der letzten Päpste. Also eine Persönlichkeit, die mit äußerster Wertschätzung behandelt werden musste.

Der Kardinal ließ sich wortlos führen. Er war mit seinen

Gedanken woanders und noch immer verärgert darüber, das Bankett verpasst zu haben. Je näher das Treffen mit dem Papst rückte, desto neugieriger wurde er, schon wegen dieser Eile.

Um sich abzulenken, dachte er an sein wunderschönes Landhaus auf den Hügeln außerhalb Roms. Er hatte es vor einigen Jahren einem in Ungnade gefallenen Kardinal abgekauft, der die heilige Stadt überstürzt verlassen musste. Es war ein schönes Gebäude mit großen, weitläufigen Räumen, deren Decken mit Fresken religiöser Motive überzogen waren. Der frühere Besitzer hatte einen berühmten Künstler aus dem Norden Italiens mit ihrer Anfertigung beauftragt. Sie entsprachen zwar nicht gerade Mezzoferros Geschmack, aber sie missfielen ihm auch nicht. Er würde sie durch andere ersetzen lassen, die mehr nach seinem Geschmack waren, aber darum wollte er sich zu einem späteren Zeitpunkt kümmern, wenn erst einmal die jüngst begonnenen Arbeiten der großen Parkanlage fertig gestellt waren, die sich von den Terrassen des Landhauses bis zum Wald erstrecken sollte.

Einer seiner Kollegen hatte Springbrunnen und Wasserspiele im Garten seines Landsitzes aufbauen lassen. Mezzoferro war ganz begeistert von dem Einfall. Selbstverständlich durfte seine Residenz dem in nichts nachstehen, also hatte er die sofortige Anlegung eines Wassergrabens in Auftrag gegeben, damit das Wasser in Kaskaden an den ungeahntesten Stellen aus Engeln, Grotten, Quellen und Lagunen hervorsprudeln konnte – zum Entzücken seiner Gäste. Er wartete schon ungeduldig auf das Endergebnis, obwohl die Ingenieure ihm mitgeteilt hatten, dass die Arbeiten sich noch monatelang hinzögen.

Sie gingen durch einen langen Gang, der von hunderten kleinen Fackeln beleuchtet wurde. Ständig kamen sie an quer verlaufenden Durchgängen vorüber, die zu anderen diskreten Ausgängen führten. Es war ein wahres unterirdisches Labyrinth, das während der großen Plünderung Roms im Jahre 1527 durch spanische Söldner und deutsche Landsknechte unter den Gärten des Vatikans angelegt worden war, um im Notfall auch denjenigen geistlichen Oberhäuptern, die aus Platzgründen nicht im engen Kreis des Papstes geduldet waren, der sich in die Engelsburg zu flüchten pflegte, ebenfalls die Flucht zu ermöglichen.

Manche waren in der Hoffnung auf bessere Zeiten tatsächlich geflohen, darunter auch Kritiker und Gegner der unheilvollen Politik von Clemens VII., dessen wankelmütiger Führungsstil den Kirchenstaat ständig in Gefahr brachte. Seine Unbeständigkeit bei Bündnissen, bei denen er immer abwechselnd die großen Streiter im Kampf um die europäische Vorherrschaft unterstützte, hatte Karls V. Einmarsch in den Kirchenstaat und die Plünderung Roms zur Folge gehabt.

Mezzoferro kannte sich in den Gärten des Vatikans bestens aus. Hier war er oft spazieren gegangen mit den jeweiligen Päpsten, denen er bereits gedient hatte, wenn diese in der riesigen Gartenanlage ein wenig Luft schnappen und dem sie ständig umgebenden Heer der Höflinge, Beamten und Diener entkommen wollten. Außerdem boten diese Spaziergänge die Möglichkeit, fernab von indiskreten Ohren Privatgespräche mit dem jeweiligen Günstling zu führen.

Er kam in dem langen unterirdischen Gang nur langsam voran – sein beachtlicher Körperumfang erlaubte ihm keinen schnelleren Schritt –, und so berechnete der Kardinal im Geiste die zurückgelegte Strecke und wurde gewahr, dass er nicht genau sagen konnte, an welcher Stelle des Vatikans er sich gerade befand. Gingen sie vielleicht gerade unter dem Neptunbrunnen durch? Diese Idee kam ihm wegen der kleinen nassen Flecken, die er oben am Gewölbe ausmachen konnte.

Obwohl er eigentlich über einen guten Orientierungssinn verfügte, versagte der in diesem Falle gänzlich. Er wäre unfähig gewesen, allein zum Eingang zurückzufinden, wenn die Umstände ihn dazu gezwungen hätten.

Der Kardinal spürte, wie eine Last auf seiner Seele lag. Vermutlich hatte es mit der Ungewissheit zu tun, was ihn erwartete, oder mit seinem knurrenden Magen, doch was immer es auch sein mochte, er musste es ignorieren. Zum Essen musste er in sein Landhaus und zu seinen Gästen zurückkehren, und die Ungewissheit würde sich in wenigen Minuten auflösen. Was konnte ihn schon erwarten? Höchstens ein Verweis. Er erinnerte sich an nichts, was den Pontifex erzürnt haben könnte. Schließlich war er einer der einflussreichsten Kirchenfürsten und wurde von Papst Pius IV. sehr geschätzt.

In den letzten zwei Jahrzehnten hatte er mehreren Päpsten gedient. Die besten Erinnerungen bewahrte er an Paul III., der nicht wirklich ein heiliger Mann gewesen war, ihm aber die Kardinalswürde verliehen hatte. Gerade rechtzeitig, denn wenige Monate später war dieser Papst gestorben, und zu dessen Nachfolger Julius III. hatte er nur wenig Vertrauen gehabt; sie hatten sich kaum gekannt. Ihm folgte Marcellus II., der gut zwanzig Tage nach seiner Wahl starb, und schließlich sein Freund Carafa, der als Paul IV. den Heiligen Stuhl bestieg. Ein umstrittener Papst, starrköpfig und ultrakonservativ, dennoch hatten sie sich gut verstanden. Und ebenjener Paul IV. hatte ihn in die raffinierte und gefährliche Kunst der Diplomatie eingeführt. Er erinnerte sich an ihn als einen harten, unflexiblen Mann, der nur seine eigenen Interessen verfolgte und auf seine Weise eine starre Unbeugsamkeit verkörperte. Unter seinem Pontifikat fühlten sich nur wenige sicher, denn Kardinäle, die ihm unsympathisch waren, konnten unter jedwedem Vorwand in den Kerker wandern. Dennoch hatte Paul IV. die Zeit ihrer Freundschaft nicht vergessen und ihn immer diskret bevorzugt, wenn er einen Vertrauten brauchte. Unglücklicherweise dauerte auch sein Pontifikat nur knapp vier Jahre. Mezzoferro glaubte damals, sein guter Stern würde sinken, denn sein Nachfolger, der ehrgeizige Pius IV., war ein Erzfeind Pauls IV., was so weit ging, dass er während dessen Pontifikat in der fernen Stadt Melegnano nahe Mailand Zuflucht hatte suchen müssen, um der päpstlichen Rache zu entgehen. Doch Mezzoferro hatte noch einmal Glück: Entgegen aller Voraussagen berief Pius IV. ihn an seine Seite, bekräftigte sein Vertrauen in ihn, und so blieb der Kardinal päpstlicher Diplomat und übernahm immer wichtigere und heiklere Missionen.

Ebenso wie Paul IV. war auch Pius IV. vor seiner Wahl mit dem Kardinal befreundet gewesen, aber ihre Beziehung hatte sich anders gestaltet. Als Kardinal sah der zukünftige Pius IV. in jedem Kollegen einen potenziellen Rivalen für seine Besteigung des Papstthrons. Er zeigte sich freundlich, wahrte aber immer eine gewisse Distanz. Seine Haltung änderte sich radikal, als sich alle ins Konklave zurückzogen. Beide hatten in den letzten zwanzig Jahren bereits an mehreren Konklaven teilgenommen. Da zeigte sich der zukünftige Pius IV. plötzlich von seiner angenehmen Seite, scherzte und erzählte vergnügliche Anekdoten aus der gemeinsamen Vergangenheit, allerdings mit einem einzigen Ziel: Mezzoferros Stimme zu bekommen. Seine Taktik ging auf, denn er wurde tatsächlich zum Papst gewählt.

Endlich gelangten sie in einen kleinen Salon mit hoher freskengeschmückter Decke. Mezzoferro vermutete, dass sie sich ganz in der Nähe der päpstlichen Gemächer befinden mussten, obwohl er sich nicht daran erinnerte, schon einmal in diesem Raum gewesen zu sein. Er wurde von einem hohen Geistlichen in Empfang genommen. Mit feierlicher, bedächtiger Miene gab dieser ihm zu verstehen, dass er sich noch ein paar Minuten gedulden müsse, bis man den Heiligen Vater über sein Eintreffen in Kenntnis gesetzt habe.

Tatsächlich musste er nicht lange warten. Ein Glück, denn der Kardinal hatte vor lauter Hunger inzwischen Magenkrämpfe. Schon beim bloßen Gedanken an die köstlichen Gerichte, die seine Köche zubereitet hatten und die er nicht mal hatte anschauen können, weil der verfluchte päpstliche Gesandte ihn so gedrängt hatte, lief ihm das Wasser im Mund zusammen. Er war ein großes Schlemmermaul. Es gab kein feines Gasthaus in ganz Rom, das sich nicht damit brüstete, ihn als Gast begrüßt zu haben. Denn wenn die Küche nach dem feinen Geschmackssinn Seiner Eminenz war, dann bedeutete das eine große Würdigung und Ehre für das Lokal. Andernfalls hätte es einen Großteil seiner Gäste verloren. Wenn Kardinal Mezzoferro ein bestimmtes Gasthaus zum Mittagessen aufsuchte, war das die beste Garantie für eine ausgezeichnete Speisekarte.

Mezzoferro fürchtete jetzt, er könnte wegen des erzwungenen Fastens in Ohnmacht fallen. So hoffte er auf eine kurze Unterredung. Außerdem konnte er sich mit leerem Magen nie konzentrieren. Vielleicht könnte er darum bitten, dass man ihm für die Rückfahrt etwas Wurst und Brot zurechtmachte, während er mit dem Papst redete? Aber dazu blieb ihm keine Zeit, denn in diesem Augenblick wurde er zur Privataudienz in das Schreibzimmer Seiner Heiligkeit gebeten. Vor dem Betreten des Raumes bekreuzigte er sich.

Pius IV. saß an seinem Schreibtisch. Er war ein großer und trotz seines Alters hagerer Mann mit langem, fast weißem Bart, der ihm einen Anflug von Gutmütigkeit hätte verleihen können, wäre da nicht dieser harte, inquisitorische Blick gewesen. Er trug wie üblich den päpstlichen Pileolus und den roten, hermelinbesetzten Samtumhang über den Schultern. Vor ihm auf dem Tisch türmten sich unordentlich Papiere, Stempel, Federn, das Tintenfass und Breviere, dazwischen stand ein großes goldenes Christuskreuz, das mit Edelsteinen besetzt und wirklich wunderschön war. An den Wänden hingen herausragende Gemälde großer Meister mit ausschließlich religiösen Motiven. Eine Bronzearbeit von außergewöhnlicher Schönheit erkannte er wieder.

Pius IV. machte ihm mit ernstem Gesicht ein Zeichen, sich zu setzen. Vor dem Schreibtisch standen zwei identische Stühle, Mezzoferro wählte den linken, um den Heiligen Vater besser sehen zu können. Das Licht, das hinter ihm durch das hohe

Fenster hereinfiel, verlieh ihm eine geradezu göttliche Ausstrahlung. Hätte er sich in den anderen Sessel gesetzt, wäre sein Gesicht im Schatten geblieben. Er wirkte besorgt.

Seltsamerweise war Pius IV. allein. Das überraschte den Kardinal, denn er konnte sich an kein Treffen ohne die Anwesenheit von Dienern, Sekretären oder anderen Kardinälen erinnern. Nicht einmal, wenn es sich bei der Audienz um eine ausgesprochen delikate Mission gehandelt hatte. Das stachelte Mezzoferros Neugier noch mehr an. Was konnte es sein, das der Papst ihm mit so viel Geheimniskrämerei mitzuteilen hatte?

Er trat näher, machte den vorgeschriebenen Kniefall und küsste den Ring, den ihm Pius IV. wortlos hinhielt, als sei ihm das ganze Zeremoniell lästig. Er wollte so schnell wie möglich zur Sache kommen und keine Zeit mit protokollarischen Ritualen verschwenden.

»Eminenz, wir haben wieder ein Problem zu lösen«, setzte er ohne Einleitung an.

Das runde, verschwitzte Gesicht des Kardinals zeigte keinerlei Regung. Er war gewohnt, sich nichts anmerken zu lassen. In diplomatischen Angelegenheiten pflegte er seine Antworten sehr genau abzuwägen. Er gab nie übereilte Meinungsäußerungen von sich und auch keine Antworten, die als solche interpretiert werden könnten, denn das fand er unklug. Außerdem kannte er die menschliche Natur gut genug, um zu wissen, dass der Ratsuchende häufig keine Belehrungen hören, sondern in einer bereits gefällten Entscheidung bestätigt werden wollte.

Mezzoferro verfügte über die Gabe, zuhören zu können, und zugleich über die bemerkenswerte Fähigkeit, jedweden Vertrauensbeweis nicht zu missbrauchen. Das beruhigte die Gesprächspartner, weil sie wussten, dass ihre Geheimnisse bei Kardinal Mezzoferro gut aufgehoben waren und nie an die falschen Ohren gelangten.

Mezzoferro hörte erst zu, dachte nach und wog dann seine Antworten genau ab. Deshalb wurde er von den Päpsten so geschätzt. Er konnte Streitfragen lösen, die Vertrauen, Diplomatie und Kaltblütigkeit verlangten. Letztere besaß er im Überfluss. Er wusste immer, wie und wann er reagieren musste. Ein Lächeln, eine leicht hochgezogene Augenbraue, ein vielsagender Blick konnten sowohl als Warnung als auch als Wohlwollen oder Interesse interpretiert werden.

Er nahm an, dass diese Mitteilung keine Erwiderung erforderte, denn Pius IV. erwartete keine Höflichkeitsfloskeln. Und so war es.

»Wir sind in großer Sorge über die heikle Situation in Spanien.«

Mezzoferro schwieg und zeigte sich wenig interessiert. Es war noch zu früh, den Mund aufzumachen. Welche Situation meinte der Heilige Vater?

»Heute Morgen ist ein Schreiben eingetroffen, das Uns über einen äußerst ernsten und verhängnisvollen Vorfall in Spanien unterrichtet«, fuhr Pius IV. fort.

Der Kardinal schwieg hartnäckig. Es war besser abzuwarten, bis der Papst alles gesagt hatte, dann würde sich schon bald der Grund für die unaufschiebbare Zusammenkunft offenbaren.

Tatsächlich hatte es Pius IV. eilig, seine große Sorge zum Ausdruck zu bringen und sie mit seinem vertrauenswürdigen Adlatus zu teilen.

»Wir wurden darüber in Kenntnis gesetzt, dass der Großinquisitor der Heiligen Inquisition, Fernando de Valdés, den Erzbischof von Toledo, Kardinal Carranza, verhaftet hat!«

Jetzt konnte Mezzoferro seine Überraschung nicht verbergen. Das war wirklich bitterernst und nicht nur »ein ernster und verhängnisvoller Vorfall«. Das war eine echte Katastrophe. Als die erste Überraschung verflogen war, fragte er in gemäßigtem und ruhigem Tonfall:

»Kann Eure Heiligkeit der Quelle vertrauen?«

»Wir haben keinen Zweifel. Außerdem ist es Uns von der Staatskanzlei bestätigt worden.«

Der Kardinal ließ ein paar Sekunden verstreichen, bevor er erwiderte:

»Ich nehme an, dass der Großinquisitor handfeste Gründe hat, wenn er es wagt, den höchsten Erzbischof von Spanien unter Arrest zu stellen …«

»Die Anschuldigung erscheint Uns eher politischer Natur zu sein«, räumte Pius IV. ein. »Wir wissen von der tiefen Abneigung, die beide gegeneinander hegen. Valdés ist ein Ehrgeizling und blickt immer voller Neid auf Kardinal Carranza. Das Amt des Erzbischofs von Toledo gewährt beträchtliche Zinserträge, wie Ihr wisst. Zwischen den beiden gab es nie die geringste Annäherung. Doch Valdés macht seine Arbeit gut, und ich erinnere Euch daran, dass die spanische Inquisition das Bollwerk unseres Glaubens ist.«

»Aber wie lautet denn die Anschuldigung?«. Mezzoferro wurde ungeduldig.

»Ketzerei …«, stieß der Papst zweifelnd aus. »Der Großinquisitor beschuldigt den Erzbischof von Toledo der Ketzerei. Findet Ihr das nicht auch erstaunlich?«

»Und worauf stützt sich dieser Vorwurf der Ketzerei?«, fragte Mezzoferro argwöhnisch.

»Laut Fernando de Valdés hat Seine Eminenz, Erzbischof Kardinal Carranza, in Antwerpen einen Katechismus ketzerischen Inhalts veröffentlicht.«

Jetzt war Mezzoferro verblüfft. Die Anschuldigung erschien ihm schlichtweg verrückt. Der höchste Geistliche von Spanien der Ketzerei beschuldigt? Er kannte Valdés' Ehrgeiz. Ihm war alles recht, was dazu geeignet war, sich in den Augen Philipps II. verdient zu machen, selbst wenn er halb Spanien zum Ketzernest erklären müsste, um damit seine Macht und seinen Einfluss zu stärken. Aber zwischen dieser Vorgehensweise und der Verhaftung des ehrwürdigen Erzbischofs von Toledo bestand ein großer Unterschied.

»Darf ich Eure Heiligkeit fragen, was Ihr von mir erwartet?«, fragte Mezzoferro gereizt. Er hatte Hunger, sein knurrender Magen erinnerte ihn ständig daran.

»Wir wollen, dass Ihr augenblicklich nach Spanien reist und Uns über die Entwicklung der Geschehnisse unterrichtet. Valdés' Vorgehen bringt Uns in eine kritische Lage. Einerseits müssen Wir die heilige Inquisition unterstützen, andererseits können Wir aber nicht tolerieren, dass sie sich in die Angelegenheiten des Heiligen Stuhls einmischt und den Erzbischof von Toledo verhaftet.« Er holte Luft, bevor er hinzufügte: »Aber eigentlich ist das nur die offizielle Erklärung für Eure Reise.«

Mezzoferro blieb unerschütterlich. Pius IV. betrachtete prüfend seine Fingernägel, als sei die Maniküre seine einzige Sorge.

»Aha«, kommentierte der ausgehungerte Kardinal die vieldeutige Schlussbemerkung von Pius IV. »Dann gibt es also noch einen anderen Grund.«

Seine Miene drückte nur Teilnahmslosigkeit aus. Vielleicht wäre es angemessen gewesen, ein verschwörerisches Gesicht aufzusetzen, weil ihm gleich ein großes Geheimnis anvertraut werden sollte, aber er ließ es sein. Er kannte den Papst gut genug, um nicht auf sein Spiel hereinzufallen. Pius IV. tat gerne geheimnisvoll und spielte den Undurchschaubaren, während er sich darüber amüsierte, wie der Gesprächspartner durch seine doppelsinnigen Anspielungen auf die Folter gespannt wurde.

»Ihr werdet eine doppelte Mission erfüllen«, fuhr der Pontifex geheimnisvoll fort. »Erstens müsst Ihr mit einer List versuchen, Valdés davon zu überzeugen, die Anklage zurückzunehmen. Wir wollen nicht, dass er sich von Uns unter Druck gesetzt fühlt, das würde er ausnutzen, um einen Vorteil für sich herauszuschlagen. Der Papst kann nicht bei jeder Bitte etwas im Austausch dafür anbieten.« Er atmete tief durch, bevor er weitersprach. »Es ist ziemlich unrühmlich, zudem abträglich und kontraproduktiv für die Gläubigen, den ranghöchsten kirchlichen Würdenträger von Spanien eingesperrt zu sehen. Überredet Philipp II., seinen Einfluss geltend zu machen und Valdés zu einem Rückzieher zu bewegen. Von Rom aus sind Uns die Hände gebunden, Wir können nicht direkt intervenieren. Wir wollen nicht, dass sich irgendeine Seite von Uns unterstützt fühlt. Im Augenblick darf niemand wissen, dass der Papst persönlich eingeschritten ist, um das Problem zu lösen. Eure Mission, Kardinal Mezzoferro, verlangt absolute Diskretion. Zunächst reist Ihr inkognito. Es ist besser, wenn Valdés nicht offiziell von Eurer Spanienreise erfährt. So könnt Ihr Euch frei bewegen und Euch mit allen Persönlichkeiten treffen, die zu konsultieren Ihr für notwendig erachtet, ohne von der Inquisition beobachtet zu werden. Wir wollen dem Großinquisitor keine Gelegenheit bieten, sich in Eure Mission einzumischen, denn wenn er davon erfährt, könnte er versuchen, auf Eure Kontaktpersonen Einfluss zu nehmen. Im geeigneten Augenblick werden Wir ihn offiziell von Eurer Anwesenheit in Kenntnis setzen. Es ist gut möglich, dass Valdés schon auf dem Laufenden über Eure Bewegungen sein wird, wenn es so weit ist. Ihr müsst also für größte Geheimhaltung sorgen. Reist unter falschem Namen. Wir werden Euch einen Brief an den König mitgeben, der bestätigt, dass Ihr auf Unser Geheiß unterwegs seid, dazu einen Passierschein für den Fall, dass Ihr aufgehalten und verhört werdet. Den dürft Ihr nur im äußersten Notfall benutzen.«

Mezzoferro nickte. Bei der Vorstellung, ins Kreuzfeuer der Inquisition zu geraten, lief ihm ein kalter Schauder über den Rücken. Er wusste einiges über den gefürchteten Großinquisitor Valdés, obwohl er ihn nie persönlich kennengelernt hatte. Und er hatte gehört, dass in seiner Gegenwart alle unweigerlich ein Schuldgefühl beschlich, selbst wenn sie keinen Grund dazu hatten. Er bezweifelte stark, dass ein Passierschein, selbst wenn er von Pius IV. persönlich unterzeichnet war, im »äußersten Notfall« etwas gegen die Grausamkeit des Großinquisitors ausrichten könnte.

Darüber hinaus erschien ihm die Mission, auch wenn sie von großem Vertrauen zeugte, sehr gefährlich und höchst undankbar. Inkognito reisen? Wo er doch mit dem größten Vergnügen den Prunk seines Amtes zur Schau zu tragen pflegte? Der Papst verlangte wirklich ein großes Opfer von ihm.

»Eure Heiligkeit hat von einer doppelten Mission gesprochen«, ließ er wie nebenbei fallen.

Pius IV. antwortete nicht gleich. Er senkte den Blick und spielte zerstreut mit seinem Ring. Die Frage schien ihm zu missfallen. Langsam wird das Ganze interessant, dachte Mezzoferro.

»Eminenz«, sagte der Pontifex, »der zweite Teil ist noch heikler als der erste. Er erfordert Unser allergrößtes Vertrauen in die Person, die wir damit betrauen.«

Was wollte er damit sagen? Wollte er sich etwa seiner Treue versichern mit einem Kompliment, das keiner von beiden ernst nahm, oder wollte er ihn um einen persönlichen Gefallen bitten? Jetzt war er richtig neugierig. Was wollte der Papst wirklich von ihm?

»Gut«, fuhr Pius IV. fort. »Der Umstand, dass Erzbischof Kardinal Carranza ...« Er unterbrach sich, als fiele es ihm schwer, es auszusprechen. »Kardinal Carranza hatte den Auftrag, ein für die heilige Kirche ausgesprochen wichtiges Objekt aufzubewahren, als er unseligerweise von der Inquisition verhaftet wurde. Wir müssen wissen, ob dieses persönliche Objekt in Sicherheit ist, und wenn ja, ob Carranza bereit wäre, es Euch auszuhändigen, um es nach Rom zu bringen. Es darf unter keinen Umständen der Inquisition in die Hände fallen.« Er unterbrach sich erneut, als müsse er abwägen, wie weit sein Vertrauen reichte.

»Und?«, fragte Mezzoferro ungeduldig.

»Das besagte Objekt darf niemandem in die Hände fallen«, wiederholte Pius IV. schneidend und zugleich gekränkt vom mangelnden Interesse des Kardinals. »Und schon gar nicht in die Hände des Großinquisitors.«

Wenn er das so betonte, musste es sich um etwas wirklich Wichtiges handeln. Jetzt verstand er die Eile des Papstes, sich mit ihm zu treffen, und warum er nicht wollte, dass Valdés zu früh von seiner Reise erfuhr. Vorher sollte er dieses geheimnisvolle Objekt in Sicherheit bringen. Was konnte das sein, das auf keinen Fall in die Hände des Großinquisitors gelangen durfte? Er hatte gesagt, »ein für die heilige Kirche ausgesprochen wichtiges Objekt«. Meinte er mit der heiligen Kirche etwa sich selbst?

»Darf ich Eure Heiligkeit fragen, um was für ein Objekt es sich handelt, dessen Wiederbeschaffung so hohe Priorität hat?«

»Nein, dürft Ihr nicht. Bedauerlicherweise sind Wir nicht autorisiert, Euch zu enthüllen, worum es sich handelt. Wir glauben nicht, dass Carranza es anderen Händen anvertraut, deshalb ist es nicht nötig, dass Ihr wisst, um was es sich handelt. Wichtig ist zu erfahren, ob es an einem sicheren Ort aufbewahrt wird.« Nach einer kurzen Pause fügte er hinzu: »Ihr könnt ihn natürlich nicht direkt danach fragen, wenn Ihr ihn im Kerker besucht. Dort gibt es tausend Lauscher, auch wenn Ihr sie nicht seht. Deshalb müsst Ihr einen bestimmten verschlüsselten Satz sagen, den er verstehen wird. Und er wird die richtige Antwort wissen, damit Ihr ihn versteht und sie Uns weitergeben könnt.«

Er sah ihn mit ungewöhnlich hartem Blick an. Mezzoferro verstand die Botschaft: Pius IV. fühlte sich bedroht und war zu allem bereit, um das kompromittierende Objekt wiederzubekommen.

War das »Wir sind nicht autorisiert« ein Versprecher? Nicht autorisiert von wem? Wer könnte die höchste Instanz der Kirche autorisieren, wenn nicht sie selbst? Jetzt gab es keinen Zweifel mehr. Wenn der Papst derart darauf beharrte, dieses geheimnisvolle persönliche Objekt wiederzubeschaffen, dann konnte das nur bedeuten, dass es ihm selbst gefährlich werden konnte.

»Deshalb schlage ich vor«, fuhr der Pontifex fort, »dass Ihr einen Weg findet, Euch so schnell wie möglich mit Carranza zu treffen, und zwar so, dass die Inquisition nichts davon erfährt. Andernfalls wird man Euch nicht in Ruhe lassen. Wir werden Euch einen persönlichen Brief mitgeben, der Carranza begreiflich macht, dass Ihr befugt seid, besagtes Objekt entgegenzunehmen, für den unwahrscheinlichen Fall, dass er bereit dazu wäre, und Euch erlaubt, Uns die Antwort zu überbringen, dass es in Sicherheit ist.«

Pius IV. schrieb etwas auf ein Blatt Papier und reichte es dem Kardinal.

»Das ist der Satz. Lernt ihn auswendig, und verbrennt das Papier. Jetzt sind wir drei, die ihn kennen, mehr dürfen es nicht sein. Habt Ihr mich verstanden?«

»Selbstverständlich, Heiliger Vater. Ihr wisst, dass Ihr Euch auf mich verlassen könnt.«

Mezzoferro glaubte, die Unterredung sei zu Ende, und wartete auf ein Zeichen, dass er sich zurückziehen könnte. Dann würde er schnell in sein geliebtes Landhaus zurückkehren und seinen Magen mit einem stärkenden Mahl zufriedenstellen. Aber der Papst war noch nicht fertig.

»Wir benötigen Carranzas Antwort so schnell wie möglich. Um eine erfolgreiche Durchführung der Mission zu gewährleisten, ist es besser, wenn Ihr uns nicht schreibt. Ihr wisst, wie effizient die Inquisition beim Abfangen der Post ist. Außerdem gelingt es ihr außergewöhnlich oft, die Leute zum Gestehen von Sünden zu bewegen, die sie nicht begangen haben. Das kann sie am besten!«

Der Kardinal lächelte höflich über diesen Einwurf. Er fand die Methoden der Inquisition überhaupt nicht witzig, und bevor man nicht selbst in der Löwengrube landete, war es keineswegs angemessen, ironische Bemerkungen über sie zu machen.

»Eure Heiligkeit kann ganz beruhigt sein«, antwortete er

mit gespielter Gefälligkeit. »Ich werde Euch nach meiner Rückkehr persönlich vom Ergebnis der Mission unterrichten.«

»Nein!«, rief Pius IV. daraufhin zu seiner Überraschung. »So lange können Wir nicht warten! Die Reise nach Spanien dauert zu lange.«

Kardinal Mezzoferro dachte irritiert: Wie denn sonst?, sprach es aber nicht aus. Er wartete auf weitere Anweisungen. Was hatte der Papst ersonnen, um sich mit ihm in Verbindung zu setzen, wenn er keinen Brief von ihm erhalten und auch nicht auf seine Rückkehr warten wollte?

»Wie kann ich Eurer Heiligkeit das Ergebnis meiner Mission mitteilen, wenn nicht schriftlich oder persönlich bei meiner Rückkehr?«, fragte er. »Soll ich Euch eine Person meines Vertrauens mit einer mündlichen, verschlüsselten Botschaft senden?«

»Wir dürfen niemandem trauen«, sagte Pius IV. schneidend. »Aber Wir haben an etwas Einzigartiges und absolut Diskretes gedacht, von dem nur Wir und Ihr wissen.«

Mezzoferro spitzte die Ohren. Dieser Mann – auch wenn er es rücksichtslos fand, den Heiligen Vater als einen schlichten Sterblichen anzusehen, erlaubte er sich das nach den vielen gemeinsamen Jahren gelegentlich – war schlauer als ein Fuchs. Was hatte er jetzt wieder ausgeheckt?

»Ihr werdet Euch doch bestimmt noch an Meister Giorgio Vasari erinnern …«

Was zum Teufel hatte Vasari mit alldem zu tun? Der unwillkürliche, blasphemische Ausbruch ließ Mezzoferro leicht erröten, und im Geiste stimmte er sogleich ein *Mea culpa* an, weil er den Teufel beschworen hatte.

»Natürlich, aber …«

»Gut«, unterbrach ihn Pius IV. »Vor einiger Zeit hat Uns der Meister auf eine Dame aus Cremona aufmerksam gemacht, die jetzt als Gesellschaftsdame der Königin am spanischen Hofe lebt und großes Talent in der Kunst der Malerei haben soll.«

Malerei? Hatte er Malerei gesagt? Jetzt verstand der Kardinal gar nichts mehr. Worauf wollte der Papst hinaus?

Als könne er seine Gedanken lesen, fuhr Pius IV. fort:

»Ja, Ihr habt richtig gehört. Das ist außergewöhnlich, nicht wahr? Eine Frau und Malerin. Nun, Wir haben den spanischen Hof offiziell um ein Porträt der jungen Königin Elisabeth von Valois ersucht und ausdrücklich darum gebeten, dass dieses Porträt von ihrer Hofdame angefertigt wird. Unglücklicherweise ist das Gemälde schon auf dem Weg nach Rom und kann nicht mehr benutzt werden für … unseren Zweck.«

Mezzoferro verstand immer noch nicht. Wo war die Verbindung zu seiner Mission?

»Wir haben jetzt allerdings in einem privaten Brief diese Dame namens Sofonisba Anguissola gebeten, Unserem Wunsch Folge zu leisten, ein Selbstbildnis für unsere Privatsammlung anzufertigen.«

Pius IV. lächelte, augenscheinlich stolz auf seinen Einfall, doch der Kardinal konnte ihm noch immer nicht folgen. Worauf wollte er mit seinem Vortrag hinaus?

»Ich fürchte, ich verstehe nicht ganz den Zusammenhang, Heiliger Vater«, räumte er schließlich ein.

»Es ist ganz einfach, Eminenz. Hört gut zu: Als Meister Vasari Uns die Arbeit seiner Schülerin beschrieb, erklärte er auch, dass besagte Dame – die ihre Bilder nicht selbst signieren kann, weil das für eine Hofdame unschicklich wäre – manchmal eine kleine, wie wir meinen, typisch weibliche List anwendet, um ihrem Werk Echtheit zu verleihen. Eine kleine persönliche Note, für das ungeübte Auge nicht erkennbar, aber bedeutungsvoll für den Kenner. Habt Ihr jetzt verstanden? Es ist ganz einfach!«

Mezzoferro tappte weiter im Dunkeln. Ganz einfach? War das vielleicht ein Rätsel? Er hatte Hunger und war jetzt nicht für Rätselraten zu haben.

»Ich fürchte, ich …«

»Ihr überrascht mich, Eminenz. Ich dachte, Ihr seid gewiefter.«

Der Kardinal wollte ihm schon eine scharfe Antwort geben, aber dieses Vergnügen konnte er sich nicht leisten.

»Wir nutzen dieses unbedeutende Detail für unsere Kommunikation«, erklärte er endlich. »Für denjenigen, der nichts von seiner Bedeutung weiß, wird die Botschaft unverständlich bleiben. Nur Wir und Ihr wissen davon. Ihr müsst einen Weg finden, um zu bewerkstelligen, dass die Malerin ihre eigenwillige Signatur einsetzt oder nicht, je nach der Antwort, die Ihr mir übermitteln wollt. Wenn sie es benutzt, bedeutet das, dass Eure Mission erfolgreich war und Ihr das Objekt erhalten habt oder es in Sicherheit ist. Wenn es nicht auftaucht, bedeutet es das Gegenteil. Einverstanden?«

Wovon redest du eigentlich?, dachte Mezzoferro, als er begriff, dass sich seine Mission immer komplizierter gestaltete. Was sollte das, eine Künstlerin davon zu überzeugen, etwas so oder so zu malen?

»Heißt das, die Dame kennt unser Geheimnis?«, fragte er mit gespielter Naivität. »Um ihr diese Anweisungen weiterzugeben, müsste man das vorher erklären. Anders sehe ich nicht, wie sie dieses Detail einfügen sollte.«

»Auf keinen Fall«, erwiderte Pius IV. scharf. »Ihr müsst Euch etwas einfallen lassen, damit sie die Botschaft unwissentlich übermittelt, sie darf nicht merken, dass sie eine Geheimnisträgerin ist. Wenn die Antwort positiv ist, sagt Ihr zum Beispiel, dass es dem Papst gefallen würde, wenn sie das Gemälde signiere, wie sie es für gewöhnlich zu tun pflegt, und wenn die Antwort negativ ausfällt, behauptet Ihr das Gegenteil. Sie darf auf keinen Fall etwas merken. Nur so können wir ihre Sicherheit gewährleisten. Wir dürfen sie keiner Gefahr aussetzen. Wenn Valdés misstrauisch wird, würde er keinen Augenblick zögern, sie der Folter zu unterziehen, um sie zu einem Geständnis zu zwingen. Wenn sie nichts weiß, kann sie auch nichts sagen. Nutzt Euren gesunden Menschenverstand. Gott wird bei Euch sein, und Wir stärken Euch mit Unseren Gebeten.«

»Ich nehme an, bei meiner Ankunft wird das Selbstbildnis schon fertig gestellt sein …«

»Das sollte es«, antwortete Pius IV., als sei das eher nebensächlich. »Unser Nuntius in Madrid hat den Auftrag erhalten, es Uns gleich, wenn die Malerin es ihm ausgehändigt hat, zu schicken. Kümmert Euch nur darum, dass es die benötigte Botschaft trägt. Der Nuntius wird es durch einen Boten im diplomatischen Dienst auf den Weg bringen, bevor Ihr Spanien verlassen habt.«

Er erhob sich und gab damit zu verstehen, dass die Audienz beendet war.

Der Kardinal wirkte nachdenklich. Er sah keine Notwendigkeit für so viel Geheimniskrämerei. Ihm standen Vertrauensleute zu Diensten, die ihr Leben für ihn gelassen hätten. Sie hätten nicht einmal unter Folter den Mund aufgemacht. Außerdem gab es viele Möglichkeiten, Botschaften zu übermitteln. Er hielt es für unnötig, dass der Heilige Vater die Angelegenheit so unnötig komplizierte, indem er Dritte einbezog.

Aber im Grunde überraschten ihn die von Pius IV. ausgebrüteten vertrackten Machenschaften nicht wirklich. Er wusste um seinen furchtsamen, argwöhnischen Geist, der sich ständig von Komplotten bedroht sah, und dass er natürlich auch Grund hatte, allem und jedem zu misstrauen. Seine Reformen waren in Rom nicht gut aufgenommen worden, und erst jüngst hatte man eine Verschwörung aufgedeckt, deren Ziel es gewesen war, ihn umzubringen. Er war mit dem Leben davongekommen, aber seither war er noch misstrauischer. Es wäre sinnlos gewesen, sich damit aufzuhalten, ihn vom Gegenteil zu überzeugen. Wenn sich Pius IV. etwas in den Kopf gesetzt hatte, war er nicht davon abzubringen. Er war schnell gekränkt, und es war nicht ratsam, ihm zu widersprechen. Pius IV. hätte nicht gezögert, Mezzoferros steilen Aufstieg zunichtezumachen und ihm seinen Besitz und seine Privilegien wegzunehmen, wenn er seinen Plan nicht gutgeheißen hätte. Sein Verhalten war von nahezu machiavellistischer Rücksichtslosigkeit geprägt, und beim Gedanken an die Jahre, als beide noch namenlose Bischöfe waren, kam Mezzoferro zu dem Schluss, dass es vielleicht gerade dieser gepeinigte Geist gewesen war, der ihn an die Spitze katapultiert hatte.

Er schob seine törichten Betrachtungen über die Verflechtungen des Vatikans lieber beiseite. Er kannte seinen Mechanismus viel zu gut und war selbst ein Teil davon. Das waren die Spielregeln, und wer sich nicht darauf einließ, dessen Zukunft war unweigerlich in Gefahr.

»Es wird alles nach den Wünschen Seiner Heiligkeit geschehen«, antwortete er nach einer kurzen Pause. Er wollte schnellstmöglich wieder zu seinen Freunden an die Tafel zurück.

Pius IV. sah ihm zum ersten Mal, seit sein alter Freund den Raum betreten hatte, in die Augen. Um seine Pläne durchzusetzen, hatte er ihn absichtlich so kühl empfangen. Jetzt konnte er ihn direkt ansehen. Mezzoferro musste inzwischen das Doppelte wiegen wie zu dem Zeitpunkt, als sie sich kennenlernten. Pius IV. war nicht entgangen, wie schwer er atmete. Offensichtlich machten Alter und Übergewicht seiner Gesundheit gewaltig zu schaffen. Vielleicht war er nicht die geeignete Person für eine solche Mission, aber er hatte sonst niemanden, dem er blind vertraute. Er wusste, dass Mezzoferro seine Anweisungen wortwörtlich befolgen würde, und fühlte sich einen Moment schuldig, weil er ihn nicht in seinem schönen Landhaus vor der Stadt in Ruhe ließ, aber er unterdrückte sein Mitleid sofort wieder. Das Wohl der heiligen Kirche und besonders sein eigenes waren weit wichtiger als persönliche Gefühle.

Er hätte ihn gerne wie in alten Zeiten umarmt, aber das war undenkbar, seine hohe Funktion verbot es ihm. Die Pflichten seines Amtes hatten zwischen ihnen einen unüberwindlichen Graben gezogen. Jetzt war er der oberste Hirte der Christenheit,

Vertreter Gottes auf Erden und Verfechter des einzig wahren Glaubens. Er konnte sich nicht wie ein Normalsterblicher verhalten. Einen Augenblick lang sehnte er sich nach der Zeit, als die Macht ihn noch nicht vom Rest der Menschheit trennte.

»Ich bitte dich, Giovanni, sei klug und vorsichtig«, sagte er schließlich.

Der Kardinal sah überrascht auf, und sein Blick traf den des Papstes. Er war gerührt und musste sich anstrengen, die unwillkürlich aufsteigenden Tränen zurückzuhalten. Es war das erste Mal, seit sich Angelo in Pius IV. verwandelt hatte, dass er ihn so persönlich anredete und einen Augenblick den Pluralis Majestatis vergaß.

»Ich danke Euch, Heiliger Vater, dass Ihr Euch um meine Wenigkeit Sorgen macht. Ich werde Euren Rat befolgen.«

Für beide war die Audienz zu Ende. Der Kardinal ging zu Pius IV., um seinen Ring zu küssen, und der gab ihm seinen Segen. Nur so konnte er seinem alten Freund seine Gefühle übermitteln.

5

Seit ihrem Eintreffen in Spanien war schon einige Zeit vergangen. Die ersten Wochen waren ziemlich aufregend gewesen, doch dann wurde das Leben ruhiger, denn Sofonisba gewöhnte sich langsam an ihre neue Rolle als Hofdame und den ungewohnten Lebensstil. Sie war zufrieden mit ihrem neuen Status, obwohl sie manchmal die Zeit vermisste, in der sie sich ausschließlich ihrer Lieblingsbeschäftigung widmen konnte: der Malerei.

Als sie endlich über ein paar freie Stunden verfügte, wollte sie diese ganz privat für die Meditation und das Gebet nutzen. Auf ihrem täglichen Weg vom Palast des Herzogs von Alba, wo sie anfangs einquartiert war, zu der Burg des Herzogs von Infantado in Guadalajara, wo zu dem Zeitpunkt die Monarchen residierten, hatte sie zufällig eine kleine Kirche entdeckt.

Sie suchte sie nicht des Glaubens wegen auf, sie verspürte nur das dringende Bedürfnis, ein Weilchen allein zu sein. Zumindest so lange, um zu sich selbst zu finden. Sie musste in Ruhe nachdenken. Zu viele Ereignisse hatten ihr bisher ruhiges und gewöhnliches Leben völlig durcheinandergebracht.

Sofonisba brauchte einen Ort des Friedens. Und welcher Ort wäre besser dafür geeignet als das stille Halbdunkel einer unbekannten Kirche, weit weg vom Lärm und der Rastlosigkeit des Hofstaates? Dort würde sie bestimmt die Ausgeglichenheit und den inneren Frieden finden, die sie so dringend benötigte.

Die Reise nach Spanien war lang und mühsam gewesen.

Nach Erhalt der königlichen Einladung seiner Tochter und seiner selbst hatte Amilcare Anguissola Sofonisba von Cremona nach Mailand begleitet. Doch als er merkte, wie beschwerlich eine solche Reise für ihn sein würde, und beim Gedanken an seine anderen Kinder, die er zurücklassen musste, hatte er Philipp II. einen Brief geschrieben und ihm erklärt, dass er wegen seines fortgeschrittenen Alters die Tochter doch nicht begleiten könne.

Die erste wirkliche Trennung von ihrem geliebten Vater war herzzerreißend gewesen, denn Sofonisba verließ das Land auf unbestimmte Zeit.

Ihr sechster Sinn sagte der jungen Frau, dass sie ihren Vater wahrscheinlich nicht mehr lebend wiedersehen würde, wie es tatsächlich auch geschehen sollte. Aus diesem Grund verabschiedete sie sich besonders liebevoll und zärtlich von dem Mann, der ihr immer eine große Hilfe und unangefochten der eigentliche Förderer ihres Maltalents gewesen war.

Auch als Sofonisba schon erwachsen war, blieben Vater und Tochter einander sehr zugetan, beide verband eine ausgeprägte geistige Haltung. Amilcare hatte sich, vielleicht stärker als bei seinen anderen Kindern, energisch und unbeirrt dafür eingesetzt, Sofonisbas Talent bekannt zu machen, indem er bei allen vorstellig geworden war, die in der Lage waren, ihr zu helfen oder sie zu fördern. Er war sehr stolz auf seine Erstgeborene, und dass sie nun als bedeutende Künstlerin anerkannt wurde, machte ihn glücklich. Wenn in einem Brief die Kunst seiner Tochter gepriesen wurde, war er jedes Mal zu Tränen gerührt.

Sofonisba hatte bisher stets unter seinem liebevollen Schutz gelebt und war höchstens ein paar Tage von ihm getrennt gewesen. Die ungewisse Zukunft, die schwierige Aufgabe, diese erste wichtige Herausforderung ihres Lebens allein zu meistern, ließ sie immer wieder zögern. Sie war sich nicht sicher, ob sie die ihr gebotene Gelegenheit wirklich annehmen sollte. Es war noch Zeit abzulehnen, doch sie ahnte, welche Folgen ein plötzlicher Meinungswandel haben würde. Schließlich konnte ihr Vater sie überzeugen. Die Einladung des spanischen Königshofs war eine zu große Ehre, die durfte man einfach nicht ablehnen.

Nach dem schweren Abschied reiste Sofonisba mit einer kleinen Eskorte, die aus zwei Damen, ihrer Dienerin Maria Sciacca, zwei Rittern und sechs Reitknechten bestand, schließlich nach Genua weiter. Der König von Spanien hatte seinem Gouverneur in Mailand Anweisung gegeben, dafür zu sorgen, dass die Reise der Dame Anguissola bequem und würdig vonstatten ginge, und hatte dafür nicht nur eine ansehnliche Begleitung, sondern auch die erkleckliche Summe von eintausendfünfhundert Escudos für Spesen zur Verfügung gestellt.

Für die Mühsal der Reise wurde sie bei ihrem Eintreffen mit einem großartigen Empfang entschädigt. Diese Begrüßung übertraf alle ihre Erwartungen. Die Höflinge zeigten sich zuvorkommend und freundlich, überhäuften sie mit kleinen Geschenken und waren darum bemüht, sie komfortabel und nach ihrem Geschmack unterzubringen.

In den Tagen bis zu ihrer offiziellen Einführung am Königshof wurde Sofonisba vorläufig im Stadtpalast der Herzöge von Alba einquartiert, wo man sie mit größter Ehrerbietung behandelte. Ihr Ruf einer großartigen Künstlerin war ihr vorausgeeilt, und sie sah sich von einem Glorienschein der Neugier und Wertschätzung umgeben, die in der Bewunderung und Freundschaft des Herrscherpaars gipfelte.

Doch als sich die anfängliche Unruhe, die durch die große Veränderung hervorgerufen wurde, gelegt hatte, war sie restlos erschöpft. Seit Antritt dieser Reise, die sie aus ihrem geliebten Cremona hergeführt hatte, war ihr kaum Zeit zum Innehalten und Nachdenken geblieben, und sie war nur selten allein gewesen. Das Alleinsein war ihr ein grundlegendes Bedürfnis, eine körperliche sowie geistige Notwendigkeit. Sie hatte die Einsamkeit immer geliebt. In der Einsamkeit malte und entspannte sie und zog aus ihr die seelische Kraft, um ihren neuen Verpflichtungen gerecht zu werden. Die Stunden der Malerei waren zweifelsohne die angenehmste Zeit. Wenn sie diese nicht in ihrem Atelier verbrachte, las sie gerne Klassiker, eine Gewohnheit, die sie von ihrem Vater übernommen hatte. Der gebildete Amilcare Anguissola verbrachte Stunden mit dem Studium der großen alten Dichter und bemühte sich, seinen Kindern dieses Wissen weiterzuvermitteln.

Für Sofonisba war der Umstand, ständig in Bewegung und von fremden Menschen umgeben zu sein, sowie die Ansprüche der jungen Herrin zu befriedigen, nicht nur eine neue, sondern manchmal auch eine beklemmende Erfahrung. Das fast völlige Fehlen von Privatsphäre an einem Königshof zermürbte sie körperlich und seelisch. Um sich wieder zu sammeln, brauchte sie eine Rückzugsmöglichkeit. Sie musste die neuen Eindrücke verarbeiten, und das würde ihr nur in Ruhe gelingen, denn diese Umsiedelung hatte ihr Leben vollkommen auf den Kopf gestellt und ihre friedlichen Gewohnheiten in die Vergangenheit verbannt.

An vieles musste sie sich noch gewöhnen, zum Beispiel an den ständigen Wechsel des Wohnsitzes. Das Leben in einem fremden Land und der tägliche Umgang mit Menschen, die eine andere Sprache sprachen, waren ihr noch immer fremd. Es gab eine ganze Reihe von Veränderungen, die ihr Gleichgewicht ins Wanken gebracht hatten.

Mit der langen Reise von Italien nach Spanien hatte es begonnen. Sie sah sich zum ersten Mal ungeheuerlichen Strapazen ausgesetzt. Und seit sie in Guadalajara eingetroffen war, bestand ihr Leben zudem aus einer Abfolge von Festen, Empfängen und protokollarischen Zeremonien, bei denen ihr Hunderte von Leuten vorgestellt wurden. Zu jedem einzelnen hatte sie sich höflich verhalten, sich jedem von ihrer besten Seite gezeigt, denn sie spürte, dass es ihr helfen und das neue Leben einfacher machen würde, wenn sie deren Zuneigung gewänne.

Dafür musste sie notgedrungen zu allen ein gutes Verhältnis finden, obwohl ihr so mancher *a priori* nicht unbedingt einnehmend erschien, doch sie hatte schon die Erfahrung gemacht, dass es ihrer Zukunft zuträglich war, guten Willens zu sein.

Eine der größten Schwierigkeiten war für sie, sich die Namen all dieser Fremden zu merken, was sie große Mühe kostete, denn sie hatte nie ein gutes Namensgedächtnis gehabt. Um diesen Mangel wettzumachen, konzentrierte sie sich auf die Gesichtszüge der Menschen. Das erlaubte ihr, sie bei einem neuerlichen Treffen mit einem leichten Kopfnicken zu grüßen und damit zu verstehen zu geben, dass sie sie wiedererkannte. Es war ein einfacher, aber gut funktionierender Trick.

Sich den Namen eines jeden Einzelnen zu merken war wirklich so eine Sache. Ganz anders als in Italien protzten die Spanier mit einer Reihe von hochtrabenden Vornamen und Familiennamen. Und da Sofonisbas Sprachkenntnisse noch ziemlich bescheiden waren, verstand sie nur sehr wenig, wozu noch die Schwierigkeit kam, dass die Spanier so schnell redeten. Diese Familiennamen waren für ein wenig geübtes Ohr wie das ihre schlicht unverständlich, nicht zuletzt durch die Tatsache, dass sie in einer anderen Sprache noch fremder klangen.

Mehr als einmal hatte sie sich in der peinlichen Lage befunden, den Vornamen einer Person, die ihr vorgestellt wurde, nicht vom Familiennamen unterscheiden zu können. Und wenn es sich um einen besonders langen Familiennamen handelte, konnte sie nur schwer heraushören, ob es sich nur um einen Namen handelte oder ob er auch den Titel einschloss, was ihre Verwirrung noch steigerte. Nachzufragen wäre nicht angebracht gewesen, in diese Falle wollte sie keinesfalls tappen. Mangels einer besseren Lösung versuchte sie, sich wenigstens die Gesichter einzuprägen.

Es entstanden manchmal geradezu lächerliche oder gar tragikomische Situationen. Sie tröstete sich mit dem Gedanken, dass sie nicht die Einzige war; dasselbe passierte der jungen

Königin Elisabeth von Valois, die ebenso wie Sofonisba die Landessprache kaum beherrschte. Sofonisba hatte mehr als einmal beobachtet, wie die Herrscherin auf die Präsentation eines Höflings, der in der eigenen Sprache eine kurze Begrüßung formulierte, die sie leider nicht verstand, mit einem freundlichen Lächeln reagierte. Doch im Unterschied zu ihr würde die Königin Zeit genug haben, sich einzugewöhnen und die Sprache ihrer Untertanen zu lernen, denn sie war dazu bestimmt, dieses Land lange zu regieren.

Sofonisba empfand herzliche Zuneigung für die jugendliche Königin, der viele Verpflichtungen aufgebürdet wurden, die ein so schwieriges wie aufreibendes Amt mit sich brachte. Obwohl sie seit frühester Kindheit auf diese Aufgabe vorbereitet worden war, lastete die Verantwortung in der Praxis schwer auf diesem zarten Rücken und war Grund für große Angst. Sofonisba hatte sich vorgenommen, ihr zu helfen, wo immer sie konnte, und sie mit Musik, Zeichenunterricht und anderen Tätigkeiten, die Elisabeth schätzte, abzulenken.

Im Großen und Ganzen war Sofonisba zufrieden mit ihrer neuen Position. Die Beziehung zur jungen Herrscherin konnte besser nicht sein. Elisabeth liebte die Musik, war ausgesprochen interessiert an der Kunst der Malerei und zeigte Begabung fürs Zeichnen. Sie brachte nicht nur durch ihre Jugend, sondern auch mit ihrer persönlichen Ausstrahlung frischen Wind an den Hof. In wenigen Wochen hatte Elisabeth von Valois selbst die Herzen der skeptischsten Höflinge erobert. Sie hatte tadellose Umgangsformen und wurde schon bald von ihren Untertanen und dem gesamten Hofstaat geliebt.

Zwischen Sofonisba und ihr entwickelte sich mit der Zeit eine komplizenhafte und freundschaftliche Beziehung. Zum gegenseitigen Verständnis fügte sich noch die Gemeinsamkeit, als blutjunge Frauen an einem fremden Hof zu leben. Die Malerin wusste nicht, dass es vor allem ihre großen künstlerischen Fähigkeiten gewesen waren, die Elisabeth fasziniert hatten. Sie hatten die Königin dazu bewogen, ihr einen Rang zu verleihen, der nicht nur dem einer Hofdame entsprach, sondern auch dem einer Freundin, der sie ihr Vertrauen schenken konnte. Die beiden Frauen malten, musizierten und lasen gemeinsam Klassiker. Die vorzügliche Bildung der jungen Italienerin half der jugendlichen Königin, ihrem Umfeld die feine, kultivierte Atmosphäre zu verleihen, die sie von ihrer Mutter am französischen Hofe kannte. Um der Steifheit des neuen Landes entgegenzuwirken, versuchte sie, Katharina von Medicis Noblesse nachzueifern.

Es gab auch Momente, in denen Sofonisba bedauerte, das schmeichelhafte Angebot, Hofdame zu werden, angenommen zu haben. Abgesehen davon, dass sie sich oft fehl am Platz fühlte, belastete sie die Trennung von ihrer Familie sehr, sie empfand sie wie einen bohrenden Schmerz. Sie so fern und sich selbst so allein zu wissen, bewirkte eine innere Spaltung, die sie nicht ganz zu überwinden vermochte. Doch sie war davon überzeugt, dass sie sich mit der Zeit besser damit abfinden würde.

Als sie sich vor ihrer Abreise ausgemalt hatte, wie ihr neues Leben aussehen könnte, ahnte sie nicht, wie schwer es ihr fallen sollte, in die Rolle einer Hofdame an einem ausländischen Hof zu schlüpfen. Ständig fremder Neugier ausgesetzt zu sein und andauernd zu repräsentieren verlangte ihr ein unvorhersehbares Maß an Selbstbeherrschung und Disziplin ab. Die Höfe, die sie von früher kannte, waren um ein Vielfaches kleiner als dieser. An den Höfen der italienischen Herzogtümer und Fürstenhäuser kannten sich alle, und auch wenn man eine gewisse Zurückhaltung pflegte, was eher dem Schutz der Herrscherwürde als dem Protokoll diente, waren die Beziehungen locker und ungezwungen. Ganz anders am spanischen Königshof: Da Philipp II. Herrscher mehrerer Staaten war, tummelte sich in der Stadt eine Vielzahl von Untergebenen, die nur selten dieselbe Sprache sprachen und sich nicht immer verständigen konnten. Denjenigen, die sich erst kurze Zeit im Land aufhielten, ging es ähnlich wie ihr, und obwohl die italienische der spanischen Sprache ähnelt, verstand Sofonisba nicht immer genau, was sie sagten, doch sie glaubte, auch diese Lücke in Zukunft schließen zu können.

Nachdem sie sich mehrmals verlaufen hatte, weil ihre Erinnerung sie trog, machte sie ein paar hundert Schritte entfernt endlich den Vorplatz und den kleinen Glockenstuhl der Kirche aus und beschleunigte den Schritt. Der Vorplatz war in Wirklichkeit eine staubige Straße, die Kirche stand neben einem Bach. Nichts verwies auf irgendeinen Namen, was sie überraschte. Üblicherweise stand über dem Kirchenportal immer der Name des Heiligen, dem die Kirche geweiht war. Aber das war nicht so wichtig, sie würde es später herausfinden. Sie erinnerte sich an den Tag, als sie die Kirche im Vorbeigehen zufällig entdeckte, und wie sie sich vorgenommen hatte, hierher zurückzukehren.

Die Kirche übte eine eigenwillige Anziehungskraft auf sie aus, vielleicht, weil sie so klein war. Sie hoffte, darin den Frieden zu finden, den sie in anderen Kirchen bisher nicht finden konnte, weil sie von Höflingen besucht wurden, die sie in ihrer Position täglich sah. Diese schien irgendwie verwunschen und vergessen. Das war es, was sie gesucht hatte.

Sie trat ein.

Die Kühle im Inneren bot einen angenehmen Kontrast zur Außentemperatur. Sie brauchte einen Moment, um ihre Augen an das Halbdunkel zu gewöhnen, denn das Tageslicht draußen blendete stark.

Nachdem sie sich mit Weihwasser bekreuzigt hatte, ging sie zum Hauptaltar. Es waren nur wenige Gläubige anwesend. Höchstens ein Dutzend Menschen. Fast alle beteten, oder zumindest wirkte es so. Wer weiß, worum sie den Herrn alles bitten, dachte Sofonisba im Glauben, dass auch diese Menschen nach innerem Frieden suchten.

Auf einer der hinteren Bänke sah sie zwei Frauen miteinander flüstern. Bei ihrem Anblick verstummten sie und starrten sie an. Doch als sie feststellten, dass sie sie nicht kannten, verloren sie jegliches Interesse an ihr und tuschelten weiter.

Sofonisba setzte sich in die leere Bank in der dritten Reihe. Um sich an die Atmosphäre zu gewöhnen, blickte sie sich um und entdeckte dabei das meisterhaft gearbeitete, wunderschöne Altarbild. Als Expertin sah sie gleich, dass es das Werk einer talentierten Hand war. Sie war überrascht, in einer einfachen Kirche eine so feine Arbeit vorzufinden. Wahrscheinlich war es von einer wichtigen Persönlichkeit gestiftet worden.

Die übrige Ausstattung war hingegen uninteressant. Ein Gotteshaus wie viele andere. Aber es hatte seinen Reiz, und es ließ sich hier ruhig und friedlich atmen.

Dann ließ sie den Blick umherschweifen auf der Suche nach einer Kleinigkeit oder einem Licht, an das sie sich später erinnern könnte. Ihrem forschenden Blick entging nichts, wenn auch nur, um festzustellen, dass es nichts gab, an dem er hängenbleiben konnte. Rechts und links vom Hauptschiff befanden sich zwei kleine Kapellen, aber sie waren nicht besonders schön. Später würde sie nachsehen, wem man dort huldigte und ob es etwas zu entdecken gab.

Aus dem Augenwinkel beobachtete sie die anderen Gläubigen. Keiner schien sie wahrgenommen zu haben.

Was sie eher bezweifelte.

Bei den wenigen Leuten war es unmöglich, dass außer den beiden Frauen auf der Hinterbank niemand auf sie aufmerksam geworden war. Sie wurde bestimmt beobachtet, und man versuchte herauszufinden, wer sie war. Wenn eine unbekannte Frau eine Kirche aufsucht, in der sich sonst nur Gemeindemitglieder einfinden, fällt das immer auf. Neugierde ist besonders in Provinzstädten eine weit verbreitete menschliche Schwäche. Außerdem war diese unbekannte Frau gut gekleidet. Gewiss war sie eine Dame von hohem Ansehen. Gehörte sie vielleicht sogar zum Königshof? In diesen Tagen hielten sich viele Ausländer in Guadalajara auf. Man konnte unmöglich alle kennen.

Sofonisba nahm eine andächtige Haltung ein: Sie kniete nieder, neigte den Kopf und schloss die Augen. Aber sie konnte sich nicht sammeln.

Sie versuchte, ihre Gedanken zu ordnen.

Es bekümmerte sie ein wenig, sich nicht auf das Gebet konzentrieren zu können, wenn sie schon an einem heiligen Ort war, aber sie musste den Wirrwarr in ihrem Kopf auflösen. War der Tempel des Herrn etwa nicht der ideale Ort dafür? Gab es einen geeigneteren Ort für die geistige Neuordnung?

Solcherart in ihre Gedanken vertieft, stieg ihr plötzlich kräftiger Weihrauchduft in die Nase. Sie öffnete die Augen, um herauszufinden, wo er herkam. Keiner der Anwesenden hatte sich von der Stelle gerührt, und am Altar war auch nichts zu sehen. Auf einmal erinnerte sie sich an ihre Schwester Elena und musste lächeln.

Elena hatte ihr einmal erzählt, was ihr mit dem Duft von Weihrauch passiert war. Seither musste sie bei diesem Geruch immer daran denken. Als Elena vor Jahren in ihrem Zimmer inbrünstig betete, roch es plötzlich stark nach Weihrauch. Da sie nicht begriff, woher der Geruch kam, suchte sie das ganze Zimmer ab, ohne eine folgerichtige Erklärung dafür zu finden. Es gab nichts, was diesen plötzlichen Duft erklärte. Da das Fenster geschlossen war, öffnete sie die Tür, aber aus dem Flur kam er auch nicht. Doch der kräftige Weihrauchgeruch hielt an. Mehr noch, er wurde stärker. Schließlich schnupperte sie an dem kleinen Kruzifix, das an der Wand hing, und stellte fest, dass er von ihm ausging. Sie war völlig durcheinander. Spielte ihr ihre Fantasie einen bösen Streich, oder roch es wirklich nach Weihrauch? Elena schnupperte noch einmal an dem Kreuz.

Es gab keinen Zweifel.

Der Geruch kam unmittelbar vom Kruzifix. Verblüfft suchte sie nach einer vernünftigen Erklärung, aber schließlich gab sie sich geschlagen. Es existierte kein einleuchtender Grund für dieses Phänomen, also blieb nur eine Erklärung: Der Heilige Geist hatte sich ihr offenbart. Der Ruf des Herrn. Auf diese Weise ließ er Elena wissen, dass sie auserwählt worden war, ihm zu dienen.

In ihrer Ergriffenheit war sie in Tränen ausgebrochen. War das eine Erscheinung? War sie, Elena Anguissola, wirklich auserwählt worden, dem Herrn zu dienen? Sosehr sie sich auch bemüht hatte, einen anderen Grund zu finden, es gab keine andere Erklärung. Also traf sie die einzig mögliche Entscheidung: Sie würde in ein Kloster gehen. Wenn der Herr sie rief, musste sie gehorchen.

Bei der Erinnerung an den Gesichtsausdruck ihrer Schwester, als sie ihre Entscheidung kundtat, als sei sie im Besitz der absoluten Wahrheit, musste Sofonisba wieder lächeln. Beim Gedanken an Elena stieg immer große Zärtlichkeit in ihr auf, sie war sehr glücklich über diese Entscheidung gewesen. Ihre geliebte Schwester hatte endlich ihren Weg gefunden.

Auch wenn es sich um eine durchaus ernsthafte Angelegenheit handelte, musste Sofonisba jedes Mal schmunzeln, wenn sie sich an die Episode mit dem Heiligen Geist erinnerte.

Wie alle Töchter der Familie Anguissola malte natürlich auch Elena. Sie hatte Talent für die Darstellung religiöser Motive, die alle von derselben Zartheit waren, die sie selbst auszeichnete, und sie verfügte über eine überschäumende Vorstellungsgabe. Sofonisba erinnerte sich daran, wie die anderen Schwestern sie für diese überbordende Fantasie verspottet hatten. Das war auch der Grund, warum sie nie ganz sicher gewesen war, ob Elenas »Berufung« echt oder nur ihrer Einbildungskraft entsprungen war.

Was auch immer die Gründe für ihre Wahl gewesen sein mochten, es beruhigte sie auf jeden Fall zu wissen, dass ihre

Schwester ihre natürliche Gabe nicht wegen dieses plötzlichen Rufes vernachlässigte. Elena war zu talentiert. Wie zu erwarten gewesen, widmete sie sich seither der religiösen Malerei und trug mit ihrer Kunst dazu bei, das Gotteshaus ihres Klosters zu verschönern.

Sofonisba fragte sich, ob diese olfaktorische Sinnestäuschung bedeutete, dass auch sie in einer Sinnkrise steckte. Das verwirrte sie ein wenig. War es ein Zeichen, mit dem sie sich beschäftigen sollte? War der Heilige Geist auch zu ihr gekommen, um ihr zu verkünden, dass sie auserwählt worden sei? Schnell verwarf sie solche Gedanken. »Unsinn«, sagte sie sich. »Ich sitze in einer Kirche, wo es üblicherweise nach Weihrauch riecht.«

Zudem war ihr Glaube nicht tief genug, um eine Berufung zur Nonne zu rechtfertigen. Hatte sie außerdem nicht ihren Weg schon gefunden? Sollte es sich wirklich um den Heiligen Geist handeln, war er vielleicht einem Irrtum aufgesessen, eine so wenig geeignete Person auszuwählen? Sie war Künstlerin. Diese Berufung war eine Kraft, die aus ihrem tiefsten Inneren kam, ihre Seele war vollständig damit getränkt. Sie konnte sich nicht einmal vorstellen, wie ihr Leben bei der Wahl eines anderen Weges ausgesehen hätte. Darauf zu verzichten, Menschen aus Fleisch und Blut abzubilden, um stattdessen religiöse Motive zu malen? Undenkbar. Sie war nicht für ein Leben der Enthaltsamkeit und Hingabe, des Opfers und der Entsagung geschaffen. Auf keinen Fall. Sollte doch der Heilige Geist dahin zurückkehren, wo er hergekommen war. Mit ihr würde er nur seine Zeit verschwenden.

Diese Gedanken störten sie, vor allem an einem heiligen Ort. Stimmte es, wie ihre Schwestern behaupteten, dass überschäumende Fantasie eine Familienkrankheit war?

Bei diesem Gedanken wurde sie plötzlich Schritte im Mittelgang gewahr. Es waren entschlossene Schritte, obwohl man merkte, dass sie wegen des friedlichen Ortes oder aus Respekt gegenüber den Gläubigen gedämpft klangen. Dennoch hallten die Stiefelabsätze in dem Gotteshaus vernehmlich wider.

Die Schritte kamen näher. Sie wurde neugierig. Waren es die Schritte einer Frau oder eines Mannes? Umdrehen konnte sie sich nicht, das wäre unschicklich gewesen. War sie etwa schon wie diese frommen alten Weiber, die es in allen Kirchen gab? Auch sie beobachteten aufmerksam jedes außergewöhnliche Vorkommnis, alles, was ihre Gewohnheiten störte. Es konnte keine Frau sein, befand sie, denn die Absätze hallten zu kräftig wider, um von einem Damenschritt zu stammen.

Ein Schatten huschte an der Bankreihe vorbei. Sie rührte sich nicht, blieb in ihrer knienden Haltung, tat, als bete sie, und hob auch nicht den Kopf, um ihre Vermutung bestätigt zu finden. Der Mann – denn es handelte sich tatsächlich um einen Mann – ging auf den Altar zu. Er trat in die erste Bankreihe, kniete nieder und begann still zu beten.

Gegen ihren Willen hatte Sofonisba doch ein wenig den Kopf gehoben, um ihre Neugier zu befriedigen. Obwohl er ihr den Rücken zudrehte, konnte sie ihn genau erkennen, denn er war ja nur ein paar Schritte von ihr entfernt.

Es war ein Herr fortgeschrittenen Alters, wie das graue Haar erkennen ließ. Sofonisba wäre gerne zu ihren Gedanken zurückgekehrt, aber ihre weibliche Neugier obsiegte. Sie musterte ihn noch einen Augenblick. Er war schwarz gekleidet und trug ein gut geschnittenes Wams. Wahrscheinlich war es ein Adliger vom Hofe, der seinen Verpflichtungen einen Moment entronnen war. Vielleicht hatte er wie sie den seltenen Augenblick des Alleinseins genutzt, um zum Beten in die Kirche zu gehen. Etwas anderes fiel ihr nicht ein.

Der Mann schien ins Gebet vertieft, als er plötzlich aufstand, sich kurz zum Altar hin verbeugte und dann umdrehte. Offensichtlich hatte er es eilig, denn ihm war kaum Zeit für ein Ave-Maria geblieben.

Als er an Sofonisbas Bank vorbeikam, sah sie kurz auf, und

ihre Blicke trafen sich den Bruchteil einer Sekunde, Zeit genug, um ihn zu erkennen und sie verblüfft zurückzulassen. Der Mann war kein anderer als der katholische König von Spanien.

Philipp II. zuckte nicht mit der Wimper, als er sie erkannte. Sein Gesicht blieb ungerührt. War es Respekt vor dem heiligen Ort, oder wollte er eine Betende nicht mit einem flüchtigen Kopfnicken stören? Sofonisba war irritiert. Sie konnte nicht umhin, ihm mit dem Blick zu folgen. Erst da wurde sie gewahr, dass am Kirchenportal zwei Männer warteten. Seine Eskorte.

Als der Monarch gefolgt von seinen Begleitern die Kirche verlassen hatte, nahm Sofonisba wieder ihre betende Haltung mit gefalteten Händen und geneigtem Kopf ein. Aber sie vermochte sich nicht zu konzentrieren. Sie konnte noch immer nicht glauben, was sie gerade gesehen hatte. Wie war es möglich, dass sich der König von Spanien, ein Mann, auf den sich aller Aufmerksamkeit richtete, Zeit nahm, in einer einfachen Kirche zu beten, wenn ihm doch viele andere und gewiss schönere Kirchen dieser Stadt zur Verfügung standen? War das eine Angewohnheit oder nur ein Zufall gewesen? Hatte er sie erkannt? Daran zweifelte sie eigentlich nicht. Er sah sie schließlich jeden Tag, wenn er zwischen seinen vielfältigen Verpflichtungen seine junge Gattin aufsuchte.

Das war wirklich ein merkwürdiger Zufall.

Wahrscheinlich kam Philipp II. von einem Ausritt und hatte kurz entschlossen diese abgelegene Kirche betreten. Vielleicht hatte er sich, genau wie sie, von dem eigenwilligen Charme des kleinen Gotteshauses angezogen gefühlt. Bei Hofe kannten alle die tiefe Gläubigkeit des Königs. Es war also nicht so außergewöhnlich, dass er ein paar Minuten seiner wertvollen Zeit dem Gebet widmete.

Und wenn diese kleine Kirche Sofonisba fasziniert hatte, warum sollte sie nicht dieselbe Wirkung auf den Monarchen haben? Schließlich war es kein Sonderrecht von ihr, schöne Dinge zu schätzen …

Noch immer irritiert von seinem unvermittelten Auftauchen und mangels Konzentration beschloss auch sie zu gehen. Sie musste nur noch ein paar Minuten warten, es wäre ihr sehr unangenehm gewesen, den Monarchen am Kirchenportal anzutreffen. Sie wollte keinesfalls den Eindruck erwecken, dass sie ihm folgte.

Schließlich erhob sie sich und verließ die Kirche.

Im Freien mussten sich ihre Augen wieder an das gleißende Sonnenlicht gewöhnen. Die Straße war verwaist. Keine Spur von den Pferden des königlichen Gefolges.

Sie machte sich auf den Weg zum Palast des Herzogs von Infantado. Die Königin erwartete sie.

6

Im Palast suchte Sofonisba als Erstes ihr Atelier auf. Sie war noch immer aufgewühlt von dem zufälligen Zusammentreffen mit dem König. Es gab keinen besonderen Grund, doch wegen des kühlen Blicks, den er ihr zudem grußlos zugeworfen hatte, glaubte sie, dass Philipp vielleicht noch verstimmt sein könnte wegen ihrer Weigerung, ihm das unfertige Porträt seiner Gemahlin zu zeigen. Hatte er etwas gegen sie, oder hatte es ihn nur gestört, an einem Ort, an dem er sich vor den neugierigen Blicken der Leute in Sicherheit wähnte, erkannt worden zu sein? Es war nicht verwerflich, dass sie denselben Ort der Einkehr aufsuchte.

Natürlich hatte sie auch nicht damit gerechnet, ihn dort zu treffen. Wahrscheinlich war die Überraschung auf beiden Seiten groß.

Sofonisba hatte das Gefühl, dass sie beide von diesem Moment an irgendwie ein Geheimnis hüteten, obwohl es nichts Geheimnisvolles an einem zufälligen Treffen gab. Fühlte sie sich etwa nur unbehaglich, weil er sie nicht gegrüßt hatte?

Hatten die anderen Gläubigen ihn erkannt? Es hatte nicht so gewirkt. Als sie sich umdrehte und ihm nachsah, war ihr Eindruck gewesen, dass nur sie auf ihn aufmerksam geworden war. Selbst wenn er regelmäßig diese Kirche aufsuchen sollte, was sie nicht wissen konnte, blieb er doch der König. Seine Gegenwart war nur schwerlich zu übersehen.

Dennoch war es auch gut möglich, dass sie sich irrte. Vielleicht war diese Kirche gar kein unscheinbarer Ort, sondern der Zufluchtsort vieler Gläubiger. Wie konnte sie das wissen? Sie war neu in der Stadt und mit den hiesigen Gepflogenheiten noch nicht vertraut. Es war gut möglich, dass der Herrscher jedes Mal, wenn er vorbeikam, einen kurzen Halt dort einlegte. Wenn überhaupt war sie der Eindringling.

Diese kleine Kirche war wirklich eine Entdeckung gewesen. Sie hatte sich sehr gefreut, einen Ort gefunden zu haben, an den sie sich gegebenenfalls zurückziehen konnte. Na schön, wenn dieser magische Ort auch vom König aufgesucht wurde, musste sie etwas anderes finden. Schade. Der Zufall hielt manchmal merkwürdige Überraschungen bereit.

Schweifte sie ab? Musste sie sich gleich eine Geschichte ausdenken, nur weil sie den Monarchen in einer kleinen, abgelegenen Kirche getroffen hatte? War das die berühmte blühende Fantasie der Anguissola-Töchter? Vielleicht war es besser, das Ganze zu vergessen und sich auf ihre Aufgaben zu konzentrieren.

Sie hatte wirklich an Wichtigeres zu denken. Wahrscheinlich wartete die Königin schon ungeduldig auf sie, aber bevor sie wieder ihren Dienst antrat, wollte sie noch schnell einen Blick auf das Ganzkörperporträt von Elisabeth werfen, das sie vor kurzem begonnen hatte. Vor dem unerwarteten Auftauchen des Königs war ihr an dem Altarbild aufgefallen, dass der Maler für den Hintergrund eine interessante Technik angewandt hatte, und sie wollte prüfen, ob das auch in ihr Bild passte.

In ihrer Arbeit war sie sehr gewissenhaft. Sofonisba neigte zum Perfektionismus und beschäftigte sich peinlich genau mit jedem Detail. Sie glaubte fest daran, dass dies der Grund für die Wertschätzung war, die viele für ihre Malerei zeigten. Es waren die Kleinigkeiten, die den Bildern ihren persönlichen Stempel aufdrückten.

Sie betrat den kleinen Raum, der ihr als Atelier diente. Es war eher eine Abstellkammer von bescheidenen Ausmaßen, die kaum Platz für eine Person, eine Staffelei und einen Tisch bot. Doch der schmale Raum hatte einen großen Vorteil: Durch das hohe Fenster fiel großzügig das Tageslicht herein. Das war es, was sie schätzte. Es war zwar schade, dass so wenig Platz war, aber etwas anderes gab es nicht. Wenn das Königshaus in einen anderen Palast umzog, könnte sie vielleicht um ein größeres Atelier ansuchen. Im Augenblick musste sie mit diesem vorliebnehmen.

Sie wusste, dass sie nicht als einziger Logiergast in diesem Palast lebte, sondern dass er Dutzende von Menschen beherbergte. Wo auch immer der Hofstaat sich aufhielt, musste sich die Verwaltung den Kopf darüber zerbrechen, wie sie die vielen Menschen in den vorhandenen Räumlichkeiten einquartieren konnte, weil die Paläste meist nicht sehr groß waren. Selbst die Städte, in denen sie verweilten, verfügten nicht immer über genügend Unterkünfte. Viele waren gezwungen, in Nachbardörfer auszuweichen. Eigentlich konnte sie sich noch glücklich schätzen. Ihre Position verlangte einen raschen und leichten Zugang zur Königin, und deshalb wurde sie immer in ihrer Nähe untergebracht. Man hatte ihr sogar dieses Atelier für ihre Malerei zur Verfügung gestellt. Was konnte sie mehr verlangen?

An dem kleinen Atelier mochte sie den Geruch nach Farbe und Terpentin, die überschaubare Unordnung, die nach Größe aufgereihten Pinsel auf dem Arbeitstisch, die Schachteln mit Pigmenten überall, die jungfräulichen Leinwände, die in einer Ecke an der Wand lehnten. Den wichtigsten Platz nahm die Staffelei am Fenster ein, damit so viel Licht wie möglich darauf fallen konnte. Ja, dieses Kämmerlein gefiel ihr. Hier fühlte sie sich wohl. Es war ihr bei ihrer Ankunft wichtig gewesen, über einen Raum zu verfügen, in dem sie sich behaglich fühlte. Malen war das Einzige, was ihr half zu entspannen. Deshalb hatte sie um einen Ort gebeten, an dem sie in Ruhe malen konnte.

Kaum war sie mit dem Einrichten fertig gewesen, hatte sie mit dem Bildnis begonnen. Ihr Motiv war die junge Königin, die sie gerade kennengelernt hatte. Diese Wahl war für ihr erstes Werk entscheidend gewesen, aber auch nach ihrem Geschmack. Das Malen dieses Porträts bot ihr nicht nur eine ausgezeichnete Gelegenheit, ihre Fähigkeiten unter Beweis zu stellen, sondern auch die Möglichkeit, in der Zeit, in der die Königin Modell stand, mit ihr allein zu sein. Ohne die anderen Hofdamen des königlichen Gefolges war es einfacher, sich näherzukommen, was beiden Frauen ermöglichte, eine freundschaftliche Beziehung aufzubauen.

Für die Porträtsitzungen wies Elisabeth ihre Hofdamen immer an, sich zurückzuziehen. Wenn diese ständig um sie herumschwirrten, konnte sie sich nicht richtig konzentrieren.

Die Sitzungen fanden im Privatgemach der Königin statt, das natürlich viel großzügiger und komfortabler war als Sofonisbas Atelier und das Posieren in angemessenem Abstand ermöglichte. Die Herrscherin in ihr Atelier zu bitten war undenkbar, deshalb musste das Bild nach jeder Sitzung wieder zurückgetragen werden.

Doch das ständige Transportieren des Gemäldes gefiel Sofonisba gar nicht. Um zu verhindern, dass man das Gemälde sehen konnte, ließ sie es mit der Vorderseite nach unten tragen. Es war unmöglich, es mit einem Tuch zu bedecken, weil die Farben nicht so schnell trockneten. Beim Malen stellte Sofonisba die Staffelei immer ans Fenster, nicht nur wegen des Lichts, wie sie behauptete, sondern auch, um zu verhindern, dass sich jemand unbemerkt von hinten nähern und einen Blick darauf werfen konnte. Das war eine ihrer Manien: Sie gestattete nie, dass jemand ihre Bilder sah, bevor sie vollendet waren. Sie behauptete, das habe schlechten Einfluss und verderbe den »Überraschungseffekt«. Das Betrachten eines vollendeten Werkes war nicht dasselbe, wie es im Entstehungsprozess zu sehen. Davon ließ sich Sofonisba nicht abbringen. Nicht einmal bei der Königin machte sie eine Ausnahme. Ihr Flehen, ihr einen Blick zu gewähren, war vergebens. Sofonisba hatte sie mit großer Überredungskunst davon überzeugt, dass sie viel zufriedener mit ihrem Porträt sein würde, wenn sie es erst vollendet sähe. Elisabeth machte sich über diese Manie lustig. Manchmal tat sie verärgert, aber eher zum Spaß.

»Kann es nicht sein, dass Ihr mich schöner malt, als ich in Wirklichkeit bin?«, fragte sie schelmisch.

»Ich fürchte, eher im Gegenteil, Hoheit«, erwiderte die Malerin im selben Tonfall. »Ich möchte Euch ja nicht enttäuschen, aber vielleicht gelingt es mir nicht, die Schönheit Ihrer Majestät mit größtmöglicher Echtheit wiederzugeben.«

Beide wussten, dass es ein Spiel war. Ein unschuldiges Privatvergnügen. Die intelligente und scharfsichtige Elisabeth lernte schnell, und sie kannte ihre neue Freundin bereits gut genug, deshalb bedrängte sie sie nicht weiter. Da sie nicht am Talent ihrer Hofdame zweifelte, ließ sie Sofonisba gewähren, und sie würde das Bild sehen, wenn sie es für vollendet erklärte.

In der Stille ihres kleinen Ateliers musterte Sofonisba mit dem Pinsel in der Hand das Bild. Im Antlitz der Königin gab es etwas, das sie nicht überzeugte. Vielleicht hatte sie sie erwachsener gemalt, als sie in Wirklichkeit war? Der Hintergrund des Altarbildes hatte ihr Interesse geweckt, aber ihr wurde klar, dass die Technik bei dieser Art Porträt nicht anwendbar war.

Sie griff hinter sich, um einen anderen Pinsel zu nehmen, und merkte, dass der Terrakottatopf, in dem sie steckten, nicht mehr dort stand, wo sie ihn für gewöhnlich hinstellte. Er war nach rechts verschoben worden. Sie runzelte die Stirn. Hatte sie ihn versehentlich verschoben? Unmöglich. Mit ihren Arbeitsutensilien ging sie sehr penibel um und wusste ganz genau, wo sich jeder Gegenstand, jede Farbe, jeder Pinsel befand. Das konnte nichts anderes bedeuten, als dass jemand in ihr Atelier eingedrungen war. Aber wer? Wenn sie nicht malte, war es dem Personal verboten, es zu betreten. Und ihre Kammerzofe Maria Sciacca machte nur sauber, wenn sie anwesend war.

Sie warf einen prüfenden Blick durch den Raum auf der Suche nach weiteren Veränderungen, die ihren Verdacht bestätigen könnten. Alles schien an seinem Platz zu sein. Dennoch …

Sie war davon überzeugt, dass jemand hier gewesen war. Sie spürte es. Dass missfiel ihr außerordentlich. Wer konnte das gewesen sein?

Es war schon zu spät, ihr blieb keine Zeit mehr für Nachforschungen. Sie würde später darüber nachdenken. Jetzt musste sie sich beeilen, die Königin wartete. In erster Linie war sie Hofdame, dann erst Malerin. Sie durfte ihre Verpflichtungen aus Liebe zur Kunst nicht vernachlässigen. Malen war nur ein Zeitvertreib, auch wenn sie es anders sah. Aber Pflichten waren nun mal Pflichten, und sie fand sich damit ab, sie zu erfüllen.

In wenigen Tagen würde der Hofstaat in eine andere Stadt umziehen, und wer weiß, vielleicht könnte sie dort ihrer Lieblingsbeschäftigung mehr Zeit widmen. Beim Verlassen des Ateliers überprüfte sie das Schloss. Sie entdeckte leichte Kratzspuren, die ein ungeübtes Auge auf den ersten Blick nicht gesehen hätte, aber sie bestätigten ihren Verdacht: Jemand hatte ihre Abwesenheit genutzt und sich heimlich in das Atelier geschlichen.

Nach zweimaligem Abschließen eilte sie in die königlichen Gemächer. Elisabeth erwartete sie tatsächlich schon und spürte sofort, dass ihre Hofdame verstimmt war.

»Ich sehe, Ihr seid nachdenklich«, sagte sie ohne Einleitung. »Ist etwas passiert?«

Sofonisba zog es vor, den Vorfall zu verschweigen. Es war nicht nötig, nur auf Grund eines Verdachts in ein Wespennest zu stechen. Sie war verstimmt und konnte es offenbar schlecht verbergen, wenn die Königin es auf den ersten Blick bemerkt hatte. Sie zog es aber vor, ihr nichts davon zu erzählen. Sie lächelte sie freundlich an.

»Nein, Majestät, es ist nichts passiert. Ich war nur zerstreut.«

Elisabeth las in Sofonisba wie in einem offenen Buch. Sie spürte, wenn etwas nicht in Ordnung war, die Königin war nicht leicht zu täuschen. Aber auch sie war in dem Moment nicht in der Stimmung nachzufragen, was mit Sofonisba los sein könnte. Sie war mit ihren Gedanken woanders. Die Vorbereitungen für die nächste Reise, um ihr neues Land kennenzulernen, nahmen sie voll und ganz in Anspruch. Sie übertrug Sofonisba ein paar Aufgaben, die mit den Reisevorbereitungen zu tun hatten.

Der restliche Tag verlief ohne Zwischenfälle. Doch trotz dieser Ablenkungen konnte Sofonisba das unerklärliche Eindringen in ihr Atelier nicht vergessen. Sie fragte sich, wer Interesse daran haben könnte, seine Nase in ihre Angelegenheiten zu stecken. Hatte der Eindringling etwa erwartet, irgendwelche Geheimnisse zu lüften? Sie hatte doch gar keine Geheimnisse.

Die Nachricht von der bevorstehenden Reise hatte sie überrascht. Dennoch freute sie sich, eine andere Region Spaniens kennenzulernen, auch wenn Madrid nichts Großartiges war. Die Stadt war erst vor kurzem zur Hauptstadt erklärt worden und noch weit davon entfernt, eine Großstadt zu sein. Andererseits brachte der plötzliche Umzug ihre Pläne durcheinander: Die Reisevorbereitungen ließen ihr keine Zeit für ihr Bild. Sie hätte gerne weitergemalt, denn es war schon fast fertig. Wie sie solche Unterbrechungen hasste! Wenn sie an einem Bild arbeitete, wollte sie es immer zügig vollenden. Eine Unterbrechung, die lange zu dauern versprach, war wirklich ein Ärgernis. Malen war nicht Flickschustern. Es war ein Schaffensprozess, der Ausdauer und Konzentration verlangte, und wenn er zu lange unterbrochen wurde, fiel es Sofonisba schwer, die schöpferische Arbeit wieder aufzunehmen. Aber ihr blieb keine Wahl. Sie musste geduldig warten, bis sich der Hofstaat wo auch immer eingerichtet hatte, um ihre Sitzungen mit der Königin wieder aufnehmen und das Bildnis vollenden zu können.

7

Philipp II. war verstimmt, weil er im letzten Moment einen von langer Hand vorbereiteten und minutiös ausgearbeiteten Plan verwerfen musste. Das geheime Treffen mit dem päpstlichen Gesandten in einer kleinen, abgelegenen Kirche war wegen einer unvorhergesehenen Störung verhindert worden. Und schuld daran war diese Italienerin, Sofonisba Anguissola. Er hatte das Treffen einstweilen verschoben und konnte erst neu planen, wenn sich der Hofstaat in Madrid niedergelassen hatte.

Der König hatte sie natürlich sofort erkannt. Sie saß in der dritten Reihe, ihre Kleidung hatte sie verraten. Es gab nicht viele Frauen bei Hofe, die italienische Mode trugen. Außerdem hatte er sie schon am Morgen auf dem Weg zu den Gemächern seiner Frau getroffen. Sofonisba trug dasselbe malvenfarbene Kleid, deshalb hatte er sie auf den ersten Blick erkannt.

Als er auf die erste Bankreihe zuging, wo das geheime Treffen stattfinden sollte, hatte er durch den feinen Schleier das blonde Haar der Hofdame durchschimmern sehen. Es bestand kein Zweifel, sie war es. Was hatte sie in dieser einsamen Kirche verloren? Hatte ihm das Schicksal einen bösen Streich gespielt? Es gab keinen Grund, etwas anderes zu glauben.

Ein paar Wochen zuvor hatte Philipp II. seinem Sekretär Pedro de Hoyo aufgetragen, das geheime Treffen, um das der päpstliche Nuntius angesucht hatte, unter größter Geheimhaltung und unter Ausschluss unbefugter Augen und Ohren vorzubereiten. Der Nuntius war nach der Abendmesse auf ihn zugekommen und hatte ihn, nachdem er sich vergewissert hatte, dass sie niemand hören konnte, gebeten, einen Sonderbeauftragten des Heiligen Vaters zu empfangen, dessen Identität ihm jedoch nicht bekannt sei. Das Treffen verlange höchste Diskretion, es müsste fern vom Hofgeschehen stattfinden, wo der Gesandte des Papstes auf keinen Fall gesehen werden konnte. Ein wenig überrascht hatte Philipp II. gefragt, um was es sich handle, aber der Nuntius hatte eingestehen müssen, dass er es selbst nicht wusste und dass der Papst ihn in seinem Schreiben gebeten hatte, keine Fragen zu stellen und nur dafür zu sorgen, dass das Treffen zustande käme. Wäre dieses Gesuch nicht persönlich vom päpstlichen Nuntius überbracht worden, hätte sich Philipp II. nicht weiter darum gekümmert, doch wenn der Papst ihn persönlich bat, mit größter Diskretion seinen Gesandten zu empfangen, musste er einen guten Grund dafür haben. Er hatte also eingewilligt, sich mit der geheimnisvollen Person zu treffen, und seinem Sekretär die entsprechenden Anweisungen gegeben, die Begegnung zu organisieren.

Er war neugierig geworden.

Was konnte es sein, das der Papst nicht in einem offiziellen Schreiben formulieren konnte? Der Nuntius hatte ihn, wahrscheinlich nach genauen Anweisungen aus Rom, gebeten, mit niemandem darüber zu reden und zu verhindern, dass der Monarch und der Gesandte zusammen gesehen wurden, denn das könnte Verdacht erregen.

Um das zu verhindern, war es ratsam, dass er den mysteriösen Gesandten nicht im Palast des Herzogs von Infantado empfing, wo er sich gerade aufhielt, denn der bot nicht die nötige Diskretion. Der Sekretär hatte daraufhin einen geeigneten Ort gesucht, der Sicherheit und mögliche Fluchtwege bot. Schließlich hatte er diese kleine, abgelegene Kirche ausgewählt, die am eher ruhigen Stadtrand stand.

Am vereinbarten Tag hatte der Sekretär den König vor der

Kirche über die Einzelheiten des geplanten Treffens aufgeklärt. Er sollte sich in die erste Bankreihe setzen, und wenn der päpstliche Gesandte ihn erblickte, würde er aus der Sakristei kommen und sich neben ihn setzen. Pedro de Hoyo, der am Portal mit einer kleinen Reitereskorte wartete, beobachtete überrascht, wie der König gleich wieder aufstand und zurückkehrte. Er ahnte, dass etwas nicht in Ordnung war, wusste aber nicht, um was es sich handelte. Während sie zum Palast von Infantado zurückritten, erklärte Philipp II. es ihm.

Der Sekretär war wie versteinert. Er fühlte sich schuldig am Scheitern des Plans, aber Philipp II. beruhigte ihn, es sei nicht seine Schuld. Wenn sich das Schicksal einmischte, könne man das nicht ändern. Sie mussten nur Geduld haben und es erneut versuchen.

Es wäre ein Risiko für den päpstlichen Gesandten gewesen, wenn die Hofdame der Königin ihn gesehen hätte. Da die Italienerin nur zwei Reihen weiter hinten saß, hätte sie sogar hören können, was sie redeten. Deshalb hatte sich der König, ohne sich umzudrehen, um kein Aufsehen bei den Gläubigen zu erregen, nur kurz niedergekniet, ein schnelles Vaterunser gebetet und die Kirche wieder verlassen. Er hatte verhindert, dass der Gesandte aus der Sakristei kam und sich zu ihm setzte.

Um jeden Verdacht an der Integrität der Gesellschaftsdame zu zerstreuen, hatte der stets vorsichtige und misstrauische Philipp II. im Palast umgehend Befehl erteilt, diskret ihre Räume zu durchsuchen. Der kleinste Hinweis darauf, dass Sofonisba diese Kirche nicht rein zufällig aufgesucht hatte, hätte ausgereicht, um sie zur Rechenschaft zu ziehen. Aber die Durchsuchung ihres Gemachs und des kleinen Ateliers erbrachten keinen Beweis dafür, dass sie mit irgendwelchen Absichten in der Kirche war. Es war also reiner Zufall gewesen. Sofonisba Anguissola hatte nichts zu verbergen.

8

Anthonis van Dyck aß in dem billigen Gasthaus, in dem er sich einquartiert hatte, zu Mittag.

Er wollte mit der Suche nach einem anderen Speiselokal keine Zeit verschwenden, denn er hatte noch einiges zu erledigen. Also blieb er lieber in der Herberge, damit er gleich nach dem Essen in sein Zimmer hinaufgehen, seine Notizen und Skizzen ordnen und vielleicht ein Nickerchen machen konnte. Die Unterkunft war einfach, aber gemütlich – Anthonis hatte insgesamt vier oder fünf Gästezimmer ausgemacht – und bot einen besonderen Anreiz: Man aß gut hier, es wurde landestypische Hausmannskost serviert. Die Speisen waren ganz anders, als er es gewohnt war, aber immer schmackhaft.

Außerdem hatte sie den Vorteil, nur ein paar hundert Schritt vom Haus der Lomellinis entfernt zu sein. Es war ein kurzer Fußmarsch, den er, wenn nötig, mehrmals am Tag zurücklegen konnte. Nach seiner morgendlichen Begegnung mit Sofonisba ging ihm die Malerin nicht aus dem Kopf. Je näher er sie kennenlernte, desto stärker zog ihn ihre Persönlichkeit an. In jungen Jahren musste sie eine außergewöhnliche Frau gewesen sein.

Nachdem er seine Mahlzeit verzehrt hatte, ging er in sein Zimmer, eine sparsam eingerichtete, aber saubere Kammer mit einem Bett, einer Nachtkommode, einem Tischchen unter dem einzigen Fenster und einer Waschschüssel mit Krug darauf. Es war gerade das Nötigste, und mehr konnte er sich mit seinen geringen Mitteln nicht leisten.

Ihm fielen die Kniffe wieder ein, die Sofonisba beim Malen benutzt und die sie ihm am Morgen verraten hatte. Er notierte in sein Tagebuch: »Ich habe heute von dieser fast hundert Jahre alten und fast blinden Frau mehr über Porträtmalerei gelernt als von sämtlichen zeitgenössischen Malern, denn sie hat mir geraten, das Licht von oben einzusetzen, denn von unten erzeugt es Schlagschatten und Falten.«

Es war ein einfacher, aber wesentlicher Kunstgriff, auf den er nie gekommen wäre. Von den Großen lernte man manchmal kleine Finessen, die letztendlich den Unterschied zwischen einem hervorragenden und einem mittelmäßigen Werk ausmachen.

Nachdem er seine Skizzen sortiert hatte, widerstand er der Versuchung, Palermo zu erkunden, um seinen Aufenthalt in Sizilien noch ausgiebiger zu nutzen. Er wollte das lieber auf einen späteren Zeitpunkt verschieben. Wenn seine Besuche bei Sofonisba beendet wären, würde er es nachholen können.

Er war neugierig auf diese Stadt. Seine Freunde hatten sie ihm als eine wahre Fundgrube beschrieben. Wie sie erzählten, gab es hier ausgezeichnete Kunstwerke von seltener Schönheit zu bewundern.

Besonders faszinierte ihn die Vorstellung, sich unter diese fremde, lebhafte und dunkelhäutige Bevölkerung zu mischen, die so anders war als seine Landsleute. Dem Wenigen nach zu urteilen, das er seit seiner Ankunft gesehen hatte, schienen die Sizilianer nur schreiend und übertrieben gestikulierend miteinander zu kommunizieren. Sie waren ausgesprochen überschwänglich. Für einen Fremden war es amüsant zu beobachten, wie sie sich bewegten und verhielten. Ihre Wesensart schien das genaue Gegenteil der Art der scheuen, eher verhaltenen und wortkargen Flamen zu sein.

Die Menschen hier zogen ihn auch äußerlich an. Die Sizilianer waren ein schönes Volk, sowohl die Männer als auch die Frauen, und besonders die Kinder mit ihrem dunklen Haar und ihren großen schwarzen Augen, obwohl es auch blonde mit blauen Augen gab, wahrscheinlich die Nachkommenschaft aus Verbindungen mit früheren Eroberern. In seiner unersättlichen Neugier fühlte er sich zu diesem Menschenschlag hingezogen. Anthonis wollte immer alles wissen. Auch wenn er sehr versucht war, sich unter all diese Menschen zu mischen, wusste er aus Erfahrung, dass ihn das unvermeidlicherweise von dem Zweck seiner Reise abgelenkt hätte. Diese Zerstreuung würde er sich später gönnen.

Bei der Durchsicht der Handzeichnungen, die er am Morgen von Sofonisba angefertigt hatte, kam ihm die Idee, ein Porträt von ihr zu malen, sobald er Zeit dazu hätte. Ein paar Entwürfe hatte er schon gemacht, einige bestanden nur aus ein paar Strichen, andere waren praktisch fertig. Auf manchen war sie in ihrem Sessel abgebildet, nur als Umriss, aber deutlich in ihrer Haltung, während auf anderen die Hände und das Gesicht richtig ausgearbeitet waren. Er betrachtete sie mit kritischem Blick. Waren sie wirklich originalgetreu? Vermittelten sie den Eindruck, den er bei ihrem Anblick erhascht hatte?

Als er eine nach der anderen begutachtete, ging ihm ihr morgendliches Gespräch durch den Kopf. Diese Frau besaß etwas Besonderes, das er nicht genau beschreiben konnte. Sie übte eine unerklärliche, fast geheimnisvolle Anziehung auf ihn aus, die seine Neugier und Lust weckte, mehr über sie zu erfahren. Was war ihr Geheimnis? Warum ließ sie niemanden gleichgültig, der sie kennenlernte? War er nur einer mehr, der sich ihrer faszinierenden Ausstrahlung nicht entziehen konnte?

Gewiss, sie hatte ein außergewöhnliches Leben hinter sich, besonders als Frau in einer Männerwelt, wie sie selbst mehrfach betont hatte. Die Welt der Künste war ein eigenes Gebilde mit ungeschriebenen Gesetzen und der Begabung als Standarte. In der Epoche, in der sich ihr Leben abgespielt hatte, hatte sie die Ausnahme verkörpert, die die Regel bestätigte. Dazu kam, dass sie mit ihrem außergewöhnlich langen Leben die Gelegenheit gehabt hatte, inzwischen historische Persönlichkeiten kennenzulernen, Könige und Königinnen, Päpste und Kardinäle, Maler, Dichter und Bildhauer, von denen einige für Anthonis van Dyck – ein junger Maler zu Beginn seines Werdegangs – schon wahre Legenden waren. Zum Beispiel Michelangelo Buonarroti, der vor sechzig Jahren gestorben war.

Michelangelo, der größte Künstler aller Zeiten, war für die junge Generation in der Kunst der Malerei wirklich ein Mythos. Wenn er diesen Namen hörte, lief ihm ein Schauder der Erregung über den Rücken. Es war sehr anregend, die Gesellschaft eines Menschen, der den Meister aller Meister persönlich gekannt hatte, zu genießen und sich mit ihm darüber austauschen zu können. Es lebten nur noch wenige, die sich dieser großen Ehre rühmen konnten.

Er lauschte Sofonisbas Schilderungen mit von Tag zu Tag wachsender Begeisterung. Auf der Überfahrt nach Palermo hatte er sich so oft ausgemalt, wie sich das Zusammentreffen gestalten würde, doch er hatte wahrhaftig nicht damit gerechnet, dass Sofonisba noch bei so klarem Verstand war. Sie hatte bestimmt noch viel zu erzählen, und er war begierig darauf, ihr zuzuhören.

Ihr wacher Geist hatte ihn angenehm überrascht. Natürlich entsprach Sofonisbas Aussehen ihrem Alter, sie bestand nur noch aus Haut und Knochen, aber sie war geistig sehr rege. Es war wirklich ein Wunder. Wenn sie sich zurückzog, machte ihr unsicherer Gang deutlich, dass sie mit einem Bein bereits im Grab stand. Dennoch vermittelte dieser gebrechliche Körper auch eine überraschende Willenskraft, die jeden verblüfft hätte. Solange ihr Gedächtnis mitspielte, konnte sie die Vergangenheit noch immer heraufbeschwören.

Der Gedanke, dass die alte Dame nicht mehr allzu lange leben würde, stimmte ihn sehr traurig, denn auch wenn es lächerlich klingen mochte, hatte er sie bereits lieb gewonnen.

In Anbetracht dieser traurigen Befürchtung wollte er möglichst viel Zeit mit ihr verbringen und plaudern, solange sie dazu fähig und bereit war. Er musste sie dazu bringen, mit ihm darüber zu sprechen, was ihn am meisten interessierte: ihre Kenntnis der Renaissancekunst und ihrer Künstler. Es war eine einzigartige Gelegenheit für ihn, dessen war er sich bewusst.

Nach ein paar Stunden in seinem Zimmer hielt er den geeigneten Zeitpunkt für gekommen, zu seiner neuen Freundin zurückzukehren, und machte sich raschen Schritts auf den Weg. Er fühlte sich beflügelt und so enthusiastisch wie beim ersten Besuch. Welches Geheimnis würde ihm die alte Malerin heute Nachmittag enthüllen?

Als er eintraf, erwartete sie ihn schon in ihrem unverhältnismäßig großen Sessel, was ihn nicht überraschte. Sie wirkte noch ungeduldiger als er, und das schmeichelte ihm. Zumindest bedeutete es, dass ihr seine Besuche keineswegs ungelegen kamen.

Wie gewohnt begrüßte sie ihn mit einem breiten Lächeln.

Ihr Leben musste ziemlich eintönig sein, wenn sie sich so freute, ihn zu sehen. Oder war das einfach ihre Art? Seine Besuche waren gewiss eine Abwechslung in ihrem gleichförmigen Alltag.

»Guten Tag, Anthonis«, begrüßte sie ihn überraschend heiter, kaum dass er den Raum betreten hatte. »Hattet Ihr Zeit zum Ruhen und Ordnen Eurer Skizzen?« Und ohne Atem zu holen oder eine Antwort abzuwarten, fügte sie hinzu:

»Wollt Ihr etwas essen?«

»Nein danke, Madame.« Anthonis musste über ihre großmütterliche Fürsorge schmunzeln. »Ich habe in der Herberge gegessen. Seid unbesorgt, ich esse genug.«

Diese letzten Worte bereute er augenblicklich. Er behandelte sie wie eine Großmutter, während sie sich vielleicht nur vergewissern wollte, ob er über genügend Mittel verfügte, um sich eine warme Mahlzeit am Tag leisten zu können. Es war bekannt, dass junge Künstler nicht gerade vermögend waren. Sofonisba erinnerte ihn an seine Mutter, wenn sie ihn besorgt fragte, ob er gut und ausreichend gegessen hätte.

»Und ich hatte auch genug Zeit, die Skizzen zu ordnen, wie Ihr mir empfohlen habt«, schob er rasch hinterher, um das Thema zu wechseln.

Sofonisba sah ihn zufrieden an. Dieser junge Mann gefiel ihr immer besser. Er wusste mit alten Menschen umzugehen.

»Gut«, sagte sie. »Wo waren wir stehen geblieben?«

»Ihr habt mir von Eurem Eintreffen am spanischen Königshof erzählt.« Und ermutigt von der herzlichen Begrüßung wagte er die Frage zu stellen, die ihm auf der Zunge brannte: »Doch bevor Ihr fortfahrt, wollte ich Euch etwas fragen. Es beschäftigt mich schon, seit ich zum ersten Mal diesen Salon betreten habe.«

»Nur zu.«

»Das Porträt dieser jungen Frau.« Er zeigte dabei auf das Gemälde hinter ihr. »Ist das von Euch?«

»Natürlich«, antwortete sie amüsiert. »Es ist ein Selbstbildnis. Ich war Anfang zwanzig. Vermutlich habt Ihr mich nicht wiedererkannt. Das ist verständlich. Es ist der Preis, den wir für den Lauf der Zeit bezahlen. Dieses Porträt hat eine besondere Geschichte, die ich Euch eines Tages erzählen werde. Das, was Ihr da seht, war das zweite Selbstporträt, das ich in Spanien gemalt habe. Eigentlich war das erste lediglich ein Entwurf, als es verschwand.«

»Verschwand?«, wiederholte Anthonis verblüfft.

»Ja. Das ist eine lange Geschichte.« Ihre Stimme klang ironisch, als würde sie sich über sich selbst lustig machen. »Offensichtlich ist seither viel Zeit vergangen, nicht wahr?«

Anthonis errötete leicht.

»Verzeiht mir, das wollte ich damit nicht andeuten.«

Sofonisba lachte schelmisch auf.

»Das weiß ich doch. Keine Sorge, ich nehme Euch nur auf den Arm. Wo waren wir also stehen geblieben?«

»Ihr habt mir von Spanien erzählt.«

»Ach ja. Das war eine unglaubliche Erfahrung. Tag für Tag mit dem mächtigsten König der Welt zusammenzutreffen, war…« Sie schien nach dem geeigneten Wort zu suchen.

»Beeindruckend?«, schlug Anthonis vor.

»Nein, beeindruckend ist nicht der richtige Ausdruck, obwohl es das in gewissem Sinne auch war. Ich würde es eher sonderbar nennen.«

»Sonderbar?«, wiederholte Anthonis ungläubig. »Jetzt überrascht Ihr mich aber wirklich, Madame. Warum sonderbar?«

»Weil der spanische Hof für mich eine neue Umgebung war. Die Atmosphäre war wirklich sonderbar, ich weiß nicht, wie ich es erklären soll… Alles war geheimnisvoll, prächtig, streng hierarchisch gegliedert. Es war eine Mischung aus Strenge, Pracht und größtem Prunk, aber manchmal auch von unaufdringlichem Luxus. Doch am meisten beeindruckten mich die Menschen. Sie benahmen sich nicht so ungezwungen wie hier in Italien. Alle waren extrem förmlich, als seien Natürlichkeit und Bescheidenheit nicht Teil des menschlichen Verhaltens, versteht Ihr?«

»Ich glaube schon. Hatte das vielleicht protokollarische Gründe?«

»Natürlich hatte das Protokoll viel damit zu tun, denn am spanischen Hof herrschte – und ich glaube, herrscht immer noch – ein sehr starres Protokoll, besonders, was den Umgang mit den Herrschern angeht, wie Ihr vielleicht wisst. Aber das war es nicht allein, was die Atmosphäre so schwer erträglich machte. Es waren die Spanier selbst, die sich nicht ungezwungen benehmen konnten. Ich weiß nicht, wie ich das besser beschreiben kann.«

»Ich glaube, Euch zu verstehen. Auch wir in Flandern sind nicht so forsch und spontan wie die Italiener, obwohl ich immer angenommen habe, dass die Spanier mehr Eurem Volk ähneln als meinem. Ich dachte, das sei typisch für die Mittelmeervölker.«

»Man darf die Menschen vom Lande nicht mit denen bei Hofe vergleichen«, stellte sie weise richtig. »Ihr Benehmen ist ganz anders. Bei Hofe muss sich ein leutseliger Charakter zurücknehmen und den Vorschriften anpassen. Man darf sich nicht verhalten, wie man will.«

Anthonis kannte sich mit den Gepflogenheiten des Hoflebens nicht besonders gut aus. Er war noch an keinem Hof gewesen. Also nickte er, um ihr zu verstehen zu geben, dass er ihr folgen konnte, und fragte:

»Wie war Euer Verhältnis zu Philipp II.? Hat er Euch gut behandelt?«

»Dieser König flößte allen großen Respekt ein. Er war eher kleinwüchsig, doch wenn er einen Raum betrat, umgab ihn immer ein gewisser mystischer und majestätischer Glanz. Er war in jeder Hinsicht ein König. Hier in Italien habe ich schreckliche Dinge über ihn erfahren, vielleicht hatte das damit zu tun, dass er ein Land repräsentierte, das in Italien eingefallen war, aber in Wirklichkeit war er anders. Mich behandelte er immer zuvorkommend und liebenswürdig, und natürlich ausgesprochen galant. Das zeigte er vor allem beim Tod von Königin Elisabeth, denn der hätte offiziell das Ende meines Lebens als Hofdame in Spanien bedeutet. Die neue Königin hatte ihre eigenen Gesellschaftsdamen. Aber statt mich nach Italien zurückzuschicken, wie es üblich war, wollte der König, dass ich bleibe und mich um seine Töchter, die Prinzessinnen Isabella Clara Eugenia und Katharina Michaela, kümmere. Er unterstützte mich nach Kräften, und er suchte eifrig nach einem meiner Stellung angemessenen Gatten für mich. Ein schwieriges Unterfangen in Anbetracht meines damaligen Alters.«

Die letzten Worte sagte sie lachend, überzeugt davon, dass Anthonis die Anspielung verstand.

»Hat Philipp II. denn einen Ehemann für Euch gefunden?«, fragte er überrascht.

»Natürlich. Aber das erkläre ich Euch ein andermal.«

Anthonis begriff, dass sie das Thema nicht vertiefen wollte, und sagte deshalb:

»Es muss hart für eine Frau gewesen sein, allein in einem fremden Land …«

Sofonisba richtete sich auf und schwieg einen Augenblick. Sie suchte in ihrer Erinnerung nach Episoden, die sie für immer vergessen zu haben glaubte.

»Ja, warum sollte ich es leugnen? Aber glaubt nicht, dass es hier in Italien einfacher gewesen wäre. Die Welt der Männer ist nach deren Vorstellungen gemacht.«

»Aber …«, wollte Anthonis protestieren.

»Aber Ihr seid ein Mann, mein lieber Anthonis, gewisse Dinge könnt Ihr nicht verstehen.«

9

Die Kutsche hielt an der Wegkreuzung. Wäre sie geradeaus weitergefahren, hätte sie die Landstraße von Madrid nach Segovia überquert, wäre sie jedoch in die Straße nach rechts eingebogen, wäre sie nach wenigen Meilen am Fuße eines waldigen Hügels angekommen, einem damals noch wenig bekannten Ort, der den wenig schmeichelhaften Namen *El Escorial* – die Halde – trug. Philipp II. hatte den Ort ausgewählt, um zu Ehren von San Lorenzo einen neuen Palast in Gitterform bauen zu lassen.

Die Arbeiten hatten eben erst begonnen, und vorsichtige Schätzungen gingen davon aus, dass bis zu seiner Fertigstellung mindestens zwei Jahrzehnte vergehen würden.

In der schattigen Wegkrümmung, in der das Gefährt angehalten hatte, war die Kutsche von weitem nicht zu erkennen, es sei denn, jemand schlug denselben Weg ein, der gemeinhin aber wenig benutzt wurde. Eine namenlose Landstraße, die weder irgendwo hinführte noch irgendwo herkam und nur von den örtlichen Holzfällern benutzt wurde. Es war eine normale Reisekutsche, die keinerlei Wappen trug, die sie von anderen unterschieden hätte. Seit sie angehalten hatte, war kein Fahrgast ausgestiegen, und es wirkte, als wartete der Kutscher auf neue Anweisungen.

So verharrte sie eine gute Stunde, bis aus der Ferne Pferdegetrappel zu vernehmen war. Wenn man die Ohren spitzte, konnte man hören, dass es sich um mehrere Reiter handelte.

Plötzlich verstummten die Hufschläge. Wahrscheinlich hatten die Reiter in der Nähe haltgemacht, sie waren aber im dichten Wald nicht auszumachen. Einen Augenblick später tauchte ungefähr hundert Schritt entfernt in einer Wegbiegung ein Ross mit Reiter auf.

Ein Herr in einem braunen Wams ritt in gemächlichem Trab auf die Kutsche zu. Während er so tat, als interessiere er sich für den Wald, warf er verstohlene Blicke auf sie. Als er nahe genug herangekommen war, drehte sich der Kutscher um. Bisher schien er eingedöst zu sein, ohne zu bemerken, was um ihn herum geschah.

War das der Herr, den er erwartete?

Der Mann grüßte ihn stumm mit einem leichten Kopfnicken und ritt ein paar hundert Meter weiter.

Der Kutscher folgte ihm mit dem Blick.

Plötzlich machte der Reiter kehrt und kam in langsamem Trott zurück. Im Vorbeireiten grüßte er den Kutscher wieder höflich, doch sein Blick war auf die roten Samtvorhänge der Kutschenfenster geheftet. Sie waren zugezogen, um neugierige Blicke fernzuhalten. Nichts wies darauf hin, dass jemand in der Kutsche saß. Er ritt, ohne innezuhalten, weiter und verschwand dahin, woher er gekommen war.

Der Kutscher musste nicht lange warten. Ein paar Minuten später war wieder Pferdegetrappel zu hören, die Steine knirschten unter den Hufen. Er drehte sich erneut um und stellte fest, dass es nicht derselbe Herr war. Dieser Reiter war schwarz gekleidet.

Dann machte er das vereinbarte Zeichen: dreimaliges Klopfen auf das Kutschendach.

Die Tür ging auf, und ein dicker Mann in einem schwarzen Umhang und mit einem fremdartigen Hut auf dem Kopf, der seine Kahlköpfigkeit verbarg, stieg schwerfällig aus.

Den Stiefeln nach zu urteilen schien er unter dem Umhang Reisekleidung zu tragen. Er ging ein paar Schritte und blieb mit

Blick auf den Herrn, der langsam auf ihn zuritt, stehen. Als sie nur noch wenige Meter voneinander entfernt waren, öffnete der Mann aus der Kutsche kurz den Umhang und ließ etwas Glänzendes auf seiner Brust aufblitzen. Der Reiter erkannte das Kreuz sofort. Er ritt näher, musterte es genauer und wusste, dass der päpstliche Gesandte vor ihm stand.

Philipp II. stieg vom Pferd und wartete darauf, dass der andere zu sprechen begann. Er musterte den Mann aufmerksam. Der wirkte erschöpft, und seine Leibesfülle machte ihm das Atmen schwer. War das der Mann, den er in der kleinen Kirche von Guadalajara hätte treffen sollen, als er sich gezwungen gesehen hatte, das Treffen wegen des unerwarteten Auftauchens von Sofonisba Anguissola zu verschieben?

Der Reisende begrüßte ihn mit dem gebotenen Respekt und beugte sich vor, damit nur er ihn hören konnte:

»Ich bin Kardinal Mezzoferro, Eure Majestät, Sonderbotschafter Seiner Heiligkeit.«

Dann hielt er dem Monarchen einen Brief hin, der mit dem päpstlichen Wappen versiegelt war. Philipp II. nahm ihn wortlos, brach nach sorgfältiger Prüfung das Siegel und begann zu lesen.

Pius IV. rühmte nach einer kurzen Einleitung, in der er sein Wohlwollen zum Ausdruck brachte, Kardinal Mezzoferros herausragende Qualitäten. Er versicherte dem König, dass der Kardinal sein größtes Vertrauen genoss, und teilte ihm mit, dass er ihm einen heiklen Auftrag anvertraut hatte, für den er die Mithilfe Seiner Majestät benötige. Zudem führte Pius IV. detailliert aus, dass der ehrwürdige Kardinal autorisiert sei, jedwede Entscheidung zu treffen, die er für angemessen halte, um die Mission zu einem glücklichen Ende zu bringen. Seine Entscheidungen seien als vom Papst persönlich verbürgt anzusehen.

Nach erneuter Prüfung des päpstlichen Lacksiegels sah Philipp II. den Kardinal zufrieden an.

»Eure Eminenz, ich heiße Euch in Spanien willkommen«,

sagte er leise. Seine Stimme klang freundlich, aber so gedämpft, dass der Kardinal ihn kaum verstand.

»Es ist mir eine große Ehre, Majestät, dass Ihr eingewilligt habt, Euch mit mir zu treffen. Ich bedauere zutiefst, dass es unter diesen Umständen geschehen muss, aber Ihr werdet verstehen, dass ich strenge Anweisung habe.«

Philipp II. verstand ihn genau. Die ganze Inszenierung des heimlichen Treffens war gewiss keine Eigeninitiative des Kardinals. Man erkannte die Handschrift des Papstes.

»Selbstverständlich, Eure Eminenz. Der Heilige Vater erklärt mir in seinem Schreiben, dass Ihr in äußerst heikler Mission unterwegs seid. Womit kann ich Euch dienen?«

Die Offenheit des Königs und seine Art, sofort zum Kern der Sache zu kommen, gefielen dem Kardinal.

Philipp II. war ein Pragmatiker. Wenn das Treffen geheim bleiben sollte, mussten sie sich beeilen, bevor sie jemand zusammen sehen konnte.

Doch Mezzoferro war ein zu erfahrener Diplomat, um sich vom Ungestüm des Monarchen hinreißen zu lassen. Er führte das Gespräch lieber auf seine Weise.

Sie redeten langatmig über dies und jenes, ohne den wahren Grund des Treffens auch nur zu streifen.

Philipp II. war zunächst beunruhigt über das oberflächliche Geplänkel, begriff aber schon bald, dass er einen geschickten und schlauen Taktiker vor sich hatte, also ließ er sich bis zu einem gewissen Grad auf das Spiel ein. Er erkundigte sich nach dem Gesundheitszustand des Papstes und nach anderen Angelegenheiten bezüglich des Vatikans. Mezzoferro antwortete ausschweifend und flocht Anekdoten ein, um Zeit zu schinden, bis er zur Kernfrage seiner Mission kam, denn er wollte sehen, wie weit die Hilfsbereitschaft des Monarchen ging. Er wollte mit möglichst mathematischer Genauigkeit berechnen, bis zu welchem Grad er mit seiner Unterstützung rechnen konnte, um einzuschätzen, worum er ihn bitten konnte, ohne eine Ablehnung zu riskieren. Hätte sich Philipp II. erst einmal geweigert, ihm zu helfen, wäre seine Mission gefährdet, und er wollte die Möglichkeit ausschließen, ihn zweimal um einen Gefallen bitten zu müssen.

Er erzählte, dass er bei einer Mission in Frankreich die Schwägerin des Königs, Königin Katharina von Medici, kennengelernt hatte.

»Eine achtbare Persönlichkeit«, bestätigte er.

»Das ist sie, gewiss«, erwiderte Philipp II. höflich. »Obwohl ich einräumen muss, dass ich nie das Vergnügen hatte, sie persönlich kennenzulernen.«

Das überraschte den Kardinal nicht. Er wusste, dass es bei Ehestiftungen aus Gründen der Staatsräson nicht notwendig war, dass sich die jeweiligen Familien persönlich kannten.

Philipp II. glaubte im ersten Moment, der Kardinal wolle ihn mit seinem Vortrag beeindrucken und ihm zu verstehen geben, dass er nicht irgendwer sei, aber dieser Eindruck war schnell wieder verflogen. Man merkte, dass der hohe Würdenträger ein umfassend gebildeter und intelligenter Mann war, der einer gewissen Schläue und der Gabe eines unvergleichlichen Verhandlungsgeschicks nicht entbehrte. Abgesehen vom fähigen Diplomaten war er selbstverständlich auch ein Mann von Welt. Kraft seines Amtes war der König daran gewöhnt, Menschen auf den ersten Blick einzuschätzen, und er glaubte, dass sein erster Eindruck von Kardinal Mezzoferro der Wahrheit schon sehr nahekommen dürfte.

Als endlich alle Artigkeiten ausgetauscht waren, fragte Philipp II. in zuvorkommendem Tonfall, als wolle er dem Treffen damit seine Brisanz nehmen:

»Womit kann ich dem Heiligen Vater denn nun dienen? Er muss in großer Sorge sein, wenn er mir einen so erfahrenen Diplomaten wie Euch schickt…«

Der Kardinal lächelte geschmeichelt.

»Ich kann Euch versichern, Eure Majestät, dass alle Obliegenheiten, die heilige Kirche betreffend, immer Grund für die größte Aufmerksamkeit Seiner Heiligkeit sind.«

Aha, dachte er erleichtert, dann hatte das Problem nichts mit Frankreich zu tun. Bei der Einleitung des Kardinals hatte er einen Augenblick befürchtet, dass er Überbringer einer geheimen Botschaft der Königin von Frankreich sei, die den Papst dazu benutzte, zu ihren Gunsten zu vermitteln. Aber jetzt begriff er, dass es sich ausschließlich um eine kirchliche Angelegenheit handelte.

Hatte es etwa mit der Vorgehensweise des Großinquisitors Valdés zu tun?

Ja, das hatte es.

Sie redeten über eine Stunde. Philipp II. lauschte den Ausführungen des hohen Geistlichen aufmerksam und antwortete, wie es seine Gewohnheit war, lediglich mit Gegenfragen, ohne etwas zuzusichern.

»Hat der hochwürdige Valdés vielleicht etwas … überstürzt gehandelt?«, fragte der Kardinal diplomatisch, »als er den höchsten Kirchenfürsten unserer heiligen Kirche in Spanien unter Arrest stellte? Hat er vielleicht nicht bedacht, dass er den Heiligen Vater damit in eine heikle Situation bringt? Für Seine Heiligkeit sind beide in diese traurige Geschichte verwickelten Persönlichkeiten der größten Hochachtung würdig. Wir können nicht zulassen, dass der Papst persönlich in einen Skandal verwickelt wird. Für den Heiligen Vater ist es höchst unangenehm, wenn Anschuldigungen solchen Ausmaßes gegen einen der wichtigsten Vertreter der römischen Kurie vorgebracht werden. Es könnte dem Glauben der Bevölkerung größten Schaden zufügen, wenn der ehrwürdige Kardinal von Spanien und Erzbischof von Toledo, an den die Gemeinde glaubt und dem sie Gehorsam schuldet, der Ketzerei beschuldigt wird.«

»Ich nehme an, der Heilige Vater hat dem Großinquisitor Valdés seine Besorgnis bestellen lassen …«

»Um eine Einmischung in die Autonomie der Inquisition sowie in das heilige Recht des Erzbischofs von Toledo zur Verteidigung zu vermeiden, ist es vorzuziehen, wenn der Heilige Vater nicht offen einschreitet. Es ist nicht ratsam, den einen zum Nachteil des anderen zu unterstützen.«

Philipp II. fand, Mezzoferro sei wirklich ein gerissener Diplomat. Er vermied es, jemanden direkt zu beschuldigen, und ließ durchblicken, dass die Entscheidung des Papstes, nicht offiziell einzugreifen, sein Rat gewesen war. Auf diese Weise würde Pius IV. nicht bloßgestellt und konnte sich vorbehalten, später doch persönlich zu intervenieren, sollte es notwendig sein, ohne dass man seine Autorität unnötigerweise in Zweifel zog. Wenn die Mission des Kardinals Erfolg hatte und sich die Dinge dank seiner Vermittlung auf freundschaftlichem Wege klären ließen, würde die Oberhoheit des Heiligen Stuhls über die inneren Angelegenheiten in Spanien nicht in Frage gestellt werden.

Es fiel Philipp II. nicht schwer zu durchschauen, dass Pius IV. versuchte, ihm den schwarzen Peter zuzuschieben. Aus denselben Gründen wie der Papst hatte auch er keinerlei Absicht, sich in ein Problem verwickeln zu lassen, das eigentlich nur die Kirche betraf. Sollten die Kirchenfürsten das doch unter sich ausmachen. Er kannte die Gegenspieler persönlich, denn er selbst hatte Bartholomäus Carranza als Hausgeistlichen an den Hof berufen und ihn später, nach dem Tod von Kardinal Juan de Tavera, zum Erzbischof von Toledo ernennen lassen, weil er von seinen Predigten so beeindruckt gewesen war. Und Fernando de Valdés war nicht nur Großinquisitor, sondern auch Mitglied des Kronrates.

Er beruhigte den Kardinal und versicherte ihm, den Fall eingehend zu prüfen. Seine Unterstützung sagte er ihm jedoch nicht zu, damit man ihm nicht eines Tages vorwerfen konnte, für die Kirche die Kartoffeln aus dem Feuer geholt zu haben, was er allerdings auch nicht beabsichtigte. Als sie sich trennten, begleitete er den Kardinal höflich zur Kutschentür. Sie verabschiedeten sich, und jeder ging seines Weges.

Natürlich hatte sich der Kardinal gehütet, den wahren Grund seiner Mission zu erwähnen. Wenn Philipp II. von der Existenz eines geheimen Gegenstands erfahren hätte, den Pius IV. mit allen Mitteln – als würde sein Leben davon abhängen – wiederzubekommen versuchte, hätte er danach getrachtet, sich dessen zu bemächtigen, davon war Mezzoferro überzeugt. Obwohl er selbst mangels irgendeines Anhaltspunktes erfolglos herauszufinden versucht hatte, um was es sich bei diesem mysteriösen Objekt handelte, war nur unschwer zu erkennen, dass derjenige, der in seinem Besitz war, den ganzen Vatikan damit erpressen konnte.

Während er stoisch das Ruckeln der Kutsche auf dem steinigen Weg ertrug, ging Mezzoferro das soeben geführte Gespräch mit dem Monarchen durch den Kopf.

Philipp II. hatte einen guten Eindruck auf ihn gemacht, und er war fasziniert von seinen feinen Manieren und seiner Höflichkeit, aber er hatte sofort erfasst, dass er keinen Finger rühren würde. Er musste diesen Kontakt als fruchtlos einstufen und einen anderen Weg finden, um auf Valdés Einfluss zu nehmen. Aber am wichtigsten war, direkt mit Kardinal Carranza Kontakt aufzunehmen, was nicht einfach werden würde, weil er im Kerker saß, und zu erreichen, dass er ihm sagte, wo er das geheimnisvolle Etwas versteckt hatte, das Pius IV. so große Sorgen bereitete.

10

In den brütenden heißen Stunden des frühen Nachmittags, als sich die Menschen vorübergehend in die Kühle ihrer Häuser zurückgezogen hatten, hastete ein Mann durch die Hauptstadt und wechselte dabei auf der Suche nach Schatten immer wieder die Straßenseite. Sein Aufzug machte deutlich, dass es sich nicht um einen Herrn handelte, am allerwenigsten um einen Adligen, sodass er unbeachtet blieb, falls er unvermittelt auf einen Passanten stoßen sollte.

Der Mann war auf dem Weg zu einem Gebäude ganz in der Nähe des Hauptplatzes, das von weitem an seiner schmucklosen Fassade zu erkennen war. Wenn es sich vermeiden ließ, wagte sich niemand in die Nähe dieses finsteren Palasts. Man zog es vor, jeglichen Kontakt damit zu meiden, denn es handelte sich um den Hauptsitz des Ketzergerichts, der heiligen Inquisition

In der Nähe des Hauptportals blieb der Mann zögernd stehen, aber sein Pflichtgefühl und vor allem die Angst, womöglich die Konsequenzen dafür tragen zu müssen, nötigten ihn, die letzten Schritte auch noch zu machen.

Er betrat den Palast.

Als das große Tor hinter ihm geschlossen wurde, spürte er, dass sein Mut dahinschwand wie der Schnee in der Sonne. Pedro Gómez hatte so große Angst, dass seine Beine zitterten. Inzwischen bereute er, hergekommen zu sein.

Er hatte die Absicht, seinem Kontaktmann eine Mitteilung

zu machen, denn er wusste, dass es schlimm mit ihm enden würde, wenn er es nicht tat und die Inquisition sie aus einer anderen Quelle erfuhr. Eigentlich war das, was er zu sagen hatte, nicht sonderlich wichtig. Aber es gehörte zu seinen Aufgaben als Spitzel, seinen Kontaktmann über alle auffälligen Bewegungen zu unterrichten. Der hatte darüber zu befinden, ob es wichtig war oder nicht. Er erhielt dafür zwar keine Entlohnung, aber es garantierte ihm eine gewisse Unantastbarkeit und das Wohlwollen seiner Auftraggeber.

In der Vorhalle wies ein Geistlicher, der als Pförtner fungierte, mit einer Kopfbewegung auf eine Tür. Er kannte sie und wusste, wohin sie führte: zum Schreibzimmer seines Kontaktmannes Pater Marsens.

Pedro Gómez konnte nicht vorhersehen, dass die Nachricht, die er überbrachte, von Pater Marsens als so wichtig eingestuft wurde, dass er aufsprang, ihm zu warten befahl und aus dem Raum stürzte. Ihm blieb keine Zeit zum Grübeln, denn nach wenigen Minuten kehrte der Pater in Begleitung eines streng dreinblickenden Mannes zurück – nach der Soutane zu urteilen ebenfalls ein Geistlicher, aber wer war das nicht in diesem Hause?

Die beiden setzen sich ihm gegenüber, und Pater Marsens bat ihn zu wiederholen, was er ihm gerade erzählt hatte.

Etwas eingeschüchtert von der Anwesenheit des anderen Mannes kam Gómez der Bitte nach und war bemüht, sich nicht in Widersprüche zu verwickeln. Die beiden Geistlichen hörten schweigend zu. Der streng dreinblickende Prälat, dessen Namen und Funktion er nicht kannte, achtete aufmerksam auf jede Einzelheit und sah ihn dabei mit durchdringendem Blick an, was ihm noch mehr Angst machte.

Ihm lief ein Schauder über den Rücken. Die Männer machten sich unauffällig ein Zeichen, was Pedro Gómez entging, und Pater Marsens sagte:

»Warte hier auf uns, wir sind gleich wieder da.«

Sie verschwanden und ließen ihn allein und besorgt im Raum zurück. War es richtig gewesen, alles zu sagen, was er gesehen hatte? War es wirklich so wichtig? Ein paar Minuten später kehrten sie zurück und forderten ihn auf, ihnen zu folgen.

Sie durchquerten einen Flügel des Palasts, bevor sie eine eindrucksvolle Marmortreppe zu den vornehmen Räumen hinaufstiegen. Dort bogen sie in einen unendlich lang wirkenden Flur ein. An den Wänden hingen überlebensgroße Porträts ehemaliger kirchlicher Würdenträger, die wichtige Funktionen innegehabt hatten. Jede Figur glich im Wesentlichen der anderen, alle in derselben strengen würdevollen Pose.

Am meisten beeindruckte ihn die überwältigende Stille in diesem Palast. Man hörte keine einzige Stimme, keinen Schritt, nicht einmal das Schließen einer Tür. Das Gebäude schien jeden Laut zu verschlucken. Selbst das Rascheln der Soutanen beider Geistlicher, die ihm vorangingen, war kaum zu vernehmen. Der lange Flur mündete in einen Raum, der eine Art Vorzimmer sein musste, denn an einem Tisch saß wiederum ein Geistlicher, der wie ein Sekretär aussah.

Als der Mann seine Ordensbrüder in Begleitung des Mannes eintreten sah, stand er wortlos auf. Er nickte kaum wahrnehmbar mit dem Kopf, und die beiden, gefolgt von Pedro Gómez, betraten einen riesigen Saal, in den durch die hohen Fenster Licht hereinfiel. Pedro vermutete auf Grund des Sonnenstands, dass sie nach vorn hinausgingen.

In der Mitte des Zimmers hinter einem großen Schreibtisch saß ein älterer Mann mit grauem Spitzbart und kurzem schneeweißem Haar. Er sah nicht einmal auf, als die drei Männer eintraten. Auch er trug eine schwarze Soutane, unterschied sich aber durch das große goldene Kreuz auf seiner Brust von den anderen. Der kleine Spitzbart verlieh ihm das Aussehen eines liebenswürdigen Großvaters, doch als er den Kopf hob und sie ansah, erschrak Pedro Gómez beim Blick in seine Augen. Dieser Mann war der Großinquisitor Fernando de Valdés.

War der Blick von Pater Marsens' Begleiter einschüchternd gewesen, so war der des Großinquisitors schlichtweg furchterregend. Pedro Gómez musste sich sehr zusammenreißen, um nicht wieder zu zittern.

»Dieser Mann hat Euch also die Nachricht überbracht«, sagte Fernando de Valdés mit hohler Stimme, ohne aufzustehen.

»Ja, Eure Eminenz«, antwortete der Mann lakonisch, während Marsens schwieg.

Der Generalinquisitor verzog das Gesicht, was Pedro Gómez als den Versuch eines Lächelns interpretierte.

»Erzähl mir, guter Mann«, sagte er zu Gómez. »Ich möchte aus deinem Mund und mit deinen Worten alle Einzelheiten der Geschichte hören, die du gerade meinen Brüdern erzählt hast.«

»Ich…«, setzte Pedro Gómez stotternd an. Er wusste nicht, wo er anfangen sollte. Der Anblick des Großinquisitors schüchterte ihn derart ein, dass es ihm die Sprache verschlagen hatte.

»Du hast nichts zu befürchten«, sagte Valdés. »Du bist hier unter Freunden.«

Unter Freunden? Wenn das hier seine Freunde waren – Gott war sein Zeuge –, dann er zog die Gesellschaft von Feinden vor.

Als er sah, wie eingeschüchtert dieser Pechvogel war, ergriff Valdés, der sich damit auskannte, das Wort.

»Fangen wir von vorn an, das wird dir leichterfallen. Erzähl mir, was du machst und wo du arbeitest.«

»Ich bin Kutscher, Eure Eminenz, und arbeite für die päpstliche Nuntiatur.« Er nannte ihn Eminenz, weil er meinte, das den zweiten Geistlichen beim Betreten des Raumes sagen gehört zu haben, aber er war sich nicht sicher. Wie sprach man den Generalinquisitor an? Woher sollte er das wissen? Er hatte in der Nuntiatur so viele Eminenzen gesehen, für ihn sahen alle gleich aus.

»Bist du der Kutscher des Nuntius?«, fragte Valdés leutselig.

»Nein, Eure Eminenz. Wir sind insgesamt acht, die in der Nuntiatur arbeiten, ich bin nur einer von ihnen.«

Ohne seinen Blick von ihm abzuwenden, nickte Valdés verständnisvoll. Er sah ihn so fest an, dass Pedro Gómez allein bei dem Gedanken, seinen Verhören ausgesetzt zu sein, schon in Panik geriet.

»Hast du den Nuntius schon mal gefahren?«

»Nein, Eure Eminenz. Hochehrwürden benutzt eine andere Kutsche, eine eigene für sich ganz allein.«

»Gut«, sagte Valdés knapp. »Jetzt erzähl mir, was du gesehen und gemacht hast.«

»Gestern, als ich in der Nuntiatur auf einen Befehl wartete, hat mich der Privatsekretär Seiner Eminenz angesprochen und beiseitegezogen. Was mich überraschte, denn es ist noch nie vorgekommen, dass er persönlich aufgetaucht ist, um mir Befehle zu erteilen. Normalerweise beauftragt er jemanden damit.«

»Waren noch andere Personen anwesend?«, fragte der Großinquisitor.

»Nein. Verzeihung: Nein, Eure Eminenz. Das hat mich auch überrascht, denn es wirkte, als hätte er es darauf angelegt, mich allein abzupassen.«

»Gut, erzähl weiter.«

»Der Sekretär sagte mir, dass gleich eine wichtige Persönlichkeit aus der Nuntiatur käme, die ich zu einem bestimmten Ort fahren sollte, den er auf einem Plan für mich markiert hätte. Er sagte mir, dass er mich deshalb ausgewählt hätte, weil er wisse, dass ich aus der Gegend stamme und sie gut kenne. Und das stimmt, ich kenne sie.«

»Welche Gegend?«

»Eine wenig befahrene Straße am Waldrand, die nach El Escorial führt.«

»Gut, fahr fort.«

»Er schärfte mir ein, dass ich weder Fragen stellen noch den Mund aufmachen sollte. Wenn wir an dem Ort ankämen, der mit einem Kreuz auf dem Plan markiert sei, sollten wir anhalten und warten. Nur wenn ein zweiter Herr auftauchte, sollte ich dem ehrwürdigen Reisenden durch dreimaliges Klopfen auf das Kutschendach anzeigen, dass er aussteigen könne.«

»Weißt du, wer der ehrwürdige Reisende war?«

»Nein, Euer Gnaden, ich habe ihn noch nie gesehen.«

»Wie sah er aus?«

»Ein sehr dicker Mann, der nur mit Mühe gehen konnte.«

»Ein Geistlicher?«

»Das kann ich nicht mit Bestimmtheit sagen. Er trug Reisestiefel und einen weiten Umhang, der ihn vollständig verhüllte. Ich konnte nicht erkennen, was er darunter anhatte.«

»Glaubst du, es war ein Fremder?«

»Das weiß ich nicht. Er hat nichts gesagt, und als der Sekretär ihn zur Kutsche brachte, haben sie auch kein Wort gewechselt. Ich kann Euch nur sagen, dass der Sekretär ihn mit größter Ehrerbietung behandelte, denn als er die Kutschentür geschlossen hatte, verbeugte er sich fast bis zum Boden.«

Valdés wirkte nachdenklich. Das war wichtig. Ein Mann in Reisekleidung. Wer könnte das gewesen sein? Wenn er in Reisekleidung unterwegs war, musste es nicht unbedingt ein Geistlicher gewesen sein, was zweierlei bedeuten konnte: Entweder kam er von weit her, oder er wollte nicht erkannt werden, oder beides.

»In Ordnung, was geschah dann?«

»Ich fuhr ihn zu dem angegebenen Ort, und wir haben gewartet. Er blieb regungslos in der Kutsche sitzen.«

»Und die Herren, auf die ihr gewartet habt?«

»Trafen pünktlich ein. Es geschah, wie es geplant war. Der erste ritt an der Kutsche vorbei und kehrte dann zurück, ohne stehen zu bleiben. Kurz darauf erschien der zweite Herr. Er kam nicht an die Kutsche heran, sondern wartete ungefähr in zwanzig Schritten Entfernung. Dann stieg mein Passagier aus und ging zu ihm.«

»Weißt du, wer dieser Herr war?«

»Nein, Eure Eminenz. Ich konnte ihn nicht sehen, ich hatte ihm den Rücken zugedreht, denn sie standen hinter mir.«

»Wie haben sie sich begrüßt?«

»Das habe ich nicht gesehen.«

»Wie lange haben sie sich unterhalten?«

»Ich kann es nicht genau sagen, aber eine ganze Weile. Die Sonne stand schon höher. Ich saß im Schatten, als sie sich trafen, und als sie fertig waren, schien sie mir auf den Kopf.«

»Konntest du hören, worüber sie sprachen?«

»Nein, Eure Eminenz, sie waren zu weit weg und redeten leise.«

»Und was geschah dann?«

»Ich fuhr meinen Passagier in die Stadt zurück und ließ ihn vor dem Portal eines Gebäudes aussteigen.«

»Welches Gebäude? Weißt du, wem es gehört?«

»Ich habe es noch nie gesehen, aber ich würde es wiedererkennen, und ich weiß noch genau den Weg. Es war in der Calle del Espíritu Santo Ecke Calle de Salamanca. Es ist ein großer zweistöckiger Palast mit einem ziemlich schmalen Eingangstor, aber einem großen Innenhof.«

Die drei Männer sahen sich unerschütterlich an. Dieses Gebäude kannten sie allerdings. Es gehörte zur Nuntiatur und diente Durchreisenden, die höchste Diskretion wünschten, als Gästehaus.

Valdés war verblüfft. Wer konnte diese geheimnisvolle Person sein, die die Nuntiatur mit so großer Zuvorkommenheit behandelte? Und wer war der unbekannte Herr, mit dem sie sich im Wald von El Escorial getroffen hatte? Es war ein ausgesprochen abgelegener Ort. Um sich heimlich mit jemandem zu treffen, war es eigentlich nicht nötig, so weit zu fahren. Ihm fiel auch niemand ein, der aus dieser Gegend stammte. Dort war gerade mit dem Bau des neuen Königspalastes begonnen worden, den Philipp II. in Auftrag gegeben hatte, aber seine Fertigstellung lag noch in ferner Zukunft. Hätte es sich um jemanden gehandelt, der mit dem Bau zu tun hatte, wäre es angesichts der Wichtigkeit des Reisenden logischer gewesen, wenn derjenige sich zu einem Treffen mit ihm eingefunden hätte, und nicht umgekehrt. Valdés sann darüber nach, was einen Menschen dazu bewegen konnte, eine so lange Fahrt auf sich zu nehmen, um sich mitten im Wald mit einem Unbekannten zu treffen.

Im Augenblick war aus dieser Vogelscheuche nicht mehr herauszuholen. Valdés war sich seiner Macht über Normalsterbliche bewusst, und es bereitete ihm Vergnügen, sie mit seinem Blick in Angst und Schrecken zu versetzen, aber mit diesem bedauernswerten Pechvogel verschwendete er nur seine Zeit.

»Ihr könnt Euch zurückziehen«, schloss er an die drei Männer gewandt. »Und du, Kutscher, halte immer schön die Augen offen. Wenn du etwas Merkwürdiges siehst, informiere uns sofort. Und wenn du noch einmal diesen geheimnisvollen Passagier fahren sollst, versuche unauffällig herauszufinden, wer er ist, oder zumindest, woher er stammt. Das kann für uns wichtig sein.«

»Es ist mir eine Ehre, Euch zu dienen, Eure Eminenz.«

Er wusste noch immer nicht, ob er ihn so anreden sollte, aber da ihn niemand korrigiert hatte, war es vermutlich richtig.

Beim Verlassen des Schreibzimmers des Großinquisitors drehte sich Pedro Gómez plötzlich um und sagte:

»Ich weiß nicht, ob es wichtig ist, aber im Unterholz des Waldes standen viele Reiter. Als der Herr, der mit meinem Passagier gesprochen hat, sich zu ihnen gesellte, ritten sie alle im Galopp davon.«

»Na so was!« Valdés war überrascht. »Und warum hast du mir das nicht gleich gesagt?«

Das war ein wichtiger Hinweis. Demzufolge war der Herr eine hohe Persönlichkeit, wenn er mit vielköpfiger Eskorte unterwegs war. Wer konnte das gewesen sein mit solch einer Gefolgschaft und einem Kundschafter, den er vorausschicken konnte, um zu überprüfen, ob bei der Kutsche keine Gefahr lauerte? Denn er bezweifelte keinen Augenblick, dass es sich darum gehandelt hatte, sonst hätte es keinen Grund für diese ganze Inszenierung gegeben.

Ein prominenter Herr mit großer Eskorte in der Nähe von El Escorial? Valdés fiel nur einer ein: Philipp II.

Wenn das stimmte, wurde die Sache allmählich interessant. Wenn sich der König höchstselbst zu so etwas herabließ, musste der geheimnisvolle Reisende nicht nur eine einflussreiche Person sein, sondern es war etwas Großes in Vorbereitung. Warum sollte Philipp II. einem heimlichen Treffen in einem abgelegenen Wald außerhalb der Stadt zustimmen, wenn es sich nicht um etwas sehr Wichtiges handelte? Ihn beunruhigte nicht so sehr die alarmierende Nachricht, sondern die Tatsache, dass es keinerlei Hinweise aus seinem effizienten Spitzelsystem gegeben hatte, die auf ein Komplott hingedeutet hätten. Er hatte nur diese Aussage des armseligen Kutschers, an der er jedoch nicht zweifelte. Niemand würde es wagen, sich eine solche Geschichte auszudenken und sie dem Oberhaupt der Inquisition vorzutragen, denn damit würde er seinen Kopf riskieren. So peinigten ihn plötzlich zwei Dinge. Das eine war die Ineffizienz seines Geheimnetzes, dem würde er persönlich abhelfen: Die Verantwortlichen durften sich auf seinen Zorn gefasst machen. Verdammte Versager, aber sie würden nicht ungeschoren davonkommen. Das andere war, dass der König sich hinter seinem Rücken heimlich mit jemandem getroffen hatte. Was hatte Philipp II. zu verbergen, was durfte er, Valdés, nicht wissen? Er würde es bald herausfinden. Kaum waren die drei Männer gegangen, erteilte er Befehl, in diese Richtung nachzuforschen. Er musste der Sache auf den Grund gehen.

11

»Wie war das Hofleben damals?«, eröffnete Anthonis das Gespräch.

»Es war ein goldener Käfig«, antwortete Sofonisba, ohne nachzudenken. »Insgesamt waren wir sechzehn Hofdamen im Dienste der Königin. Wir mussten immer zusammen essen, zur selben Uhrzeit und an einem Ort, der uns zugewiesen wurde, und die Mahlzeiten waren genau zugeteilt und ziemlich knapp, um ehrlich zu sein. Man durfte nicht um mehr bitten, wenn man noch Hunger hatte. Zum Glück ist mir das nie passiert. Außerdem durfte niemand im Palast mehr als eine Dienerin haben, selbst wenn man sie aus seiner Privatschatulle bezahlen wollte.«

»Warum? Wurde Euer Personal vom Hof bezahlt?«

»Natürlich. Wie auch die Mahlzeiten, dazu noch die Ausgaben für die Anschaffung der Kleider und die Wäscherei.«

»Und wer gab Euch diese Anweisungen? Die Königin persönlich?«

»Oh nein. Die Königin war die Königin. Darum kümmerte sie sich nicht. Dafür war die Kammerfrau zuständig, die älteste Kammerzofe. Zu ihren Obliegenheiten gehörte es auch, über alles im Bilde zu sein, was wir taten oder was uns passierte. Sie wachte über unsere Disziplin und Tugend und nahm ihre Verpflichtungen sehr ernst.«

»Aber Ihr habt doch als Hofdame ein Entgelt erhalten, oder?«

»Natürlich. Außerdem belohnte mich die Königin großzügig mit Geschenken: Seidenstoffe, Silberbrokate und Juwelen. Sie zahlte auch meine beiden Diener, deren Kost und Logis sowie meine Pferde und Esel.«

»Und wie war Eure Beziehung zur Königin?«

»Ausgesprochen freundschaftlich. Sie war immer sehr gut zu mir. Wir haben viel zusammen gemacht, aber am besten konnte sie zeichnen, und deshalb schätzte sie meine Gesellschaft besonders. Ich habe es ihr beigebracht und muss sagen, dass sie eine ausgezeichnete Schülerin war.«

»Habt Ihr ihr auch das Malen beigebracht?«

»Natürlich, als wir uns kennenlernten, hatte sie schon ein wenig Übung, doch unsere Freundschaft ging viel weiter. Sie liebte Musik, und wir spielten auch gemeinsam Spinett. Sie hatte sich eine Sonderanfertigung aus Paris kommen lassen. Das war sehr amüsant.«

»Seid Ihr viel gereist?«

»Ja, das war das Unangenehmste am Hofleben. Der Hofstaat war ständig unterwegs. Wir haben nie länger als drei oder vier Monate an einem Ort verbracht. Das bedeutete für alle großen Aufwand, denn es war immer ein Umzug mit Möbeln, Geschirr, Kleidern und allem Zubehör. Der spanische Hof zeichnete sich dadurch aus, ständig auf Wanderschaft zu sein, nicht wie die italienischen Höfe, die eine feste Residenz hatten. Dieses ständige Umziehen war ausgesprochen ermüdend, auch wenn wir längere Zeit in den verschiedenen Schlössern um Madrid herum verbrachten. Neben dem Alcázar im Stadtzentrum gab es nur wenige Meilen entfernt den Palacio del Pardo, und südlich der Stadt das Schloss von Aranjuez, wo wir uns immer zum Jahreszeitenwechsel aufhielten. Zu den mittleren Jahreszeiten, wie wir sie nannten. Ich erinnere mich besonders gut an eine Reise an die Grenze zu Frankreich, nach Bayonne. Die Königin freute sich sehr auf diese Reise, denn dort traf sie sich mit ihrer Mutter, Königin Katharina von Medici, und ihrem Bruder, König

Karl IX. von Frankreich, die sie sechs Jahre lang nicht gesehen hatte. Das war eine einmalige Gelegenheit, denn normalerweise sah eine Königin, die in ein anderes Land heiratete, ihre Familie nie wieder. In den Tagen vor unserem Reiseantritt war Königin Elisabeth sehr aufgewühlt. Sie wirkte wie ein kleines Mädchen. Die Vorstellung, ihre Familie wiederzusehen, machte sie sehr glücklich, aber sie wusste auch, dass es sich höchstwahrscheinlich nie wiederholen würde. Und so war es auch. Es blieb ihr einziges Treffen. Zu diesem Anlass wurden in Bayonne große Feiern, Turniere und wunderbare Bälle organisiert. Elisabeth strahlte. In aller Bescheidenheit möchte ich hinzufügen, dass ich bei dieser Gelegenheit auch ziemlichen Erfolg hatte. In jenen Tagen wurde ich sehr hofiert.«

»Ihr wart noch nicht verheiratet?«

»Nein. Ich habe erst sehr viel später geheiratet, nach dem Tode der armen Königin.«

Es entstand eine Pause. Anthonis wusste nicht, ob es angebracht war, dieses Thema zu vertiefen. Er wollte Sofonisba nicht zu nahe treten. Wenn sie darüber reden wollte, würde sie es von selbst tun.

»Ich fühle mich sehr wohl in Eurer Gesellschaft«, sagte er deshalb und wechselte damit abrupt das Thema.

Sie hob den Kopf, ein wenig irritiert über Anthonis' unerwartetes Geständnis. Was bedeutete das? Hatte er sich doch zu weit vorgewagt?

»Freut mich, dass Ihr das sagt«, erwiderte Sofonisba zur Erleichterung des jungen Mannes. »Ihr seid ein einfühlsamer Mensch. Ich kann Euch versichern, dass es mir ebenso geht. Ich fühle mich auch wohl mit Euch.«

Anthonis errötete zufrieden.

»Zumindest glaube ich, dass Ihr nicht zu den Menschen gehört, die denken, dass wir Alten zu nichts mehr nütze sind und nur noch stören.«

Er sah sie betroffen an.

»Habe ich etwa einen solchen Eindruck erweckt? Habe ich etwas Falsches gesagt?«, fragte er besorgt nach. »Glaubt Ihr wirklich, ich könnte so etwas denken?«

»Nein, das glaube ich nicht. Ich habe es gesagt, weil Ihr anders seid, und ich kann Euch versichern, dass ich das sehr schätze. Aber das ändert nichts an der Tatsache, dass viele junge Leute denken, wir Alten seien zu nichts mehr nütze. Es ist schwer, alt zu werden, wisst Ihr? Es sind nicht nur die Gebrechen, unter denen wir leiden. Unser ganzes Umfeld verändert sich, Freunde, Verwandte und Bekannte sterben. Unser Leben verändert sich, weil die vertraute Umgebung verschwindet. Und mit ihr stirbt Stück für Stück ein Teil von uns selbst, denn wir spüren, dass es nie wieder so sein wird wie früher. Die Bilder aus unserer Kindheit, unserer Jugend und unserem Erwachsenenalter, die ein Teil von unserer kleinen persönlichen Welt sind, lösen sich auf wie Schnee, der in der Sonne schmilzt. Sie verschwinden, um einer neuen Welt Platz zu machen, an die zu gewöhnen und die zu verstehen uns manchmal schwerfällt. Es ist nicht immer die Sehnsucht nach alten Zeiten, die uns die Vergangenheit vermissen lässt. Es ist alles ein großes Ganzes, das ihr Jungen nicht verstehen könnt, ganz einfach, weil ihr es noch nicht erlebt habt. Ich bin schon sehr alt. Ich habe vieles gesehen und viele Veränderungen erlebt. Ich habe eine Menge berühmter Menschen kennengelernt, die heute nicht mehr unter uns weilen und an die Ihr Euch gar nicht mehr erinnert. Trotzdem kann ich mich glücklich schätzen, dass mein Geist noch seinen Dienst tut. Das Glück haben nicht alle. Wie Ihr wisst, hatte ich nie Kinder. Das ist etwas, das ich wirklich vermisse. Ich glaube, ich wäre eine gute Mutter gewesen, aber ich neige nicht zu Selbstmitleid. Es war eben so, und Gott sei Dank hatte ich das Glück, einen Mann zu finden, der mich liebt.« Sie unterbrach sich, als müsse sie sich an etwas erinnern. »Aber warum spreche ich darüber?«

»Weil ich Euch gesagt habe, dass ich mich in Eurer Gesellschaft wohl fühle. Ich schätze sie wirklich sehr und hätte nicht gewagt, mir vorzustellen, dass wir uns so gut verstehen. Wenn ich mit Euch rede, habe ich das Gefühl, Euch schon lange zu kennen, nicht erst seit ein paar Tagen. Aber erklären, warum das so ist, kann ich nicht. Auch weiß ich nicht, ob Ihr solch ein gegenseitiges Verständnis schon einmal erlebt habt…«

»Ganz selten. Es ist wie mit der Liebe. Zwei Menschen treffen und verstehen sich. Zwischen ihnen stimmt die Chemie. Dasselbe gilt für die Freundschaft. Es ist seltsam, dass Ihr mir das sagt, denn ich habe dasselbe gedacht. Ihr wirkt wie ein guter Mensch auf mich. Ihr seid nicht nur intelligent, sondern auch empfindsam und wach. Und genau deshalb werdet Ihr eines Tages ein großer Künstler sein, davon bin ich überzeugt.«

12

Als Sofonisba nach Anthonis van Dycks Besuch wieder allein war und etwas ermattet darauf wartete, dass man ihr das Essen servierte, ließ sie ihrem Geist freien Lauf, dachte über das Gespräch nach und zog ihre Schlüsse daraus. Sie war erschöpft, aber zufrieden. So viel zu reden und sich an die Vergangenheit zu erinnern war anstrengend für sie. In ihrem Alter fiel es ihr zunehmend schwerer, lange Gespräche zu führen, obwohl sie zugleich glücklich war, denn die Besuche dieses jungen Mannes belebten ihren eintönigen und langweiligen Tagesablauf, seit sie nicht mehr malen konnte. Natürlich fühlte sie sich auch geschmeichelt. Aber sie fand es sonderbar, dass ihre Person so lange Zeit nach ihrem Rückzug aus der Malerei noch die Neugier eines jungen Mannes weckte, der seine ersten Schritte in dieser Kunst machte und der eine lange Reise auf sich genommen hatte, um sie kennenzulernen. War es wirklich nur Neugierde, oder steckte noch ein anderer Grund dahinter, der ihr bislang entgangen war? Sie wusste nicht, was sie denken sollte.

Sofonisba war keine Frau der übereilten und leichtfertigen Urteile. Bevor sie einen Menschen einschätzte, zog sie sämtliche Aspekte in Betracht, die positiven und die, die ihr nicht so gefielen. Der junge Mann hatte etwas an sich, das sie zögern ließ, aber sie wusste nicht, was es war. Er hatte angenehme Umgangsformen, war höflich und zuvorkommend. Was stimmte nicht? Ihr erster Eindruck war absolut positiv gewesen. Was machte sie nur so zögerlich? Im Allgemeinen vertraute sie ihrem ersten Eindruck. Ihrer Erfahrung nach setzte er sich immer gegen die späteren durch, und tatsächlich hatte sie sich selten geirrt. Sie war alt, ja, hatte aber deswegen ihr Urteilsvermögen nicht verloren. Sie vertraute ihrer Intuition blind. Mehr noch, sie berief sich auf eine Art physischer Wahrnehmung.

Der junge Flame war ein empfindsamer Bursche, das hatte sie sofort gemerkt. Und er konnte mit Menschen umgehen, eine seltene Gabe. Dieser junge Mann verfügte darüber hinaus über großes Einfühlungsvermögen, das er ganz natürlich zu vermitteln wusste.

Wenn sie doch besser sehen könnte, um seine Gesichtszüge genauer studieren zu können. Beim aufmerksamen Betrachten eines Gesichts konnte man viel über einen Menschen in Erfahrung bringen. Zu ihrem Unglück sah sie nur eine Silhouette, die sich bewegte. Wenn sie sich anstrengte, sah sie ein wenig mehr, aber das bedeutete auf Dauer zu viel Kraftaufwand für ihre geschwächten Augen.

Sie hatten vom ersten Moment an miteinander harmoniert. Das hatte ihr besonders gefallen, denn das geschah nicht oft. Der große Altersunterschied hätte ein Hindernis sein können, aber er war leichtfüßig darüber hinweggegangen und hatte dabei Anpassungsfähigkeit an die Umstände sowie eine besondere zwischenmenschliche Begabung bewiesen. Er hatte sich verhalten, als gäbe es diesen Altersunterschied gar nicht.

Nicht, dass Sofonisba eine festgelegte Meinung über junge Menschen gehabt hätte, aber ihre Erfahrungen mit ihnen waren teils unangenehm gewesen: Neugierige, die sie sehen wollten, ohne etwas zu sagen zu haben, Studenten, die ihr nur kleine Tricks entlocken wollten, und viele andere, an die sie sich nicht einmal mehr erinnerte, weil ihr nicht ganz klar geworden war, warum sie sie aufgesucht hatten.

Mit jungen und auch nicht mehr ganz jungen Menschen hatte sie selten so etwas wie Seelenverwandtschaft empfunden.

Sie vertraute auf ihren ersten Eindruck, er war wie ein sechster Sinn, der sie zu erkennen befähigte, ob sie es mit einem Menschen zu tun hatte, mit dem sie etwas mehr verband als ein oberflächliches Gespräch.

Sie war froh, Anthonis van Dyck kennengelernt zu haben, der an ihren Lippen hing und aufmerksam jede ihrer Gesten verfolgte. Trotz ihres schlechten Sehvermögens war ihr nicht entgangen, dass ihn besonders ihre Hände faszinierten. Anfangs hatte sie sich ein wenig geschämt, dann aber begriffen, dass es nicht bloße Neugier war, sondern seine Art, sie zu betrachten und Eindrücke zu speichern, um ein möglichst getreues Bild von ihr mitzunehmen. Es war keine böse Absicht, seine aufmerksame Beobachtungsgabe war einfach seine Art, Interesse für einen Menschen zu bekunden. Dafür bedurfte es großer Sensibilität, über die er selbstverständlich verfügte.

Dennoch war seine herausragendste Eigenschaft wohl die Fähigkeit zuzuhören. Gewöhnlich reden junge Menschen selbst viel, als könnten sie damit ihren Mangel an Erfahrung ausgleichen.

Anthonis war anders. Er konnte zuhören.

Und nicht nur mit den Ohren, sondern mit dem ganzen Körper, mit beklommenem Herzen, um jedes Anzeichen von Gefühl wahrzunehmen, um im Fluge das zu erhaschen, was Worte nicht ausdrücken konnten. Deshalb gefiel ihr dieser junge Mann, er war etwas Besonderes.

Unter den vielen jungen Menschen, die sie im Laufe ihres Lebens kennengelernt hatte, gab es nur wenige, an die sie sich mit dem Gefühl von Zärtlichkeit erinnerte.

Man brachte ihr eine Kraftbrühe mit Gemüse. Trotz der unterschiedlichen Namen schmeckten alle Gerichte gleich für sie. Sie aß schon seit Jahren wie ein Vögelchen. Ihr Magen konnte schwere Nahrungsmittel nicht mehr vertragen. Das Schlucken bereitete ihr Schwierigkeiten, und sie aß gerade so viel, um weiterzuleben.

Sie wusste, dass sie am Ende ihres Lebens angekommen war, und erwartete es ohne Groll oder Furcht. Dabei half nicht nur der Glaube, sondern auch die Demut. Es musste so sein, und dass der Tod sie nicht schon früher geholt hatte, war erstaunlich genug.

An den Tagen großer Niedergeschlagenheit wünschte sie oft, der Schlussakt ihres Lebens möge endlich gekommen sein, weil sie sich leer fühlte und keine Freude mehr empfinden konnte. Sie wollte nur würdig und ohne weiteres körperliches und moralisches Leid ihre Tage beschließen. Die bedingungslose Liebe und Bewunderung ihres Mannes, die Treue der wenigen, ihr verbliebenen Freunde und die Hilfsbereitschaft ihres Personals halfen ihr, dieses endlose Alter zu ertragen. Aber es gab wunde Punkte, die die Liebe nicht zu heilen vermochte. Die Tatsache, dass sie in den täglichen Kleinigkeiten wie Laufen, Waschen oder Essen von anderen abhängig war, peinigte ihre Seele. An melancholischen Tagen empfand sie sich selbst als Last für die anderen, die nicht begriffen, wie demütigend diese Abhängigkeit gerade für eine Frau wie sie sein musste, die ihr Leben lang so stolz auf ihre Selbstständigkeit gewesen war. Die anderen glaubten wirklich, dass sie ihr mit ihrer Liebe, ihrer Hingabe und ihrer ständigen Bereitschaft zu einem heiteren und sorglosen Lebensabend verhalfen. Wie sollte sie ihnen, ohne sie zu kränken, begreiflich machen, dass die Wirklichkeit ganz anders aussah? Manchmal konnte schon ein falsches Wort oder eine Beschwerde Betrübnis und Unverständnis bei ihnen auslösen. Deshalb hatte sie beschlossen, sich nicht mehr zu beklagen.

Was ihr fehlte, war das Gefühl der Unabhängigkeit, das sie zeitlebens empfunden hatte, sich unbehindert bewegen, sehen und malen zu können. Sie wusste, dass sie das nie wieder konnte, dass dies der Tribut war, den sie für die Last der Jahre leisten musste, aber es fiel ihr schwer, das zu erdulden.

Die anhaltende Niedergeschlagenheit machte sie traurig.

Aber in den letzten Tagen hatte sich ihre Stimmung aufgehellt. Sie freute sich, diesen jungen Mann kennengelernt zu haben, der ihr gezeigt hatte, dass sie noch lebte, dass sie noch wichtig war, dass sie noch spüren, reagieren und denken konnte. In ihrem Geist regte sich ein Impuls, der vor langer Zeit eingeschlafen, ja vergessen zu sein schien: Sie konnte noch träumen. Ja, ihr Leben war noch nicht ganz zu Ende. Es gab noch eine Aufgabe, auch wenn es nur die war, diesem jungen Mann ihre Empfindungen von damals zu vermitteln und beim Erzählen die schönsten Momente wiederzubeleben. Jetzt bat sie das Schicksal, noch ein wenig Geduld zu haben, noch ein bisschen zu warten, bevor es sie holte, um wenigstens noch ein paar Tage das neu erblühte Glück genießen zu können.

Während dieser Gespräche hatte sie den eigenen Antrieb, die Gefühle und die Lust am Reden über all diese Dinge, die für sie wichtig gewesen waren, wiederentdeckt. Sie konnte noch einmal mit jemandem Ideen und Meinungen über die einzig wahre Leidenschaft ihres Lebens austauschen: die Malerei.

Auch wenn ihre Unterhaltung anfangs noch oberflächlich und etwas förmlich wirkte, hatten beide schon bald bemerkt, dass hinter den Worten, vor allem von ihrer Seite, lang verdrängte oder verschwiegene Gefühle lauerten, die sich jetzt Bahn brachen, als würde ihr Herz explodieren.

Anthonis seinerseits war intelligent und feinfühlig genug, um sie zu verstehen und ihr zu ermöglichen, sich zu erleichtern und anhand der längst vergessenen Geschichten unterdrückte Gefühle zum Ausdruck zu bringen. Und mit wem, wenn nicht mit einem Fremden, könnte sie das am besten? Ihre Angehörigen kannten ihr Leben in allen Einzelheiten, denn sie hatte ihnen oft genug davon erzählt. Bei Anthonis konnte sich Sofonisba öffnen und in den Windungen ihres Gedächtnisses forschen. Im Verlauf der Unterhaltungen hatte sie das dazu ermutigt, bedeutungsschwere Sätze zu sagen, in denen die Rührung über die wiedergefundenen Erinnerungen eine wichtige Rolle spielten.

Es gab keinen Zweifel: Anthonis van Dyck war im richtigen Moment aufgetaucht, um Sofonisbas Leben noch einen Sinn zu verleihen. Das Schicksal hatte an ihre Tür geklopft, und sie war ihm dankbar, dass es ihr diese letzte Gelegenheit gewährte.

Dieser junge Mann konnte nicht ahnen, dass sie, die berühmte Sofonisba Anguissola, seit Jahren von einem Geheimnis gequält wurde, das sie nicht preisgeben durfte, ein Geheimnis, das sie und ihren Mann gezwungen hatte, ihr geliebtes Genua zu verlassen, um im Königreich Sizilien unter dem Schutz der spanischen Krone Zuflucht zu suchen. Wäre es gelüftet worden, hätte sie um Orazios Leben – ihr eigenes stellte sie hintan – fürchten müssen, denn es hätte einen Skandal gegeben, der die ganze christliche Welt entweiht hätte. Aber das konnte sie ihm natürlich nicht erzählen.

13

Maria Sciacca war ewig unzufrieden. Das war sie schon, bevor sie ihre Herrin in dieses absurde Abenteuer ins ferne Spanien begleitet hatte und noch in ihrem Heimatland Sizilien lebte, aber ihr Wesen war noch mürrischer geworden, seit sie aus zwingenden Gründen und auf Arbeitssuche die Halbinsel verlassen musste. Ihre schwierigen Lebensumstände hatten sich durch das Elend, das die Insel seit Jahren heimsuchte, noch verschlechtert. Eine Abfolge von Epidemien und Kriegen hatte ihr Land völlig verwüstet. Sie hatte keine Wahl gehabt, sie hatte gehen müssen.

Und sie war nicht die Einzige. Jedes Jahr sahen sich viele junge Frauen fast immer aus Gründen der Ehre und der wirtschaftlichen Not gezwungen, die Meerenge von Messina in Richtung der reichen Fürstentümer im Norden zu überqueren und dort ein Auskommen zu suchen, das das Vizekönigreich Sizilien ihnen nicht bieten konnte, obwohl diese Mädchen, anders als sie, meist von einem nahen Verwandten begleitet wurden, der über ihre Tugend wachte. Der Ruf einer jungen Frau war die grundlegende Voraussetzung zur Wahrung der Familienehre und für eine gute Partie bei ihrer Rückkehr nach Sizilien. Die einzige Möglichkeit, einen Ehemann zu ergattern, bestand darin, auch im Ausland keusch und züchtig zu leben.

Aber Maria Sciaccas Fall lag anders.

Eine Cousine, die schon seit Jahren im fernen Cremona ansässig war, hatte sie über einen Heimkehrer ins Dorf wissen lassen, dass eine Dame der Cremoneser Gesellschaft eine Dienerin suchte. Da die unteren Schichten weder lesen noch schreiben konnten, mussten sie, um zu fernen Familienmitgliedern den Kontakt aufrechtzuerhalten, zum Priester gehen und ihn mit dem Schreiben eines Briefes beauftragen, den dieser dann seinem Kollegen in dem jeweiligen Dorf, wo die Familie lebte, übermittelte.

Als Maria Sciacca die Nachricht von ihrer Cousine erhielt, überlegte sie nicht lange. Sie hasste ihr Leben in Sizilien, und endlich schien sich die Gelegenheit zu bieten, ihm zu entkommen. In der Hoffnung, dass besagte Dame in der Zwischenzeit nicht eine andere Bedienstete einstellen würde, hatte sie flugs ihre paar Habseligkeiten gepackt und sich auf den Weg gemacht.

Das Leben im Dorf war außerordentlich hart für sie gewesen, besonders in einem so kleinen Marktflecken wie dem ihren. Ihre beiden Kinder von verschiedenen Vätern ließ sie in der Obhut einer Tante zurück. Sie spürte diesbezüglich keine Reue, denn es fehlte ihr nicht nur der Mutterinstinkt, sondern sie gab ihren Kindern auch die Schuld für ihr Unglück, obwohl sie in ihren seltenen feinfühligen Momenten einräumen musste, dass die armen Kleinen nicht verantwortlich zu machen waren.

Wenn man Maria ihr Verhalten vorwarf, rechtfertigte sie sich mit der Begründung, von den Männern getäuscht und missbraucht worden zu sein. Die anderen hielten das für eine plumpe Ausrede. Die uralte Vorherrschaft der Männer existierte nicht nur auf der Insel. So war das Leben, und niemand hatte das je in Frage gestellt.

Maria erinnerte sich mit einer gewissen Wehmut an den Tag ihres Zusammentreffens mit dem hübschen Fremden mit seinen dunklen, vor Verlangen fiebernden Augen. Mit ihm entdeckte sie ein Begehren, das sie ihr Leben lang beherrschen sollte. Es war ein flüchtiges Abenteuer gewesen, und sie hatte ihn nie wiedergesehen, nicht einmal, als sie zutiefst erschrocken festgestellt hatte, dass sie schwanger war.

Es war im August, dem heißesten Monat des Jahres, und die Arbeiter brachten auf dem Feld die Weizenernte ein. Sie sollte den Männern – einige von ihnen Dorfbewohner, andere Tagelöhner – das Essen bringen und hatte sich nur dazu bereiterklärt, weil sie eine fixe Idee hatte: Sie hoffte, unter den Fremden einen Heiratskandidaten zu finden. Die Männer aus dem Dorf kannte sie alle, und es gab keinen unter ihnen, der ihrer würdig gewesen wäre, mal abgesehen davon, dass alle irgendwie miteinander verwandt waren. Wenn sie ihr Ziel erreichen wollte, musste sie die seltenen Gelegenheiten nutzen, die sich boten, um andere Männer kennenzulernen. Sie war davon überzeugt, dass früher oder später einer für sie dabei sein würde.

Da sie nicht besonders hübsch war, hatte sie den Männern wenig zu bieten, aber sie hatte eine Trumpfkarte: ihre Jugend. Wenn sie die gut ausspielte, könnte es ihr gelingen, aber sie durfte sich nicht allzu viel Zeit lassen.

Nachdem sie den Feldarbeitern das Essen gebracht hatte, machte sie sich lustlos und schweißgebadet auf den Heimweg. Kein Mann hatte ihre Aufmerksamkeit verdient, aber sie gab die Hoffnung nicht auf.

Beim Anblick des glasklaren Flusswassers entschied sie spontan, sich ein wenig zu erfrischen. Die Sonne stand im Zenit, und nach einer kurzen Pause würde sie die sengende Mittagshitze besser ertragen. Der Staub, den das Mähen des Korns aufwirbelte, hatte ihre Kehle ausgetrocknet und bewirkte das unangenehme Gefühl zu ersticken. Das Wasser würde sie erfrischen. Nachdem sie sich Hände und Füße, Nacken und Hals benetzt hatte, konnte sie der Versuchung nicht widerstehen, ein Bad zu nehmen.

Zunächst vergewisserte sie sich, dass sie auch niemand beobachtete, schlüpfte rasch aus Bluse und Rock und stieg ins Wasser. Sofort spürte sie größtes Wohlbehagen. Welch ein Genuss! Um nicht von einem Vorübergehenden überrascht zu werden, durfte sie allerdings nicht zu lange verweilen. Und bei der Hitze wäre sie im Nu wieder trocken. Aber das erfrischende Bad hatte sich gelohnt. Zum Teufel mit dem Geschwätz der Leute. Um sie davon abzuhalten zu tun, was sie wollte, brauchte es schon etwas mehr. Sie war immer ein Dickkopf gewesen.

Sie hatte allerdings nicht bemerkt, dass sie beobachtet wurde. Ein Fremder, der im Schatten der Bäume ein Nickerchen gehalten hatte, war durch das Plätschern des Wassers aufgewacht. Er beobachtete sie ein paar Minuten, und zu seinen Gedanken gesellte sich plötzlich Verlangen. Diese Frau war ziemlich schamlos und ungehemmt, wenn sie es wagte, dem Blick eines jeden Vorbeikommenden ausgesetzt, nackt im Fluss zu schwimmen … Er zog sich langsam aus und glitt, ohne dass die Badende es bemerkte, ins Wasser. Als ihn nur noch ein paar Schwimmzüge von ihr trennten, drehte er in die andere Richtung ab, um sie nicht zu erschrecken.

Dennoch fuhr Maria erschrocken herum. Wenige Meter von ihr entfernt schwamm ein nackter Mann im Fluss. Wie hatte sie ihn nur übersehen können? Sie wurde panisch und fühlte sich in die Enge getrieben. Unbekleidet wie sie war, konnte sie nicht einfach ans Ufer zurück. Sie war wütend auf sich selbst. Wie konnte sie nur so dumm und naiv sein, wegen einer Laune ihren Ruf aufs Spiel zu setzen!

Doch ihr weiblicher Instinkt war stärker. Wer war dieser Mann? Sie hatte ihn noch nie gesehen. Er schwamm näher und hielt ein paar Meter vor ihr inne. Dann grinste er sie an. Er war ein schöner Mann mit breiten Schultern.

Was sollte sie jetzt tun? Sich eine Ausrede einfallen lassen, um ihre Dreistigkeit zu rechtfertigen? Der Mann nickte ihr zu, was Maria mit einem schüchternen Lächeln erwiderte. Dann sagte er etwas, aber sie war so durcheinander, dass sie seinen Worten keine Beachtung schenkte. Er redete vom Wetter, der Hitze und dem erfrischenden Bad. Banalitäten, um die heikle

Situation zu entschärfen. Maria war einfach sprachlos. Was sollte sie tun, um aus dieser peinlichen Lage würdevoll herauszukommen?

Plötzlich waren vom Ufer her Stimmen zu vernehmen.

Es kam jemand näher. Panik stieg in ihr auf. Sie war verloren.

Als der Mann ihre Verzweiflung sah, legte er einen Finger auf die Lippen, um ihr zu bedeuten, still zu sein, und zeigte mit dem Kopf auf eine Stelle am Fluss, wo Büsche ins Wasser ragten. Maria verstand. Er schlug vor, unter diesen Büschen Schutz vor dem Blick der Spaziergänger zu suchen. Sie war einverstanden, es war der einzige Ausweg. Sie mussten sich beeilen, wenn sie nicht entdeckt werden wollten.

Sie schwamm vorsichtig auf die Stelle zu.

Kurz darauf standen sie dicht hintereinander, ihre Körper berührten sich fast, er hinter ihr und mit Blick in die Richtung, aus der die Stimmen kamen. Maria spürte seinen Atem im Nacken. Sie wagte nicht, sich zu bewegen. So verharrten sie eine Weile, die sich endlos hinzuziehen schien. Langsam entfernten sich die Stimmen. Die Gefahr war vorüber. Sie wollte in den Fluss zurückschwimmen, wo das Wasser tiefer war, aber der Mann sagte:

»Warte noch. Sie könnten zurückkommen und dich entdecken. Warte, bis sie weiter weg sind.«

Er hatte eine schöne Stimme, tief und energisch. Seltsamerweise fühlte sie sich wohl in der Nähe dieses Fremden. Es war eine lächerliche Situation. Sie war nackt und versteckte sich unter den Zweigen eines Busches im Wasser zusammen mit einem völlig unbekannten, ebenfalls splitternackten Mann.

Sie kicherte nervös. Die Spannung ließ langsam nach. Er sah sie zunächst überrascht an, und als sie dann entspannt und herzlich auflachte, fiel er erleichtert in ihr Lachen ein. Das Eis war gebrochen.

Was dann geschah, ging so schnell, dass sie alle guten Vorsätze vergaß. Sie redeten nicht. Mit dem nassen Haar in der

Stirn sah er sehr anziehend aus. Als er sich vorbeugte, um sie zu küssen, konnte Maria nicht widerstehen. Ihre Vorsicht war wie weggeblasen, ihre Angst, ihre Vorurteile, alles war in Sekundenbruchteilen verschwunden. Sie war eine Frau, die sich nur noch ihrer Wollust hingab.

Als er sich an sie presste und mit der Zunge langsam ihren Hals, dann über ihre Schulter und ihre Brüste zu den Brustwarzen hinunterfuhr, durchzuckte Maria ungeahntes Verlangen. Sie schmolz dahin. Bevor sie es noch gewahr wurde, hatten seine Hände schon ihre Scham entdeckt. Das Lustgefühl steigerte sich. Er zog sie an sich, und sie spürte dort, wo er sie kurz zuvor gestreichelt hatte, einen leichten Schmerz, als sein hartes Geschlecht langsam in sie eindrang, bis ihre Körper miteinander verschmolzen. Ihr erstes Empfinden war nicht eigentlich Lust, doch dann begann er, sich langsam, aber regelmäßig in ihr zu bewegen. Er hielt sie fest, drang immer ungestümer in sie ein, und seine Zunge suchte dabei leidenschaftlich ihren Mund. Maria fühlte sich wie im Paradies. Wenn es das war, was die anderen Liebemachen nannten, war sie schön dumm gewesen, es nicht früher ausprobiert zu haben.

Dem Mann entfuhr ein erstickter Schrei, er schloss die Augen vor Wonne. Einen Augenblick verharrten sie in dieser Haltung, bis Maria spürte, wie er aus ihr hinausglitt. War das alles? War es schon vorbei? Sie hätte dieses seltsame Vibrieren, das alle ihre Sinne überschwemmt hatte, gerne noch etwas länger gespürt. Der Mann lächelte sie an und gab ihr einen letzten Kuss. Sie standen reglos voreinander und wussten nicht, was sie sagen sollten. Schließlich schlug er vor:

»Wir sollten uns anziehen, bevor noch jemand vorbeikommt.«

Sie wateten zum Ufer, zogen sich ohne Scham an und legten sich auf der Flussaue nieder. Die Zeit verging, aber sie rührten sich nicht. Woran dachte dieser Mann? Suchte er nach Worten, um sie zu bitten, ihn zu heiraten?

»Ich glaube, wir sollten jetzt gehen«, sagte er schließlich.

Sie standen auf. Maria erwartete einen freundlichen Satz, ein Versprechen, irgendetwas, das seine Absichten deutlich machte, aber er schwieg. Dann erklärte er, dass er sie nicht ins Dorf begleite, um sie nicht zu kompromittieren, und fügte hinzu, er habe sich in einem Gehöft in der Nähe einquartiert. Schließlich versprach er, am nächsten Tag zur selben Zeit wiederzukommen. Die Sonne stand schon tief über den Baumwipfeln, als sie sich trennten.

Maria machte sich gleichermaßen enttäuscht und zufrieden auf den Heimweg. Am nächsten Tag war sie pünktlich am Flussufer. Sie wartete lange. Als sie begriff, dass er nicht kommen würde, kehrte sie wütend nach Hause zurück. Sie hat ihn nie wiedergesehen und auch nie wieder von ihm gehört. Jedes Mal, wenn sie den Männern das Essen aufs Feld brachte, suchte sie ihn beklommenen Herzens unter den Tagelöhnern. Vergeblich. Er war ebenso plötzlich verschwunden, wie er aufgetaucht war.

Und sie hatte in einem unverzeihlichen Anfall von Schwäche ihre Jungfräulichkeit verloren.

Das Treffen mit dem zweiten Mann war dramatischer. Eine erzwungene, gewalttätige Vereinigung.

Er war Schäfer im Dorf. Maria kannte ihn gut. Nach der Geburt ihres ersten Kindes war ihr Ruf dahin. Niemand respektierte sie mehr, und wenn sie hocherhobenen Hauptes durchs Dorf ging, musste sie sich die gehässigen Bemerkungen der Dorfbewohner gefallen lassen. Sie war jetzt Freiwild, ein leichtes Mädchen, das Schlimmste, was ihr hatte passieren können.

Der Schäfer behelligte sie fortwährend mit unanständigen Bemerkungen, wenn sie sich über den Weg liefen, aber um ihn nicht noch zu ermuntern, lief sie wortlos mit gesenktem Kopf vorbei. Das ging eine Weile gut, bis er eines Tages vor ihrem Haus etwas abseits des Dorfes auftauchte, wohin sie sich mit ihrem Kind geflüchtet hatte. Der Mann drängte sie ins Hausinnere und schloss die Tür hinter sich.

Maria wusste, was er wollte, sie kannte seine Absichten. Ihre Proteste halfen nichts. Der Mann war widerlich, zerlumpt und schmutzig, und seine Kleider stanken nach Schaf. Ohne ihr Gelegenheit zur Gegenwehr zu lassen, stürzte er sich wie ein Tier auf sie. Maria konnte sich dem kräftigen, brutalen Mann nicht widersetzen. Als er sie an die Wand drückte und seine Hose öffnete, roch sie seinen Alkoholatem und musste würgen. Nach Befriedigung seiner Geilheit zog der Schäfer seine Hose wieder hoch und drohte ihr noch im Gehen:

»Ich rate dir, den Mund zu halten. Wenn nicht, bring ich dich um.« Und als wäre das nicht schon genug, fügte er hinzu: »Bah, ich weiß gar nicht, weshalb ich mir Sorgen mache. Weißt du, wie man im Dorf über dich redet? Dass du eine Hure bist. Dir wird sowieso niemand glauben. Dein Wort steht gegen meins.«

Maria wusste, dass er recht hatte. Sie kannte das Gerede. Es gab keinen Ausweg. Der Dorfklatsch hatte sie für immer gebrandmarkt. In Sizilien konnte eine Frau nicht mit denselben Waffen kämpfen wie ein Mann. Die einzige Rettung war ihr Schweigen.

»Gott möge dich verfluchen!«, schrie sie ihm blind vor Zorn hinterher. »Du wirst nicht ungeschoren davonkommen! Dafür wirst du bezahlen.«

Dann brach sie verzweifelt in Tränen aus. Wut, Scham und Ohnmacht triumphierten über ihren Eigensinn. Sie fühlte sich schwach und allein. Als sie merkte, dass sie wieder schwanger war, bekam sie Panik. Was sollte sie mit zwei Kindern, wenn sie kaum genug zum Überleben für sich selbst hatte? Und dazu noch das grausame Gerede der Leute, wenn sie sie wieder mit einem dicken Bauch herumlaufen sahen? Sie wagte kaum, sich das vorzustellen, aber eine Abtreibung kam nicht in Frage. Sie kannte Mädchen, die zu einer alten Kurpfuscherin gegangen waren. Eine nach der anderen war gestorben. Einige verbluteten, andere bekamen Infektionen. Das Risiko war ihr zu groß,

Maria wollte nicht sterben. Also blieb ihr keine andere Wahl, als wegzugehen. Sie musste so schnell wie möglich einen Zufluchtsort finden, warten, bis das Kind geboren war, und dann entscheiden, was sie tun sollte. Im Augenblick war sie nicht fähig, so viele Probleme auf einmal zu lösen. Aber bevor sie dem Dorf den Rücken kehrte, musste sie einen Weg finden, dieses Schwein von Schäfer dafür bezahlen zu lassen. Diesen Racheakt auszubrüten, empfand sie fast als Trost. Sie würde ihn bestrafen, und zwar so, dass auf sie kein Verdacht fallen würde. Nur dieser viehische Kerl würde es wissen, aber dann wäre es zu spät.

Sie ersann die perfekte Rache. Wenn alles nach Plan verliefe, wäre sie schon über alle Berge, wenn der Schäfer sein Unglück entdeckte. Nicht einmal seine Verwünschungen würden sie mehr erreichen.

Sie hatte Zeit, darüber nachzudenken. In den ersten Wochen, als ihr Zustand noch nicht sichtbar war, schmiedete sie ihren grausamen Racheplan. Jetzt ging es nur noch darum, wie sie ihn so geschickt umsetzte, dass sie nicht gesehen wurde und keine Spuren hinterließ.

Es war kurz nach der Entbindung, als sie in einer dunklen Nacht, als Wolken den zunehmenden Mond verdeckten, zur Tat schritt.

Sie schlich zum Haus des Schäfers. Sie wusste, dass er mit seiner Frau und seinen fünf Kindern im oberen Stockwerk einer schäbigen Hütte hauste. Unten befanden sich der Stall mit ein paar Kühen und daneben das Schafsgehege.

Sie hatte Glück. Der Schäferhund kannte sie und bellte nicht. Als er sie bemerkte, kam er schwanzwedelnd und mit hängenden Ohren auf sie zu. Er wollte gestreichelt werden.

»Gut, Pupi, guter Hund. Mach keinen Lärm. Schau mal, was ich dir mitgebracht habe.«

Sie holte ein Stück Zuckerbrot aus ihrer Schürzentasche. Das war alles, was sie hatte. Bevor sie das Haus verließ, hatte sie daran gedacht, den Wurstzipfel mitzunehmen, der an einem Haken hing. Doch den würde sie später selber essen, um ihre Rache zu feiern.

Der Hund schnappte nach dem Brot und schleppte es davon, um es in Ruhe zu fressen.

Maria schlich sich zu den Schafen. Es waren mehr Tiere, als sie vermutet hatte. Es würde schwer sein, ihren Plan auszuführen.

Nachdem sie sich vergewissert hatte, dass niemand in der Nähe war, sprang sie über das Gatter ins Gehege. Dann zog sie ein Messer aus der Tasche, das größte, das sie zu Hause hatte finden können, und begann mit ihrer blutigen Rache. Sie schnappte sich ein Schaf nach dem anderen und schnitt ihnen unerbittlich die Kehle durch.

Anfangs zählte sie mit zusammengebissenen Zähnen noch mit, aber dann verlor sie den Überblick. Ihre Arme, ihre Schürze und ihr Rock waren blutverschmiert. Im Gesicht hatte sie Blutspritzer.

Es dauerte ziemlich lange. Im Morgengrauen war sie noch immer nicht fertig, aber sie wollte auf keinen Fall auf frischer Tat ertappt werden. Die noch lebenden Schafe drängten sich am Gatter zusammen, um ihrem Schicksal zu entkommen, als würden sie begreifen, was gleich geschehen würde. Aber es waren nicht mehr viele übrig.

Maria war erschöpft. Ihr Rachedurst war noch nicht gestillt, aber sie verspürte Genugtuung. Benommen ging sie nach Hause, teils wegen der Erschöpfung, teils wegen des vielen vergossenen Blutes. Sie hatte ihren Plan nicht zu Ende gebracht, aber es wäre gefährlich geworden. Als die ersten Sonnenstrahlen über dem Krater des Ätna aufblitzten, erreichte sie ihr Haus. Sie lief zum Brunnen und wusch sich, tauschte ihre blutverschmierten Kleider gegen saubere, nahm die Tasche mit ihren Habseligkeiten und machte sich auf den Weg. Ciao, Dorf, ciao, ihr hundsgemeinen Frauen, ciao, ihr brutalen Männer! Sie war auf dem

Weg in ein neues Leben und vertraute darauf, dass es nicht schlimmer werden könnte als das, das sie hinter sich ließ.

Ihre Kinder hatte sie bei einer Tante untergebracht. Sie würde sie zu sich holen, sobald sich ihre Situation verbessert hatte. Im Augenblick war es das Beste, was sie für sie tun konnte. Sie fürchtete nicht um sie, und was man auch immer im Dorf über sie sagen mochte, sie waren noch zu klein, um es zu verstehen. Niemand würde es wagen, ihnen die Schuld für den Fehltritt ihrer Mutter zu geben. Zumindest hoffte sie das.

Sie hatte mit ihrer Tante besprochen, dass sie auf Nachfrage nur sagen sollte, sie habe Arbeit bei einer wohlhabenden Familie in Palermo gefunden, bei der sie sich nicht um die Kleinen kümmern könne. Möglich, dass ihr sowieso niemand glaubte, die Leute waren nicht sehr leichtgläubig, aber das war ihr egal. Sie wusste, dass sie mit zwei kleinen Kindern nie eine Arbeit finden würde und sich noch viel weniger ihren alten Wunschtraum erfüllen konnte, der sie nicht losließ: einen Ehemann zu finden. Wer würde schon eine zweifache Mutter heiraten? Den Ruf eines leichten Mädchens würde sie nicht mehr abschütteln können, wenn sie bliebe.

Die Nachricht ihrer Cousine aus Cremona hatte ihr die Gelegenheit geboten, wieder von vorn anzufangen. Zwar gefiel ihr die Vorstellung, durch halb Italien zu wandern, nicht sonderlich, aber sie hatte keine andere Wahl, sonst hätte sie im ältesten Gewerbe der Welt ihr Brot verdienen müssen.

Sie gelangte schneller an ihr Ziel, als sie erwartet hatte. Auf dem Weg nach Norden traf sie hilfsbereite Menschen, die ihr einen Platz auf ihrem Wagen anboten, wenn sie in dieselbe Richtung fuhren. Sie schlief in Heuschobern und fand immer einen Bauern, der ihr ein Stück Brot und Käse mit einem Glas Wein spendierte, um ihren Hunger zu stillen. Die Städte mied sie vorsichtshalber, dort hätte sie nur Elend vorgefunden.

Endlich traf sie in Cremona ein.

Die besagte Dame, von der ihre Cousine geschrieben hatte,

war eine etwas eigenartige junge Frau. Sie malte. Die ungebildete Maria sah zum ersten Mal, dass eine Frau malen konnte. Sie fand, das sei keine angemessene Beschäftigung für eine Dame vornehmer Abstammung. Frauen hatten sich um das Haus, die Kinder und den Ehemann zu kümmern, aber malen? Sie verstand es nicht. Zu allem Überfluss hieß sie auch noch Sofonisba. Diesen merkwürdigen Namen hatte Maria noch nie gehört.

Kurze Zeit, nachdem sie sich eingewöhnt und gelernt hatte, was man von ihr erwartete, wurde ihr mitgeteilt, dass die Signorina eine Einladung nach Spanien angenommen hätte. Maria hatte keine Ahnung, wo Spanien lag.

Signorina Sofonisba erklärte ihr, dass es sich nicht um eine Reise handelte. Höchstwahrscheinlich würden sie einige Jahre fortbleiben. Sie bot Maria an, sie als Dienerin zu begleiten.

Maria Sciacca war wütend. So eine grundlegende Veränderung hatte sie nicht erwartet. Was sollte sie in einem fremden Land, wo sie weder die Sprache verstand noch jemanden kannte? Außerdem würde das bedeuten, sich von ihrer Cousine trennen zu müssen, mit der sie sich gut verstand, und sie wäre noch weiter von ihren Kindern entfernt. Diese Aussicht gefiel ihr überhaupt nicht, aber wiederum blieb ihr keine Wahl. Das angedeutete Versprechen einer kleinen finanziellen Entschädigung machte ihr die Entscheidung etwas leichter. So konnte sie ihrer Tante wenigstens ein bisschen Geld schicken und sich am Unterhalt ihrer Kinder beteiligen.

Eher lustlos und weil sie es als höhere Gewalt betrachtete, nahm sie das Angebot an, ihre Herrin auf dieses abwegige Abenteuer zu begleiten. Die Reise war ihr endlos erschienen, obwohl die Umstände natürlich besser waren als bei ihrer Flucht aus Sizilien nach Cremona.

Jetzt war sie in Spanien zusammen mit den Dienerinnen anderer Hofdamen untergebracht. Die meisten waren Ausländerinnen wie sie und mit ihren Herrinnen aus fernen Ländern gekommen. Viele stammten wie die junge Königin aus Frankreich, wieder andere aus für Maria unbekannten Ländern wie Flandern. Die Kammerzofen konnten sich nicht immer verständigen, doch wenn sie sprachlich an ihre Grenzen stießen, behalfen sie sich mit Gesten. Enge Freundschaften ließen sich so natürlich nicht schließen, doch eigentlich war ihr das auch recht, denn so musste sie nichts aus ihrem Leben erzählen und keine neugierigen Fragen über ihre Vergangenheit beantworten.

An diesem Morgen war Maria Sciacca besonders schlecht gelaunt, weil ihre Herrin sie zu Unrecht getadelt hatte. Sie hatte ihr vorgeworfen, ihre Malutensilien im Atelier verstellt und damit das ausdrückliche Verbot, etwas anzufassen, übertreten zu haben. Maria kannte Sofonisbas Manien, was die Malerei anbelangte, aber diesmal war sie sich keiner Schuld bewusst. Offenbar war jemand im Atelier gewesen, doch Maria hatte nichts bemerkt. Wenn es stimmte, dass jemand hinter ihrem Rücken das Atelier betreten hatte, dann musste es ganz schnell gegangen sein, denn sie war kaum ein paar Minuten weg gewesen.

14

»Man verbringt sein Leben, ohne wahrzunehmen, dass man ein Teil der Geschichte ist …«

»Pardon?«, fragte Anthonis verständnislos. »Was wollt Ihr damit sagen?«

Als er bemerkte, dass die Greisin die Augen geschlossen hatte, wollte er schnell den Entwurf seines Porträts von ihr fertig stellen. Wenn Sofonisbas Aufmerksamkeit nachließ, nickte sie hin und wieder ein, und er nutzte diese Momente, um sie genauer zu betrachten und ihren Ausdruck zu erforschen, ohne aufdringlich zu wirken. Er wusste zwar, dass sie fast blind war, aber nicht, ob sie spürte, wenn man sie forschend ansah. Es war seiner Aufmerksamkeit nicht entgangen, dass sie im Schlaf entspannter wirkte als im Wachzustand.

Er versuchte, jede Kleinigkeit in seiner Zeichnung festzuhalten. Mit Hilfe des Bleistifts bekamen die Gesichtszüge auf dem weißen Papier langsam Kontur. Er hatte eine Schwäche für diese alte Frau, wusste aber nicht genau, warum. Sie war nicht der erste alte Mensch, den er porträtierte, und trotzdem war sie anders, als würde das Wissen um ihr Alter und ihre Berühmtheit seine künstlerische Wahrnehmung beeinflussen.

Nein, Sofonisba Anguissola war keine gewöhnliche Frau. Selbst im hohen Alter hatte sie sich eine Ausstrahlung bewahrt, die ihn immer wieder aufs Neue magisch anzog. Er fühlte sich erobert, gar gefangen von ihrem brillanten Geist.

Doch sie schlief nicht.

Sie hatte nur die Augen geschlossen, um ihren Geist frei durch die Zeiten schweben zu lassen. Nach und nach stiegen die Erinnerungen auf, einige von tief unten, andere von weiter oben, und förderten vergessene Bilder und Eindrücke zutage. Es waren nicht nur Erinnerungen. Das Interesse dieses jungen Malers machte sie nachdenklich und ließ sie lange verschüttete Erlebnisse wiederbeleben. Im Gespräch mit ihm war ihr bewusst geworden, dass sie, wenn auch zu ihrem Bedauern, noch immer eine Persönlichkeit war. Eine der wichtigen Personen, über deren Kunst, das Gute und das Schlechte daran, deren Vortrefflichkeit und Mittelmäßigkeit in kultivierten Kreisen noch gesprochen wurde. Sie war Gegenstand der Verehrung und des Studiums, und ein junger Mann hatte es auf sich genommen, durch halb Europa zu reisen, um sie kennenzulernen.

Sie war also eine Persönlichkeit, war sich dessen aber nicht bewusst gewesen. Wenn sie ehrlich war, hatte sie nie darüber nachgedacht. Ihre sprichwörtliche Bescheidenheit hatte ihr nicht erlaubt, es wahrzunehmen. Doch auch wenn ihr der Gedanke irgendwie missfiel, musste sie resigniert einräumen, dass sie sich für die neuen Künstlergenerationen in ein Forschungsobjekt verwandelt hatte.

Das Leben ist schon merkwürdig, dachte sie. Es beschert einem bis ins hohe Alter Überraschungen und lässt einen ungeahnte Wahrheiten entdecken. Es war nicht zu leugnen, dass man in jedem Alter dazulernte.

Sie unterbrach einen Augenblick ihre Betrachtungen, um Anthonis' Frage zu beantworten. Da sie in Gedanken war, klang seine Stimme fern, als käme sie aus einer anderen Welt. Sie hatte nicht bemerkt, dass sie ihre Erkenntnis laut ausgesprochen hatte.

»Ich sagte«, wiederholte die Greisin mit gedämpfter Stimme, »ein Mensch lebt sein Leben, ob es nun kurz oder lang ist, und nimmt seinen Beitrag an der Geschichte gar nicht wahr. Ich glaube, das ist mir passiert.«

Anthonis van Dyck dachte darüber nach. Im Grunde hatte Sofonisba recht. Sie war ein Teil der Geschichte der Malerei. Schon in ihrer Jugend hatte sie einen Ruf in der Kunstwelt und war die erste Italienerin, die über die Landesgrenzen hinaus Ruhm erlangt hatte. Es irritierte ihn, dass dies der alten Frau erst jetzt bewusst wurde. Immerhin waren seither Jahrzehnte vergangen.

»Ihr habt frischen Wind in die Kunst der Malerei gebracht, Madame«, erwiderte er. »Meister Rubens behauptet, Ihr hättet einen ganz neuen Stil geschaffen, als Ihr das Weinen und das Lachen auf Leinwand gebannt habt. Vor Euch hat das niemand gewagt. Bevor Ihr das Konzept verändert habt, wirkten die Menschen auf den Porträts alle wie erstarrt. Ihr wart die Erste, die sie lebendig und wirklichkeitsgetreu gemalt hat.«

»Vielleicht«, antwortete sie zerstreut. »Ich wusste gar nicht, dass ich so … revolutionär gewesen bin. Vielleicht lag es daran, dass ich eine Frau bin … Manchmal nehmen Frauen die Dinge anders wahr.«

Sie lächelte flüchtig. Würde dieser junge Mann verstehen, dass Frauen nicht nur zum Kinderkriegen taugten? Er hatte den ironischen Unterton bestimmt herausgehört, er war intelligent genug. Und war der Grund für seine Reise aus dem fernen Flandern nicht gewesen, mit eigenen Augen ein lebendes Denkmal betrachten zu können? Sie war zufrieden mit ihrem privaten Scherz und verzog den Mund zu einem breiten Lächeln.

Die beiden sahen sich wortlos und grinsend an. Es war ein komplizenhaftes Grinsen. Sofonisba hatte diesen anspielungsreichen Satz fallen lassen, um ihm zu verstehen zu geben, dass sie in einer Welt von Männern und für Männer eine Kämpferin gewesen war, und Anthonis hatte sie verstanden.

»Hattet Ihr es besonders schwer, nur weil Ihr eine Frau seid?«

Er ahnte die Antwort. Er hatte nicht darüber nachgedacht,

bis sie klarstellte, dass der weibliche Blick ganz anders ist als sein männlicher, sodass die Wahrnehmung der Dinge völlig andersartig ausfiel.

»Besonders schwer?«, wiederholte Sofonisba mit einem spöttischen Lächeln. »Ihr könnt Euch nicht vorstellen, was es heißt, in einer von Männern gemachten, erdachten und beherrschten Welt Frau zu sein. Ich meine nicht nur die Welt der Kunst. Bedenkt, dass zu der Zeit, als ich in Spanien lebte, der Beruf des Hofmalers ausschließlich Männern vorbehalten war. Es wurde gar nicht erst in Betracht gezogen, dass eine Frau diese Position einnehmen könnte.«

»Aber habt Ihr als Hofdame nicht eine Vorzugsstellung genossen? Für Euch muss es doch einfacher gewesen sein, oder?«

Sofonisba lachte bitter auf.

»Einfacher? Mit diesem Wort würde ich meine damalige Lage nicht beschreiben. In meiner Position hatte ich gewisse Privilegien. Aber nicht als Malerin. Meine Malerei wurde nicht als ernst zu nehmende Arbeit angesehen. Als solche wäre sie nie akzeptiert worden. Sie wurde als Zeitvertreib eingestuft, eine Art Überspanntheit. Auch wenn meine Bilder sehr gefragt waren, auch wenn sie gefielen, wurde ich von allen als Hofdame wahrgenommen, nicht als Malerin. Deshalb wurden viele meiner Bilder später anderen Malern zugeordnet. Ich durfte sie nur malen, aber nicht signieren, und das Verdienst strich der offizielle Hofporträtmaler Don Sánchez Coello ein. Ein großer Teil meines Werkes wurde mir aberkannt.«

»Was wollt Ihr damit sagen?«

»Genau das, was ich gesagt habe. Mir wurden viele Bilder aberkannt. Aber ich vertraue darauf, dass die Zeit die Dinge in Ordnung bringt. Wenn Ihr noch etwas Geduld habt, erkläre ich es Euch.«

Sie veränderte ihre Haltung in dem alten Sessel ein wenig. Anthonis bemerkte, dass sie nie die Beine übereinanderschlug, wie es Menschen im Sitzen häufig tun.

»Schaut, ich habe ausschließlich Porträts gemalt. Entweder wurde ich darum gebeten, oder ich malte sie aus Eigeninitiative, vor allem die von meiner Familie. Aber meistens waren es Auftragsarbeiten, wie das Porträt von Königin Elisabeth von Valois, das der Heilige Vater bei mir bestellte. Wie man mir berichtete, hat es ihm sehr gefallen.« Sie legte eine kurze Pause ein, bevor sie fortfuhr. »Herrscher haben nur wenig Zeit zum Modellsitzen. Sie sind sehr beschäftigt und eher ungeduldig. Mit ein wenig Glück gewähren sie einem sechs oder sieben Sitzungen, selten mehr. Die nutzte ich, um das Bild zu entwerfen, wobei ich mich hauptsächlich auf die Gesichtszüge und die Hände konzentrierte. Erst später, wenn ich allein arbeiten konnte, malte ich den Rest: Kleidung, Schmuck, Hintergrund... Es kam vor, dass aus einem Porträt mehrere entstanden, alle mit verschiedenen Kleidern und in unterschiedlichen Haltungen, aber das Wesentliche, Gesichtsausdruck und Hände, blieb immer dasselbe. Mit anderen Worten, man machte Kopien vom selben Porträt. Versteht Ihr?«

»Ja, natürlich. Ich weiß von dieser Praxis. Meister Rubens hat mir davon erzählt.«

»Es war nur wenigen Künstlern vergönnt, dass Ihre Majestäten Modell saßen«, fuhr Sofonisba fort. »Normalerweise kam ausschließlich der offizielle Hofmaler in diesen Genuss. Wie ich schon sagte, war das damals Don Alonso Sánchez Coello. Er wurde vom König sehr geschätzt. Um ihn immer in seiner Nähe zu haben, hatte Philipp II. ihm sogar gestattet, sich mit seiner ganzen Familie im Alcázar-Palast einzurichten. Wenn er Zeit hatte, tauchte der König gelegentlich überraschend in seiner Werkstatt auf, um sich persönlich einen Eindruck zu verschaffen, wie seine Aufträge vorankamen. Er war ein überaus pedantischer Mann, der gerne alles überprüfte und über alles unterrichtet sein wollte. Jeden Schritt der Aufträge, die er Sánchez Coello anvertraute, verfolgte er so aufmerksam, als handle es sich um eine Staatsangelegenheit.«

»Davon habe ich schon gehört«, warf Anthonis ein.

»Doch ich«, fuhr Sofonisba fort, ohne darauf einzugehen, »genoss ein besonderes Privileg, wie Ihr vorhin schon angedeutet habt, denn Hofdame zu sein war ein viel höherer Rang als der eines Malers, selbst des offiziellen Hofmalers. Er war niederen Standes, er gehörte nicht zum Hofstaat, versteht Ihr?«

Anthonis van Dyck nickte.

»Da die Königin freundschaftlich mit mir verbunden war«, erzählte Sofonisba, »wollte sie lieber von mir gemalt werden. Deshalb blieb ihr keine Zeit mehr, dem offiziellen Hofmaler Modell zu sitzen, was Sánchez Coellos Feindseligkeit provozierte, von der ich anfangs gar nichts wusste. Der Arme war eifersüchtig auf mich.«

»Aber wieso, wenn Ihr die höhere Position innehattet?«

»Kennt Ihr denn die Eitelkeit der Männer nicht? Vor allem in einer Atmosphäre, wo alles vorgeschrieben ist und jeder seine genau festgelegten Vorrechte verteidigt? Es gehörte nicht in meinen offiziellen Zuständigkeitsbereich, den Herrscher und seine Familie zu porträtieren. Ich drang in fremdes Territorium ein, begreift Ihr?«

»Und das führte zu Schwierigkeiten für Euch?«

»Es waren eher kleine Beleidigungen, die ich mit der Zeit wieder vergaß. Sie waren nicht so wichtig. Einmal war ich wegen einer Kränkung rasend vor Wut, und ich muss einräumen, dass ich mich mehr als einmal in eine dumme Lage gebracht hatte, aber mit der Zeit nahm alles wieder seinen normalen Lauf. Die Zeit heilt alle Wunden.«

»Habt Ihr eigentlich nur die Königin porträtiert?«, fragte Anthonis van Dyck, um das Thema zu wechseln. Die Zwistigkeiten bei Hofe interessierten ihn weniger.

»Natürlich nicht. Auch den König habe ich mehrmals porträtiert und viele andere Mitglieder der Königsfamilie und des Hofstaates. Unter ihnen den jungen König Sebastian von Portugal, den Neffen Philipps II., seine Schwester Johanna von Österreich, und natürlich den Prinzen von Asturien, den unglückseligen Don Carlos. Wegen seiner engen Beziehung zur Königin habe ich ihn am häufigsten gemalt.«

»Aber warum sagtet Ihr vorhin, dass man Euch Eure Gemälde aberkannt hätte?« Er hatte den Eindruck, die Greisin kam vom Thema ab.

»Weil die meisten meiner Bildnisse nie als solche anerkannt wurden. Offiziell sind es nicht meine Bilder. Ich sagte ja schon, dass sie dem offiziellen Hofmaler zugeordnet wurden, obwohl sein Beitrag minimal war, wie etwa ein von mir begonnenes Porträt zu beenden, indem er die Kleidung und das Zubehör hinzufügte oder schlicht eine Kopie davon anfertigte.«

»Aber diese Ungerechtigkeit ist längst gesühnt. Wir alle wissen, dass Ihr die große Malerin wart.«

»Ihr seht ja, die Zeit bringt alles in Ordnung.«

15

Philipp II. war damit beschäftigt, einem seiner Sekretäre seine umfangreiche Korrespondenz zu diktieren, als ihm ein Mann aus seinem Gefolge, der den Auftrag hatte, Sofonisba Anguissolas Treiben zu beobachten, mitteilte, dass die junge Hofdame gerade ihr Atelier verlassen habe und auf den Weg in die Gemächer der Königin sei. Er befahl seinem Sekretär, sich zurückzuziehen, legte die Feder, mit der er die Dokumente unterzeichnete, auf das Tintenfass und stand auf, um den Adjutanten zu begleiten. Er war entschlossen, gegen eines seiner Prinzipien, die Privatsphäre der Hofdamen nicht zu verletzen, zu verstoßen, um sich mit eigenen Augen davon zu überzeugen, ob diese Italienerin ihrem Ruf einer ausgezeichneten Malerin gerecht wurde und tatsächlich so begabt war, wie behauptet wurde.

Er wusste, dass die Anguissola ein lebensgroßes Bildnis seiner Gattin Elisabeth zu malen begonnen hatte. Doch als er es einmal sehen wollte, hatte sich die Anguissola rundheraus geweigert, es ihm zu zeigen. Die Königin selbst hatte lächelnd mit den Schultern gezuckt, um auszudrücken, dass auch sie machtlos war: Wenn die Malerin es nicht zeigen wollte, musste man ihren Wunsch respektieren. Das Werk verblieb auch nicht in den königlichen Gemächern, sondern Sofonisba ließ es nach jeder Sitzung in ihr Atelier zurückbringen, wo es vor neugierigen Augen geschützt war. Philipp II. hatte die Malerin zufällig im Vorzimmer des Salons der Königin angetroffen und seinen

Wunsch zum Ausdruck gebracht, einen Blick auf das begonnene Porträt werfen zu wollen. Zu seiner großen Überraschung hatte die Malerin unerhört reagiert und ihm freundlich, aber bestimmt geantwortet, dass sie dies auf keinen Fall zulassen würde, weil man ein Werk nur dann beurteilen könne, wenn es vollendet sei. Philipp II. war einigermaßen befremdet gewesen.

Doch da sich die Szene im Beisein der Königin abgespielt hatte, für die Sofonisba nicht nur ein Schützling, sondern auch eine Freundin war, hatte er nicht darauf bestanden. Er ließ es dahingestellt, ob die Weigerung der exzentrischen Italienerin eine Beleidigung sein sollte, und schwankte einen Augenblick zwischen Empörung und Bewunderung für ihre Kühnheit. Zweifelsohne eine mutige Frau, die kein Blatt vor den Mund nahm. Er erinnerte sich an keine andere Hofdame, die es gewagt hatte, sich seinen Wünschen zu widersetzen.

Schließlich reagierte Philipp II. nonchalant, lächelte Sofonisba zwanglos an und kehrte, nachdem er sich von seiner Gattin verabschiedet hatte, zu seinen Obliegenheiten zurück.

Als er an der Spitze seines Gefolges dahinschritt und zerstreut den Ausführungen seines Ratgebers über die politische Lage in Südamerika lauschte, ertappte er sich bei einem Schmunzeln. Diese Italienerin war wirklich eigensinnig. Was für eine Unverschämtheit! Wie konnte sie es wagen?

Dieser kleine Zwischenfall hatte ihn besser verstehen lassen, warum seine Frau so einen Narren an Sofonisba gefressen hatte. Die Frau hatte einen starken Charakter. Der König war an Gehorsam und Schmeichelei gewöhnt, es gab nur wenige, die es wagten, eine eigene Meinung zum Ausdruck zu bringen, und schon gar nicht, sich seinen Wünschen zu widersetzen, wie es gerade geschehen war. Die Italienerin hatte bewiesen, dass sie über einen unbeugsamen Willen verfügte. Auch wenn sie sich respektvoll und anständig zeigte, hatte sie sich nicht von der königlichen Macht beeindrucken lassen. Das war so ungewöhnlich, dass es Philipp II. zu schätzen wusste.

Das würde er sich merken. Eine solche Frau konnte sehr nützlich sein. Bei Hofe, wo es zu viele dienstbeflissene und schmeichlerische Höflinge gab, die seinen Wünschen aus Furcht nie widersprachen, flößte ihm eine Person, die sich zu widersetzen wagte und darüber hinaus eine Frau war, schlechterdings Respekt ein.

In Begleitung seines Gefolges, unter ihnen der Adjutant, machte sich der König auf den Weg zu Sofonisbas Atelier. Er hatte beschlossen, sich persönlich einen Eindruck von dem Porträt zu verschaffen. Dass es noch nicht vollendet war, interessierte ihn wenig. Er konnte seine Neugier nicht länger bezwingen, im Gegenteil, die Weigerung der Italienerin hatte sie geradezu angestachelt.

Es wäre ihm ein Leichtes gewesen, das Bild in sein Arbeitszimmer bringen zu lassen, aber rohe Gewalt stand im Widerspruch zu seiner Großmütigkeit gegenüber der Künstlerin, die den Gehorsam verweigerte. Aus Gründen der Diskretion bemühte er sich lieber selbst.

Ein Diener schloss die Tür zum Atelier mit einem Hauptschlüssel auf. Dann trat er beiseite, um den Monarchen eintreten zu lassen. Philipp II. befahl dem Gefolge, im Gang auf ihn zu warten.

Beim Eintreten sah er es sofort. Die Staffelei stand am Fenster, und das Bildnis war mit einem Tuch verhängt. Auf dem Boden bemerkte er einen Schemel, den die Malerin wahrscheinlich dazu benutzte, um an den oberen Teil des Gemäldes zu gelangen. Das Porträt der Königin war in Lebensgröße in Auftrag gegeben worden. Wenn man die Höhe der Staffelei dazurechnete, hätte die Künstlerin ohne seine Hilfe den oberen Teil des Bildes nicht malen können. Wahrscheinlich musste sie sich selbst auf dem Schemel noch recken, gewiss eine ungemütliche Haltung und anstrengend bei einer langen Sitzung, auch wenn sie zumindest auf angemessener Höhe malen konnte.

Philipp II., der auch nicht sehr groß war, stieg auf den Schemel, um das Leintuch von dem Gemälde zu nehmen. Auch er musste sich auf die Zehenspitzen stellen und den Arm ausstrecken, um den oberen Zipfel zu erwischen. Beim Gedanken daran, wie schwer es sein würde, das Tuch wieder darüberzuhängen, nahm er es vorsichtshalber nicht ganz ab, sondern schlug es nur zur Seite.

Er war verblüfft.

Vor seinen erstaunten Augen wurde das Antlitz der Königin sichtbar. Es war so perfekt, dass Philipp das Gefühl hatte, seine Frau leibhaftig vor sich zu sehen. Das Bildnis hatte einen Ausdruck Elisabeths, den er besonders gut kannte, eingefangen. Ihre Augen drückten dieselbe Lieblichkeit, dieselbe Zärtlichkeit aus, mit der sie ihn in der Intimität ihrer Gemächer anschaute. Bei diesen seltenen Gelegenheiten konnte sich Elisabeth gehen lassen und pflegte ihm zärtlich mit den Fingerkuppen über den Handrücken zu streicheln.

Es war unglaublich! Dieses Porträt zeigte denselben eigenwilligen Glanz in ihren Augen, in den er sich verliebt hatte. Es fehlte nur ihr Wimpernschlag, ihr Blinzeln, dann hätte sie lebendig gewirkt.

Philipp war stumm vor Staunen.

Er stieg von dem Schemel und trat ein paar Schritte zurück, um das Bild im Ganzen zu betrachten. Er war beeindruckt. Diese Italienerin war ein Genie. Sie hatte wirklich großes Talent. Sie hatte ganz präzise und lebensecht die zarten Züge ihres Modells wiedergegeben. Der Herzog von Alba hatte gut daran getan, sie ihm zu empfehlen. Philipp II. erinnerte sich daran, wie sehr ihn das von Sofonisba angefertigte Porträt des Herzogs in Mailand beeindruckt hatte.

Elisabeth wirkte wie aus Fleisch und Blut. Philipp war gerührt vom Anblick seiner schönen Frau. Für ihn war Rührung eine seltene Regung, normalerweise unterdrückte er sie sofort. Ein Herrscher musste sich beherrschen, er konnte sich nicht erlauben, seine Gefühle zu zeigen.

Er spürte einen Knoten im Hals und konnte nur mühsam sein Empfinden unterdrücken. Elisabeth war so schön und so jung. Er liebte sie.

Philipp II. war geübt darin, Werke von großen Meistern der Malerei zu beurteilen. Dennoch hatte er noch nie eines gesehen, das so natürlich wie dieses wirkte und den Eindruck entstehen ließ, als stünde das Modell leibhaftig vor einem. Hätte er es nicht mit eigenen Augen gesehen, hätte er nie geglaubt, dass die junge Frau die Kunst des Porträtierens so meisterhaft beherrschte. Sie hatte sich seinen Respekt auch durch ihr großes Können verdient.

Sofonisba Anguissola würde von jetzt an unter seinem persönlichen Schutz stehen. Er konnte nicht zulassen, dass ein so großes Talent vergeudet würde.

Der König deckte das Porträt wieder zu und verließ das Atelier.

»Schließt wieder ab, und niemand darf erfahren, dass der König hier war!«, befahl er dem Diener.

Dann kehrte er mit seinem Gefolge in sein Schreibzimmer zurück und widmete sich seiner Korrespondenz.

16

Nach der eher zufälligen Entdeckung, dass jemand unerlaubterweise in ihr Atelier eingedrungen war, hatte Sofonisba die Vorsichtsmaßnahmen verstärkt. Da sie sich nicht ständig dort aufhalten konnte, legte sie kleine Fallen aus, um zu sehen, ob sich der Vorfall wiederholte.

Sie stellte ein paar nichtssagende Gegenstände so auf, dass der Eindringling sie beiseiteschieben musste, wenn er an die Staffelei herantreten wollte. Es waren Kleinigkeiten, doch ein aufmerksamer Blick konnte sie wahrnehmen, wie ein bestimmter Faltenwurf des Leintuchs über dem Gemälde, eine weibliche List, die nur sie erkennen konnte. Außerdem drehte sie die Staffelei zur Wand, damit derjenige, der sich das Bild ansehen wollte, sie umdrehen musste. Auf dem Boden markierte sie mit einem Kohlestift kaum sichtbar die Stellung der Staffeleifüße.

Tagelang war sie auf der Hut und kontrollierte regelmäßig ihre Fallen, aber es passierte nichts. Alles stand genau da, wo sie es hingestellt hatte. Offensichtlich wiederholte sich der geheimnisvolle Besuch nicht.

Um der erstickenden Hitze zu entfliehen, die auf der Stadt lastete und mit Beginn des Sommers für Mensch und Tier unerträglich wurde, stand Ende Mai der Umzug des gesamten Hofstaates an kühlere Örtlichkeiten an, um dort die Sommermonate zu verbringen. Bis der imposante Palast El Escorial fertig gestellt sein würde, standen dem König mehrere Residenzen zur Verfügung. Eine davon war der Palacio del Pardo, wenige Meilen von Madrid entfernt, während der andere im Süden der Stadt lag, hinter Toledo an einem Weiher mit Namen Aranjuez, wo Philipp II. das ursprüngliche Jagdschlösschen vergrößern und verschönern hatte lassen. Das war Sofonisbas Lieblingsort.

Der Palast war nicht sehr groß, und der Monarch hatte ihn nach den Plänen seines Vaters, Kaiser Karl V., dergestalt umbauen lassen, dass man von hier aus das Umland mit seinen Orangenhainen, seinen Artischocken- und Erdbeerpflanzungen – es war die erste Felderwirtschaft in Spanien –, und die Schönheit der Landschaft genießen konnte. So weit das Auge reichte, erstreckte sich das wunderbare Panorama der Weizenfelder. Die unmittelbare Nähe des Flusses Tajo verstärkte das Gefühl der Frische und des Wohlbefindens, was den Ort zum idealen Sommersitz machte.

Diese ruhige und entspannende Atmosphäre bestätigte Sofonisbas Wunschvorstellung, die sie sich von Spanien gemacht hatte, bevor sie es kennenlernte. Genauso hatte sie sich das Land vorgestellt, ihrem Heimatort Cremona sehr ähnlich. Doch welche Überraschung war es gewesen zu entdecken, dass ein Großteil des Landes aus karstigen, spröden Ebenen bestand, die sich im Sommer in eine wahre Wüste verwandelten.

Sie liebte Aranjuez und seine Umgebung. An ihren freien Tagen ließ sie sich in das ein paar Meilen entfernte Chinchón bringen, das ihr wegen seines Hauptplatzes in Form einer Arena wie eine Miniaturausgabe der Stadt Siena vorkam. In Siena hatte sie auf der Rückreise von Rom einmal kurz haltgemacht.

Im Winter hielt sich der Hofstaat gewöhnlich in Madrid auf, das Philipp II. wegen seiner geografischen Lage im Zentrum der iberischen Königreiche zur neuen Hauptstadt auserkoren hatte. In kürzester Zeit hatte sich der Ort zu einer Stadt gemausert, die eine unerwartete Blüte erfuhr und deren Bewohnerzahl von anfangs neuntausend Menschen schnell auf das

Doppelte angestiegen war und weiterhin mit rasender Geschwindigkeit wuchs. 1561 zählte die Stadt schon sechzehntausend, ein Jahrzehnt später vierunddreißigtausend Bewohner.

Dort verfügten die Herrscher über den alten Alcázar, der ebenfalls ständig Umbauten unterzogen wurde, um ihn den Ansprüchen der Zeit anzupassen, während in der Umgebung neue Paläste entstanden, in denen die Verwaltung des Königreichs untergebracht werden sollte. An den neuen Prachtstraßen wetteiferten die aristokratischen Familien ohne Rücksicht auf die Kosten mit der Errichtung prunkvoller Paläste, reich verzierten Fassaden und aufwändig gearbeitetem Mobiliar um den Vorrang. Jeder Palast sollte durch größtmöglichen Prunk und Glanz die Macht der jeweiligen Familie repräsentieren. Bei der Zurschaustellung von Eitelkeiten und unvergleichlichen Reichtümern kannte man keine Grenzen.

In Aranjuez war das Leben ruhiger. Man ließ sich treiben im Rhythmus der Spaziergänge, der Mahlzeiten und der kleinen Zerstreuungen, die zur Unterhaltung des Hofstaates organisiert wurden. Selbst das rigorose Protokoll wurde gelockert und war hier auf das unmittelbare Umfeld der Herrscherfamilie begrenzt.

Da es der kleinste Königspalast und der Hofstaat zahlreich war, musste Sofonisba aus Platzgründen auf ein eigenes Atelier verzichten und in ihrem Schlafgemach malen. Auch wenn es wegen des anhaltenden Geruchs nach Farbe etwas ungemütlich wirkte, war sie dennoch zufrieden, denn so konnte sie ihre Leinwände ständig im Auge behalten. Außerdem hatte sie das Glück, dass der Raum über große Fenster, die auf den wunderbaren Park des Schlossplatzes gingen, verfügte. Durch sie fiel das Tageslicht bis in den entlegensten Winkel. Eine große Befriedigung für sie, denn Licht war eine unentbehrliche Notwendigkeit für ihre Malerei.

Von ihrem Fenster aus sah man über die Parkbäume hinweg auf die Felder. Der Anblick der Maisfelder und der weiten Flächen, die man dahinter erahnen konnte, erinnerte sie, nicht ohne einen Anflug von Wehmut, an ihre Heimat.

Sie hatte die ärgerliche Episode mit dem Eindringling in ihrem madrilenischen Atelier schon längst vergessen, als sie eines Tages noch einmal in ihr Zimmer kam, um etwas zu holen, und entsetzt feststellen musste, dass das fast fertige Porträt von Königin Elisabeth verschwunden war. Sie war fassungslos, wie versteinert.

Spionierte ihr jemand nach? Hatte er darauf gewartet, dass sie den Raum verließ, um das Bild zu stehlen? War es derselbe, der schon einmal bei ihr eingedrungen war?

Verzweifelt lief sie im Raum auf und ab und wusste nicht, was sie tun sollte. Schließlich sank sie matt und mutlos auf die Bettkante. Ihr war zum Weinen zumute, aber der aufsteigende Zorn hinderte sie daran. Um sich zu beruhigen, überlegte sie, was sie tun sollte. Zur Königin laufen und es ihr sagen? Damit würde sie im Palast einen Aufruhr verursachen. Bereits die Tatsache, dass es jemand gewagt hatte, in das Gemach einer Hofdame einzudringen, um ein Bild zu stehlen, war skandalös.

Sie spürte, wie Wut und Ohnmacht in ihr aufstiegen. Hätte sie sich nicht so gut zu beherrschen gewusst, wäre sie am liebsten in Tränen ausgebrochen, aber sie riss sich zusammen. Sie fühlte sich schwach und den Unwägbarkeiten des Lebens hilflos ausgeliefert, denn sie war nicht daran gewöhnt, mit solcherart unvorhergesehenen Ereignissen umzugehen. Sie musste die Kraft finden, sich denen gegenüber zu behaupten, die es wagten, sie so respektlos zu behandeln. Aber im Augenblick konnte sie gar nichts tun. Sie konnte es einfach nicht fassen, dass jemand in ihr Zimmer eingedrungen war und das wunderschöne Porträt gestohlen hatte.

Bevor sie eine überstürzte Entscheidung traf, musste sie in Ruhe nachdenken. Bei Hofe war es nicht empfehlenswert, sich von seinen Gefühlen hinreißen zu lassen. Ein falscher Schritt, und das Blatt könnte sich zu ihren Ungunsten wenden. Es war besser, noch abzuwarten. Aber sie verstand nicht, warum wer auch immer ein unfertiges Werk entwendete? Was ergab das für einen Sinn?

Sie erwog alle Möglichkeiten, sogar so alberne und wahnwitzige wie die, dass eine Dienerin das Bild mitgenommen hatte, um es zu reinigen. Nein, das war Unsinn! Es gab nur eine logische Erklärung: Der Dieb hatte mit Vorsatz gehandelt. Es war ihm egal, ob es vollendet war oder nicht. Aber was wollte er damit? Es zerstören? Schon der bloße Gedanke daran ließ sie erschaudern. Das wäre eine Tragödie gewesen. Sie wollte lieber glauben, dass niemand so gemein sein konnte, ein Kunstwerk zu vernichten, und dass es einen anderen Grund geben musste, auch wenn er noch so unlogisch sein mochte.

Vielleicht hatte es sich einer der Hofmaler geholt, um es zu kopieren. Aber ohne ihr Wissen und ohne ihre Zustimmung? Sie fand, das würde von ungehörigem Verhalten und arger Unhöflichkeit zeugen. Sie wollte nicht glauben, dass jemand so weit gehen würde, aber was für einen anderen Grund könnte es geben? Warum ein Bild stehlen, um es zu zerstören? Das klang alles absolut widersinnig.

Und wenn es sich der König hatte holen lassen, weil er unbedingt das Gemälde sehen wollte, bevor es fertig war? Sie kannte Philipps II. Ungeduld. Vielleicht war es falsch gewesen, es ihm so kategorisch verweigert zu haben. Seine Verärgerung war ihr nicht entgangen. Jetzt wurde ihr klar, dass ihre Reaktion unverschämt gewesen war. Aber Philipp II. war kein Mann, der gegen die Vorschriften verstieß. Wenn er es wirklich unbedingt hätte sehen wollen, hätte er sich durchgesetzt. Ein Befehl hätte gereicht. Unvorstellbar, dass er sich die Umstände machte, es sich heimlich beschaffen zu lassen. So widersprüchlich der König auch sein mochte, hätte er sich bestimmt nicht zu einem solch erbärmlichen Verhalten hinreißen lassen. Er war der Monarch, aber auch ein Kavalier. Hätte er darauf bestanden, hätte sie sich seinem Willen gefügt. Er hatte es aber nicht getan, also war es ziemlich unwahrscheinlich, dass er der Übeltäter war.

Wer sonst könnte an dem Porträt interessiert sein? Es fiel ihr niemand ein. Es musste sich um jemanden handeln, der genug Macht hatte, um die Vorschriften zu übertreten. Der Maler Sánchez Coello? Das war eine Möglichkeit. Don Sánchez Coello beobachtete sie argwöhnisch, er fand es überhaupt nicht witzig, dass eine fremde Frau für dieselbe Kunstfertigkeit bewundert wurde, die er als offizieller Hofmaler ausübte.

Wenn Sánchez Coello sie gebeten hätte, die Entwicklung des königlichen Porträts zu verfolgen, hätte sie es ihm, weil es sich um einen Sachkundigen handelte, womöglich gewährt. Sich mit einem Kollegen auszutauschen, der etwas von der Sache verstand, war etwas ganz anderes. Deshalb hätte er es nicht nötig, das Bild ohne ihr Wissen und ohne ihre Erlaubnis einfach an sich zu nehmen. Trotzdem bestand die Möglichkeit, sie konnte sie nicht ausschließen. Und wenn es stimmte, war die Situation nicht weniger heikel, denn Sofonisba konnte den offiziellen Hofmaler, der unter dem Schutz des Königs stand, nicht einfach des Diebstahls bezichtigen.

Das mit dem König stand auf einem anderen Blatt.

Da es sich bei dem Bild um ihr erstes Werk in Spanien handelte, wollte Sofonisba Philipp II. wegen des Überraschungseffekts das Porträt erst zeigen, wenn sie es fertig gestellt hatte. Für sie war es wichtig, dass der Herrscher einen guten Eindruck von ihr als Malerin bekam. Wenn er sich zufrieden zeigte, bedeutete das weitere Aufträge, und wenn er enttäuscht sein würde, hätte er ihr kaum weitere Porträts anvertraut. Sie wusste, dass Philipp II. ein Kunstkenner war und jedes Detail einzuschätzen vermochte. Schon deshalb hatte sie ihm kein unfertiges Bild zeigen mögen, obwohl sie, um ehrlich zu sein, die wichtigsten Teile bereits fertig hatte.

Die Vorstellung, wegen einer so unangenehmen Sache Gegenstand des Tratsches bei Hofe zu werden, machte sie nervös.

Sie stand nicht gern im Mittelpunkt, und schon gar nicht wegen solch eines unwürdigen Vorfalls. Seit sie in Spanien lebte, hatte sie ihr Möglichstes getan, um aus dem Geklatsche und Getratsche herausgehalten zu werden, aber ein Ereignis wie dieses war Anlass genug, dass sich die Leute das Maul über sie zerrissen. Nein, in einen solchen Skandal wollte sie sich nicht verwickelt sehen. Sie musste schweigen und abwarten. Es würde schon einen Weg geben, das Bild wiederzubekommen. Doch sie musste ihren Zorn beschwichtigen, der nach Gerechtigkeit rief.

Und wenn das Bild nicht wieder auftauchte? Dann würde unweigerlich der Tag kommen, an dem die Königin Zeit hätte, um für die letzten Details Modell zu sitzen. Was sollte sie ihr dann sagen? Denn wenn sie behauptete, das sei nicht mehr nötig, würde Elisabeth von Valois garantiert misstrauisch werden. Sie wusste, dass nicht mehr viel bis zur Vollendung ihres Porträts fehlte. Neugierig wie sie war, würde sie nach dem Grund fragen. Wie lange würde sie es ihr verheimlichen können? Solange das Gemälde nicht wieder aufgetaucht war, musste sie eine logische Erklärung parat haben. Sollte sie das Bild nicht wiederbekommen, könnte sie es ihr immer noch sagen. Dann bliebe ihr sowieso keine andere Wahl. Aber im Augenblick war es besser zu schweigen. Und wenn es sich nur um einen bösen Streich von jemandem handelte, der sie darauf hinweisen wollte, was passieren könnte, wenn sie ihm Steine in den Weg legte? Unwahrscheinlich. Von allen Vermutungen wäre diese der Gipfel der Unverschämtheit gewesen. Es war lediglich eine weitere Möglichkeit.

Jetzt musste sie ihren Verpflichtungen nachkommen. Für heute musste sie sich damit abfinden, mehr konnte sie im Augenblick nicht tun. Es wäre bestimmt zuträglicher, wenn sie die Angelegenheit mit kühlem Kopf betrachtete.

Als sie am nächsten Tag in der Abenddämmerung zum Ausruhen in ihr Gemach zurückkehrte, erwartete sie eine neuerliche Überraschung. Der Tag war lang und anstrengend gewesen. Sie war erschöpft und wollte nur noch ins Bett, alle Probleme vergessen und wenigstens ein bisschen Kraft für den nächsten Tag schöpfen. Es gab nichts Besseres zur Erholung, als eine Nacht durchzuschlafen. Sie würde den neuen Tag voller Tatendrang in Angriff nehmen können.

Beim Betreten sah sie es sofort: Das Porträt der Königin stand wieder auf der Staffelei, als wäre nichts geschehen.

Sie stürzte darauf zu und riss das Leintuch herunter, um zu überprüfen, dass es auch keinen Schaden genommen hatte. Sie fand nicht die Spur einer Beschädigung.

Das war alles ausgesprochen rätselhaft.

Jetzt verstand sie gar nichts mehr. Das Bild verschwand, das Bild tauchte wieder auf. Absurd.

Sie wusste nicht, was sie denken sollte, und gab es schließlich auf. Wichtig war nur, dass das wunderbare Werk nicht verloren war. Das war das Einzige, was im Augenblick zählte. Von jetzt an würde sie es noch besser unter Verschluss halten.

17

Als Anthonis am Morgen des dritten Tages vor Sofonisbas Haus eintraf, ging die Tür auf, bevor er noch klopfen konnte. Im Türrahmen stand ein anderes Dienstmädchen. Sie war ziemlich jung und, wie es schien, schüchtern, denn bei seinem Anblick errötete sie leicht und nickte mit dem Kopf. Sie sagte auch etwas, aber so leise, dass Anthonis sie nicht verstand, es aber als Begrüßung interpretierte. Er ging an dem Mädchen vorbei in die Vorhalle, wo ihn eine Überraschung erwartete. Mitten in der Eingangshalle saß Sofonisba in einem eigenartigen Rollenstuhl. Sie trug ein graues Kleid mit weißem Spitzenkragen und schenkte ihm das vertraute Lächeln. Sie strahlte und schien bester Laune zu sein.

»Guten Morgen, mein Junge«, sagte sie. »Ich habe Euch erwartet.«

»Ist etwas passiert?«, fragte er verblüfft über den Empfang.

»Ich habe beschlossen, Euch mein Haus zu zeigen«, erklärte sie aufgeräumt. »Heute Morgen beim Aufwachen ist mir durch den Kopf gegangen, was für eine schlechte Gastgeberin ich bin. Ihr besucht mich seit Tagen, um mit mir über Malerei zu sprechen, und ich habe Euch noch nicht einmal meine Bilder gezeigt. Deshalb machen wir heute einen Rundgang durchs Haus, und ich zeige Euch alle meine Gemälde.«

Anthonis fühlte sich geschmeichelt und lächelte zufrieden. Tatsächlich verzehrte er sich danach, sie endlich zu sehen. Er hatte gewusst, dass Sofonisba sie ihm eines Tages zeigen würde, hatte es aber angesichts ihrer offensichtlichen Hinfälligkeit nicht gewagt, sie direkt darum zu bitten. Er wollte ihr keine Umstände machen, denn ihre Sammlung war im ganzen Haus verteilt, und es wäre gewiss beschwerlich für sie gewesen, sich von Raum zu Raum zu bewegen.

Um ihr diese körperliche Anstrengung zu ersparen, hätte ihn eine Dienerin führen müssen, doch ohne ihre Erläuterungen wäre es nicht dasselbe gewesen.

Es war ihm gar nicht in den Sinn gekommen, dass die Dame einen Rollenstuhl besitzen könnte. Er hatte sie immer nur in ihrem Sessel in dem kleinen Salon gesehen, und das einzige Mal, da sie aufgestanden und nur mit Mühe auf ihren Stock gestützt ein paar Schritte gegangen war, hatte er den Eindruck gehabt, dass ihr das Gehen ausgesprochen schwerfiel.

»Für mich ist es eine große Ehre, Madame, aber ich möchte Euch keine Umstände machen.«

»Von wegen Umstände«, erwiderte sie. »Wie Ihr seht, bin ich bestens ausgestattet. Es ist keine große Sache, aber dieser Rollenstuhl erlaubt mir zumindest, mich durchs Haus zu bewegen, ohne allzu schnell zu ermüden.« Und an das Dienstmädchen gewandt, fügte sie hinzu: »Bring mich in den großen Salon, Mariuccia. Dort fangen wir an.«

Sofonisbas persönliche Sammlung war bedeutend. Anfangs zählte Anthonis die Bilder noch, doch schon bald verlor er die Übersicht über die vielen Werke, an denen sie vorübergingen. Sie waren Zeugnisse eines ganzen Lebens, und während sie durch die verschiedenen Räume gingen, die auf zwei Etagen verteilt waren, konnte er Sofonisbas künstlerische Entwicklung nachvollziehen. Nach den ersten und einfacheren Werken ließ sich nicht nur größere Sicherheit im Pinselstrich, sondern auch ein allmählicher Reifeprozess erkennen. Bei den späteren Werken zeigte sich eine beachtliche Entwicklung vom Einfachen zum Komplexen, nicht nur in der Technik, sondern auch im Einsatz der Farben und der Wahl des Sujets und des Hintergrunds.

»Ich sehe, dass Ihr in jungen Jahren geradezu rebellisch wart«, bemerkte er scherzhaft. »Ihr habt kräftige, ich würde fast sagen, gewagte Farben eingesetzt. Man spürt Euren Willen, unabhängig zu sein.«

Sofonisba fasste das als Kompliment auf.

»Ich hätte nicht gedacht, dass man das so deutlich sieht. Als Frau war es für mich sehr wichtig, ein unabhängiges Leben zu führen, abseits der geschmacklosen Männerkumpanei meiner Zeit, und meine Ziele nicht aus den Augen zu verlieren. Ich befand mich in einer schwierigen Lage, denn ich versuchte, mir einen Weg zu bahnen in einer ausschließlich von Männern dominierten Gesellschaft, ohne meine weiblichen Qualitäten preiszugeben. Ich wollte kein Mann sein, ich wollte nur beweisen, dass ich fähig war, dasselbe zu tun wie ein Mann, das ist alles.«

»Aber ich habe eine beachtliche Entwicklung von den frühen zu den Bildern der spanischen Epoche festgestellt. Habt Ihr Euch vom flämischen Stil beeinflussen lassen, oder gab es einen anderen Anlass dafür?«

»Eigentlich ein wenig von allem. Ich musste mich zwangsläufig an den Stil des spanischen Hofes anpassen und dabei versuchen, meinem eigenen Stil treu zu bleiben. Bedenkt, dass meine Lernbereitschaft groß war, ich meine, dass ich mir manches bei Sánchez Coello abgeschaut habe, der ein Meister des flämischen Stils war, sonst wäre er nicht Hofmaler geworden. Andererseits gab es strenge Vorgaben für die offiziellen Porträts der Königsfamilie. Es war unumgänglich, die Großartigkeit und Erhabenheit der Persönlichkeiten zu unterstreichen, und das mittels einer Darstellung, die der Person so nahe wie möglich kam und gleichzeitig ihren verehrungswürdigen, göttlichen Charakter ausdrücken sollte, was zu dem Ergebnis führte, dass die Porträtierten eher wie Statuen wirkten. Durch meine Lehrjahre in Italien neigte ich zu einem sanfteren Stil, er war farbenprächtiger und leuchtender. Mir fehlte die Ausbildung für die sorgfältige Detailarbeit der spanisch-flämischen Schule, die das Modell steif und feierlich darstellte, aber ich musste die protokollarischen Grundsätze beim Malen der Personen berücksichtigen. Ich hatte den Konflikt zwischen beiden Stilen schnell erkannt, versuchte aber dennoch, mir beide anzueignen, wodurch ich eine eigenwillige Ausdrucksform entwickelte, gewissermaßen eine Mischung beider Strömungen. Auch wenn ich nach dem offiziellen Schema malte, wollte ich doch meine Figuren so menschlich wie möglich darstellen, sie der Wirklichkeit näherbringen. Ich hatte den Vorteil, mit ihnen zusammenzuleben, ich kannte sie so gut, als gehörten sie zu meiner Familie. Wenn die Mitglieder des Königshauses für mich Modell saßen, konnte ich davon ausgehen, dass sie sich entspannter gaben als bei anderen Malern. Sie verhielten sich ganz ungezwungen.«

Anthonis van Dyck war neugierig darauf, welche Techniken sie für die Vorbehandlung ihrer Leinwände benutzt hatte. Er wollte wissen, ob es dieselben Techniken waren, die er anwandte, oder ob es eine ihm unbekannte Art des Malgrunds gab, die das Ergebnis glänzender wirken ließ.

»Wie habt Ihr die Leinwände vorbehandelt?«, fragte er.

Die Frage gefiel der Künstlerin. Jahrelang waren das Malen und seine Techniken ihre Welt gewesen, und sie konnte sich schon lange mit niemandem mehr darüber austauschen.

»Der Vorteil am Reisen ist, dass man immer etwas dazulernt. So ist beispielsweise die Vorbehandlung der Leinwände ganz entscheidend, denn sie variiert von einem Land zum anderen, nicht nur in der angewandten Technik, sondern auch wegen der Materialien, die es an den jeweiligen Orten gibt. In Spanien, zum Beispiel, gab es andere Methoden zur Vorbehandlung als in Italien. Für die Malerei auf Holz benutzten wir in Italien normalerweise Pappelholz, während in Spanien, wo Pappeln selten sind, Pinienholz zum Einsatz kam.«

»Stimmt«, warf Anthonis ein. »Wir in Flandern nehmen Nussbaum, der in unseren Breiten wächst.«

»Für die Leinwand hingegen benutzte man sehr fein gewebten Taft, denn der bot den Vorteil, fast satiniert zu wirken, wenn man eine dicke Schicht Grundierung auftrug. Diese Vorbehandlung erlaubte das Imitieren von Qualitäten der Malerei auf Holz. Außerdem eignete sie sich auch für einen feineren und formvollendeteren Stil.«

»Gab es keine Richtmaße für die Größe der Bilder?«

»Doch, junger Mann, die gab es. Wenn man zum Beispiel ein Bild von größeren Ausmaßen malen wollte, musste man die in Deutschland gefertigten Leinenstoffe benutzen, obwohl sie gröber waren. Um die Unebenheiten dieser Stoffe auszugleichen, reichte eine dicke Schicht Grundierung. Unsere Webstühle konnten keine so großen Stoffe produzieren. Der breiteste war ein Meter, während die Deutschen es auf zwei Meter brachten. Das war unbestreitbar ein Vorteil, wenn man ein lebensgroßes Porträt malen wollte, denn mit Leinwänden dieser Dimensionen umging man die unschöne Naht in der Mitte.«

Sofonisba war unermüdlich, wenn sie über Malerei sprach. Kaum hatte sie Luft geholt, fuhr sie fort:

»Die rohe Leinwand grundierte man mit einer Schicht Naturleim, und darauf folgte ein Anstrich aus weißer Farbe, vermischt mit einem Spezialöl, das Feuerstein, Bleiweiß, Silikat, Kalk und natürlich Gips enthielt. Die nächste Schicht war ein farbiger, hauchdünner Untergrund in Cadmiumrot, einer Mischung aus Leinöl mit Bleiweiß, roter Erde und Holzkohle. Die Malfarbe bestand aus schnell trocknendem Leinöl. Die benutzten Pigmente waren gewöhnlich Bleizinngelb, Karminlack, Grünerde, Zinnober, Bleigrau, Holzkohle und Umbra für Eisenoxidrot. Die Zusammensetzung bestand aus Walnussöl mit kleinen Mengen Leinöl und Grünerde, ein Pigment, das in der italienischen Malerei des Mittelalters und der Renaissance häufig eingesetzt wurde. Seine Anwendung war grundlegend für das Schattieren von Haut.«

»Auch wir in Flandern benutzen Walnussöl«, warf Anthonis ein.

»Genau«, bestätigte Sofonisba. »Walnussöl war in Italien weit verbreitet, in Spanien aber eher rar, also wurde Leinöl verwendet. In Italien meinte man, Walnussöl vergilbe mit der Zeit weniger, und deshalb wurde sein Einsatz auch für Anmischung der Blautöne empfohlen, deren Tönung sich mit den Jahren veränderte, obwohl das Öl den Nachteil hatte, langsamer zu trocknen. Leinöl trocknet schneller, vergilbt aber auch stärker. Aber diese Grundlagen absorbierten weniger die Farben und ermöglichten größeren Glanz, da sie handlicher und elastischer waren als die traditionellen Zubereitungen aus Gips und Leim. Das war auch nützlich, wenn man die großen Leinwände einrollen musste, um die Werke zu transportieren. Manche Maler fügten den Farben Feuerstein bei, denn das Silikat bewirkte ein schnelleres Trocknen des Öls.«

»Ich habe auch eine große Entwicklung in der Zeichnung der Hände wahrgenommen«, unterbrach Anthonis sie.

»Als ich zu malen begann, hatte ich häufig Schwierigkeiten beim Darstellen der Hände, die mir zu groß und zu schablonenhaft gerieten, aber mit der Zeit gelangen sie mir immer besser.«

»Warum sind manche Bilder signiert und andere nicht?«

»Weil ich während meines Aufenthaltes in Spanien kein einziges signiert habe. Es wurde nicht gern gesehen, dass sich eine Dame in meiner Position zu so etwas herabließ. Vorher habe ich sie signiert, und als ich nach Italien zurückkehrte, tat ich es wieder, da unterlag ich ja nicht mehr dem Hofprotokoll.«

»Glaubt Ihr, dass sie kopiert wurden? Ich meine, glaubt Ihr, dass jemand, der sich von einem Eurer Porträts hat inspirieren lassen, Bilder nachgeahmt hat?«

»Natürlich. Das war üblich. Selbstverständlich mussten Kopien angefertigt werden, doch das bedeutete keinen Ansehensverlust. Der Grund dafür war ganz einfach: Die große Nachfrage nach Porträts der Königsfamilie musste befriedigt werden. Sie saß nur für einen Kammer- oder Hofmaler Modell, er war der Einzige, der das Privileg genoss, die Menschen direkt zu porträtieren, während sich die anderen Maler mit dem Anfertigen von Kopien zufriedengeben mussten, obwohl es erlaubt war, die Kleidung oder eine Handhaltung zu verändern. Aber das Gesicht musste immer identisch wiedergegeben sein. Ihr erinnert Euch bestimmt, dass ich Euch davon schon erzählt habe. Der Anlass für ein Missverständnis mit Sánchez Coello war, dass ich das Privileg genoss, anhand des natürlichen Modells zu malen. Er fand, ich hätte mich auf ein Terrain gewagt, das ausschließlich ihm zustand, was auch stimmte, dennoch konnte er einen unmittelbaren Arbeitsauftrag der Herrscher nicht verhindern.«

»Hattet Ihr Gehilfen?«

Sofonisba ließ ihr typisches Lachen erklingen.

»Gehilfen? Nein. Ich war keine Malerin. Ich war Hofdame, die zum Zeitvertreib malte. Man hätte kein Verständnis dafür gehabt, wenn ich um Gehilfen gebeten hätte, obwohl ich einräumen muss, dass sie mir zumindest bei der Vorbereitung der Leinwände und Farben manchmal sehr nützlich gewesen wären.«

»Dann blieb Euch keine Zeit, Kopien von fremden Werken anzufertigen …«

»Nein, außerdem wäre das absurd gewesen. Doch es hatte auch sein Gutes, denn meine Produktion bekam höhere Qualität, und es waren weniger Originale in Umlauf.«

»Bei der Wertschätzung, die Ihr erfahren habt, müsst Ihr eine ernsthafte Konkurrenz für die anderen Hofmaler gewesen sein. Wie seid Ihr dem begegnet? Glaubt Ihr, einer hat Euch imitiert?«

»Natürlich hat man meine Werke nachgeahmt, und sogar

ziemlich gut, was so weit ging, dass ein weniger geübtes Auge keinen Unterschied erkennen konnte, aber wie ich schon sagte, war das nie ein Problem, denn es war eine weit verbreitete Praxis und keineswegs tadelnswert. Den Wettbewerb unter den Hofmalern darf man meines Erachtens nicht überbewerten. Natürlich gab es Konkurrenz unter den männlichen Hofmalern, aber es gab auch genug Arbeit für alle. Was sie nicht akzeptieren konnten und mir in gewisser Weise nie verziehen haben, war die Tatsache, dass ich eine Frau war.«

Nach dem Rundgang durch ihre Bildergalerie musste Sofonisba immerfort an ihr Geheimnis denken. Sie hätte dem jungen Flamen gerne noch gesagt, dass Bilder manchmal ein Eigenleben entwickelten, dass sie, so unvorstellbar es klingen mochte, Geheimnisse in sich bargen, die man mit niemandem teilen durfte, aber sie hielt sich im letzten Moment zurück. So viele Jahre hatte sie das Geheimnis nun gehütet, jetzt brauchte sie es auch nicht mehr zu lüften. Ein Wort zu viel könnte unnötigen Verdacht erregen. Obendrein war das Geheimnis ihre Privatangelegenheit. Sie hätte ihm wirklich gerne erzählt, dass in einem ihrer angeblich anonymen Bilder jahrelang ein Geheimnis verborgen war. Einfach so als Anekdote. Aber sie durfte kein Risiko eingehen, denn sie bedrückte nach so vielen Jahren immer noch die Frage, ob die damals getroffene Entscheidung richtig gewesen war. Doch jetzt war es viel zu spät, sie musste mit ihren Zweifeln leben.

18

Nachdem sich die beiden Männer vergewissert hatten, dass sie von niemandem beobachtet wurden, betraten sie den Palast durch einen Dienstboteneingang auf der Rückseite des Gebäudes. Sie fürchteten, ertappt zu werden. Das große Gemälde, das sie in ein Tuch gehüllt bei sich trugen, hätte sie sofort verraten. Wer auch immer sie gesehen hätte, hätte sofort gewusst, um was es sich handelte.

Ihre Anweisungen waren ausgesprochen präzise gewesen: Niemand durfte auch nur ahnen, dass dieses Bild aus der königlichen Sommerresidenz in Aranjuez entwendet worden war. Wenn jemand sein Fehlen entdeckt und Alarm geschlagen hätte, wäre es zu einem Skandal gekommen. Zum Glück waren es weniger als hundert Meilen, denn die Auftraggeberin für diesen Diebstahl wohnte gegenüber dem Alcázar, der königlichen Residenz in Madrid.

Der Diener, der ihnen die Tür geöffnet hatte, meldete ihr Eintreffen sofort seiner Herrin, die sie schon ungeduldig erwartete.

Sie hatten den Auftrag gehabt, das Bild aus dem Gemach der italienischen Malerin Sofonisba Anguissola zu entwenden und heimlich in ihren Palast zu bringen. Sie wusste, dass es ein gefährliches Spiel war, das böse Folgen haben könnte, falls sie entdeckt werden sollte, aber diese Frau spielte gern mit dem Feuer. Sie hatte großes Vergnügen daran, die Regeln zu übertreten. Und das war wirklich eine Herausforderung der höchsten

Macht, denn die Provokation galt Philipp II. persönlich. Mit ihm hatte sie noch eine Rechnung offen, seit er sie in ihrem eigenen Palast praktisch unter Hausarrest gestellt hatte.

Sie wusste ganz genau, dass eine Bestrafung, die sowohl dem Anstifter als auch den Ausführenden drohte, wenn ihre Machenschaften aufgedeckt würden, sehr hart ausfallen würde, aber sie hatte der Versuchung nicht widerstehen können. Die herrschende Macht zu verspotten könnte sie teuer zu stehen kommen, aber das gehörte zu ihrem unbezähmbaren Charakter. Sie liebte Herausforderungen. So viele Ratschläge und Warnungen man ihr auch geben mochte, tat sie doch immer, was sie wollte, auch dann, wenn es galt, dem Monarchen die Stirn zu bieten.

Das ersehnte Objekt der Begierde war endlich in ihrem Besitz. Jetzt konnte sie nach Lust und Laune das Bild betrachten, das der König dieser Italienerin in Auftrag gegeben hatte und das, wie am Hofe geraunt wurde, bisher nicht einmal er selbst gesehen hatte. Zumindest war ihr das zu Ohren gekommen, denn die kategorische Weigerung der Malerin, dem König das Bildnis vor seiner Fertigstellung zu zeigen, war wie ein Lauffeuer durch den ganzen Palast gegangen. Man sprach von nichts anderem.

Und genau diese Weigerung war es gewesen, die sie auf den Gedanken gebracht hatte. Wenn nicht einmal der König das Porträt seiner Gattin sehen durfte, musste ihr das gelingen. War die Reaktion der Italienerin ein Beweis ihrer exzentrischen Künstlerpersönlichkeit oder ein unumstößlicher Beweis dafür, dass die Dame über einen eisernen Willen verfügte? Sie neigte zu letzter Möglichkeit, was ihre Bewunderung noch verstärkte.

Doña Anna de Mendoza y la Cerda, Fürstin von Eboli, ließ das Gemälde an die Wand stellen, auf die das Tageslicht fiel. Dann hieß sie das Tuch entfernen und trat ein paar Schritte zurück, um es besser betrachten zu können. Sie war sprachlos. Das Gemälde von Königin Elisabeth war schlichtweg fabelhaft.

Sie hatte noch nie ein so perfektes und wirklichkeitsgetreues Porträt gesehen. Die Königin wirkte auf der Leinwand fast lebendig.

Anna de Mendoza war sich ihres großen Privilegs bewusst. Sie hatte diskret, wie sie hoffte, aus Sofonisba Anguissolas Atelier ein Werk entwenden lassen, das bisher niemand außer der Künstlerin selbst zu Gesicht bekommen hatte. Und es war wirklich ein Meisterwerk.

Es war jedoch nicht ihre Absicht, sich das Gemälde anzueignen. Im Gegenteil, sie würde es der rechtmäßigen Besitzerin zurückgeben, bevor diese sein Fehlen bemerkte. Sie hatte nicht vor, dieser Frau, die sie nicht einmal kannte, die aber ihren ganzen Respekt verdiente, Kummer zu bereiten.

Wenn herauskam, dass sie die Anstifterin dieser »vorübergehenden Entwendung« war, und man zudem erfuhr, dass das Bild in ihrem Haus gewesen war, könnte sie ihre Verwegenheit teuer zu stehen kommen. Ihre zwiespältige Beziehung zum König bereitete ihr schon genug Kopfzerbrechen. Darüber hatte sie ausführlich nachgedacht, bevor sie ihre Entscheidung traf. Sie wusste, dass es verboten und verwerflich war, aber Versuchung und Neugierde waren stärker gewesen als ihr gesunder Menschenverstand.

Sie hatte das Gemälde unbedingt sehen wollen, nachdem sie ihre Bekannten bei Hofe wiederholt davon reden hörte. Einige munkelten nur, andere behaupteten im Brustton der Überzeugung, dass selbst die Königin es noch nicht sehen durfte. Die Weigerung der Künstlerin, es jemandem zu zeigen, bevor es vollendet war, hatte alle überrascht. Aber sie war die Fürstin von Eboli, eine der mächtigsten und einflussreichsten Frauen des Königreichs. Und wenn sich die junge Königin nicht gegen ihre Hofdame durchzusetzen wusste, war sie, Anna de Mendoza, von einem ganz anderen Schlag. Sie war daran gewöhnt, alles zu bekommen, was sie wollte, und wusste genau, wie sie ihre Grillen ausleben konnte. Niemand wagte es, sich ihrem

Willen zu widersetzen, und sie hatte dieses Bild unbedingt vor der Königin oder dem König sehen wollen. Es bedeutete eine Demütigung für die Monarchen, selbst wenn nur sie davon wusste, doch auf diese Weise konnte sie ihre maßlose Eitelkeit befriedigen.

Es war auch eine kleine persönliche Rache an der jungen Herrscherin, weil diese sie nicht in den Kreis ihrer engsten Hofdamen aufgenommen hatte. Sie konnte nicht wissen, dass Elisabeth von Valois den König ausdrücklich darum gebeten hatte, sie vom Hof fernzuhalten, weil sie ihren Hochmut und ihre Überheblichkeit nicht ertrug.

Anna de Mendoza hatte sich geschworen, mit niemandem über ihren unredlichen Einfall, als Erste das Porträt der Italienerin zu sehen, zu sprechen. Niemand durfte es wissen, und sie musste sich zwingen, Stillschweigen zu bewahren. Doch dieses Vergehen war zu schwerwiegend, sie durfte keine unnötigen Gefahren eingehen. Es würde ihr persönliches Geheimnis bleiben, zumindest hoffte sie das.

Allein die Tatsache, ihrer Laune nachgegeben zu haben, erfüllte sie mit Stolz und reichte aus, um zumindest teilweise ihren maßlosen Hochmut zu befriedigen. Sie hatte es nur sehen wollen, sie hatte mit eigenen Augen – eigentlich mit ihrem einen Auge – feststellen müssen, ob es stimmte, was man sich über die neue Malerin am Hofe erzählte. Anna de Mendoza hatte als junge Frau beim Degenfechten ein Auge verloren, ein nicht eben weiblicher Zeitvertreib, dem sie aber gerne frönte. Seither war ihr unverwechselbares Markenzeichen eine Augenbinde, und wo immer sie auftauchte, war sie nicht zu übersehen. Sie war stolz darauf.

Leider war das Gemälde noch nicht fertig.

Das Kleid war nur skizziert, doch es fiel nicht schwer, es sich vorzustellen. Das wunderschöne Gesicht der Königin und ihre Hände waren so naturgetreu gemalt, dass sie wie aus Fleisch und Blut wirkten. Die Fürstin von Eboli verspürte einen Stich von Eifersucht. Sie war noch nie so gemalt worden. Was für eine Ungerechtigkeit. Bisher hatte sie immer geglaubt, sie kenne die besten Maler. Jetzt erkannte sie, dass es jemanden gab, der ihre Person für die Ewigkeit festhalten könnte, zumindest auf der Leinwand …

Sie musste diese Italienerin dazu bringen, ein Porträt von ihr anzufertigen.

Um es genauer studieren zu können, ging sie ein paar Schritte näher. Es war wirklich wunderschön. Der Anguissola war es gelungen, Elisabeth in ihrer ganzen königlichen Würde zu präsentieren. Das war unübersehbar, selbst für diejenigen, die sie nicht persönlich kannten, denn allein beim Anblick ihres Porträts wurde man gewahr, dass es sich um eine Frau königlichen Geblüts handelte. Und wer Elisabeth von Valois kannte, wusste, dass diese Frische, die nur der Jugend vorbehalten ist, echt war. Aus ihrem sanften Blick sprang ein Anflug von Autorität, als habe die Künstlerin zukünftige Generationen an ihren hohen Rang gemahnen wollen. Dieser Blick drückte eine seltsame Kraft aus, er war so eindringlich, dass man kaum die Augen abwenden konnte.

Die Hände waren sehr präzise gemalt. Sie wirkten, als würden sie in der Luft hängen, denn es fehlten noch ein paar Pinselstriche, wahrscheinlich eine Sessellehne, auf die sie sich stützte oder etwas Ähnliches.

Es machte die Fürstin wütend, aus dem Palast verbannt zu sein, während die anderen ihre schönsten Kleider vorführen, über diesen oder jenen lästern und an den kleinen Intrigen mitspinnen konnten, die das Leben bei Hofe so attraktiv machten. Würde sie dazugehören, hätte sie die Malerin persönlich kennenlernen und sie mit einem Porträt von ihr beauftragen können.

Doch ihr würde schon noch einfallen, wie sie das bewerkstelligen könnte.

Jetzt war ihre Neugier erst einmal befriedigt, und sie entschied in einem lichten Moment, den Teufel nicht herauszufordern und ihr Glück nicht überzustrapazieren. Es war das Beste, wenn das Bild wieder an seinen Platz zurückkehrte, bevor jemand Alarm schlug.

Sie gab entsprechende Anweisungen, und das Gemälde wurde am nächsten Tag wieder nach Aranjuez gebracht. Es war nur vorübergehend verschwunden gewesen, um die Laune der gelangweilten, exzentrischen Dame zu befriedigen.

Dennoch gefiel es der Fürstin gar nicht. ihren Geniestreich verschweigen zu müssen. Wenn sie dieses aufregende Abenteuer doch bloß mit einer Freundin teilen könnte, um sich hinter dem Rücken des Königs zu amüsieren. Aber seit sie vom Hofleben ausgeschlossen war, waren ihr nur noch wenige Freundinnen geblieben.

19

Sofonisba Anguissolas erstes offizielles Zusammentreffen mit Meister Sánchez Coello war ein typisches Beispiel höfischer Scheinheiligkeit. Es ergab sich auf Initiative des Monarchen. Er war über die Missgunst seines eifersüchtigen Hofmalers durchaus im Bilde und befand, es sei der geeignete Moment, die beiden Künstler offiziell einander vorzustellen.

Sofonisba hatte ihre Position als Hofdame der Königin schon seit Monaten inne, und wie der Zufall es wollte, waren sie sich nie über den Weg gelaufen, obwohl beide sehr wohl voneinander gehört hatten. Da sie unter demselben Dach lebten, war das ausgesprochen ungewöhnlich, so als hätten sie immer eine Entschuldigung gefunden, sich zurückzuziehen, wenn der andere aufzutauchen drohte. Dennoch hätte es oft genug Gelegenheit gegeben, besonders dann, wenn der offizielle Hofmaler in die königlichen Gemächer bestellt wurde, um ein Familienmitglied zu porträtieren.

Ihre erste Begegnung fand an einem Sonntag statt. Gegen sechs Uhr abends tauchte der König unverhofft in den Gemächern seiner Gemahlin auf, als diese mit Sofonisba allein war und für das besagte lebensgroße Porträt Modell saß. Die Königin hatte auf Bitten der Künstlerin ihre anderen Hofdamen weggeschickt, denn ihr Geschnatter störte Sofonisba beim Arbeiten und beeinträchtigte ihre Konzentration.

Philipp II. grüßte die Hofdame mit einem Kopfnicken, ging zu seiner Gattin und küsste ihr die Hand.

»Verzeiht mir, Madame, dass ich nicht früher zu Euch gekommen bin«, sagte er. »Aber meine Minister haben mich den ganzen Tag auf Trab gehalten.«

Elisabeth von Valois lächelte ihn an.

»Monsieur, ich bin Eure ergebene Dienerin. Eure Besuche ehren mich zu jeder Tageszeit.«

Philipp strahlte zufrieden. Seine Frau war wirklich eine Perle, so jung und wohlerzogen. Ganz anders als seine frühere Gemahlin Maria von England. Wenn Philipp ihr nicht schon am frühen Morgen seine Aufwartung gemacht hatte, war Maria immer außer sich geraten. Allerdings war sie bei ihrer Vermählung auch bereits Königin von England, Philipp aber nur Prinz von Spanien gewesen.

Er dachte lieber nicht mehr an diese grässliche Ehe, die nur aus Gründen der Staatsräson zustande gekommen war. Für Maria hatte er nie das Geringste empfunden, aber das verlangte die Staatsräson zum Glück auch nicht. Natürlich hatte auch die Eheschließung mit Elisabeth von Valois einen politischen Hintergrund, aber trotz ihrer Jugend – oder gerade deshalb – war diese Verbindung glücklich, denn sie zeigte sich nicht nur als ergebene und gefügige Gattin, sondern sie erwies sich auch als ideale Gefährtin für einen Mann in seiner Position.

Elisabeth entbehrte im Gegensatz zu seiner früheren Gemahlin jeglicher Arroganz und jeglichen Hochmuts und entzückte jeden, der sie näher kennenlernte, mit ihrer fröhlichen Ausgeglichenheit und ihren reizenden Manieren. Schon bald hatte sich Philipp in sie verliebt. In der Öffentlichkeit zeigte er seine Gefühle selten, aber alle wussten um die große Liebe des Monarchen für seine junge Frau.

Das Herrscherpaar hielt sich einen Augenblick mit Privatangelegenheiten auf, Philipp II. schien die Anwesenheit der Gesellschaftsdame vergessen zu haben. Doch um nicht unhöflich zu wirken, schenkte er Sofonisba schließlich ein flüchtiges Lächeln und deutete eine Verbeugung an.

»Guten Abend, Madame.« Und als er der Staffelei gewahr wurde, fügte er freundlich hinzu: »Wie ich sehe, widmet Ihr Euch eifrig der Kunst der Malerei. Habt Ihr unseren Hofmaler Coello schon kennengelernt?«

In ihrer Verblüffung versuchte Sofonisba herauszuhören, ob in der Stimme des Monarchen ein ironischer Unterton mitschwang, um ihm angemessen antworten zu können, aber sein Gesichtsausdruck verriet nichts dergleichen. Er wollte sich nur freundlich zeigen und sein Interesse bekunden.

»Nein, Eure Majestät«, antwortete sie mit wachsendem Unbehagen. Sie wusste nicht, ob sie sich zurückziehen sollte, um das Paar allein zu lassen, oder lieber auf ein Zeichen der Königin warten sollte.

»Dann ist jetzt der geeignete Augenblick gekommen. Ich war gerade beim Meister in seinem Atelier. Er malt ein Porträt von mir.«

»Es wird mir eine Ehre sein«, antwortete die Malerin verunsichert.

Seit ihrer Ankunft am spanischen Hof hatte Sánchez Coello noch keinen Versuch unternommen, mit ihr Kontakt aufzunehmen, oder gar die Absicht geäußert, ihr einen Höflichkeitsbesuch abzustatten. Sofonisba war der Meinung, dass es nicht an ihr war, den ersten Schritt zu machen, da sie eine höhere Position einnahm. Doch der Meister hatte kein Lebenszeichen von sich gegeben. Im Gegenteil, von ihrer Kammerzofe erfuhr sie die wenig freundlichen Worte, die der Maler über sie in Anwesenheit Dritter hatte fallen lassen. Laut der Kammerzofe, die es selbst nur vom Hörensagen wusste, hatte er sie bezüglich ihrer Kunst als Dilettantin bezeichnet. Sie hatte sich nicht beleidigt gefühlt, aber die Äußerung hatte sie darin bestärkt, keinesfalls den ersten Schritt zu machen. Wenn es der Monarch persönlich wünschte, ließ sich die Gegenüberstellung nicht umgehen. Sofonisba blieb gelassen. Wenn der König sie einander persönlich vorstellte, war das für sie ein Beweis seines Respekts und seiner Wertschätzung.

Tatsächlich wusste Sofonisba nicht, ob Philipp II. von seinen engsten Mitarbeitern über die protokollarischen Umstände, die ein Zusammentreffen verhindert hatten, oder über die wenig höflichen Kommentare seines Hofmalers über sie im Bilde war, aber nichts an seinem Verhalten ließ darauf schließen.

»Begleitet mich«, sagte der König. »Wir werden das Versäumte nachholen.«

Sofonisba verstand die Anspielung auf das Versäumnis nicht, bat aber die Königin mit einem Blick um Erlaubnis, ohne sie durfte sie sich nicht entfernen. Elisabeth machte ihr ein zustimmendes Zeichen.

»Geht nur, Madame, ich gestatte es Euch«, sagte sie sanft und lächelte sie an.

Sofonisba verbeugte sich tief und folgte dem König, der schon an der Tür stand. Er verabschiedete sich von seiner Gattin mit einer Bitte:

»Ich hoffe, heute Abend mit Euch speisen zu können, meine Liebe«, sagte er schon im Gehen.

Im Gang wartete sein Sekretär. Philipp gab ihm zu verstehen, dass er ihn im Augenblick nicht brauchte. Entschlossenen Schrittes machte er sich auf den Weg in den Südflügel und zwang Sofonisba so, ebenfalls schnell zu gehen. Insgeheim war sie neugierig darauf, den Hofmaler kennenzulernen. Nicht den Menschen, denn über den hatte sie sich schon ihre Meinung gebildet – selbst wenn es ein Vorurteil sein sollte –, sondern den Maler. Sie wollte die Umgebung, in der er arbeitete, und seine Werke sehen. Seit sie das Studium aufgeben musste, hatte sie wenig Gelegenheit gehabt, die Werkstätten anderer Maler aufzusuchen, und es missfiel ihr, dass sie keinen Gedankenaustausch mit anderen Künstlern pflegen konnte.

Nach einem Weg, der Sofonisba ziemlich kurz erschien, gelangten sie zu Sánchez Coellos Atelier. Sie dachte, welche Ironie des Schicksals, da lebten sie nur ein paar hundert Schritte voneinander entfernt, aber die fehlende Verständigung hatte diese lächerliche Entfernung unüberwindlich gemacht.

Das Atelier des Meisters bestand aus zwei ineinander übergehenden Sälen. Im vorderen arbeiteten seine Schüler, die in dem Moment alle beschäftigt waren, während der hintere ausschließlich dem Meister vorbehalten war. Als der König durch den ersten rauschte, verbeugten sich die Schüler tief, wobei sie der eleganten Dame in seiner Begleitung verstohlen neugierige Blicke zuwarfen. Sie wussten ganz genau, wer sie war. Schließlich hatte der Meister seine hämischen Kommentare in ihrem Beisein fallen lassen und sich über ihre angebliche Kunst lustig gemacht. Deshalb waren sie auch von diesem Besuch überrascht. Bedeutete ihr Auftauchen zusammen mit dem König, dass sie sich über die üble Nachrede ihres Meisters beklagt hatte? Hatte Philipp II. vor, dem ein Ende zu machen? In diesem Falle würde Sánchez Coello vom König getadelt werden und den restlichen Tag unerträglich sein.

Sánchez Coello zeigte zumindest ein wenig diplomatisches Geschick, als ihm die »Dilettantin« vorgestellt wurde. Seinen Gehilfen war keine Zeit geblieben, ihm den Besuch anzukündigen, da Philipp II. bereits im Atelier des Meisters angekommen war. Überrascht von dessen Rückkehr glaubte Sánchez Coello zuerst, er habe ihm etwas zu sagen vergessen, erkannte jedoch sofort die Italienerin hinter dem Monarchen. Sie war jünger und hübscher, als er sie sich vorgestellt hatte. Sie entsprach nicht dem mediterranen Frauentyp mit dunklem Haar und schwarzen Augen, sondern war blond und hatte blaue Augen, was sie eher wie eine Nordländerin wirken ließ. Ihre Haltung war vornehm. Es gab keinen Zweifel, er stand vor einer echten Dame.

Er war verblüfft und glaubte im ersten Moment noch, die erste Runde des doppelbödigen Spiels gegen die Dame gewonnen zu haben. Sein Stolz war befriedigt, weil sie den ersten Schritt getan hatte.

Aber seine Genugtuung hielt nur kurz vor. Schon bei den ersten Worten des Königs begriff er, dass diese unangekündigte Aufwartung seine Idee gewesen war und nicht ihre. Also blieb ihm nichts anderes übrig, als sich dementsprechend höflich und von seiner besten Seite zu zeigen, wodurch seine Begrüßung herzlicher als beabsichtigt ausfiel, was Sofonisba reichlich übertrieben fand. Sie wusste genau, dass dieses Verhalten nur der Anwesenheit des Königs zu verdanken war und nichts mit Sympathie für sie zu tun hatte. Sie traute diesem Mann nicht über den Weg. Auch gefiel ihr überhaupt nicht, wie er sie von oben bis unten musterte. Seine honigsüßen Worte sollten dem König schmeicheln. Dieser erste persönliche Eindruck bestätigte ihre Meinung über ihn als Menschen.

Nach der Vorstellung entschuldigte sich Philipp II. wegen dringender Verpflichtungen, denen er sich jetzt zuwenden müsse, und ließ sie allein.

Er hatte sich diese Strategie ausgedacht, um die unterschwellige Rivalität beider Künstler zu beenden, denn auch wenn die Italienerin nichts hatte verlauten lassen, war ihm die Geringschätzung seines Hofmalers ihr gegenüber nicht verborgen geblieben. Er hatte sie einfach ignoriert. Sich zurückzuziehen war eine gute Taktik, jetzt blieb es ihnen überlassen, wie sie miteinander auskamen.

Einen Augenblick herrschte gespannte Stille. Man konnte die Anspannung und die in den letzten Monaten angehäuften beiderseitigen Vorurteile regelrecht spüren. Sofonisba merkte, dass sie die Initiative ergreifen musste, um das Eis zu brechen. Durch zu langes Schweigen würden sich beide nur noch unbehaglicher fühlen.

»Woran arbeitet Ihr im Augenblick, Meister?«, fragte sie schließlich.

Sánchez Coello wunderte sich darüber, dass sie geblieben war. Er hatte geglaubt, sie würde dem König unter einem Vorwand folgen. Das wäre ihm eigentlich lieber gewesen. Für ihn war die Vorstellung beendet. Doch sie war ungerührt stehen geblieben und hatte ihn mit ihren großen blauen Augen angesehen, als wollte sie ihn herausfordern.

Er fühlte sich bedrängt und sah keine andere Möglichkeit, als höflich mitzuspielen und Freundlichkeit vorzutäuschen. Also sagte er in seinem gewohnt honigsüßen Tonfall:

»Ich bin gerade dabei, ein neues Porträt Seiner Majestät für den Papst anzufertigen. Das Bild in seinem Besitz ist schon ein paar Jahre alt und stammt auch nicht von mir.«

Mit dem letzten Satz wollte er zu verstehen geben, dass sein Talent weltweit anerkannt und sein Ruhm gar bis nach Rom vorgedrungen war.

»Ach ja…«, erwiderte Sofonisba sibyllinisch. »Welch ein Zufall…« Sie ließ ein paar Sekunden verstreichen, bevor sie hinzufügte: »Der Heilige Vater muss ein großer Freund der Malerei sein, denn er hat auch mich angeschrieben und um ein Bild gebeten.«

»Na so was!«, entfuhr es Sánchez Coello mit geheucheltem Interesse. Er glaubte ihr kein Wort, wollte aber herausfinden, wie gut diese junge Frau lügen konnte. Es wäre bestimmt ein Kinderspiel, sie zu entlarven. »Und darf man erfahren, von wem Seine Heiligkeit ein Porträt wünscht, etwa von Ihrer Majestät der Königin?«

Sofonisba überging die Frage geflissentlich. Sánchez Coello sah sie mit forschendem Blick an und wartete auf eine Antwort. Sie gab vor, sich für einen silbernen Brieföffner zu interessieren, der auf dem Schreibtisch des Meisters lag. Sie nahm ihn in die Hand und sah ihn sich genau an, bevor sie ihn wieder zurücklegte. Erst dann antwortete sie, wobei sie jedes Wort übertrieben betonte:

»Der Heilige Vater hat schon ein Porträt von der Königin. Es sollte bereits abgeschickt sein. Die Bitte ist persönlicher, er möchte ein Selbstbildnis von mir.«

Mit allem Hochmut, zu dem sie fähig war, ließ sie ihren

Blick langsam über Sánchez Coellos verblüfftes Gesicht wandern und starrte ihm in Erwartung einer Reaktion in die Augen. Sie wollte herausfinden, ob sie ins Schwarze getroffen hatte.

Tatsächlich blieb der selbstgefällige Hofmaler stumm. Der arme Einfaltspinsel war erschüttert. Er glaubte, sie mit seiner Arroganz beeindruckt zu haben, stattdessen hatte ihn ihre Antwort zu Stein werden lassen.

»Interessant«, stotterte er schließlich und lächelte gezwungen. »Ihr müsst sehr stolz auf diese Ehre sein …«

»Ja«, antwortete sie. »Wer wäre das nicht?«

Sofonisba spürte, dass dies der Moment war, sich zurückzuziehen. Ihr erstes Zusammentreffen hatte immerhin einen Gleichstand ergeben. Wenn Sánchez Coello das erste Gefecht gewonnen hatte, indem er sie dank der unverhofften Komplizenschaft des Königs in sein Atelier zu kommen nötigte, hatte sie mit ihrer Enthüllung den Schlagabtausch gut pariert. Der Maler war von der Bitte des Papstes wirklich überrascht. Das bewies, dass ihr Ruhm groß sein musste, wenn sogar der Papst von ihr gehört hatte und sie kennenlernen wollte, und sei es nur auf einem Gemälde. Hätte sie in Italien gelebt, hätte sie wahrscheinlich eine Audienz erhalten.

Sie verabschiedeten sich kühl und höflich. In aufrechter Haltung verließ Sofonisba den Raum und schritt mit einem freundlichen Lächeln an den sprachlosen Schülern vorbei. Sie hatten durch die offene Tür das Gespräch verfolgt und geglaubt, der Meister würde die »Dilettantin« in ihre Schranken weisen, doch es war sie gewesen, die dem Ganzen eine überraschende Wendung gegeben hatte.

Dann kehrte sie in die Gemächer der Königin zurück. Elisabeth war bestimmt schon neugierig zu erfahren, wie das Zusammentreffen verlaufen war. Sofonisba hatte nicht die Absicht, ihr alles zu erzählen. Ihre Antworten würden knapp und wohlüberlegt ausfallen. Sie vertraute der Königin, fürchtete aber, dass sie in ihrem jugendlichen Eifer beim Gespräch mit ihrem

Gatten etwas ausplaudern könnte, und Sofonisba wollte keine weiteren Spannungen provozieren. Insgesamt war die Begegnung gut verlaufen, und das würde sie ihr erzählen. Es waren schon genug Gerüchte über ihre Rivalität mit dem Maler in Umlauf, denen sie keine zusätzliche Nahrung geben wollte.

Auf dem Weg kreisten ihre Gedanken um das Treffen. Dieser Mann gefiel ihr nicht. Sie konnte seinem Verhalten entnehmen, wie schwer es ihm fiel, seine Verachtung einer Frau gegenüber zu verbergen, die ihm mit ihrem extravaganten Interesse für die Malerei nachzueifern beabsichtigte. Obwohl er nie ein Bild von ihr gesehen hatte, war Sánchez Coello davon überzeugt, dass die Kunst einer Frau nicht mit seiner zu vergleichen war. War etwa nicht er der offizielle Hofmaler?

Kaum war Sofonisba gegangen, hatte er sich wütend in seine Werkstatt eingeschlossen. Er mochte mit niemandem reden und hatte die Frage eines Gehilfen ziemlich barsch beantwortet. Er musste allein sein, um nachdenken zu können.

Dann war es nicht nur ein Gerücht, dass der Papst sie um ein Selbstporträt angesucht hatte, sie hatte es gerade bestätigt. Verdammt! Wie war es möglich, dass eine Frau so weit kommen konnte? Obwohl er ihr Werk nicht kannte, hätte er sich nie zu der Bitte herabgelassen, eines ihrer Bilder sehen zu wollen. Er war davon überzeugt, dass sie sein Niveau nie erreichen würde, so gut sie auch malen mochte. Sie würde immer eine Dilettantin bleiben. Doch es machte ihm sehr zu schaffen, dass der Papst ein Selbstporträt bei ihr bestellt hatte.

Er nahm an, dass Sofonisba einflussreiche Freunde hatte, die sie unterstützten und für sie warben. Wie sonst wäre sie an den Hof gekommen mit diesem Glorienschein einer großen Malerin und einem Ruf, der ihr Aufträge von Herrschern und Fürsten einbrachte, und jetzt sogar vom Heiligen Vater? Das war unerhört.

Von ihrer Freundschaft mit Vasari wusste er. Ein Bekannter hatte ihm im Wissen um seine Empfindlichkeit und um ihn zu ärgern, von Anguissolas Ruhm und ihren Beziehungen zu höheren Kreisen in Italien erzählt. Deshalb ging er davon aus, dass Vasari persönlich vermittelt hatte, damit der Papst dieses Bild in Auftrag gab.

Trotz allem war da etwas, das er nicht verstand. So gut sie auch sein mochte – was er bezweifelte – und so gute Beziehungen sie auch haben mochte, davon war er überzeugt, blieb sie doch eine Frau. Das hatte es noch nie gegeben, dass die Bilder einer Frau so gefragt waren. Seine Stellung bei Hofe hatte er sich über viele Jahre hart erarbeiten müssen. Obwohl er offizieller Hofmaler war, erhielt er außer von Philipp II. keine Aufträge von ausländischen Höfen. Und erst recht nicht vom Papst. Seine Behauptung, das Porträt von Philipp II., das er gerade malte, sei für den Papst bestimmt, war nur die halbe Wahrheit. Tatsächlich stammte der Auftrag von Philipp II. selbst, der es dem Papst schenken wollte.

Und wenn die Italienerin als Spionin an den spanischen Hof geschickt worden war? Das würde, abgesehen von anderen Dingen, den großen Beistand erklären, der ihr bei Hofe gewährt wurde. In ihrer bevorrechtigten Stellung war es ein Leichtes, Informationen aus erster Hand zu erhalten.

Er würde sie überwachen lassen. Wenn es ihm gelang zu beweisen, dass sich die Italienerin mit verdächtigen Personen traf, würde ihr Aufenthalt am Hof nicht lange währen. Man würde sie in den Kerker werfen, und er würde die königliche Gunst nicht mehr mit ihr teilen müssen.

Sánchez Coello war zufrieden mit seinen Schlussfolgerungen. Vielleicht hatte er doch noch einen Weg gefunden, ihr den Garaus zu machen.

Beschwingt machte er sich wieder an die Arbeit.

20

Was Sofonisba zu Sánchez Coello gesagt hatte, war keine Prahlerei gewesen. Der Erzbischof von Mailand, den sie kurz vor ihrer Abreise nach Spanien bei ihrem Aufenthalt in der Stadt getroffen hatte, hatte ihr einen persönlichen Brief von Papst Pius IV. ausgehändigt, in dem er ihr neben seinem Segen auch dieses ungewöhnliche Ansuchen übermittelte. Damit es weniger nach einer Forderung, sondern eher nach einer Bitte klang, hatte ihr Pius IV. weitschweifig versichert, dass er sehr gerne ein Selbstporträt von ihr besäße. Der Heilige Vater wolle sie durch sein ungewöhnliches Bittgesuch kennenlernen, nachdem er so viel Schmeichelhaftes über sie gehört hätte. Abschließend hatte er erklärt, dass er sie persönlich zu empfangen hoffe, wenn sie in Spanien ihre Verpflichtungen erfüllt habe und nach Italien zurückgekehrt sei.

Das war nichts anderes als die Einladung zu einer Privataudienz.

Sofonisba war sehr stolz auf diese Ehre. Der Heilige Vater wünschte nicht nur ein Selbstbildnis von ihr, sondern wollte sie sogar persönlich kennenlernen. Kurze Zeit später traf ein Brief ihres Freundes Giorgio Vasari ein, in dem er ihr mitteilte, dass ihr Porträt des Herzogs von Mantua eingetroffen sei und dass der Papst sich sichtlich beeindruckt gezeigt habe über die Wirklichkeitstreue, mit der sie die Züge des Herzogs getroffen habe. Als er sich nach dem Künstler erkundigte, sei er ausgesprochen überrascht gewesen zu erfahren, dass es sich um eine

Künstlerin handelte. Vasari habe ihm alles erzählt, was er über sie wusste. Papst Pius IV. sei wirklich sehr beeindruckt und wolle sie um jeden Preis kennenlernen.

Für Sofonisba war das päpstliche Interesse an ihrer Kunst Grund zu großem Stolz. Sie begann sofort mit der Arbeit an dem Gemälde, das sie dem Papst schenken wollte.

Ihre übliche Arbeitsweise war, erst gründlich über das Thema des Selbstbildnisses nachzudenken und sorgfältig die Einzelheiten wie Frisur, Kleidung und den Hintergrund zu planen. In Anbetracht des Ansehens des Adressaten war es besonders wichtig, dass alles bis ins Kleinste durchdacht war, damit ihm das Ergebnis auch zusagte. Und bei der großen Autorität des zukünftigen Besitzers durfte der Bildhintergrund des Gemäldes weder frivol sein noch Anlass zu falschen Interpretationen bieten. Sie musste ein Werk schaffen, das dem spirituellen Charakter der päpstlichen Umgebung entsprach.

Sofonisba begann, heimlich nachts zu malen, weil sie fürchtete, der König oder die Königin könnten gekränkt reagieren, wenn sie erfuhren, was sie in ihrer freien Zeit machte, und glauben, sie arbeite eifriger an ihrem Selbstbildnis als an dem von ihnen in Auftrag gegebenen Werk. Ihre Skrupel waren unbegründet, denn weder Elisabeth noch Philipp machten sich darüber Gedanken. Im Gegenteil, Philipp II. hatte in seiner Begeisterung über Sofonisbas erstes Werk eine ganze Reihe von Porträts bei ihr in Auftrag gegeben, darunter eines von seinem Sohn Prinz Carlos und eines von seinem Neffen Sebastian von Portugal. Auch erfuhr sie bald, dass ihre nächtliche Malerei ein offenes Geheimnis war, aber im Augenblick wollte sie es nicht offiziell bekannt machen. Dadurch ersparte sie sich auch die neugierigen Fragen der Höflinge, die immer wissen wollten, wie sie vorankam.

Dieses Unterfangen nötigte ihr doppelte Mühe, mehr Arbeit und weniger Schlaf ab, aber sie opferte lieber ihre Nachtruhe, als eine Zurechtweisung zu riskieren. Sie gehörte nicht zu den

Menschen, die während ihrer offiziellen Arbeitszeit persönliche Angelegenheiten erledigten.

Deswegen stahl sie sich ein paar Stunden ihrer verdienten Nachtruhe und arbeitete unermüdlich an ihrem Selbstbildnis. Wenn sie eine Kleinigkeit unbedingt vervollkommnen wollte, wurde es oft sehr spät.

Eigentlich brauchte sie das Tageslicht zum Malen, aber das war fast nie möglich. Wenn sie nach einem langen Arbeitstag erschöpft in ihr Gemach kam und nur noch den Wunsch hatte, schlafen zu gehen und alles zu vergessen, überwand sie meist ihre Schwäche und korrigierte noch eine Kleinigkeit an ihrem Selbstbildnis. Unvermeidlicherweise zog sich die Sitzung dann über die halbe Nacht hin. Wenn sie malte, vergaß sie ihre Müdigkeit und verlor völlig das Zeitgefühl. Mehr als einmal war sie mitten in der Nacht bei Kerzenschein und mit dem Pinsel in der Hand hochgeschreckt. Dann schleppte sie sich zum Bett, ließ sich angezogen darauf fallen und versank in tiefen Schlaf.

In den Nächten, in denen sie sich erst so spät zurückziehen konnte, dass nicht mehr an Malen zu denken war, legte sie sich sofort schlafen und stand im Morgengrauen auf, um wenigstens diese frühen Stunden zu nutzen. Das Licht bei Sonnenaufgang war ihr beim Malen am liebsten.

Für die thematische Darstellung des »Papstbildes«, wie sie es insgeheim nannte, hatte sie sich nach sorgfältigem Abwägen dafür entschieden, sich als Malerin zu porträtieren. Das war zwar gewagt für eine Hofdame, aber sie wollte ihre Bestimmung für die Kunst unterstreichen. Ihr Halbprofil sollte ein wenig nach rechts versetzt im Mittelpunkt des Bildes zu sehen sein und würde sie beim Malen eines religiösen Motivs zeigen, was dem hochgeschätzten Auftraggeber bestimmt gefallen würde. Für dieses Bild im Bild hatte sie als Motiv die Jungfrau mit dem Kinde gewählt, das fand sie am passendsten.

Noch vor Beginn ihrer nächtlichen Sitzungen hatte sie an einem Morgen im Mai das Thema mit Kohlestift skizziert. Von der Königin war sie unerwartet einen Tag freigestellt worden, weil diese Verpflichtungen nachkommen musste, die ihre persönliche Anwesenheit verlangten. So verfügte Sofonisba über genügend Zeit, um ihre Ideen weiterzuentwickeln und damit ihrer Beklemmung ein Ende zu setzen. Es war wichtig, von Anfang an die richtigen Proportionen zu finden, eine aufwändige Präzisionsarbeit.

Erst gegen Mittag war sie mit dem Ergebnis ihrer Arbeit zufrieden. Sie hatte erreicht, was sie wollte, und die Idee aus ihrem Kopf auf die Leinwand gebannt.

Da es sich um einen ersten Entwurf handelte, befand sie es nicht für nötig, das Bildnis zu verstecken. In dieser frühen Arbeitsphase war es egal, ob es jemand sah. Die Einzige, die Zugang zu ihrem Zimmer hatte, war ihre Kammerzofe Maria Sciacca, und die interessierte sich wenig für die Arbeiten ihrer Herrin. Davon verstand sie nichts.

Maria Sciacca war eine Person ihres Vertrauens. Sie hatte sie aus Italien mitgebracht, und von ihr hatte sie nichts zu befürchten.

21

»An den eigenen Stern zu glauben ist keine Frage des Alters«, entfuhr es Sofonisba.

»Wie bitte?«, fragte Anthonis verwirrt. Sofonisba überraschte ihn ständig mit Äußerungen, die nichts mit ihrem Gesprächsthema zu tun hatten. Wahrscheinlich driftete ihr Geist immer wieder ab, was sich darin äußerte, dass sie laut dachte.

»Ich habe immer an meinen guten Stern geglaubt«, fuhr sie unbeirrt fort. »Er hat mehrmals an meine Tür geklopft und mir die Möglichkeit geboten, wichtige Menschen kennenzulernen, aber nie so eindeutig wie an dem Tag, als man mir antrug, nach Spanien zu gehen.«

»Wolltet Ihr vor etwas fliehen?«

»Man flieht nicht immer, wenn man weggeht. Manchmal sucht man etwas. Was sucht Ihr?«

Diese Frage überraschte Anthonis. Es war eine gute Frage. Er errötete leicht. Ja, was suchte er eigentlich? War er nur neugierig? Er lächelte stumm und sah sie forschend an. Ob sie in ihrer Blindheit erkannte, in welcher Bedrängnis er sich befand? Das schlechte Sehvermögen der Greisin wurde manchmal zu seinem Verbündeten, und das beruhigte ihn. Er mochte nicht dabei ertappt werden, wie er bei so einer schlichten Frage errötete.

»Die Dinge sind nicht immer, wie sie scheinen«, fügte sie hinzu. »Man muss sie mit den Augen anderer sehen können. Um mein Wesen zu begreifen, muss man fähig sein, es mit meinen Augen zu sehen.«

»Das stimmt«, räumte er ein. »Alles zusammengenommen: Wart Ihr glücklich?«, fragte er brüsk, denn er wollte eine aufrichtige Antwort.

»Ich kann mich nicht beklagen. Wäre ich in Italien geblieben, hätte ich wahrscheinlich nicht so viele Vorteile gehabt und kein so unbeschwertes Leben geführt.«

»Wollt Ihr damit sagen, dass Ihr gut entlohnt wurdet als Hofdame? Wenn man für Eure Bilder nichts bezahlte ...«

»Genau. Aber nicht nur deswegen, denn so hoch das Entgelt auch sein mochte, war es doch nicht genug, um ein Leben lang damit auszukommen. Mein Glück war, von der Königin in ihrem Testament bedacht zu werden. Elisabeth vermachte mir als Dank für meine Dienste dreitausend Dukaten und eine lebenslange Pension von zweihundert Dukaten, die mir aus dem Weinzoll eines Gutes in Cremona gezahlt wurden. Das war zu jener Zeit ein kleines Vermögen.«

»Seid Ihr nach dem Tod der Königin nach Italien zurückgekehrt?«

»Nein, obwohl das unüblich war, aber das Schicksal mischte die Karten neu. Elisabeth hatte mit Philipp II. zwei Töchter, Isabella Clara Eugenia und Katharina Michaela. Isabella Clara Eugenia war die Frucht von Elisabeths zweiter Schwangerschaft. Zwei Jahre zuvor, 1564, hatte sie im vierten Monat eine Fehlgeburt gehabt. Es waren Zwillinge gewesen. Der Königin ging es sehr schlecht. Man fürchtete um ihr Leben, und die Ärzte hatten die Hoffnung schon aufgegeben. Zum Glück wurde sie von einem italienischen Arzt geschröpft und überlebte. Ein großer Schicksalsschlag, aber die Krone brauchte Thronfolger. Sie versuchte mit allen Mitteln, trotz ihrer angeschlagenen Gesundheit wieder schwanger zu werden. Es wurden sogar die Gebeine des heiligen Eugène Martyr, des ersten Bischofs von Paris, von Saint-Denis in Frankreich nach Toledo überführt, weil es hieß, dass sie die Unfruchtbarkeit von Frauen heilten. Elisabeth betete oft zu dem Heiligen, und ihre Fürbitten wurden schließlich erhört, denn im Dezember 1565 war sie wieder guter Hoffnung. Sie war am Rande der Verzweiflung gewesen, denn ihr Gatte hatte sich inzwischen eine Mätresse zugelegt, eine gewisse Eufrasia de Guzmán, Hofdame von Prinzessin Johanna, was Elisabeth traurigerweise an die Liebschaft ihres Vaters Heinrich II. mit Diana von Poitiers erinnerte. Aber Philipp II. war vernünftig und beendete diese Verbindung bald wieder. Dann kam Isabella Clara Eugenia zur Welt. Isabella hieß sie zu Ehren ihrer Mutter, Clara, weil sie am Namenstag der heiligen Clara geboren wurde, und Eugenia zu Ehren des Heiligen, der die Gebete ihrer Mutter erhört und sie guter Hoffnung hatte werden lassen. Ich erinnere mich daran, wie die Königin nach der ersten Niederkunft sagte: »Gott sei Dank ist gebären nicht so schlimm, wie ich befürchtet habe.« Die Arme konnte nicht ahnen, dass sie dereinst im Kindbett sterben würde.

Nach Isabella Clara Eugenias Geburt zeigte sich Philipp II. sehr zärtlich zu seiner Frau. Ganz außergewöhnlich war, dass er bei der Entbindung anwesend war und der Königin die Hand hielt im Versuch, ihr so gut wie möglich beizustehen. Dieses Erlebnis hatte ihn so begeistert, dass er die Tochter selbst zum Taufbecken tragen wollte. Dafür übte er andauernd mit einer Puppe, die er eigens dafür hatte besorgen lassen. Doch am Ende entschied er, die kleine Prinzessin von seinem Bruder, Joseph von Österreich, zum Taufbecken tragen zu lassen. Im Jahr darauf wurde das zweite Mädchen geboren, Katharina Michaela. Katharina wurde sie zu Ehren ihrer Großmutter genannt und Michaela zu Ehren des Heiligen an ihrem Geburtstag. Der Königin ging es wieder sehr schlecht, und sie wurde von Fieberkrämpfen geschüttelt. Man hielt das für einen Milchstau und strich ihr Petersiliensalbe auf die Brustwarzen, um den Milchfluss anzuregen. Doch das half alles nichts, und schließlich rief man eine Amme, eine gewisse María de Messa, die für ihre der Krone geleisteten Dienste ein Leben lang jährlich eine Vergütung von hunderttausend Maravedis erhalten sollte.

Elisabeth erholte sich nie wieder. Sie war gesundheitlich sehr angeschlagen. Als sie im Mai 1568 ständig von Übelkeit, Schwindel und Erstickungsanfällen geplagt wurde, verschlechterte sich ihr Zustand dramatisch. Unglücklicherweise war sie erneut schwanger. Das ging zu schnell für eine geschwächte junge Frau. Im Oktober war ihr Zustand bereits hoffnungslos. Schließlich, ich glaube am 3. Oktober, wenn ich mich richtig erinnere, gebar sie im fünften Monat den sehnsüchtig erwarteten männlichen Thronfolger. Der Unglückliche hatte sich im Mutterleib mit der Nabelschnur erdrosselt. Als man ihn holte, war er schon ganz schwarz. Auch für die arme Königin konnte man nichts mehr tun, sie starb am selben Tag unter grauenhaften Schmerzen.«

»Dann hatten sie also keine Söhne?«, fragte Anthonis matt. Die lange Geschichte hatte ihn sichtlich erschöpft.

»Nein. Der ersehnte Sohn kam später, er wurde von Philipps vierter Frau, Anna von Österreich, geboren.«

»Und was geschah mit den beiden Mädchen? Haben sie überlebt?«, Anthonis heuchelte Interesse. Er hätte lieber das Thema gewechselt, aber da sich Sofonisba so gesprächig zeigte, ließ er sie reden.

»Natürlich. Unter meiner Fürsorge. Ich habe sie großgezogen. Nach dem Tod der Königin gab es keinen offiziellen Grund mehr für mein Verbleiben am spanischen Hof. Es war zu erwarten, dass Philipp II. wieder heiraten würde, aber in dem Augenblick war es noch nicht sicher, und deshalb war ich ohne Anstellung. Wären die Umstände anders gewesen, hätte man sagen können, dass meine Rückkehr nach Italien bevorstand, aber Philipp II. entschied anders. Da er mich schätzte und vor allem, weil mich mit der verstorbenen Königin eine enge Freundschaft verbunden hatte, ernannte er mich zur Gouvernante der kleinen Infantinnen. So blieb ich noch mehrere Jahre bei Hofe und kümmerte mich um die Erziehung der Mädchen. Mit der Zeit wurde Isabella Clara Eugenia zu einer engen Vertrauten ihres Vaters, der sie später zur Statthalterin der spanischen Niederlande ernannte. Sie heiratete Erzherzog Albert von Österreich, mit dem sie unglücklicherweise keine Kinder hatte. Hätte sie welche bekommen, wären die Niederlande von der spanischen Krone unabhängig gewesen. Philipp II. hatte immer sehr ehrgeizige Pläne mit seiner geliebten Erstgeborenen. Irgendwann beanspruchte er sogar den Thron von Frankreich für sie, weil er der Neffe Heinrichs II. war und Heinrich III. auch keine direkten Nachkommen hatte. Doch dann wurde Heinrich IV. zum Nachfolger ernannt, und das vereitelte seine Pläne. Katharina Michaela hingegen heiratete Herzog Karl Manuel von Savoyen und lebte am Hof von Turin. Ich habe sie nie wiedergesehen.«

»Konntet Ihr bei dieser neuen Aufgabe noch malen?«

»Natürlich. Ich habe immer gemalt, wenn ich Zeit hatte. Erst als meine Augen schwächer wurden, musste ich es lassen. Mir blieb keine andere Wahl.«

22

In den letzten Tagen war Sofonisba die Erschöpfung deutlich anzumerken. Es geschah jetzt immer häufiger, dass sie während der Gespräche mit Anthonis einnickte. Dauerte das Nickerchen zunächst nur ein paar Minuten, verlängerte sich die Zeitspanne jeden Tag etwas mehr, und wenn sie erwachte, fiel es ihr schwer, den Gesprächsfaden wieder aufzunehmen.

Anthonis begriff, dass seine täglichen Besuche in der Villa im arabischen Viertel Palermos zu Ende gingen. Immerhin blieb Sofonisba noch Zeit, die Geschichte von ihrer Rückkehr nach Italien zu erzählen.

Dort wurde sie ihrem Ehemann vorgestellt, den Philipp II. für sie gefunden hatte. Sie erinnerte sich an den traurigen Empfang, den ihr ihre neue Familie bescherte, und schließlich daran, wie ihr Mann viel zu früh und ziemlich unsinnig zu Tode gekommen war, weil er im Golf von Neapel ertrank und sie so vorzeitig zur Witwe machte. Sie erzählte, wie ihr Bruder nach Sizilien kommen musste, wo sie mit ihrem verstorbenen Mann gelebt hatte, um ihre Interessen zu vertreten und ihre Mitgift zu retten, und wie sie dann auf dem Schiff, das sie nach Italien zurückbrachte, Kapitän Orazio Lomellini kennenlernte. Sie hatten sofort geheiratet, ohne die Einwilligung des Königs von Spanien abzuwarten, der sie ihr wahrscheinlich verweigert hätte, und sie lebte glücklich mit Orazio zunächst in Genua und jetzt in Palermo. Sie erinnerte sich noch genau an den Besuch der Infantin Isabella Clara Eugenia, die auf ihrer Reise nach Flandern in Genua haltmachte, um ihre frühere Erzieherin zu besuchen.

Eines Nachmittags verabschiedete Sofonisba sich von Anthonis, so als wüsste sie, dass sie sich zum letzten Mal sahen. Und so kam es.

Als Anthonis am nächsten Morgen wie gewohnt in der Villa eintraf, war sie zu schwach, um ihn zu empfangen.

Er bereitete seine Abreise vor. Im Hafen lag ein Schiff, das er nehmen konnte. Er hinterlegte ihr zum Zeichen seiner Dankbarkeit für die gemeinsam verbrachte Zeit eine seiner Zeichnungen, die er im Laufe ihrer Gespräche von ihr angefertigt hatte. Zu seinem Bedauern konnte er sich nicht mehr persönlich von ihr verabschieden, aber vielleicht war es besser so. Er konnte seine Gefühle schlecht beherrschen und fürchtete, dass er beim Abschied in Tränen ausgebrochen wäre. Er würde lieber ihr Lächeln in seiner Erinnerung bewahren, das reichte ihm.

Anthonis hat nie erfahren, ob Sofonisba im Wissen, dass der Augenblick des Abschieds nahte, krank geworden war.

23

Nach Sofonisbas Besuch hielt Sánchez Coellos Unruhe weiter an. Er zeigte sich von seiner übelsten Seite und ließ seine Wut und sein Ungemach an seinen Schülern aus. Eine übertriebene Geschäftigkeit sollte verbergen, dass er nicht genau wusste, was mit ihm los war. Eine Bemerkung, die Philipp II. wenige Tage nach seinem Besuch hatte fallen lassen, hatte ihn sehr beunruhigt. Der König hatte den Maler wie gewohnt zu früher Stunde aufgesucht, um sich nach den Fortschritten seines Porträts zu erkundigen, und war bester Stimmung gewesen, denn Sofonisba hatte das Bildnis seiner Gattin vollendet. Es war mit einem kleinen Zeremoniell in deren Gemächern ausgestellt worden, bevor es verpackt und Pius IV. gesandt wurde. Während der kleinen Feier hatte sich Philipp II. gekonnt verstellt und seine Überraschung über die Schönheit des Bildes zum Ausdruck gebracht. Und an diesem Morgen ließ er sich ausgerechnet bei Sánchez Coello, der enttäuscht darüber war, nicht zur offiziellen Ausstellung geladen worden zu sein, in Lobeshymnen über die Italienerin aus, pries ihre Kunst und die Vorzüge ihres Charakters. Für den Hofmaler war jedes Wort ein Stich ins Herz. Hatte er etwa die Gunst des Herrschers verloren, wenn er so enthusiastisch von derjenigen sprach, die er nur für eine Stümperin und keineswegs für eine Künstlerin hielt? Die Begeisterung des Monarchen verstärkte seine Abneigung und seinen Missmut noch zusätzlich.

Seit Sofonisbas Besuch konnte er sich nicht mehr konzentrieren. Ihn marterte die Sache mit dem Selbstbildnis, das der Papst bei ihr in Auftrag gegeben hatte. Die Italienerin hatte es ihm so hochmütig erzählt, als wollte sie Sánchez Coello vor allem verletzen. Das war eine typisch weibliche Taktik. Wenn Frauen das starke Geschlecht treffen wollten, wussten sie, wie sie das anstellen konnten. Jeder Streit mit seiner Frau bestätigte ihm das. Sie schaffte es immer, ihn mit Worten zu verletzen, was einen bitteren Nachgeschmack hinterließ. Diese Sofonisba war genauso. Nur dass die Bitterkeit bei ihr nach Gift schmeckte.

Die königliche Begeisterung für die Italienerin war nicht das Einzige, was ihm den Tag verdorben hatte. Anschließend hatte ihn sein alter Freund, der Maler Pantoja de la Cruz, besucht.

Schon nach wenigen Minuten kam Pantoja de la Cruz darauf zu sprechen, was ihn am meisten interessierte: der Besuch der Italienerin bei Coello. Der ganze Hofstaat klatschte nach Lust und Laune darüber, als wäre ein jeder persönlich dabei gewesen, und schmückte die Geschichte genüsslich aus. So hieß es zum Beispiel, dass der Hofmaler ihr pflichtschuldig die Hand geküsst hätte, was gar nicht stimmte, und dass der König ihn gedemütigt hätte, als er ihm empfahl, Unterricht bei ihr zu nehmen, um den italienischen Stil zu studieren, was auch nicht stimmte. Alles, was sein Freund Pantoja erzählte, machte ihn noch wütender. Nur wenige wussten, wie das Treffen verlaufen war. Deshalb war Pantoja gekommen, er wollte erfahren, was wirklich geschehen war, denn er traute der höfischen Gerüchteküche nicht. Als Freund und Malergefährte war sein Verhältnis zu Sánchez Coello vertrauensvoll genug, um ihm die Wahrheit zu entlocken.

»Mein lieber Alonso, ich habe erfahren, dass die italienische Malerin dir endlich ihre Aufwartung gemacht hat«, setzte Pantoja an.

»Das stimmt, geschätzter Pantoja«, antwortete der Maler mit stolzgeschwellter Brust.

»Dank der Initiative Seiner Majestät…«, bohrte Pantoja de la Cruz vieldeutig weiter.

»Gewiss, mein Freund, gewiss«, räumte Sánchez Coello ein. »Sie wurde von Seiner Majestät dem König genötigt, der mir damit sein großes Vertrauen und seine Wertschätzung beweisen wollte. Mit dieser Geste hat der König ihr klargemacht, wie die Dinge funktionieren an diesem Hof. Ich glaube nicht, dass sie ohne seine Aufforderung hergekommen wäre.«

Er erinnerte sich ganz genau an Sofonisbas Tonfall und ihre hochmütige Haltung. Diese Frau war ein Teufel. Mit der Behauptung, vom Papst persönlich einen Auftrag erhalten zu haben, hatte sie ihn bewusst herabsetzen wollen. Es fiel ihm schwer, das zuzugeben, aber natürlich hatte dieses Miststück sein Ziel damit erreicht. Ihre Worte hatten das Ego des Malers tief verletzt. Dass die unermessliche Ehre der päpstlichen Gunst auf sie und nicht auf ihn gefallen war, bedeutete die schmerzlichste Demütigung. Hätte es sich um einen anderen Maler gehandelt, hätte ihn das natürlich nicht dermaßen aus der Fassung gebracht. Mehr noch, er hätte sich sogar gefreut für ihn. Aber sie? Eine Frau, die zum Zeitvertreib malte? Diese Vorstellung war wirklich unerträglich.

»Ärgere dich nicht, Alonso«, sagte Pantoja tröstend. Er hatte begriffen, dass sein Freund in seinem Stolz verletzt war, aber er verstand nicht, warum er so gekränkt reagierte. Was war der Grund? Die königliche Gunst, die Freundschaft der Königin oder der Auftrag des Papstes? »Ich habe aus Italien Berichte über sie erhalten…«, fügte er hinzu.

»Ach ja? Und was sagt man in Italien über dieses Dämchen?«

»Meine Kontaktleute bestätigen, dass sie sehr bekannt und hochgeschätzt ist.«

»Hier in Spanien aber gewiss nicht«, erwiderte der Hofmaler schneidend. Das war nicht die Art von Information, die er erwartet hatte.

»Noch nicht«, entfuhr es Pantoja de la Cruz. »Aber du wirst schon sehen, wie sie sich mit der Zeit durchsetzen wird. Wenn sie wirklich so begabt ist, wie man sagt, werden wir es bald erleben.«

»Aber sie ist keine richtige Malerin. Sie ist nur eine Gesellschaftsdame der Königin, die einzige Italienerin und die Einzige, die in diesem Haufen aus Französinnen und Spanierinnen nicht dem Hochadel entstammt. Statt zu sticken und zu nähen, vergnügt sie sich damit, Leinwände mit Farben zu beschmieren«, erwiderte Sánchez Coello wutschnaubend.

»Glaub das nicht. Meine Kontaktleute behaupten, dass die Werke dieser Sofonisba, ihre Familienporträts und geistlichen Motive an Italiens Fürstenhöfen sehr gefragt sind. Vielleicht solltest du dir mal ein paar Bilder von ihr ansehen …«

»Man fürchtet mein Urteil! Ich wurde nicht einmal zur Präsentation des Porträts der Königin eingeladen, bevor es nach Italien geschickt wurde.«

»Wenn es nur das ist, was dich kränkt … Mich hat man auch nicht eingeladen.«

Das war auch kein Trost für ihn. Wie konnte es angehen, dass diese Frau in ihrem Land eine berühmte Malerin war? Er bemühte sich, sein Unverständnis zu verbergen. Natürlich war es keine gute Nachricht, dass diese Sofonisba angeblich so gut malte. Im Gegenteil, das könnte noch eine größere Gefahr bedeuten, als er gedacht hatte. Er musste in Ruhe nachdenken und einen Weg finden, sie auszuschalten. Sein Ansehen stand auf dem Spiel. Er durfte nicht zulassen, dass ihm eine Ausländerin den Posten wegschnappte.

Pantoja de la Cruz wechselte das Thema. Es war nicht der geeignete Zeitpunkt, sich damit auseinanderzusetzen. Sein Freund wirkte ziemlich betroffen. Er verstand einfach nicht, wie ein Mann wie Sánchez Coello, der die königliche Gunst genoss, so besorgt auf eine ausländische Malerin reagieren konnte, die mit größter Wahrscheinlichkeit nicht allzu lange am spanischen Hofe weilen würde. Es würde schon reichen – was hoffentlich nicht eintrat –, dass der Königin etwas passierte, dann würden alle ihre Hofdamen wieder in ihr Heimatland zurückgeschickt werden. Außerdem war sie eine Frau. Die Position des Hofmalers war ausschließlich Männern vorbehalten. Sánchez Coello lief keinerlei Gefahr, dass ihm die Italienerin seine Stellung streitig machen könnte, sollte das seine Befürchtung sein.

Er verabschiedete sich. Angesichts der schlechten Verfassung seines Freundes zog er es vor, ihn ein andermal zu besuchen.

Wieder allein dachte Sánchez Coello über Pantojas Worte nach. Offensichtlich war diese Anguissola im Begriff, sich einen Namen zu machen, und würde nach und nach die ungeteilte königliche Gunst erlangen. Er konnte nicht die Hände in den Schoß legen und zusehen, wie sein Ruf vom Aufstieg dieses Emporkömmlings bedroht wurde. Wenn er ein Unglück verhindern wollte, musste er einen Weg finden, sie vom Malen abzuhalten. Er dachte angestrengt nach. Da kam ihm eine Idee. Es war zunächst nur ein Geistesblitz, aber es lohnte sich, ihn zu erwägen. Er fühlte sich sofort besser. Vielleicht hatte er jetzt einen Weg gefunden, die lästige Rivalin auszuschalten.

24

Sánchez Coello überwachte eine Zeit lang heimlich Sofonisbas Tagesablauf. Er musste den richtigen Moment abpassen, um seinen Plan auszuführen.

Wenn er keinen Skandal mit vernichtenden Folgen für seine Stellung riskieren wollte, musste er ausgesprochen vorsichtig agieren. Sollte jemand seine Machenschaften aufdecken, liefe er Gefahr, vom Hofe verstoßen zu werden. Ein wenig rühmliches Ende für einen Maler seines Ranges. Dann wäre es sehr schwierig für ihn, wieder eine angemessene Position zu finden. Er musste also auf der Hut sein.

Da er keinem seiner Schüler vertraute, entschied er sich für die einzige Vorgehensweise, die allergrößte Diskretion garantierte: es selbst zu tun.

Wenn man ihn bei dieser Niederträchtigkeit erwischen sollte, konnte er sich noch immer eine mehr oder weniger überzeugende Ausrede einfallen lassen, doch wenn einer seiner Schüler dabei überrascht würde, gäbe es diese Möglichkeit nicht.

Er durfte keinerlei Risiko eingehen.

Versteckt hinter einem der schweren Vorhänge, die die langen Flure im Winter vor Luftzug schützten, lauerte er darauf, dass Sofonisba ihr Gemach verließ. Er musste nicht lange warten. Schon bald machte sich Sofonisba auf den Weg zu den Gemächern der Königin im anderen Palastflügel. Bei seinen Nachforschungen hatte er festgestellt, dass sie eine methodische und pünktliche Frau war, die nicht zu Änderungen in ihrem Tagesablauf neigte und sich selten verspätete.

Während er sie hocherhobenen Hauptes weggehen sah, musste sich Sánchez Coello eingestehen, dass seine verhasste Rivalin wirklich ein herrschaftliches Verhalten an den Tag legte. Wäre da nicht ihr Anspruch, als Künstlerin wahrgenommen zu werden, hätten sie sich vielleicht sogar verstanden.

Er wartete, bis Sofonisba aus seinem Blickfeld verschwunden war, und schlich dann zu der Tür. Doch sie war verschlossen.

Dieses Hindernis hatte er nicht bedacht. Mit hochgezogenen Augenbrauen überlegte er, was er tun sollte. Den Plan auf einen anderen Tag verschieben? Sofonisba schloss ihre Tür wahrscheinlich immer ab. Er ging ein paar Schritte zur Seite, um nicht direkt vor der Tür überrascht zu werden, und dachte angestrengt nach.

Als er schon aufgeben wollte, sah er eine junge Frau auf die Tür zusteuern. Sie holte den Schlüssel aus ihrer Schürze und öffnete sie. Das musste ihre Kammerzofe sein. Sánchez Coello überlegte es sich nicht zweimal. Bevor sie die Tür von innen schließen konnte, stürzte er auf sie zu.

»Entschuldigt, Señorita«, sprach er sie lächelnd an und zeigte sein lückenhaftes Gebiss. »Sind das die Räume von Doña Sofonisba Anguissola?«

Maria Sciacca sah ihn argwöhnisch an.

»Ja«, antwortete sie einsilbig. »Aber meine Herrin ist nicht da. Sie ist gerade weggegangen.«

»Oh, wie schade. Sie hat mich gestern gebeten, vorbeizukommen und ein Bild abzuholen, an dem sie gerade arbeitet, um einen Rahmen dafür anzufertigen. Offensichtlich war ich nicht rechtzeitig da. Was mache ich jetzt?«

Maria verstand nicht die Hälfte von dem, was dieser Mann sagte. Er sprach viel zu schnell für ihre dürftigen Spanischkenntnisse.

»*Non capisco*, was Ihr mir sagt«, antwortete sie in einer Mischung aus Italienisch und Spanisch.

Sánchez Coello wiederholte Silbe für Silbe langsam jedes Wort. Er konnte ein bisschen Italienisch, aber er wollte sich nicht bloßstellen. Das Mädchen hätte herumerzählen können, dass der Maler in ihrer Sprache radebrechte.

»Ja«, antwortete sie, ohne sich zu rühren.

Sánchez Coello begriff, worauf die Kammerzofe wartete. Er zog seinen Lederbeutel hervor und legte ihr ein paar Münzen in die Hand.

Die junge Frau machte kugelrunde Augen, die ihre Habgier verrieten.

Sánchez Coello holte noch mehr Münzen aus seinem Beutel, zeigte dann mit dem Zeigefinger auf Marias Hand und sagte:

»Die sind dafür, dass ich das Bild mitnehmen kann, und diese hier sind für dein Schweigen. Du darfst niemand sagen, dass ich hier gewesen bin.«

Er gab ihr die restlichen Münzen.

Maria lächelte und verschwand wortlos, ließ aber die Tür offen. Das war ihre Art, ihm kundzutun, dass sie von nichts wusste. Sie war nie hier gewesen.

Sánchez Coello trat ein, nahm das Bild und verließ den Raum schnell wieder, wobei er sich vergewisserte, dass ihn auch niemand beobachtete. Erst einmal weit genug von diesem Palastflügel entfernt, würde ihn niemand verdächtigen. Dort war es ganz normal, dass der Hofmaler mit einem Bild unter dem Arm herumspazierte.

Es war eher unwahrscheinlich, dass die Kammerzofe ihn erkannt hatte. Sie bewegten sich nicht im selben Umfeld, und sie war durch ihre Arbeit an einen Palastflügel gebunden, den er normalerweise nie benutzte. Und sollte es anders sein, würde er alles leugnen. Dann stünde sein Wort gegen das einer Dienerin. Er hatte nichts zu befürchten.

Jetzt musste er nur noch das Bild verstecken. Er durfte nicht riskieren, mit Sofonisbas Selbstbildnis unterm Arm erwischt zu werden.

Als er schon fast bei seinem Atelier angekommen war, traf er auf einen seiner Schüler.

»Guten Tag, Meister«, sagte der Junge.

»Guten Tag, Rubén. Wenn du schon hier bist, tue etwas Nützliches. Nimm diese Leinwand, und zerschneide sie. Das Bild ist mir misslungen, und ich will es nicht mehr sehen. Ich will nicht mehr daran denken.«

Dann reichte er ihm das Bild. Es war in ein Tuch gehüllt und vor neugierigen Blicken geschützt.

Der Junge sah ihn überrascht an. Eine Leinwand wurde nie zerstört, man konnte sie wiederverwenden, aber er hielt sich mit seiner Meinung zurück. Es stand ihm nicht zu, wegen solch einer Kleinigkeit mit dem Meister zu streiten. Er würde das Bild einfach mit nach Hause nehmen. Leinwände waren teuer, und er konnte sie wiederverwenden, ohne einen Heller dafür auszugeben.

Sánchez Coello war zufrieden mit der geistreichen Lösung seines Problems. Er hatte sein Ziel erreicht. Seine Absicht war nicht gewesen, sich das Werk der Italienerin anzueignen, sondern es verschwinden zu lassen und die Auslieferung an den Heiligen Vater zu verzögern. Wenn er sie zwang, bei null anzufangen, würde die Anguissola Zeit verlieren und als unzuverlässige Person dastehen. Im Übrigen schloss er nicht aus, auch das nächste Bild zu stehlen, um die Anguissola damit zu einer Art Penelope zu machen.

Er lachte sich ins Fäustchen und freute sich diebisch über den bösen Streich, den er der Italienerin gerade gespielt hatte.

25

Es war ungefähr vier Uhr nachmittags. Als das Mittagessen mit den Hofdamen der Königin in dem großen Speisesaal beendet war, zog sich Sofonisba zurück. Ihr blieben noch zwei Stunden bis zu ihrem Dienstantritt, denn sie wollte zusammen mit der Königin um sechs eine Stunde Musikunterricht beim Hofmusiker nehmen. Elisabeth war begierig darauf, ein neues Cembalo auszuprobieren, das gerade aus Frankreich eingetroffen war, ein Geschenk ihrer Mutter.

Sie fühlte sich träge, wie oft nach dem Essen – in diesem Land aß man für ihren Geschmack zu schwer und zu spät, in Italien speiste man gegen ein Uhr zu Mittag –, und wollte sich ein wenig hinlegen. Da sie nachts wenig Schlaf fand, gönnte sie sich hin und wieder eine erholsame Siesta. Manchmal fiel sie jedoch in tiefen Schlaf und musste sich beeilen, um zu der nachmittäglichen Verabredung mit der Königin und ihren Hofdamen nicht zu spät zu kommen. Elisabeth hatte beobachtet, dass Sofonisba eindeutig an Schlafmangel litt, denn er hatte in ihrem Gesicht seine Spuren hinterlassen. Morgens hatte sie geschwollene Lider und tiefe Schatten unter den Augen. Doch wenn sie nachmittags noch weniger ausgeruht wirkte als morgens, sah ihr die Königin die Verspätung meist nach. Es war nicht zu übersehen, dass Sofonisba verschlafen hatte.

Mit diesem guten Vorsatz ging Sofonisba langsam zu ihrem Gemach im anderen Flügel des Palastes. Auf dem Weg durch die unendlichen Flure dachte sie an das Selbstbildnis. Der bisherige Entwurf überzeugte sie noch nicht. Im Großen und Ganzen war sie zufrieden, aber es fehlte noch eine persönliche Note. Sie musste etwas finden, das dieses Gemälde auf den ersten Blick als ihres kenntlich machte. Sie würde beim Malen darüber nachdenken. Es hatte keine Eile. Bevor sie es vollendete und abschickte, wollte sie sichergehen, dass es dem Pontifex auch gefallen würde. Das war ihr sehr wichtig.

Beim Betreten des Raumes merkte sie sofort, dass etwas nicht stimmte. War ihr Hirn wegen des Schlafmangels benebelt, oder war es etwas anderes? Sie wusste nicht gleich, was es sein könnte, aber sie hatte das Gefühl, dass etwas fehlte. Sie ließ ihren Blick durch den Raum schweifen, aber dabei fielen ihr fast die Augen zu. Sie sah in jede Ecke, auf jedes Möbelstück, aber es fiel ihr nichts Besonderes auf.

Plötzlich machte ihr Herz einen Satz.

Ihr Selbstbildnis war verschwunden!

Im ersten Moment glaubte sie an eine Halluzination. Vielleicht hatte sie das üppige Mahl nicht vertragen? Noch einmal suchte ihr Blick alles ab, sie prüfte, ob man es bloß verstellt hätte, aber nein, es war nicht mehr da. Wer hatte es gewagt, es zu entwenden, obwohl sie ihrem Personal strikte Anweisung gegeben hatte, es nicht einmal anzufassen? Das war nun schon das zweite Mal.

Sie rief ihre Kammerzofe zu sich. Diese Sizilianerin, die sie aus Italien mitgebracht hatte, war ein Faulpelz. Auf den ersten Blick hatte sie einen guten Eindruck gemacht, aber mit der Zeit hatte sie entdeckt, dass mit Maria etwas nicht stimmte. Sie wusste nicht, was es war, aber irgendwie war Maria Sciaccas Verhalten merkwürdig. Und in letzter Zeit war sie extrem zerstreut und lustlos. Sie vergaß vieles, war nicht aufzufinden, wenn man sie brauchte, oder sie kam maulend daher, aus welchem Grund auch immer. Sofonisba hatte sie nie lächeln sehen. Sie behandelte sie zwar mit Nachsicht, aber streng, um ihre Autorität nicht zu untergraben. Aber bei Maria war jegliche

Mühe vergebens. Sie schien ewig unglücklich zu sein und niemanden leiden zu können, so als sei das Leben besonders ungerecht mit ihr umgesprungen. Sofonisba hatte nicht in ihrer Vergangenheit herumschnüffeln wollen, das war etwas, das nur Maria etwas anging. Ihr war wichtig, dass sie ihr diente und dass sie ihr vertrauen konnte. Aber es gab immer etwas, das schiefging. Sie hatte sie mehrmals, ohne die Stimme zu heben, getadelt, denn man musste dem Personal klar und deutlich seinen Rang zuweisen, aber das hatte an Marias Verhalten auch nichts geändert. Eines schönen Tages würde sie eine Entscheidung treffen müssen, obwohl ihr die Vorstellung, sie nach Italien zurückzuschicken, auch nicht gefiel. Sie brauchte eine Kammerzofe, die perfekt Italienisch sprach. Eine Einheimische einzustellen hätte ein großes Verständigungsproblem dargestellt. Kurz darauf tauchte Maria auf. Sie wirkte verschlafen, ein Zeichen dafür, dass sie die Abwesenheit ihrer Herrin für ein Nickerchen genutzt hatte. Sie kannte Sofonisbas Gewohnheiten und wusste, dass sie sich nach dem Mittagessen gern ein paar Stunden zurückzog, um auszuruhen oder ihrer Manie, Bilder zu malen, zu frönen. Für Maria war es die überspannte Attitüde einer vornehmen Dame, um die Zeit totzuschlagen.

Manchmal bedurfte sie ihrer Dienste beim Auskleiden, wenn sie sich zu Bett legen wollte, aber meistens erledigte sie das selbst.

Beim Betreten des Raumes sah sie sofort die Unruhe in Sofonisbas Blick. Sie hatte sich offensichtlich über etwas aufgeregt. Was hatte sie wohl zornig gemacht?

»Maria, wo ist mein Bild?«, warf ihr Sofonisba sogleich an den Kopf.

»Euer Bild, Signora? Welches Bild? Ich verstehe nicht«, erwiderte sie bestürzt.

Das brachte Sofonisba noch mehr auf, aber sie beherrschte sich.

»Spiel nicht die Dumme, Maria«, erwiderte sie streng. »Mein Selbstbildnis. Heute Morgen war es noch da, und jetzt ist es weg.

Was hast du damit gemacht? Wo hast du es hingestellt?« Bei den letzten Worten klang ihre Stimme ungewöhnlich hart.

Maria hatte sie noch nie so aufgebracht erlebt. Sie sah sich überrascht um.

»Ach das … Ich weiß nicht, Signora, ich habe es nicht angerührt. Als ich heute Morgen kam, war es noch da, und als ich wieder ging, auch noch. Ich habe es nicht angerührt. Ich weiß doch ganz genau, dass Ihr es nicht schätzt, wenn man Eure Sachen anfasst. Und nachdem ich den Raum in Ordnung gebracht hatte, musste ich mich um anderes kümmern und bin nicht mehr hier gewesen.«

Sofonisba runzelte die Stirn. Aus diesem Einfaltspinsel würde sie nichts weiter herauskriegen. Möglich, dass sie die Wahrheit sagte, obwohl etwas in ihrem Tonfall und ihr keckes Verhalten sie nicht überzeugten. Zu allem Überfluss begann sie auch noch zu blinzeln, sie hatte einen nervösen Tick. Sofonisba hatte es schon beim ersten Gespräch in ihrem Haus in Cremona bemerkt. Sie hatte geglaubt, das mache sie immer. Aber als ihr Umgang vertrauter wurde, verschwand der Tick und tauchte nur auf, wenn sie aufgeregt war. Manchmal reichte ein Tadel, um diese unwillkürliche Reaktion hervorzurufen.

Das plötzliche Blinzeln brachte sie auf den Gedanken, dass Maria vielleicht doch nicht ehrlich war. Hatte sie etwas zu verbergen, oder war sie schon bei der bloßen Vorstellung, für etwas beschuldigt zu werden, womit sie nichts zu tun hatte, nervös geworden?

»Du hast niemanden den Raum betreten oder verlassen sehen?«

»Nein, Signora, wirklich nicht. Wenn ich jemanden gesehen hätte, hätte ich ihn gefragt, was er will.«

»Ist ja gut, ist ja gut«, schnaubte Sofonisba. Aus diesem Dummkopf war nicht mehr herauszuholen. »Hör dich um, ob man jemanden aus meinem Zimmer hat kommen sehen. Die Tür war abgeschlossen.«

Maria Sciacca ließ sich nicht zweimal bitten und verschwand augenblicklich. Dieser eingebildete Fatzke hatte sie gemein belogen: Er war nicht beauftragt gewesen, das Bild zu rahmen, er hatte es einfach gestohlen. Hätte sie das geahnt, hätte sie mehr Geld verlangt. Bah, diese Höflinge und ihre Intrigen. Früher oder später würde sich ihre Signora schon wieder beruhigen. Sie kehrte dahin zurück, wo sie hergekommen war, zu einem Sessel, in dem sie noch ein wenig weiterdöste.

Sofonisba versuchte, in Ruhe nachzudenken. Das Bild war verschwunden. Würde sich das absurde Manöver vom letzten Mal wiederholen, als das Porträt der Königin in Aranjuez verschwunden war, um am nächsten Tag wiederaufzutauchen? Was war denn bloß los an diesem Hofe? Hatte man es auf sie und ihre Bilder abgesehen? Schon wieder dieselbe Frage. Wer könnte es entwendet haben und warum? Es war doch erst ein Entwurf, das konnte man nicht einmal Gemälde nennen. Wirklich ein Rätsel!

Sie dachte an Maria. Marias Art, sich umzusehen, als würde sie erwarten, dass das Bild wie durch Zauberhand wieder auftauchte, hatte sie argwöhnisch gemacht. Sie war davon überzeugt, dass sie diesmal etwas damit zu tun hatte. Unmöglich, dass sie nichts gesehen hatte. Ihre Reaktion war nicht normal gewesen.

Die Aufregung hatte sie schlagartig wachgerüttelt, ihre Müdigkeit war verflogen.

Sie grübelte weiter. Eigentlich gab sie Maria die Schuld, weil sie nicht die Tür bewacht hatte, obwohl sie wusste, dass ihre Aufgaben sie lange genug fernhielten. Es hätte jeder heimlich eindringen können. Aber wie war es möglich, dass jemand, ohne gesehen zu werden, eindrang, das Bild nahm und damit verschwand? Das konnte sie nicht glauben. Trotzdem war es passiert.

Sie war buchstäblich außer sich. Was hatte das Ganze für einen Sinn? Letztes Mal war das Porträt der Königin verschwunden und wie durch ein Wunder wiederaufgetaucht. Das Werk hatte rätselhafterweise am nächsten Tag einfach wieder an seinem Platz gestanden. Würde das diesmal auch geschehen? Sie musste nur abwarten. Aber wer machte sich einen Spaß daraus, ihre Arbeiten zu entwenden und sie dann wieder zurückzubringen?

Sie wusste nicht, was sie denken sollte.

War das ein böser Scherz? Wollte sie jemand nervös machen? Dann hatte derjenige das erreicht. Sollte sie also nur abwarten, bis eine geheimnisvolle Hand das Bild wieder an seinen Platz stellte? Nach der letzten Erfahrung wäre es das Vernünftigste.

Der Erste, auf den ihr Verdacht fiel, und vielleicht der Einzige, der als Urheber für diesen bösen Streich in Frage kam, war Sánchez Coello. Es gab keinen Grund dafür, abgesehen von ihrer tiefen Abneigung gegen diesen Mann, die, wie sie wusste, auf Gegenseitigkeit beruhte.

Wäre sie ihrem ersten Impuls gefolgt, wäre sie ins Atelier des Meisters gelaufen und hätte versucht herauszufinden, ob ihr Bild dort war, aber das wäre vermessen gewesen. Wenn sie logisch nachdachte, würde es der offizielle Hofmaler bestimmt nicht wagen, das Bild zu entwenden, um es dann in seinem Atelier auszustellen. Vielleicht war er ein Trottel, aber so dumm war er auch wieder nicht. Und wenn sie jegliche Förmlichkeiten beiseiteließ und ihn beschuldigte, wie sollte sie dann ihr plötzliches Auftauchen rechtfertigen? Sollte er dieses dämliche Spiel tatsächlich ausgeheckt haben, dann hatte er das Bild bestimmt an einen sicheren Ort gebracht, weit weg von neugierigen Blicken. Aber wozu? Machte er das nur, um sie zu ärgern?

Wie ein Raubtier im Käfig ging Sofonisba im Raum auf und ab und rang die Hände, was sie nur tat, wenn sie großen Kummer hatte. Sie war sehr besorgt. Wenn sie ein Problem lösen musste, fragte sie sich gewöhnlich, wie ein anderer Mensch in ihrer Situation handeln würde. Die Antwort fiel fast immer vernünftiger aus, als ihre Erregtheit vermuten ließe, was ihr erlaubte, sich zu beruhigen und die Sache nicht so wichtig zu nehmen. Sollte sie die Königin über diese mysteriösen Diebstähle in Kenntnis setzen? Was würde das nützen? Elisabeth würde bestimmt empört reagieren und Himmel und Erde in Bewegung setzen auf der Suche nach dem Witzbold – denn sie konnte sich nicht vorstellen, dass es etwas anderes als ein Scherz sein sollte –, doch es war besser, einen Aufruhr zu vermeiden, der nur Anlass zu jeder Art von Geschwätz geben würde. Das würde ihr nichts nützen. Zudem war es keineswegs sicher, dass ein öffentlicher Skandal zur Auflösung des Rätsels führen würde. Und sollte es wirklich Sánchez Coello gewesen sein, könnte ein Skandal schwer zu kontrollierende Ausmaße annehmen. Sie sollte sich nicht auch noch Rachegelüsten aussetzen, das wäre gefährlicher und lästiger als der Diebstahl selbst.

Und zudem war es nur eine Unterstellung. Sie hatte keinerlei handfesten Beweis. Sie konnte Coello nicht des Diebstahls beschuldigen und auch nicht einfach den Verdacht auf ihn lenken. Wie würde er auf die Anschuldigungen reagieren? Würde er einen Wutanfall bekommen? Besser, nicht darüber nachzudenken. Nein, Sofonisba durfte sich nicht den Zorn des offiziellen Hofmalers zuziehen.

Sie musste schweigen und erst einmal nachdenken. Ein falscher Schritt, und sie könnte in Ungnade fallen.

Und sie traf eine Entscheidung: Die einzige vernünftige Lösung war im Augenblick, sich zu verhalten, als wäre nichts geschehen. Sich angesichts der misslichen Lage gelassen zu zeigen, obwohl die Wut sie innerlich auffraß, war die einzige Möglichkeit, ihr Gesicht zu wahren. Ein schwieriges Unterfangen, aber sie hatte keine Wahl. Schließlich war sie nur eine Ausländerin an einem Hof, an dem täglich alles Mögliche passierte. Welchen Stellenwert konnte zudem der Diebstahl eines Bildes an einem Königshof haben? Darüber hinaus hatte bisher niemand ihr Werk gesehen. Sie erinnerte sich an die Worte ihrer Kammerzofe; wie hatte Maria gesagt: »Welches Bild … –«? Das bedeutete, dass diese dumme Gans bei einer Befragung über den Diebstahl imstande war, die Existenz des Bildes zu leugnen. Es war nicht Marias Aussage, um die sie sich sorgte, sondern wie viel ihr eigenes Wort wert sein könnte. Und wenn ihr niemand glaubte? Das Bild existierte, das wusste sie genau, aber wer sonst, der auch nur im Mindesten glaubwürdig war, könnte es bestätigen? Niemand, weil niemand es gesehen hatte.

Das Ganze könnte sich gegen sie wenden, man könnte ihr vorwerfen, sich den Diebstahl ausgedacht zu haben. Sie hatte keine Zeugen. Sie konnte nichts beweisen. Ihre Weigerung, ein nicht vollendetes Bild zu zeigen, schadete ihr in diesem Falle selbst.

Je länger sie darüber nachdachte, desto überzeugter war sie von der getroffenen Entscheidung. Sie würde sich verhalten, als wäre nichts geschehen. Es war besser, abzuwarten und zu sehen, was passierte. Wenn das Bild wie beim letzten Mal von selbst wiederauftauchte, würde sie den Vorfall vergessen. Wenn nicht, würde sie schon eine andere Lösung finden.

Vielleicht gab es einen heimlichen Bewunderer, der ihr Selbstbildnis haben wollte, auch wenn es erst skizziert war … Dieser launige Einfall ließ sie nicht einmal lächeln. Ihr stand nicht der Sinn danach.

Schließlich redete sie sich ein, dass der Entwurf ihres Selbstbildnisses nicht so wichtig war. Er hatte keinen Wert, beruhigte sie sich selbst. Ihr wurde klar, dass sie ein neues Bild malen müsste, wenn es nicht wiederauftauchte. Der Gedanke gefiel ihr zunächst nicht, war aber der einzige Ausweg aus dem Dilemma. Und dann würde sie das Bild wegschließen.

Guten Mutes machte sie sich sofort ans Werk und begann, ein neues, ähnliches Bild zu entwerfen.

26

Es vergingen die Tage und dann die Wochen, seit das Bild verschwunden war. Sofonisbas Gemütszustand schwankte zwischen vorübergehender Freude, fast Euphorie, und tiefer Trauer, ausgelöst durch einen Brief aus Italien.

Um sie so wenig wie möglich zu beunruhigen, hatte ihre Schwester Minerva jedes Wort ihres Briefes sorgfältig abgewägt und ihr mitgeteilt, dass der Vater, der alte Amilcare Anguissola, seit ein paar Monaten langsam senil wurde.

Minerva kannte ihre Schwester gut, auch ihre Neigung, sich schlechte Nachrichten so zu Herzen zu nehmen, als trüge sie die Schuld daran. Die körperliche und geistige Vergreisung ihres Vaters schritt laut seinen Ärzten unabänderlich fort. Es hatte damit begonnen, dass er sich an kleine alltägliche Dinge, beispielsweise, wo er das eine oder andere hingelegt hatte, nicht mehr erinnerte und immer vergesslicher wurde. Inzwischen konnte er sich nicht mehr allein ankleiden und brauchte bei den einfachsten Dingen Hilfe. Außerdem berichtete Minerva, wie er ihr an manchen Abenden nach einem opulenten Mahl vorwarf, ihm nichts zu essen zu geben, und über Hunger klagte. Meist reichte es, ihm zu sagen, dass er gerade gegessen habe. Ein andermal wiederholte er bis zum Überdruss dieselbe Frage, weil er sich partout nicht an die Antwort erinnern konnte. Kürzlich hätte sich sein Zustand noch verschlimmert, denn jetzt erkannte er mitunter seine Familie nicht mehr.

Sofonisba begriff, dass sich für ihren Vater das Ende näherte, und warf sich vor, so weit entfernt zu sein und nicht an seinem Bett sitzen zu können. Selbst wenn sie die Reise sofort antreten würde, waren die Chancen, ihn noch lebend anzutreffen, ziemlich gering. Und wozu sollte das auch nützen, wenn er sie nicht wiedererkannte? Sie behielt ihn lieber wie bei ihrem Abschied im winterlichen Mailand in Erinnerung, als er ihr nachwinkte, bis sich die Kutsche, die seine Tochter für immer von ihm wegführte, am Horizont verlor. Beide ahnten schon damals, dass es ein endgültiger Abschied war.

Wenn sich jetzt geistige Umnachtung seines Kopfes bemächtigte, blieb ihr gegen die Trauer nur noch, frühere Erinnerungen heraufzubeschwören.

Der Grund für die Euphorie hingegen war die Tatsache, dass sie endlich ohne neuerliche Zwischenfälle ihr Selbstbildnis vollendet hatte. Der erste Entwurf war nie wieder aufgetaucht, und sein Verschwinden blieb ein Geheimnis. Dennoch war sie zufrieden mit dem Ergebnis und hoffte, dass das Bildnis dem Papst gefallen würde. Sie hatte sich die größte Mühe gegeben.

Gemäß den Anweisungen hatte sie das Bild an die Nuntiatur in Madrid geschickt. Die vatikanische Botschaft hatte den Auftrag, es nach Rom weiterzuleiten.

Sie bedauerte, sich so schnell von ihrem Werk trennen zu müssen, sie hätte es gerne noch ein paar Tage behalten, um es sich in aller Ruhe anzusehen und vielleicht noch die eine oder andere kleine Korrektur anzubringen. Das geschah immer, wenn sie ein Bild vollendet hatte. Ein Künstler ist nie ganz zufrieden mit seinem Werk, aber die Zeit drängte, und sie hatte sich endgültig von dem Gemälde verabschieden müssen.

Auch der Nuntius hatte genaue Anweisungen, wie er vorgehen sollte. Der Befehl aus Rom lautete, Doña Sofonisba Anguissolas Bild vor dem Abschicken dem Sonderbeauftragten Seiner Heiligkeit, Kardinal Mezzoferro, auszuhändigen, der sich zu dem Zeitpunkt in einer Mission in Madrid aufhielt. Der Nuntius war kein großer Freund der Kunst, aber diesmal war er neugierig auf dieses Bild, er wollte an diesem seltsamen Auftrag des Papstes ein wenig Anteil haben. In letzter Zeit häuften sich in seiner Gesandtschaft die Geheimnisse, ohne dass er irgendeinen Einfluss darauf nehmen konnte. Vor allem, seit Kardinal Mezzoferro eingetroffen war. Hoffentlich reiste er bald wieder ab, damit sein Leben wieder in ruhigere Bahnen zurückfand.

Aber nicht einmal diese persönliche Neugier konnte er befriedigen, denn kaum war das Bild eingetroffen, hatte Mezzoferro es kurzerhand mitgenommen. Der Nuntius war enttäuscht und gekränkt. Das war ein Zeichen von Respektlosigkeit, fast schon persönlicher Geringschätzung.

27

Maria Sciacca grübelte darüber nach, wie sie nach Italien zurückkehren könnte. Spanien gefiel ihr gar nicht. Es war ihr nicht gelungen, sich in diesem verfluchten Land einzuleben, und sie hatte auch keine Freundschaften geschlossen, es gab nur die eine oder andere Bekannte, das war alles.

Sie fühlte sich allein.

Als Erstes wollte sie ihrer Cousine in Cremona schreiben. Vielleicht kannte sie eine andere Herrin, die ein Dienstmädchen brauchte. Sie selbst konnte nicht schreiben. Also musste sie sich Hilfe suchen bei jemand, der des Schreibens mächtig war. Wer eignete sich dazu besser als ein Priester?

Also machte sie sich auf die Suche nach einem, der eine unerlässliche Bedingung erfüllte: ihre Herrin nicht zu kennen. Außerdem musste sie sich etwas einfallen lassen, um die Erlaubnis zum Ausgehen zu erhalten. Ein schwieriges, aber nicht unmögliches Unterfangen.

Zuerst hatte sie daran gedacht, absichtlich einen groben Fehler zu machen, damit Sofonisba die Geduld mit ihr verlor und sie aus ihren Diensten entließ. Aber richtig bedacht war es nicht gut für sie, von der Signora einfach entlassen zu werden. Für eine neue Anstellung bräuchte sie gewiss gute Referenzen über ihre Dienste und ihre Bereitschaft, ihrer Herrin ins Ausland gefolgt zu sein. Wenn sie im Streit auseinandergingen, gäbe es kein Empfehlungsschreiben. Sie musste sorgfältig planen.

Maria dachte daran, irgendeine Dummheit zu machen, um ihre Herrin zu ärgern, ohne es zu weit zu treiben, aber ihr fiel nichts Überzeugendes ein. Jeder Einfall hatte einen Schwachpunkt. Sofonisba würde sie nicht einfach entlassen, weil sie eine Blumenvase zerbrochen oder eines ihrer Kleider beschmutzt hatte. Signora Sofonisba war im Grunde ein guter Mensch, sie hatte oft genug über ihre Unerfahrenheit als Kammerzofe hinweggesehen. Mit Engelsgeduld hatte sie ihr Tag für Tag beigebracht, was sie zu tun hatte. Mit der erworbenen Erfahrung, besonders am spanischen Königshof, verfügte sie über ausreichend Fähigkeiten, um überall arbeiten zu können. Doch ohne ein Empfehlungsschreiben von Sofonisba würde das alles nichts nützen. Maria Sciacca war sich dessen wohl bewusst. Nur in einem Punkt war ihre Herrin unbeugsam und pedantisch: in ihrer Malerei.

Plötzlich ging ihr ein Licht auf. Sie musste etwas finden, das mit der Malerei zu tun hatte, um ihre Herrin so wütend zu machen, dass sie sie entließ, aber auch das durfte nicht zu weit gehen, schon wegen der Referenzen.

Sie machte sich auf den Weg zu einer kleinen Kapelle, die ihr ihre Herrin einmal bei einem Spaziergang gezeigt hatte. Diese Kapelle lag etwas außerhalb der Stadtmauern. Die Priester, die im Palast Dienst taten, nahmen sich viel zu wichtig, um einer einfachen Zofe einen Gefallen zu tun. Außerdem könnte ihr das gefährlich werden. Es war besser, sehr diskret vorzugehen. Einen Priester zu bitten, einen Brief zu schreiben, fiel nämlich nicht unter das Beichtgeheimnis. Selbst wenn sie am Hofe einen finden würde, der sich dazu bereiterklärte, liefe sie Gefahr, dass er ihre Herrin über den Inhalt des Briefes unterrichtete und ihren Plan damit vereitelte. Doña Sofonisba, wie sie hier genannt wurde, durfte keinesfalls Verdacht schöpfen. Es war besser, einen Pater zu suchen, der nichts mit ihrem Lebensbereich zu tun hatte.

Der Brief war der erste Schritt. War er erst einmal geschrieben und abgeschickt, konnten Wochen vergehen, bis sie eine Antwort erhielt. Genug Zeit, um ihren Plan in Ruhe umzusetzen.

Ihr schoss eine boshafte Idee durch den Kopf.

Wenn sie es nicht im Guten erreichen sollte, auf Kosten ihrer Herrin nach Italien zurückzukehren – Maria selbst hatte nie genug ansparen können, um eine solche Reise zu finanzieren –, würde sie eine effizientere Methode einsetzen: Sie würde ihre Herrin zwingen, mit ihr zusammen zurückzukehren. Wie? Das wusste sie noch nicht, aber die Vorstellung, sie bei Hofe untragbar zu machen, missfiel ihr keineswegs. Um den Unmut der Herrscher heraufzubeschwören, musste Maria sie in eine heikle Situation bringen.

Maria Sciacca schmunzelte. Sie wusste noch nicht genau, wie sie das anstellen sollte, aber der Einfall gefiel ihr. Es war ein sicherer Weg, dieses verhasste Land für immer verlassen zu können.

Und wenn diese Idee reifte und Früchte trug, hätte sie zwei Vorteile: Sie würden gemeinsam heimkehren, und Maria würde ihre Anstellung nicht verlieren. Wichtig war nur, schlau genug vorzugehen, damit Doña Sofonisba nie erfuhr, dass sie auf Marias Betreiben in Ungnade gefallen war.

Als sie die Kirche betrat, war nicht einmal der Schatten einer verirrten Seele zu erblicken. Unsicher ging sie in Richtung Sakristei. Dort müsste sie den Pater oder den Küster finden, denn von dort hörte sie Stimmen. Es war also jemand da. Es waren Männerstimmen. Wahrscheinlich war es der Küster, oder der Pater führte Selbstgespräche und verstellte beim Antworten seine Stimme? Was für ein Blödsinn. Sie war nur noch wenige Meter von der Tür entfernt, als sie plötzlich wie versteinert stehen blieb. Aus dieser Entfernung konnte sie die Männerstimmen deutlich vernehmen. Und wenn sie sich nicht verhört hatte, war gerade der Name ihrer Herrin gefallen. Bildete sie sich das nur ein, oder sprachen sie wirklich von Sofonisba Anguissola? Ihre erste Reaktion war, sich hinter einer Säule zu verstecken. Doch dann spitzte sie die Ohren und lauschte aufmerksam dem Gespräch, ohne freilich seinen Sinn zu verstehen.

»Ihr müsst zu ihr gehen«, sagte einer, »und sie davon überzeugen, dass sie tut, was ich vorgeschlagen habe.«

»Aber wie«, antwortete der andere. »Es ist nicht einfach, in den Palast zu gelangen und zu einer Hofdame der Königin vorzudringen. Wisst ihr nicht, dass sie streng bewacht werden? Und was soll ich ihr denn sagen? Warum sollte sie mich anhören?«

»Das weiß ich schon, aber Ihr seid Priester. Niemand wird Verdacht schöpfen, schon aus Respekt vor Eurer Soutane. Und was Ihr sagen sollt… Benutzt Euren Verstand, mein Freund. Ihr könntet zum Beispiel behaupten, dass die Inquisition an ihr interessiert sei, weil man unterstellt, sie sei nicht gläubig genug oder etwas Ähnliches. Bietet ihr an, ihr geistiger Ratgeber zu werden, um keinen Verdacht aufkommen zu lassen. Dafür werdet Ihr doch genug Argumente finden.«

»Stimmt das denn? Ist die Inquisition wirklich an ihr interessiert?«, fragte der andere Mann entsetzt. »Sie könnte in Gefahr schweben.«

Allein die bloße Vorstellung, es mit der Inquisition zu tun zu kriegen, ließ jeden erzittern.

»Seid nicht albern, Pater Ramírez«, sagte der andere, um ihn zu beruhigen. »Das ist nur ein Ratschlag. Natürlich stimmt das nicht, wäre aber eine gute Waffe, um ihren Willen zu brechen. Niemand ist erfreut, wenn er erfährt, dass sich die Inquisition für ihn interessiert. Aber Ihr sollt sie nicht erschrecken, denn wenn sie sich bedroht fühlt, könnte sie sich der Königin anvertrauen. Das würde alles nur erschweren. Die Befehle sind klar, Ihr müsst mit größter Diskretion vorgehen.«

»Die Befehle?«, wiederholte der andere überrascht. »Welche Befehle? Wer steckt dahinter? Das macht mir Sorgen, Monsignore.«

»Das kann ich Euch nicht sagen, mein Freund, ich kann

Euch nur versichern, dass die Befehle von ganz oben kommen, von einer höchst einflussreichen Persönlichkeit. Bedenkt, dass auch ich mich dem Auftrag nicht entziehen konnte. Es ist unsere Pflicht zu helfen. Aber ich verspreche Euch, dass Ihr großzügig entlohnt werdet, das wurde mir zugesichert.«

»Das alles macht mir Angst, Monsignore. Für diese Art Ränke bin ich nicht der geeignete Mann. Ich bin nur ein einfacher Priester. Wie soll ich mich einer Hofdame nähern und ihr vorschlagen, ihr geistiger Berater zu werden? Sie wird mich augenblicklich hinauswerfen.«

Maria Sciacca verstand nicht, was diese beiden Männer ausheckten, aber es war eindeutig, dass sie mit ihrer Herrin in Kontakt treten wollten, aber nicht wussten, wie sie das anstellen sollten.

Sie aber schon.

Vielleicht war das die Gelegenheit für ihre Rückkehr nach Italien! Wenn sie ihre Dienste anbot, könnte sie im Ausgleich eine Belohnung verlangen.

Sie wagte nicht, den beiden Männern unter die Augen zu treten, und wartete lieber, bis derjenige gegangen war, den der Priester »Monsignore« nannte. Denn wenn der ein Monsignore war, musste Pater Ramírez der Priester sein. Dieses Wissen würde ihr nützen. Sie könnte ihm zu verstehen geben, dass er ihr von einer Freundin empfohlen worden sei. Sie setzte sich weiter hinten in eine Bank, um nicht von plötzlich auftauchenden Kirchenbesuchern beim Lauschen an der Tür entdeckt zu werden.

Auch war es durchaus möglich, dass dieser Monsignore beim Verlassen der Kirche durch das Mittelschiff ging. So könnte sie ihn sehen und feststellen, ob sie ihn kannte. Was sie allerdings bezweifelte. Sie hatte keinen Kontakt zu Klerikern, und schon gar nicht zu Monsignores. Aber man konnte ja nie wissen. Vielleicht war sie ihm schon einmal im Palast begegnet. Es wäre im Falle einer neuerlichen Begegnung gewiss nützlich, das Gesicht desjenigen zu kennen, der eine Verschwörung gegen ihre Signora plante.

In der Sakristei wurde eine Tür zugeschlagen, dann folgte Stille.

Als sich nach ein paar Minuten noch immer nichts regte, ging sie zur Sakristei und presste das Ohr an die Tür. Von drinnen war nichts zu hören. Einer der Männer, wahrscheinlich der Monsignore, schien durch die Hintertür verschwunden zu sein.

Sie wartete noch einen Augenblick reglos. Dann rief sie schüchtern:

»Ist da jemand?«

Sie bekam keine Antwort und wiederholte die Frage lauter.

»Ist da jemand?«

Schließlich öffnete sie die Tür und betrat den Raum, nur so weit, um sich umzusehen, als aus einem angrenzenden Raum eine Stimme fragte:

»Wer ist da? Wen sucht Ihr?«

Von ihrem Standort aus konnte sie niemanden sehen. Da sie es nicht wagte weiterzugehen und hoffte, dass der Mann auftauchen würde, nahm sie allen ihren Mut zusammen und rief:

»Ich suche Pater Ramírez.«

Sie fand es lächerlich, dass der Priester oder wer auch immer ihr geantwortet hatte, sich nicht blicken ließ und sie zu schreien nötigte, obwohl er nur ein paar Schritte von ihr entfernt war. Die Priester waren alle gleich: Für sie galt das Gesetz der geringsten Mühe.

Kurz darauf tauchte der Priester endlich auf. Er trug eine schwarze Soutane, war groß und hatte ein hageres Gesicht, in dessen Stirn eine weiße Haarsträhne fiel. Sein Blick war argwöhnisch, als fürchte er, es handle sich um einen weiteren Überbringer schlechter Nachrichten. Der Besuch des Monsignore hatte ihm schon gereicht.

Er wirkte älter als siebzig und niedergeschlagen, als hätte

der jüngste Besuch ihn ziemlich mitgenommen. Als er sie erblickte, änderte sich sein Gesichtsausdruck.

»Was wünschst du, mein Kind?«, fragte er freundlich, als er sie so befangen sah.

»Seid Ihr Pater Ramírez?«, fragte Maria zaghaft. Sie hatte beschlossen, die Rolle des schutzlosen, frommen Mädchens zu spielen.

»Ja, mein Kind. Was kann ich für dich tun?«

»Ich wollte mit Euch reden. Eine Freundin schickt mich.«

»Aha«, meinte der alte Geistliche mit müder Stimme. »Darf man denn den Namen dieser Freundin auch erfahren?«

»Ihr werdet Euch nicht an sie erinnern, Pater, es ist eine Dienerin aus dem Palast. Sie war einmal zum Beichten hier und hat mir erzählt, dass Ihr ein sehr verständnisvoller Mann seid.«

Ramírez zuckte die Achseln. Es kamen häufiger Dienerinnen aus dem Palast zum Beichten zu ihm, er konnte nicht alle kennen. War auch nicht wichtig. Und was den »verständnisvollen Mann« anbelangte, das hatte sich das Mädchen gewiss ausgedacht. Wie konnte eine Büßerin wissen, ob er verständnisvoll war oder nicht? Wahrscheinlich wollte sie ihn um ein kleines Almosen oder etwas Ähnliches bitten. Wenn sie hätte beichten wollen, hätte es nicht dieser Einleitung bedurft.

»Schaut, Pater, ich bin die Kammerzofe einer sehr wichtigen Hofdame der Königin. Doña Sofonisba Anguissola …« In Erwartung seiner Reaktion sagte sie den Namen ihrer Herrin langsam und deutlich. Wenn sie ins Schwarze traf, war das Spiel schon halb gewonnen.

Pater Ramírez sah abrupt auf und musterte sie neugierig. Hatte er richtig gehört? Hatte sie gesagt, sie sei Sofonisba Anguissolas Kammerzofe? Was für ein Zufall. Es schien, als käme ihm die göttliche Vorsehung just in dem Moment zu Hilfe, als er sie dringend brauchte. Dann gab es die Vorsehung also doch … Er sprach jeden Sonntag in seinen Predigten von ihr, hatte aber seit seiner Priesterweihe noch nie erlebt, dass sie sich ihm offenbarte. Im Laufe der Zeit hatte er an ihrer Existenz zu zweifeln begonnen und schließlich nicht mehr an sie geglaubt, obwohl das ein Geheimnis seines Gewissens war.

Wenn er die Zweifel seiner Gläubigen zerstreuen sollte, wandte er sich Hilfe suchend an die göttliche Vorsehung. Alle erhofften sich dasselbe: ein Wort des Trostes, momentane Erleichterung ihres Unglücks. »Glaubt daran, die Vorsehung wird es richten«, riet er ihnen mangels anderer Ermunterungen.

Wenn ihm die Vorsehung jetzt dieses Mädchen geschickt hatte, würde dieses untrügliche Zeichen seinen schwankenden Glauben festigen. Er würde ein paar *Mea culpa* beten.

Pater Ramírez konnte es kaum glauben. Es wirkte wie ein Wink des Schicksals. Zuerst tauchte sein Superior auf und bat ihn um einen heiklen Gefallen. Eine seltsame Mission, die von ihm verlangte, das Vertrauen einer Hofdame zu gewinnen, um sie dann zu überreden, eine Botschaft zu übermitteln, deren Inhalt sie aber erst später erfahren sollte. Er hatte nicht viel verstanden, und noch viel weniger, warum man ausgerechnet ihn für diese undankbare Aufgabe ausgewählt hatte. Er kam nie mit wichtigen Persönlichkeiten in Berührung, es sei denn, sie suchten aus einem bestimmten Grund seine Kirche auf, und er hatte es immer vermieden, in heikle Geschichten verwickelt zu werden. Dieser undurchsichtige Auftrag machte ihm Sorgen. Er fühlte sich nicht imstande, eine solche Mission zu erfüllen. Bis jetzt hatte er sich fern von allen Intrigen in Ruhe um seine Gemeinde gekümmert. Warum musste man ihn ausgerechnet jetzt belästigen?

Er schob seine Gedanken beiseite und musterte das Mädchen. Sie wirkte irgendwie verloren. War sie etwa auch so ein Schäfchen, das in die Herde zurückkehrte? Wenn sie wirklich diejenige war, die zu sein sie behauptete, hätte sie in keinem besseren Moment auftauchen können.

Der Monsignore hatte ihm mit seinem Besuch die Laune verdorben, und nun hob sich seine Stimmung merklich. Er lächelte die junge Frau freundlich an. Sie hatte etwas Schüchternes und Ergebenes an sich. Es würde ein Kinderspiel sein, sie davon zu überzeugen, ihm zu helfen. Er würde sie dazu benutzen, um an ihre Herrin heranzukommen. Gesegnetes Mädchen, gesegnete Vorsehung.

Maria Sciacca lächelte schüchtern. Als sie sah, wie sich der Gesichtsausdruck des Priesters bei der Erwähnung des Namens ihrer Herrin aufhellte, wusste sie, dass der alte Trottel angebissen hatte. Jetzt musste sie nur behutsam ihre Karten ausspielen und ihn glauben lassen, dass er sie für seine Zwecke benutzte, und nicht umgekehrt. Sie würde die Fäden ziehen, ohne dass der Alte es gewahr wurde.

Noch war eine Kleinigkeit offen, die sich als Trumpfkarte in diesem Spiel erweisen könnte: Was genau wurde da ausgeheckt? Sie hatte nur den letzten Teil des Gesprächs gehört. Warum wollte der andere, der Monsignore, dass Pater Ramírez Sofonisba aufsuchte? Sie musste dem alten Priester den Grund dafür entlocken. Was genau wollte er von ihr? Es würde nicht einfach sein, aber sie vertraute auf ihre Schläue.

28

Monsignore Ortega verließ die Sakristei durch die Hintertür und kehrte in den Bischofssitz zurück. Diese Angelegenheit bereitete ihm keineswegs Freude.

Vor ein paar Tagen hatte der Nuntius ihn »wegen einer brisanten Angelegenheit« zu sich gebeten, wie in seinem Schreiben stand, die er aber nicht weiter zu erläutern geruht hatte. Er solle sich so schnell wie möglich bei ihm persönlich einfinden, und er riet ihm, diskret zu sein und niemanden von dieser Vorladung zu informieren. Dieser Hinweis hatte ihm missfallen, als wäre er ein Mann, der sein Wissen unbedacht in alle Himmelsrichtungen hinausposaunen würde. Aber was wollte der Nuntius von ihm, wenn er ihn außer der Reihe zu sich berief?

Es war noch nie vorgekommen, dass ihm der Gesandte des Vatikans eine Privataudienz gewährte, das war schon Grund genug zur Unruhe, aber als der Überbringer des Briefes ihm fast ins Ohr geflüstert hatte, dass er ihm höchste Diskretion empfehle, kamen ihm dunkle Vorahnungen. Was brütete man da aus, das solcherart Heimlichkeit verlangte? Warum hatte man nicht den offiziellen Weg genommen? Und wie sollte er seinem Bischof erklären, dass er sich ohne sein Wissen mit dem päpstlichen Gesandten getroffen hatte, wenn er davon erführe?

Als er in der Nuntiatur eintraf, wurde Ortega durch eine Seitentür eingelassen und direkt zum päpstlichen Botschafter geführt. Der Nuntius war ein kleiner, dicker Mann, den er kaum kannte, denn seit seiner Ankunft in Madrid hatte er ihn nur wenige Male gesehen.

Er wurde sofort empfangen. Ortega vermochte nicht einzuschätzen, was er für ein Mensch sei, doch er wirkte beunruhigend auf ihn. Man spürte, dass er nicht wusste, wie er zur Sache kommen sollte, als handle es sich um ein unaussprechliches Geheimnis. Ortega fand das höchst merkwürdig. Er war neugierig, aber auch ängstlich. Er schätzte Überraschungen nicht sonderlich, und noch viel weniger, wenn sie von hochgestellten Persönlichkeiten kamen.

Der Adlatus, der ihn ins Schreibzimmer des Nuntius geführt hatte, schloss die Tür von außen und ließ sie allein. Monsignore Ortega war blass geworden, als er sah, wie der Nuntius aufstand und sich vergewisserte, dass die Tür auch richtig verschlossen war. Im ersten Moment hatte er geglaubt, er sei aufgestanden, um ihn zu begrüßen, was bei ihrem jeweiligen Status in der Kirchenhierarchie unpassend gewesen wäre. Der Nuntius hatte ihn auf dem Weg zur Tür flüchtig angesehen, und ihre Blicke hatten sich den Bruchteil einer Sekunde getroffen, was ausreichte, um Ortega zu verstehen zu geben, dass der Mann Angst hatte.

Wieder zurück am Schreibtisch ließ sich der Nuntius schwer auf seinen Stuhl fallen. Er versuchte, gelassen zu wirken, war jedoch extrem aufgeregt, denn er spielte nervös mit seinem Kardinalsring. Nach ein paar Minuten ungemütlichen Schweigens setzte er zu ausschweifenden Reden an, was alles noch geheimnisvoller machte. Ortega wurde langsam ungeduldig, und wäre da nicht die hohe Stellung seines Gegenübers gewesen, hätte er ihm mit größtem Vergnügen die Meinung gesagt. Der Nuntius kam nicht zum Kern der Angelegenheit, was Ortegas Geduld ungebührlich strapazierte. Er wollte endlich wissen, weswegen man ihn herbestellt hatte, aber dieser alte Fettwanst spuckte es einfach nicht aus.

Schließlich war es so weit. Es handelte sich um eine höchst

delikate Angelegenheit, über die er unter keinen Umständen mit jemandem reden dürfte. Er, Ortega, solle lediglich einer Person seines größten Vertrauens, die er unter seinen Kontaktleuten auswählen könnte, die Befehle mit allen Einzelheiten weiterleiten.

Die Tatsache, dass der Nuntius ihm indirekt empfahl, dafür zu sorgen, den Argwohn der Inquisition nicht zu erregen, hatte ihn nicht nur aufhorchen lassen, sondern seine schlimmsten Befürchtungen bestätigt. Es wurde etwas Wichtiges geplant, und die Inquisition musste auf Distanz gehalten werden. Das war ein gefährliches Spiel. Er agierte nicht gerne hinter dem Rücken der gefürchteten Organisation. Wenn sie herausfand, dass er damit zu tun hatte, könnte er im Kerker landen und würde mit größter Wahrscheinlichkeit gefoltert werden. Ihm lief ein Schauder über den Rücken.

In Anbetracht solcher Aussichten versuchte er, seinen Kopf aus der Schlinge zu ziehen. Das Risiko war zu groß. Unter verschiedenen Vorwänden brachte er zum Ausdruck, dass er den Umständen nicht gewachsen sei, aber der alte Fuchs von Kardinal ließ sich nicht davon abbringen.

»Mein lieber Ortega, Ihr habt keine Wahl«, sagte er. »Wenn Ihr wollt, kann ich Euch diese Befehle auch über Euren Bischof zukommen lassen, aber dann müsste ich noch jemand ins Vertrauen ziehen, und das läge ausschließlich in Eurer Verantwortung.«

Ortega spürte einen Knoten im Hals. Er saß wie eine Maus in der Falle, es gab keine Fluchtmöglichkeit. Er fragte, woher die Befehle stammten, um zumindest einschätzen zu können, ob sich das Risiko lohnte, aber der Kardinal schüttelte den Kopf. Aus Sicherheitsgründen könne er ihm diese Information nicht geben. Er könne ihm nur versichern, dass sie von ganz oben kämen.

Monsignore Ortega gab sich mit der Antwort zufrieden. Der Nuntius würde ihm sowieso nichts weiter verraten.

»Von ganz oben« konnte viel heißen, aber im Hinblick auf so viel Geheimnistuerei hatte er den Verdacht, dass es sich sogar um den Papst persönlich handeln könnte. Wer sonst hätte so viel Macht, um einen alten Fuchs zum Zittern zu bringen? Wenn der Nuntius nichts preisgab, dann hatte er seine Gründe dafür. Wer sonst, wenn nicht der Papst, könnte solcherart Angst auslösen?

Sein Auftrag bestand darin, das Vertrauen der italienischen Hofdame der Königin zu gewinnen. Später würde Ortega weitere Anweisungen für die Dame erhalten, die sich ihrerseits darum kümmern sollte, sie der entsprechenden Person weiterzugeben.

Ortega kannte Doña Sofonisba Anguissola vom Sehen und glaubte, den wahren Grund der Mission zu durchschauen. Diese Anguissola war eine Spionin des Vatikans, und der Nuntius sollte ihr Informationen zukommen lassen. Für wen? Besser, er fragte nicht nach. Nichts zu wissen konnte helfen, am Leben zu bleiben. Wer zu viel wusste, lief Gefahr, umgebracht zu werden, um sein Schweigen zu garantieren.

Ortega verstand nicht, warum man ausgerechnet ihn ausgewählt hatte, doch wenn der Heilige Vater ihm, wenn auch indirekt, die Ehre erwies, indem er ihm eine solche Mission zutraute, würde er sie selbstverständlich zur Zufriedenheit ausführen. Es war eine ausgezeichnete Gelegenheit, auf sich aufmerksam zu machen. Wer weiß, ob seine Dienste nicht eines Tages mit der Bischofswürde oder gar dem Kardinalsrang belohnt würden.

Es war also ein Geheimauftrag von höchster Wichtigkeit für die Kirche, persönlich vom Papst angeordnet.

Er grübelte gerade darüber nach, wie er Doña Sofonisba abpassen könnte, als der Nuntius zu seiner Überraschung im letzten Moment wie nebenbei erwähnte, dass er besser nicht persönlich auf die Dame zuginge und das einer dritten Person übertragen sollte. Aus Gründen strengster Sicherheitsvorkehrungen, wie er behauptete.

»Aber, Euer Eminenz«, protestierte Ortega. »Wenn wir eine dritte Person in die …«, er suchte nach dem passenden Wort, »Mission einbeziehen, erhöhen wir das Risiko, dass man davon erfährt. Die Inquisition hat ihre Spitzel überall. Ihr wisst das.«

»Die Anweisungen sind in diesem Punkt eindeutig«, antwortete der Nuntius honigsüß. »Es ist Eure Aufgabe, jemanden auszuwählen, der Euer absolutes Vertrauen genießt. Es stimmt, das erhöht das Risiko, aber im Falle einer Entlarvung wird es besser sein, wenn man nicht auf Euch kommt und danach gar auf uns. Es wäre sehr lästig, der Inquisition über unsere Aktivitäten Erklärungen abgeben zu müssen.«

»Seid unbesorgt, Euer Eminenz«, gab Ortega nach. »Ich werde die richtige Person finden. Aber Ihr habt mir noch nicht gesagt, wie die Botschaft lautet.«

Der Nuntius atmete lautstark aus und schien verstimmt; es war unübersehbar, dass ihm diese schwere Bürde selbst nicht gefiel.

»Die Botschaft wird uns im letzten Moment mitgeteilt«, seufzte er. »Wir kennen sie noch nicht. Im Augenblick müsst ihr erst einmal das Terrain vorbereiten. Und verschwendet keine Zeit.«

Der Rest des Gesprächs fiel kurz aus. Der Nuntius verabschiedete sich mit der Bitte, ihn sofort zu informieren, wenn alles vorbereitet sei.

Monsignore Ortega verließ die Nuntiatur durch denselben Seiteneingang. Er fühlte sich wie ein Verräter, aber dieses Gefühl bescherte ihm einen Adrenalinstoß. Er begann zu träumen. Welcher Bischofssitz würde bald vakant werden? Er versuchte sich an das Alter der ihm bekannten Erzbischöfe zu erinnern. Sie waren alle betagte Männer. Es bestand durchaus die Möglichkeit, dass ein Bistum wegen eines Todesfalls frei werden würde, er sah sich schon auf einem Bischofsstuhl sitzen.

Auf dem Weg zurück in den bischöflichen Palast überlegte er, wen er mit der heiklen Aufgabe betrauen könnte und wer schlau genug war, sie vertrauensvoll auszuführen. Berücksichtigte man, dass womöglich der grässliche Schatten der Inquisition auf sie fallen könnte, müsste besagte Person fortgeschrittenen Alters sein. Der Grund war ganz einfach: Wenn sie von der Inquisition erwischt und vernommen wurde, war es besser für sie, nicht allzu lange Widerstand leisten zu können. Ein alter Mann hätte die Folter nicht lange überlebt.

Ihm gingen mehrere Kandidaten durch den Kopf, aber jeder hatte eine Schwachstelle. Einer war zu jung, der andere wurde verdächtigt, ein Spion zu sein, ein dritter war zu wenig vertrauenswürdig. Er ging im Geiste sämtliche Priester seiner Diözese durch, den Weltlichen traute er nicht, und er hatte auch keine Freunde unter ihnen. Alle seine Vertrauensleute waren Ordensbrüder. Da fiel ihm plötzlich Pater Ramírez ein.

Ramírez erfüllte alle Anforderungen: Er war alt, pflichtbewusst und schlau genug, um sich nicht einschüchtern zu lassen. Ja, er könnte der ideale Kandidat sein. Andere Namen fielen ihm nicht ein. Er hätte lieber zwei Kandidaten, einen, der Ramírez im Notfall ersetzen konnte, aber es gab niemanden. Dann würde es also bei Pater Ramírez bleiben.

Fehlte noch der schwierigste Teil: ihn zu überreden. Er suchte nach überzeugenden Argumenten, um möglichen Widerstand brechen zu können. Er kannte ihn gut genug und wusste, dass er sich nicht mit einer Ehrenbezeugung abspeisen lassen würde. Er war schon zu alt und hatte trotzdem nicht genug Zeit gehabt, materiellen Nutzen aus seinem Amt zu ziehen. Deshalb musste er ihm eine konkrete, sofortige Entschädigung in finanzieller Form anbieten. Ramírez war immer ein eigennütziger Mensch gewesen, für klingende Münze war er zu allem bereit, und der Nuntius hatte ihm eine beträchtliche Summe für die Mission in Aussicht gestellt. Einen Teil davon würde er einstreichen. Abgesehen von den Pfründen aus einem wichtigen Amt wie dem des Abtes oder Bischofs wollte er auch eine pekuniäre Entschädigung, schließlich hatte er seine Ausgaben. Seine Geliebte, eine verheiratete Dame des Großbürgertums, wünschte immer kostspieligere Geschenke. Sollte er ein ordentliches Sümmchen einstreichen, könnte er sich gar eine jüngere und weniger anspruchsvolle Geliebte zulegen.

Sein Beschluss war gefasst, und er machte sich auf den Weg in die Kirche von Pater Ramírez. Je schneller er die Angelegenheit hinter sich brachte, umso besser.

Er traf den alten Priester in der Sakristei an. Mit Ramírez machte er sich nicht die Umstände, wie der Nuntius es mit ihm getan hatte. Er kam ohne Einleitung sofort zur Sache.

Sein Widerstand fiel größer aus als erwartet. Der Priester zeigte sich widerspenstig und weigerte sich, den Auftrag anzunehmen. Er sah keinen Grund für so viel Geheimniskrämerei und fand, dass dies weit über seine Möglichkeiten ginge. Und er rechtfertigte seine Ablehnung damit, dass er keine Beziehungen hätte, um an eine Person des Hochadels heranzukommen, denn seine Kirche wurde nur von Gläubigen der unteren Stände aufgesucht.

Schließlich ergab er sich Ortegas hartnäckigem Drängen, nicht zuletzt wegen des erklecklichen Betrags, den er ihm zur Entschädigung in Aussicht stellte. Damit könnte er sein Alter absichern.

Bevor Ramírez es noch bereuen konnte, verließ Monsignore Ortega rasch die Kirche. Es war besser, wenn die Gläubigen sie nicht zusammen sahen.

Er war zufrieden, so schnell eine Lösung für die Sache mit dem dritten Mann gefunden zu haben, war jedoch gleichzeitig überrascht, keine Erleichterung zu verspüren. Alles war gut gegangen, aber es plagten ihn doch Zweifel. War es richtig gewesen, ausgerechnet den alten Priester mit einem so komplizierten Auftrag zu betrauen? Er war sich nicht sicher. Und wenn er sich geirrt hatte? Vielleicht war er zu überstürzt vorgegangen?

Er beschwichtigte seine Bedenken. Jetzt war es zu spät, und ihm stand auch kein anderer Kandidat zur Verfügung.

29

Fernando de Valdés saß an seinem Schreibtisch und las die umfangreiche Korrespondenz, die aus allen Winkeln des Landes bei ihm eintraf.

Viele Briefe enthielten anonyme Denunziationen von Bürgern, die begierig darauf waren, die Inquisition über die angeblich teuflischen Machenschaften eines Nachbarn in Kenntnis zu setzen. Der Großinquisitor kannte seine Mitbürger und deren Neigung, mittels einer anonymen Anzeige einen lästigen Nachbarn loszuwerden. Manchmal funktionierte es, manchmal nicht. Gewöhnlich beachtete er sie nicht weiter, leitete die anonymen Briefe an seinen Adjutanten weiter, um sie auf ihren Wahrheitsgehalt überprüfen zu lassen, und ging zur Tagesordnung über.

Verleumdung war eine weit verbreitete Praxis, um sich eines Feindes oder Rivalen zu entledigen. Es war weithin bekannt, dass ein schlichter Brief an die Inquisition bewirken konnte, dass der arme Beschuldigte verhört und womöglich gefoltert wurde, wenn man glaubte, er verberge etwas. Überlebte er, war er am Ende in einem bedauernswerten Zustand, der seine Lebenserwartung meist drastisch verkürzte.

Valdés zog einen Brief aus dem Stapel auf seinem Schreibtisch. Er war eine Woche zuvor eingetroffen und ihm aufgefallen, sodass er ihn mehrfach gelesen und ihn unter wichtige Angelegenheiten abgelegt hatte.

Im Unterschied zu anderen anonymen Briefen wurde

darin nicht ein Nachbar, sondern eine bekannte Persönlichkeit verdächtigt. Es handelte sich auch nicht direkt um die Anschuldigung wegen Ketzerei, sondern jemand berichtete in augenscheinlich uneigennütziger Weise, dass in der Nuntiatur in letzter Zeit reger Kutschenverkehr beobachtet worden sei. Das hatte Valdés stutzig gemacht, weil er nichts von außergewöhnlichen diplomatischen Aktivitäten oder anderem Treiben, das diesen Verkehr hätte rechtfertigen können, wusste.

Um sich zu vergewissern, dass er nichts übersehen hatte, las er den Brief zum zigsten Mal, als er von einem seiner Sekretäre darüber informiert wurde, dass der erwartete Besuch eingetroffen sei.

Er erhob sich, um ihn zu empfangen.

Das war das Mindeste, was er für Seine Eminenz, den Kardinal und päpstlichen Nuntius im Königreich von Spanien, tun konnte.

Forschen Schritts, mit beinahe jugendlichem Schwung, betrat der Kardinal den Raum. Er schien guter Laune zu sein und lächelte den Großinquisitor freundlich an, als er dessen Gesichtsausdruck wahrnahm. Er kannte Valdés gut und wusste, dass seine mürrische Miene Teil der Verstellung war, die er beim Empfang von Besuchern gerne anwandte. Der Nuntius war einer der wenigen, der ihn nicht fürchtete. Nicht nur wegen seines hohen Rangs – er genoss den Schutz der diplomatischen Immunität –, sondern weil er Valdés kannte, seit beide kurz nach der Priesterweihe zusammen die Universität Leuwen in Flandern besuchten. Wie so oft hatten sich ihre Wege später getrennt, aber sie hatten sich gegenseitig versprochen, Kontakt zu halten. Nur hatte keiner von beiden das Gelöbnis eingehalten, und sie waren sich nur zufällig ein paarmal über den Weg gelaufen. Der eine war in eine ungewisse Zukunft, die sich später als vielversprechend herausstellte, nach Madrid zurückgekehrt, der andere war nach Rom gegangen, wo sein brillanter

Aufstieg den Anfang nahm. Eine Laune des Schicksals hatte sie erneut zusammengeführt, als der Kardinal zum Nuntius von Madrid ernannt wurde.

»Eure Eminenz, es ist mir eine Ehre, Euch in meiner bescheidenen Schreibstube empfangen zu dürfen«, sagte Valdés plötzlich freundlich lächelnd.

»Red keinen Unsinn, mein lieber Fernando, du weißt, dass es mir immer ein Vergnügen ist, dich zu sehen. Dein Arbeitsplatz ist so nahe bei unserer Vertretung, dass es mir immer guttut, bei dir vorbeizuschauen. So habe ich zumindest eine Ausrede, um mir die Beine zu vertreten.«

Valdés lächelte. Der Nuntius war unverhältnismäßig dick geworden. Zu seinem normalerweise schwerfälligen Gang gesellten sich Atembeschwerden. Wenn er so weitermachte, würde er nie Papst werden.

Valdés glaubte keinen Moment, dass der Grund für sein Kommen darin bestand, sich die dicken, kurzen Beine zu vertreten, statt ihn in der Nuntiatur zu empfangen, wie er es seit seiner Niederlassung in Madrid wöchentlich zu tun pflegte. War in der Nuntiatur vielleicht etwas passiert, wovon der Großinquisitor nichts erfahren sollte?

Zunächst plauderten sie über Banalitäten wie das Wetter in Madrid, die Gebrechen des Papstes, die spärlichen Meldungen von der Königsfamilie und die allgemeine Lage. Aber der Nuntius war bestimmt nicht gekommen, um übers Wetter zu sprechen. Valdés schaute seinem alten Freund fest in die Augen und ging zum Angriff über.

»Sagt mir, Eure Eminenz, was geschieht dieser Tage in der Gesandtschaft, das so große ungewöhnliche Bewegung hervorruft? Könnt Ihr mir das sagen, oder ist es ein Staatsgeheimnis? Ihr wisst ja, dass ich es früher oder später sowieso erfahre«, fügte er lächelnd hinzu, als wäre das besonders lustig.

Der Nuntius steckte den Seitenhieb weg, ohne mit der Wimper zu zucken. Er war kein Mann, der sich leicht aus der Fassung bringen ließ, so unvermittelt und unpassend die Frage auch sein mochte.

»Ich habe mir schon gedacht, mein lieber Valdés, dass du mich das fragen würdest.« Er machte eine kurze Pause. »Denn ich wusste bereits, dass du von der ›ungewöhnlichen Bewegung‹, wie du es nennst, unterrichtet worden bist. Ich habe mich nur gefragt, wie lange es noch dauert, bis du dich danach erkundigst. Oder hast du versucht, es ohne meine Hilfe herauszufinden, hast es aber nicht geschafft?«

Beim Lächeln zeigte er sein gelbliches, lückenhaftes Gebiss. Seine Miene verriet eine gewisse Schadenfreude. Valdés parierte den Vorstoß mit einem höhnischen Lachen.

»Ach Eminenz, Euch kann man einfach nicht täuschen. Ihr seid schlauer als ein Fuchs.«

»Oder ich kenne dich zu gut«, erwiderte der Kardinal unbeirrt und grinste.

»Es wird wohl beides sein, geschätzte Eminenz«, sagte Valdés entspannt. »Also …?«

»Ja, es gibt Neuigkeiten. Um ehrlich zu sein – und du kannst mir wirklich glauben, dass ich offen bin –, verstehe ich selbst nicht, was los ist. Ich wurde nur bedingt eingeweiht. Es scheint, als wolle man ein großes Geheimnis daraus machen.«

»Man?«, wiederholte Valdés mit hochgezogener Augenbraue fragend.

»Rom«, räumte der Kardinal mit gedämpfter Stimme ein.

»Rom?«

»Ich glaube, es ist etwas Großes in Vorbereitung, von dem man nicht will, dass es bekannt wird. Das stört mich, ehrlich gesagt, ein bisschen.«

Valdés war überrascht. Er hatte sich mehrere Verschwörungstheorien zurechtgelegt, war aber nicht auf den Gedanken gekommen, dass sie von Rom gesteuert sein könnten. Was zum Teufel beabsichtigte der Vatikan mit all diesen Aktivitäten, wenn nicht einmal der Nuntius davon wusste?

»Was wird da wohl ausgeheckt? Glauben die, Eure Eminenz ist nicht vertrauenswürdig genug, um ein Geheimnis zu wahren? Und Ihr habt wirklich keine Ahnung?«

»Das frage ich mich auch. Tatsächlich weiß ich gar nichts. Ich wurde nur über das Allernötigste informiert. Aber ich habe mir gedacht, dass wir den Knäuel entwirren könnten, wenn wir uns darüber austauschen.«

»Das wäre eine Möglichkeit«, stimmte der Großinquisitor zu. In Wirklichkeit bezweifelte er, dass der Nuntius all sein Wissen preisgeben würde. »Was wisst Ihr genau?«

»Es ist ein hohes Tier aus Rom eingetroffen. Ich habe ihn vorher nie gesehen, aber von ihm gehört. Du weißt ja, dass wir uns eigentlich alle kennen. Es handelt sich um den ehrwürdigen Kardinal Mezzoferro, schon seit geraumer Zeit Sonderbotschafter verschiedener Päpste. Mir wurde ein Brief vom Papst persönlich überstellt, in dem er mich ohne jegliche Erklärungen bittet, dem Kardinal zur Verfügung zu stehen und ihm jeglichen Gefallen zu gewähren, so seltsam der auch sein möge und was auch immer es kosten würde. Du wirst verstehen, dass ich sprachlos war.«

»Kardinal Mezzoferro? War der nicht auch als Sonderbotschafter am französischen Hof?«

»Genau der.«

»Und sie schicken einen so wichtigen Diplomaten nach Madrid und glauben, dass wir so tun, als wüssten wir von nichts?«, fragte Valdés einigermaßen verblüfft.

»Das ist doch meine Rede«, bestätigte der Nuntius mit unerschütterlichem Gesicht.

»Dafür muss es eine Erklärung geben. Rom pflegt in solchen Fällen keine Fehler zu machen. Auf den ersten Blick könnte man sagen, dass Rom ziemlich unbedarft, oder besser noch, zu vordergründig vorgegangen ist, denn wir beide wissen, Eure Eminenz, dass die römische Kurie nicht zur Unbedarftheit neigt, was bedeutet, dass sie uns weismachen wollen, es handele sich um eine geheime Mission, obwohl sie das in Wahrheit gar nicht ist. Es ist beabsichtigt, dass wir davon erfahren. So weit, so gut, aber warum?«

»Das weiß ich auch nicht.«

Valdés dachte nach. Wenn der Nuntius die Wahrheit sagte – was er bezweifelte –, musste Rom einen geheimen Plan haben. Indem man alle glauben ließ, dass Kardinal Mezzoferro in geheimer Mission unterwegs sei, konnte man den wahren Grund damit vertuschen. Aber welcher Grund war das?

In der folgenden Stunde berichtete der Nuntius in allen Einzelheiten, was er über die Sache wusste. Nach Beendigung des Gesprächs begleitete der Großinquisitor ihn zum Ausgang. Er sah sich verpflichtet, seinem alten Freund Respekt und die große Wertschätzung, die er für ihn empfand, zu zeigen, vor allem, da es sich in seinem Fall um eine Persönlichkeit handelte, deren weitere Auskünfte aufschlussreich sein könnten. Sie versprachen, sich einander gegenseitig über jegliche Neuigkeit oder verdächtige Bewegung auf dem Laufenden zu halten. Valdés vertraute darauf, dass sein Freund sein Versprechen halten würde. Der Nuntius schien ziemlich verärgert darüber, so übergangen worden zu sein, und würde sich bestimmt einem Freund wie Valdés anvertrauen – so gefährlich dieser auch sein mochte –, wenn es ihm helfen könnte herauszufinden, was da vor sich ging.

Valdés behielt sich seinerseits aber vor, jeweils abzuwägen, ob er es für angebracht hielt, die erhaltenen Informationen an den Kardinal weiterzuleiten.

Wieder allein in seinem schmucklosen Schreibzimmer ließ er sofort einen seiner Adjutanten rufen. Der berichtete, der Kardinal habe soeben Monsignore Ortega damit beauftragt, über einen Dritten eine Verbindung zur Freundin der Königin, dieser Italienerin mit dem unmöglichen Namen Sofonisba Anguissola, herzustellen.

Valdés befahl, alle Bewegungen der Dame zu überwachen. Vielleicht würde er durch sie etwas herausfinden.

Er fragte sich, ob diese Sofonisba eine Spionin im Dienste des Kirchenstaates sein könnte. Doch er verwarf den Gedanken sofort wieder, denn niemandem wäre in den Sinn gekommen, und am allerwenigsten einem Mitglied der römischen Kurie, eine Frau als Informantin einzusetzen. Den Frauen war nicht zu trauen.

Welche Rolle spielte Sofonisba Anguissola dann? Er wusste, dass Malen ihre große Leidenschaft war, aber mehr nicht. Wenn sich die Kurie so für sie interessierte, dass sie sogar einen Kardinal schickte, musste sie eine wichtige Rolle in dem Ränkespiel innehaben. Noch verstand er nicht ganz, warum man ausgerechnet einen Kardinal geschickt hatte, um ihr eine Botschaft zu überbringen. Selbst unter Berücksichtigung der Maxime, dass der Zweck die Mittel heiligte – was sich erst erweisen würde –, blieb die Frage: Warum hatte sich Kardinal Mezzoferro nicht persönlich mit ihr getroffen? Warum so viele Personen in die Angelegenheit verwickeln? Das war höchst eigentümlich. Oder vielleicht sollte diese Dame nur den Lockvogel spielen, um die Aufmerksamkeit von der wahren Hauptfigur abzulenken?

Valdés glaubte, auf der richtigen Spur zu sein.

Warum hatte sich der ehrwürdige Kardinal nicht direkt mit der Italienerin in Verbindung gesetzt, wenn er sich sogar mit keinem Geringeren als dem König heimlich traf? Worüber hatten sie sich ausgetauscht? Wie könnte die Botschaft lauten, die Kardinal Mezzoferro Philipp II. mitzuteilen hatte? Wer hatte ihn geschickt? Tat er es aus Eigeninitiative? Eher unwahrscheinlich, das bewies der Brief des Pontifex.

Handelte der Kardinal in direktem Auftrag des Papstes, oder hatte sich Pius IV. nur dazu hergegeben, einen Brief für andere zu unterzeichnen? Er musste seine Kontaktmänner im Vatikan dazu befragen. Das war jedoch ziemlich heikel, denn wenn man zu viele Fragen stellte und das dem Papst zu Ohren kam, könnte der einen Rückzieher machen oder Befehl erteilen, sie zum Schweigen zu bringen. Er kannte Pius' IV. Methoden. Er war nicht der Mann, dem man blind vertrauen durfte. Und wenn die Angelegenheit ihn persönlich betraf, würde sich alles komplizierter gestalten, und es wäre riskant, seinen Unmut heraufzubeschwören.

Welche Rolle spielte der Papst in der Geschichte? Wenn er diesen Brief nur auf Bitte von jemandem unterzeichnet hatte, dann musste es sich um eine sehr wichtige und einflussreiche Persönlichkeit handeln. Oder basierte doch alles auf Eigeninitiative? Zu viele Fragen ohne Antworten.

Eines war sicher, und das gefiel ihm überhaupt nicht: Was auch immer es war, es wurde hinter seinem Rücken ausgeheckt. Eine wahrhaft unerträgliche Vorstellung.

30

Es war früh am Morgen, die Sonne ging gerade erst auf. Nach der Frühmesse in der kleinen Palastkapelle wollte sich Kardinal Mezzoferro gerade an den Frühstückstisch setzen, das war für ihn ein kleines Ritual. Er freute sich schon seit dem Aufstehen darauf. Doch dann teilte ihm der Majordomus mit, dass ein Besucher eingetroffen sei und darum bat, von Seiner Eminenz empfangen zu werden.

»Um diese Zeit?«, rief der Kardinal überrascht.

»Wir haben ihm gesagt, dass es noch zu früh sei für eine Audienz bei Eurer Eminenz, aber der Mann hat darauf bestanden.«

»Hat er seinen Namen genannt?«

»Nein, Eure Eminenz«, antwortete der Bedienstete und fügte dann rasch hinzu: »Er hat nur erwähnt, es sei sehr wichtig und Ihr würdet ihn erwarten.«

Der Kardinal versuchte sich zu erinnern. Er erwartete niemand.

»Sag ihm, er soll später wiederkommen. Es ist nicht der richtige Zeitpunkt, um einen Gesandten der heiligen Kirche zu belästigen. Wenn er mich kennt, müsste er wissen, dass ich zu dieser frühen Morgenstunde nicht empfange, und erst recht niemanden, der seinen Namen nicht nennen will.«

Der Diener schwieg verblüfft. Er wusste, wer der Besucher war, auch wenn er ihn nicht persönlich kannte, aber da er sich nicht offiziell vorgestellt hatte, war er unschlüssig, ob er es dem

Kardinal sagen sollte. Er war eingeschüchtert. Mezzoferro war kein Mann, der sich die Kommentare eines einfachen Dieners anhörte. Also schwieg er vorsichtshalber und überbrachte die Botschaft dem Besucher an der Tür.

Ein paar Minuten später kehrte er zurück und fühlte sich noch unbehaglicher als vorher.

»Der Besucher behauptet, Eure Eminenz wisse, wer er sei, und dass Ihr ihn erwartet, auch wenn er nicht angekündigt sei.«

Mezzoferro presste die Lippen zusammen und dachte nach. Wer könnte das sein? Warum nannte er nicht seinen Namen? Wer auch immer es war, es war keine Uhrzeit für Audienzen. Ein Freund konnte es nicht sein, denn er hatte keine Freunde in Spanien. Die wenigen Menschen, die er kannte, tauchten nicht so ohne weiteres einfach auf. Der König? Unmöglich. Der hätte nicht einmal im Vorzimmer gewartet, er wäre ohne Ankündigung eingetreten. Und den hätte der Majordomus auch erkannt.

Moment, richtig bedacht stimmte es, dass er Besuch erwartete. Ein nicht vereinbarter, aber unumgänglicher Besuch. Seit er einen Fuß auf spanischen Boden gesetzt hatte, war diese Person ohne jeden Zweifel über jeden seiner Schritte informiert. Und schon wegen des hohen Amtes, das er als Kardinal des Heiligen Stuhls innehatte, war es logisch, dass er ihm seinen Respekt erweisen wollte. Aber um diese Zeit? Warum hat er sich nicht ankündigen lassen? Selbstverständlich ging es hier nicht ums Protokollarische.

Seit seiner Ankunft hatte der Kardinal dafür gesorgt, hier und da kleine, nicht allzu offensichtliche Hinweise auszustreuen, die ausreichten, um ihn zu finden. Er wollte, dass besagte Person von seiner Anwesenheit erfuhr. Es ging nicht darum, Katz und Maus zu spielen, sondern darum, ein inoffizielles Treffen zu ermöglichen. Der Kardinal fand, das sei ein diplomatischer Kunstgriff, er wusste, dass der andere ihn verstehen würde.

Tatsächlich hatte der länger gebraucht als erwartet, bis er ein Lebenszeichen von sich gab. Hatte er auf den richtigen Augenblick gewartet, oder hatte er das Treffen hinausgezögert, um mehr Informationen zusammenzutragen? Wie viel wusste er wirklich von seiner Mission? Wie dem auch sei, beiden war klar, dass sie sich treffen mussten. Es stand dem anderen zu, die Initiative zu ergreifen. War heute der bewusste Tag? Der Kardinal war nicht bereit, die Spielregeln zu missachten. Wenn es besagte Person war, und daran zweifelte er nicht, begann das Spiel jetzt wirklich interessant zu werden.

Als er sich ein Stück Wurst mit Spiegelei in den Mund schob, betrachtete er aufmerksam den Majordomus. Er hatte ihn bisher kaum beachtet. Obwohl er ihm seit seiner Ankunft beflissen und gewissenhaft diente, wusste er nichts von ihm. Er war ein Mann in mittleren Jahren, möglicherweise Vater einer zahlreichen Nachkommenschaft, aber das interessierte ihn wenig. Mezzoferro hatte sich nie für das Privatleben seines Personals interessiert, er fand, das gehörte nicht zu seine Obliegenheiten, doch beim Zelebrieren der Messe hatte er beobachtet, dass der Majordomus ein gläubiger Katholik war, und sich gefragt, ob die Anwesenheit eines Kardinals oder wirklicher Glaube ihn so eifrig beten ließ. Während er auf neue Anweisungen wartete, wurde dem armen Mann zusehends unbehaglicher zumute. Natürlich konnte er nichts von dem ausgeklügelten Spiel wissen, das diese beiden Schwergewichte der Verstellung spielten. Er verstand nichts von diplomatischen Ränkespielen. Seine Aufgabe war, zu Diensten zu stehen, die Angelegenheiten der Herrschaften fielen nicht in seine Zuständigkeit. Der Kardinal kam zu dem Entschluss, sich auf das Spiel des anderen einzulassen.

»Wie sieht dieser Mann aus?«, fragte er den Majordomus, der noch immer auf eine Antwort wartete, und brach damit das ausgedehnte Schweigen.

In Wirklichkeit interessierte Mezzoferro das Aussehen des

Mannes wenig. Er wollte nur Zeit gewinnen, um darüber nachzudenken, wie er weiter vorgehen sollte. Er wollte nicht mit einem taktisch falschen Schritt die delikate Situation mit dem unbekannten Besucher gefährden. Aber er durfte dessen Geduld auch nicht überstrapazieren. Er war ein wichtiger und mächtiger Mann und daran gewöhnt, dass seinen Wünschen sofort entsprochen wurde.

»Es ist groß und schlank«, antwortete der Majordomus. »Und schon älter. Mir scheint, er ist daran gewöhnt zu befehlen, so wie er auftritt.«

Diese persönliche Meinungsäußerung überraschte Mezzoferro. Der Majordomus verfügte über eine gute Beobachtungsgabe. Dann war er bestimmt nicht so dumm, wie er gedacht hatte. War das eine Folge seiner Position? Die Männer in der Position eines Majordomus großer Häuser besaßen einen geschulten Blick. Sie konnten auf den ersten Blick einschätzen, ob die Person vor ihnen ein Herr oder ein Bauer war. Vielleicht war sein Urteil etwas übereilt gewesen.

»Wenn sich dieser Herrn so sicher ist«, sagte er schließlich, »von mir erwartet zu werden, dann sage ihm, dass ich Überraschungen am Morgen nicht eben schätze. Wenn er mir etwas mitteilen will, soll er es dir sagen. Ich empfange keine Fremden, die ihren Namen nicht nennen wollen.«

Der Majordomus bewahrte Haltung. Er wusste nicht, ob der Kardinal ahnte, wer der schwarz gekleidete Herr war. Er hatte nur die Anweisungen seines Herrn zu befolgen. Es war eine Unterhaltung von zwei Taubstummen, zwischen denen er unfreiwillig den Vermittler spielen musste. Er verließ den Raum, um die Botschaft zu überbringen. Und kehrte sofort darauf zurück.

»Der… Herr«, er wusste nicht, wie er ihn sonst nennen sollte, »hat gesagt, dass die göttliche Vorsehung seinen Freund nicht retten kann, sollte es das sein, um das Eure Eminenz zu bitten gekommen ist. Es läge nicht mehr in seiner Macht, diesbezüglich Entscheidungen zu treffen, die Dinge seien nun einmal so, man könne nur abwarten, wie die Anklageschrift ausfalle.«

Der Kardinal verstand die Botschaft sofort. Jetzt hatte er keinen Zweifel mehr an der Identität des Besuchers. Es war der Großinquisitor Fernando de Valdés. Der Freund, den er retten wollte, war Erzbischof Kardinal Carranza, während sich die Anklageschrift auf den Prozess bezog, der dem Erzbischof von Toledo bevorstand.

Da er keine überstürzte Antwort geben wollte, überlegte er weiter. War es der richtige Augenblick, ihn zu empfangen? In dem Fall müsste er eine feste Zusage für Carranzas Freilassung erwirken. Valdés hatte ihm die Antwort praktisch schon gegeben. Es war eine Sackgasse, die Mezzoferro umgehen wollte. Vielleicht war es besser, die kleine Komödie weiterzuspielen und ein Hintertürchen offenzulassen. Auf diese Weise vermied er, Valdés in die Ecke zu drängen, und gab ihm zudem die Möglichkeit, seine Entscheidung zu überdenken. Es musste ihm einen Ausweg offenlassen, wenn er ein bestimmtes Ergebnis erzielen wollte.

»Sag ihm, dass ich ihm für seine Höflichkeit und die erwiesene Ehre, mich aufzusuchen, sehr dankbar bin, ihm aber vorschlage, noch einmal die göttliche Vorsehung zu konsultieren, die diesmal gewiss seine grenzenlose Weisheit erhellen wird. Die Wege des Herrn sind unerforschlich, das weiß er so gut wie ich.«

Der Majordomus ging zum zigsten Mal zur Tür, überzeugt davon, dass sich der Dialog der beiden alten Dickschädel nicht von Angesicht zu Angesicht führen ließ. Keiner von beiden war bereit, sich dem Willen des anderen zu unterwerfen.

Kurz darauf war er wieder zurück.

»Er ist gegangen«, sagte er nur.

»Und hat nichts weiter hinterlassen?«

»Nein, Eure Eminenz, nichts.«

Mezzoferro erhob sich schwerfällig und ging zu einem Fenster, das auf den Vorhof hinausging. Er sah gerade noch einen Schatten in die Kutsche steigen. Valdés drehte sich nicht um. Die Kutsche setzte sich in Bewegung.

Mezzoferro blickte ihr nach, als plötzlich ein schwarzer Handschuh im Kutschenfenster auftauchte und ihm winkte.

Er musste laut auflachen.

Das gefiel ihm, Valdés schien ein schlauer Bursche zu sein. Er hatte geahnt, dass der Kardinal ihm vom Fenster aus nachsehen würde.

Sie hatten miteinander kommuniziert, ohne sich persönlich gesprochen zu haben.

Der Kardinal wertete den Gruß des Großinquisitors als ein gutes Zeichen. Zumindest wirkte er nicht gekränkt, weil er nicht empfangen worden war. Was natürlich nicht bedeutete, dass er es ihm leicht machen würde. Mezzoferro war sich darüber im Klaren, dass er es mit einem harten, unbeugsamen und schwer zu überzeugenden Gegner zu tun hatte, aber das bereitete ihm keine Sorgen. Er glaubte an den gesunden Menschenverstand und mehr noch an seine Fähigkeit, selbst die hartnäckigsten Männer zur Einsicht zu bringen.

Zur gleichen Zeit ging der Mann in der Kutsche im Geiste noch einmal das eigenwillige, wortlose Zwiegespräch durch.

Der Kardinal hatte Scharfsinn bewiesen. Er war auf sein subtiles Spiel eingegangen und beherrschte es perfekt. Das machte seinem Ruf eines weltklugen Diplomaten alle Ehre. Beide wussten, dass der andere nicht bereit war, auch nur einen Millimeter von seiner Position abzuweichen, dennoch sollten sie zu einem ausgewogenen Ergebnis kommen. Wie gedachte der erwürdige Kardinal das zu erreichen? Hatte er im Gegenzug etwas anzubieten, oder hatte er noch ein Ass im Ärmel?

Er sollte sich nichts vormachen. Er glaubte nicht, dass Mezzoferro das Treffen aus Starrsinn verweigert hatte. Dieser Mann hatte noch einen Trumpf in der Hand, es war nur eine Frage der Zeit, wann er ihn ausspielte. Wenn der Kardinal ein Geheimnis hütete, würde er, Fernando de Valdés, es lüften.

31

Pater Ramírez war von Sofonisbas Schönheit und Anmut zutiefst beeindruckt. Er hatte im Laufe seines langen Lebens nur wenige Ausländerinnen kennengelernt, aber keine war wie diese Italienerin gewesen. Jetzt hatte er auf einen Schlag gleich die Bekanntschaft von zweien gemacht. Die erste, Maria Sciacca, war dunkelhäutig, mit kohlrabenschwarzem Haar und braunen Augen. Er hatte geglaubt, alle Italienerinnen sähen gleich aus, aber als er Sofonisba sah, musste er seine Meinung revidieren.

Sie hatte blondes, ja goldblondes Haar, das sie zu einem Knoten hochgesteckt trug, was ihr für eine Frau ihres Alters ein sehr feines, wenn auch etwas zu ernsthaftes Aussehen verlieh. Ihre Augen waren von einem außergewöhnlichen Blau. Im Gegensatz zu Maria hatte die Malerin einen hellen Teint, wie er die Damen des Hochadels auszeichnete und der sie von der Landbevölkerung unterschied.

Doch am meisten überraschte Pater Ramírez ihr Benehmen. Sofonisba bewegte sich mit einer Grazie und natürlichen Anmut, als würde sie über den Boden schweben. Sie sprach in ruhigem und leisem Tonfall. Ramírez, der eigentlich kaum mit dem Hofstaat in Berührung kam, war zutiefst beeindruckt. Er hatte noch nie eine Infantin oder ein anderes Mitglied der Königsfamilie gesehen, aber er stellte sie sich genauso wie Sofonisba vor.

Sie empfing ihn höflich, wenn auch eine Spur kühl. Sie verschwendete nicht gerne ihre Zeit mit dem Empfang eines Unbekannten, aber sie hatte ihrer Kammerzofe die Bitte nicht abschlagen können. Und um die Neugier des ungewöhnlichen Bewunderers und Ordensträgers zu befriedigen, hatte sie ihm sogar ihr neues, soeben vollendetes Porträt von Königin Elisabeth gezeigt.

Beim Anblick des Werkes war Pater Ramírez sprachlos. Sein Respekt für Sofonisba verwandelte sich in Bewunderung. Er hielt sich für einen Mann, der besondere Begabungen von Menschen erkennen und einschätzen konnte, und Sofonisba war gewiss einer davon.

Wäre er nicht wegen eines Auftrags gekommen, hätte er sich schuldig gefühlt. Es missfiel ihm sehr, eine so brillante Frau zu hintergehen, aber es war der Wunsch des Monsignore, und er musste gehorchen, auch wenn es ihm nicht passte.

Wie er jetzt vor ihr saß, begriff er, dass es nicht einfach werden würde, sie zur Mitwirkung zu überreden. Sie ließ sich nicht einwickeln. Man erkannte sehr schnell, dass sie klare Vorstellungen hatte und ganz genau wusste, was sie wollte. Nicht wie die gehorsamen Lämmchen seiner Gemeinde, die er leicht zu was auch immer überreden konnte, indem er seine Macht und die Ehrfurcht vor seiner Soutane nutzte. Sofonisba war eine echte Dame mit eigenen Ansichten. Der sanfte Blick ließ eisernen Willen durchschimmern.

Monsignore Ortega war naiv, wenn er glaubte, dass man sie mit der Drohung, bei der Inquisition in Verdacht zu stehen, einschüchtern könnte. Daran gewöhnt, Seite an Seite mit ihren Hoheiten im Zentrum der Macht zu leben, würde es mehr brauchen, um auf die Malerin mit dem unbeugsamen Charakter Eindruck zu machen. Ortega befand sich im Irrtum: Diese Taktik würde bei ihr nicht funktionieren. Er kannte sie offensichtlich nicht, oder er hatte diesen Vorschlag nur gemacht, damit sein Auftrag einfacher wirkte. Ramírez bezweifelte, dass dieser Schachzug Erfolg hätte.

Der Priester hatte keine Ahnung, wie er im entscheidenden Augenblick die Sache angehen sollte. Jetzt musste er erst einmal ihre Sympathie gewinnen und genügend Vertrauen wecken, um überhaupt ein zweites Mal empfangen zu werden. Sein frisch erneuerter Glaube ließ ihn hoffen, dass die göttliche Vorsehung ihm im richtigen Moment wieder zu Hilfe käme.

»Man munkelt«, begann er leutselig, da die Kunst für ihn eher unbekanntes Terrain war, »dass der Heilige Vater persönlich um ein Bild von Euch gebeten hat, ist es so?«

Sofonisba lächelte freundlich, nicht wegen der Frage an sich, sondern weil sie feststellte, dass der Pfeil, den sie auf Sánchez Coello abgeschossen hatte, nicht nur ins Schwarze getroffen, sondern seinen Weg fortgesetzt hatte.

»Es ist mir eine große Ehre«, erwiderte sie honigsüß. Und fügte nach einer kurzen Pause mit Blick in seine Augen hinzu: »Besonders, wenn man bedenkt, dass ich nur eine Frau bin ...«

Pater Ramírez entging die Botschaft nicht: Die Dame pochte auf ihr Recht, Malerin zu sein, trotz der männlichen Konkurrenz ... Verbarg ihr Auftreten der liebenswürdigen Hofdame gar den Willen, gleiche Rechte für Frauen und Männer einzufordern? Wenn es so war, hatte diese Frau wirklich einen starken Charakter.

Die Angelegenheit wurde immer komplizierter. Die Frau ließ sich nicht ausnutzen, nicht einmal mit der Hilfe des Heiligen Geistes.

»Gewiss, mein Kind«, antwortete er verständnisvoll im Versuch, väterlich zu wirken. »Aber wir dürfen nicht vergessen, dass der Wille unseres geliebten Heiligen Vaters über den Gesetzen steht, die unsere Gewohnheiten bestimmen, ob wir nun Männer oder Frauen sind.«

»Ich danke Euch für die gut gemeinten Worte, Pater, ich sehe, dass Ihr ein vernünftiger und verständnisvoller Mann seid.«

Sie hatten sich verstanden.

Die weitere Unterhaltung bestand aus Höflichkeitsfloskeln.

Obwohl Ramírez kein Mann des Hofes war und dessen Gepflogenheiten und das Getratsche nicht kannte, war er klug genug, keine Vorträge zu halten, die seine wahren Absichten hätten verraten können. Er blieb eher wortkarg und gab sich entgegenkommend, dennoch lag etwas in seinem Verhalten, das Sofonisba stutzig werden ließ. Es war eindeutig, dass dieser Mann um ihre Gunst buhlte.

Da es ihr erstes Treffen war, wagte der Priester nicht, sich ihr als Beichtvater anzubieten. Er wollte von Sofonisba nicht für unverschämt gehalten werden und damit seine ohnehin schon geringen Chancen, sie zu manipulieren, zunichtemachen. Der Eroberungszug der schönen Italienerin würde sich langwierig und ermüdend gestalten.

Maria Sciacca begleitete Pater Ramírez nach der Unterhaltung hinaus.

Als sie wieder allein war, dachte Sofonisba in Ruhe über den sonderbaren Besucher nach. Sie fühlte sich unbehaglich. Was wollte dieser Mann wirklich? Sie hatte ihrer Kammerzofe keine Sekunde geglaubt, als diese behauptete, der Priester wolle sie nur kennenlernen. Dieser Mann hatte keine Ahnung von Malerei, und außerdem war mehr als deutlich, dass ihn Kunst überhaupt nicht interessierte. Sie hatte ihm ein paar Fragen über den Urheber des Altarbildes in seiner Kirche gestellt, aber Pater Ramírez war nicht imstande gewesen, ihr zu antworten. Er kannte nicht einmal den Namen des Künstlers. Außerdem hatte er nichts Wesentliches über ihr Bild zu sagen gehabt, nur ein paar höfliche Worte des Lobes. Er hatte sie unter dem Vorwand aufgesucht, sich für ihre Malerei zu interessieren, doch was steckte wirklich dahinter? Er schien auch nicht zu beabsichtigen, durch sie Zugang zum Hofstaat zu finden. Als Ausländerin war sie wahrlich nicht geeignet, seine Fürsprecherin zu spielen. Was beabsichtigte dieser alte Fuchs wirklich?

Beim Abschied hatte er gesagt: »Ich hoffe, Euch bald wiederzusehen.« Hatte er etwa die Absicht, sie noch einmal aufzusuchen? Wozu? Es war eindeutig, dass sie sich nichts zu sagen hatten. Sie war verblüfft. Und Maria, was hatte sie mit alldem zu tun? Warum hatte sie so darauf bestanden, ihr Pater Ramírez vorzustellen? Sie behauptete, ihn aus der Kirche zu kennen, was an sich schon wenig glaubwürdig war, weil sich ihre Kammerzofe nie besonders fromm gezeigt hatte. Sie hatte zwar noch nie mit ihr über Privatangelegenheiten gesprochen und wusste nicht, was sie in ihrer freien Zeit machte, aber natürlich wäre ihr nicht in den Sinn gekommen, dass Maria die Kirche aufsuchte. Die Kammerzofe hatte ihr erzählt, dass der Priester sie gefragt habe, was sie mache, und als sie sagte, sie sei die Kammerzofe von Doña Sofonisba Anguissola, habe er mit dem Argument, dass man viel über sie und ihre Malerei spräche, seinen Wunsch geäußert, sie kennenzulernen.

Nach dem Treffen gab es für Sofonisba keinen Zweifel, dass die Kunst nur ein Vorwand gewesen war.

Sofonisba hatte nur eingewilligt, ihn zu empfangen, um ihrer Kammerzofe einen Gefallen zu tun, denn diese schien den Wunsch zu haben, sich mit dem Priester gut zu stellen. Aber irgendetwas stimmte da nicht. Ramírez hatte zum Beispiel behauptet, dass man viel über sie spreche, aber woher wusste er das, wenn er keinen Umgang mit Höflingen pflegte? Sie bezweifelte, dass ihm Bedienstete oder Gläubige seiner Gemeinde von ihr erzählt hatten. Er hatte auch den Auftrag des Heiligen Vaters erwähnt, was lediglich bewies, dass er darüber Bescheid wusste, wenn auch vielleicht nur von Maria.

Am meisten hatte sie seine Reaktion überrascht, als sie ihre Rolle als Frau hervorhob. Seine geneigte, aber doppeldeutige Meinung war untypisch für einen Mann seiner Generation. Offensichtlich war es nicht seine Überzeugung, doch er hatte ihr zugestimmt, um ihre Gunst zu erwerben. Warum? Wollte er sie vielleicht um etwas bitten?

Sie beschloss, ihn vorsichtshalber nie wieder zu empfangen.

32

Erzbischof Kardinal Carranza bespritzte sich das Gesicht mit ein wenig kaltem Wasser. Hitze und Feuchtigkeit in diesem Verlies waren unerträglich. Durch seine Verhaftung vor zwei Monaten war er von seiner privilegierten Position des Primas von Spanien und Erzbischofs von Toledo zu einem einfachen Gefangenen herabgesunken, der zwar mit einer gewissen Wertschätzung behandelt wurde, das schon, aber er blieb ein Gefangener.

Sein Gemütszustand war jedoch gelassen. Natürlich litt er unter dieser Demütigung und sann auf Rache, aber seine Zukunft machte ihm keine allzu großen Sorgen. Er wusste ganz genau, dass die von seinem alten Freund Valdés gegen ihn vorgebrachten Anschuldigungen rein politischer Natur waren. Man wollte seinen Einfluss schwächen und sich die beträchtlichen Pfründe seines Postens aneignen. Die Sache war belastend, aber es war gerade das Gewicht der Anwürfe, das ihn ruhig sein ließ. Sie entbehrten nicht nur jeder Grundlage und waren nur schwer nachzuweisen – seinen geistlichen Schriften einen blasphemischen Hintersinn zu unterstellen war schlicht und ergreifend lächerlich –, sondern er konnte zudem mit der bedingungslosen Unterstützung des Heiligen Vaters rechnen.

Pius IV. konnte es sich nicht leisten, ihn verurteilen und auf dem Scheiterhaufen verbrennen zu lassen. Natürlich nicht aus ethischen Gründen, auf die Moral Pius' IV. hätte er keinen roten Heller gewettet. Es waren die Geheimdokumente in seinem Besitz, sein Rettungsanker, die ihn so ruhig bleiben ließen.

Und das darin enthaltene Geheimnis.

Es waren Dokumente, die den Papst eindeutig kompromittieren würden, weshalb Pius IV. sie mehr fürchtete als den leibhaftigen Teufel. Und diese Dokumente hatte er, Carranza, gut versteckt.

Das war sein Glück, die göttliche Vorsehung hatte es gut mit ihm gemeint: Dank dieses Geheimnisses war sein Leben nicht wirklich in Gefahr. Deshalb sah er in seiner Gefangenschaft wenig mehr als eine Beleidigung.

Er schreckte hoch, als ein Wärter in sein Verlies kam und ihm Besuch ankündigte. Im Glauben, es handle sich um einen Richter, der ihn verhören wollte, zeigte er sich gefügig und folgte dem Wärter.

Groß war seine Überraschung, als er beim Betreten des mit einem Tisch, zwei Stühlen und einen Kruzifix spartanisch möblierten Raumes stattdessen Kardinal Mezzoferro erblickte.

Er kannte den Laienbruder gut, denn sie hatten schon mehrfach in heiklen Angelegenheiten des Kirchenstaates miteinander zu tun gehabt. Mezzoferro war einer von Pius' IV. Vertrauensleuten. Sein Auftauchen verhieß Gutes, es bedeutete, dass der Papst sich um ihn Sorgen machte. Wenn der Pontifex einen Diplomaten vom Kaliber Mezzoferros nach Madrid entsandte, musste das die Inquisition unweigerlich zur Kenntnis nehmen.

Die beiden Geistlichen umarmten sich, und Mezzoferro erkundigte sich nach seinem Gesundheitszustand sowie nach den Bedingungen seiner Gefangenschaft.

Sie unterhielten sich eine Viertelstunde lang, ohne dass einer von beiden den wahren Anlass des Besuchs erwähnte. Schließlich fragte Kardinal Carranza:

»Ich bin überrascht, Eminenz, dass der Großinquisitor Euch

erlaubt hat, mich aufzusuchen. Solche Barmherzigkeit kennt man von ihm gewöhnlich nicht.«

»Er weiß es gar nicht«, erwiderte Mezzoferro und lächelte verschmitzt wie ein Lausbub, der sich einen Streich ausgedacht hat. »Zumindest im Augenblick noch nicht…«, fügte er hinzu.

Carranza sah ihn verblüfft an.

»Er weiß es nicht? Wie seid Ihr dann hier hereingekommen?«, fragte er stotternd.

»Es gibt höhere Instanzen als den Großinquisitor«, erwiderte Mezzoferro lakonisch.

Der Erzbischof nickte bedächtig. Warum hatte er sich über Valdés' Erlaubnis hinweggesetzt? Fürchtete er eine Konfrontation über die religiösen Streitfragen, die zu seiner Verhaftung geführt hatten, und wollte sich deshalb vor einem Zusammentreffen genau informieren, oder gab es einen anderen Grund? Wer hatte so viel Macht, um den Kardinal ohne Valdés' Einwilligung diesen Besuch zu genehmigen? Das konnte nur einer sein, der König.

Interessierte sich Philipp II. wirklich so für seinen Fall, dass er Valdés einfach überging, oder waren da noch andere Interessen im Spiel? Und wenn ja, welche?

Die Gedanken jagten ihm durch den Kopf, während er Mezzoferro anlächelte.

Um Philipp II. hierzu zu bewegen, bedurfte es eines gewichtigen Beweggrundes. Wer könnte ihm den bieten, wenn nicht der Heilige Vater? Er grübelte noch immer, als Kardinal Mezzoferro ihm ein Zeichen machte näher zu treten, bis sie kaum eine Handbreit voreinander standen. Dann sagte er leise, damit keine unbefugten Ohren hinter der Tür mithören konnten:

»Der Heilige Vater hat mir eine persönliche Botschaft für Euch mitgegeben.«

Carranza, der sich ein wenig hinuntergebeugt hatte, um sein

Gegenüber besser zu verstehen, fuhr hoch und sah ihn mit durchdringendem Blick an.

»Der Heilige Vater«, fuhr Mezzoferro leise fort, »will wissen, *ob das Schaf wieder bei der Herde ist.*«

Diesmal konnte Carranza seine Überraschung nicht verbergen.

»Ich verstehe nicht, wovon Ihr sprecht, Eure Eminenz«, antwortete er. »Hat Euch der Heilige Vater nichts Genaueres gesagt?«

»Nein, Eure Eminenz. Er hat mich nur gebeten, Euch diese Frage in genau diesem Wortlaut zu stellen, und hat hinzugefügt, Ihr würdet schon verstehen.«

Carranza beruhigte sich wieder. Einen Moment lang hatte er geglaubt, Pius IV. sei so verrückt gewesen, Mezzoferro ins Vertrauen zu ziehen.

»Nicht dass ich wüsste…«, sagte er verblüfft. »Ich kann verstehen, dass die unangenehme Lage, in der ich mich befinde, die Sorge des Heiligen Vaters rechtfertigt, aber…«

Mezzoferro verlor nicht die Haltung. Ganz bedächtig zog er aus seiner Soutane ein Schreiben mit dem päpstlichen Siegel und reichte es Carranza mit den Worten:

»Vielleicht hilft dieses Schreiben Eurem Gedächtnis auf die Sprünge.«

Der Erzbischof nahm es, prüfte eingehend das Siegel und brach es schließlich.

In dem Schreiben erkundigte sich Pius IV. nach seinem Befinden und schlug ihm angesichts der misslichen Lage, in der er sich befinde, vor, besagtes Objekt zu versiegeln, damit es nicht geöffnet werden könne, und dann Kardinal Mezzoferro auszuhändigen.

Er hatte keinen Zweifel an seiner Antwort.

»Sagt dem Heiligen Vater, dass ich ihm für seine Sorge um meine Wenigkeit sehr dankbar bin, aber nicht weiß, von welchem Objekt die Rede ist.«

Mezzoferro merkte auf bei der Antwort. Offensichtlich wusste Carranza ganz genau, worauf Pius IV. anspielte, hatte aber nicht die Absicht, ihm das Objekt auszuhändigen. Er steckte das päpstliche Schreiben wieder ein, um es später, ohne es gelesen zu haben, zu vernichten, denn es durfte unter keinen Umständen in die Hände der Inquisition gelangen. Sollte der alte Geistliche gefoltert werden, wie lange würde es dauern, bis er gestand, was man von ihm hören wollte? Nachdem Mezzoferro ihm noch Mut für die Zukunft gemacht und ihm versichert hatte, dass der Papst alles tun werde, um seine Freilassung zu bewirken, verabschiedeten sie sich.

»Daran zweifle ich nicht im Geringsten, Eure Eminenz«, erwiderte Kardinal Carranza überraschend gelassen. »Ich weiß um die Zuneigung des Heiligen Vaters und dass er mich so bald wie möglich in Rom sehen will.«

»Natürlich«, bestätigte Mezzoferro.

Er war fest davon überzeugt, dass Pius IV. keinen Finger gerührt hätte, um Carranza zu retten, gäbe es nicht einen persönlichen Grund dafür. Und Carranza bewies mit seiner friedlichen Gelassenheit, dass er von Dingen wusste, über die Mezzoferro selbst nicht unterrichtet war. Beide, Papst und Erzbischof, hatten ein Geheimnis.

Sie umarmten sich kurz. Der alte Carranza war gerührt von dieser einfühlsamen Geste, fing sich aber sogleich wieder und zeigte sich wie immer selbstsicher. Mezzoferro hätte gerne ein paar Worte des Trostes und des Bedauerns hinzugefügt, hielt sich aber lieber zurück. Er fürchtete, das könnte den Erzbischof dazu ermuntern, sich in Klagen auszulassen, und er wollte diesen unseligen Ort so schnell wie möglich verlassen. Er mochte keine Kerker.

Schon der bloße Gedanke daran, dass ihm etwas Ähnliches passieren könnte, jagte ihm einen Schauder über den Rücken.

Er rief den Wächter. Im letzten Moment drückte ihm Carranza das kleine Büchlein in die Hand, das er immer bei sich trug.

»Gebt dieses Brevier dem Heiligen Vater von mir. Es ist etwas Persönliches, an dem ich sehr hänge. Falls mir etwas Schreckliches zustoßen sollte, ist mir lieber, wenn er es hat. Er soll es in Erinnerung an mich aufbewahren.«

Mezzoferro nahm das Brevier, ohne es zu öffnen.

»Das werde ich tun, Eure Exzellenz. Darum kümmere ich mich persönlich.«

Als er wieder im gleißenden Sonnenlicht stand, kehrten seine gute Laune und seine Lebensfreude zurück. Es war ein wunderbarer Tag. Er war ein freier Mann und konnte sich ohne jede Einschränkung bewegen. Erst wenn man seiner Freiheit beraubt ist, wird man sich des Vergnügens bewusst, wie viel Freude ein schlichter Spaziergang an der frischen Luft machen kann. Daran sollte er das nächste Mal denken, bevor er sich über etwas beklagte.

Auf der Fahrt zu seiner Residenz musste er ständig an Carranzas rätselhafte Äußerung denken: »Ich weiß, dass er mich so bald wie möglich in Rom sehen will.«

Was hatte er damit sagen wollen?

Das war nicht einfach ein Satz zum Abschied. Hinter diesen schlichten Worten steckte eine Botschaft. Aber welche? Wollte er selbst nach Rom? Vielleicht wollte er den Papst wissen lassen, dass er ihm den Gegenstand, den er nicht zu besitzen behauptete, nur aushändigen würde, wenn der seine Freilassung bewirkte, auch wenn das seine Rückberufung nach Rom und den Verzicht auf das Erzbistum bedeuteten? Möglich. Wenn dem so war, musste dieses geheimnisvolle Objekt ungeheuer wichtig für Pius IV. sein.

Er öffnete das Brevier und blätterte es aufmerksam durch. Es war ein Vademekum, wie es jeder Priester benutzte, er konnte nichts Außergewöhnliches daran entdecken. War es womöglich besagtes Objekt, das Pius IV. unbedingt haben wollte? Aber warum hatte Carranza dann behauptet, nicht zu wissen, um was es sich handelte, und es ihm dann doch gegeben? Oder wollte ihn der Erzbischof damit glauben machen, es wäre nicht besagter Gegenstand? War der Text etwa verschlüsselt? Wenn ja, benötigte man einen Code, um ihn zu entziffern.

Er würde sich das Brevier später genauer ansehen.

33

In seinem Verlies dachte Erzbischof Kardinal Carranza über das Gespräch mit Kardinal Mezzoferro nach.

Seine Überraschung über den Besuch war groß gewesen, besonders, als er dem ehrwürdigen Bruder von Angesicht zu Angesicht gegenüberstand. Wenn Pius IV. einen so wichtigen Kardinal schickte, musste er mehr als besorgt über das Schicksal besagten Objekts sein, wie er es genannt hatte. Und er hatte recht …

Carranza hatte sich sehr beherrschen müssen, um nicht zu lächeln, als Kardinal Mezzoferro ihn fragte, ob »das Schaf wieder bei der Herde sei«. Diese Frage bedeutete, dass er das Geheimdokument dem Überbringer der Botschaft unter keinen Umständen aushändigen durfte. Das Codewort war »Objekt«. Da Mezzoferro dem Geheimbund nicht angehörte, konnte der Arme nicht wissen, dass man sich diesen Code vor vielen Jahren für eine solche Situation ausgedacht hatte.

Sollte der Besitzer des Geheimdokuments einer drohenden Gefahr ausgesetzt sein, musste er es so schnell wie möglich an einen anderen Geheimbündler weiterreichen, damit dieser es gut unter Verschluss hielt. Eine solche Zwangslage rechtfertigte selbst außergewöhnliche Mittel, weswegen er frei entscheiden konnte, wem er das Dokument anvertraute, aber auf keinen Fall dem Pontifex.

Hätte der Gesandte hingegen »Bibel« gesagt, hätte der Besitzer des heiklen Dokuments ihm eine für den Fall präparierte

Bibel mit doppeltem Boden aushändigen müssen, in dem das Dokument verborgen war.

Jedenfalls hatte Mezzoferro nicht das richtige Codewort gesagt, und selbst wenn er es getan hätte, hätte Carranza unter keinen Umständen seinen Lebensretter preisgegeben.

Trotzdem machte ihm etwas Sorgen. Mit Mezzoferros Frage gab ihm der Papst zu verstehen, dass er in Gefahr schwebte. Das war eigentlich unnötig, denn es war mehr als offensichtlich, dass seine Situation kritisch war. Es ergab keinen Sinn, ihn zu warnen. Dann mussten diese Worte eine andere Bedeutung haben, aber er kam nicht darauf. Welche Botschaft wollte ihm der Papst übermitteln?

Mit seinem Kommentar »Ich weiß, dass er mich so bald wie möglich in Rom sehen will« wollte er Pius IV. täuschen.

Er gab ihm damit zu verstehen, dass das wertvolle Dokument bereits auf dem Weg in die Ewige Stadt sei. Das stimmte aber nicht. Er wollte ihn nur beruhigen und ihm damit versichern, dass das Dokument in Sicherheit und keinerlei Gefahr ausgesetzt sei. Tatsächlich hatte er alle vereinbarten Regeln übertreten, um zu dem Zeitpunkt, in dem er seine Freiheit aushandeln musste, im Besitz dieses wichtigen Trumpfes zu sein. Er traute keinem der eingeweihten Unterzeichner und verließ sich lieber auf seine Intuition, statt darauf zu hoffen, dass diese zu seiner Rettung herbeieilten.

Doch es gab noch ein Problem zu lösen. Bevor er sich auf die lange Reise nach Flandern gemacht hatte, hatte er die Bibel mit dem doppelten Boden vorübergehend einem alten Freund überlassen, der nichts mit der ganzen Sache zu tun hatte.

In den heutigen Zeiten bestand immer die Gefahr, dass die Inquisition den Bischofspalast in Toledo nach kompromittierenden Unterlagen durchsuchte. Würde sie etwas Verdächtiges finden, könnte das gegen ihn verwendet werden, falls der Erzbischof eine ihren Interessen zuwiderlaufende Entscheidung getroffen haben sollte. Erpressung war eine weit verbreitete

Praxis, das wusste Carranza ganz genau. Deshalb hatte er seine Vorkehrungen getroffen und beabsichtigt, sich die Bibel nach seiner Rückkehr wiederzubeschaffen, aber als er an Land gegangen war, war er verhaftet worden, weshalb ihm keine Zeit dazu geblieben war.

Um das Dokument selbst machte er sich keine Sorgen. Der Freund war ein Mann seines Vertrauens. Kardinal Carranza war davon überzeugt, dass er die Bibel, auch ohne ihren Wert zu kennen, sorgfältig aufbewahrte, denn es war ein wunderschönes, reich verziertes Buch.

Carranza hatte diese »Leihgabe« damit begründet, dass in seiner Abwesenheit seine Bibliothek umgebaut werden sollte und er verhindern wollte, dass diese Bibel, ein Geschenk des Papstes, Schaden nehmen könnte.

Gewiss, das war riskant gewesen.

Die strengen, von den Geheimbündlern aufgestellten Regeln untersagten bei Strafe, das Dokument einem Außenstehenden anzuvertrauen, ausgenommen im Falle eines großen Risikos. Und eine schlichte Reise, so weit sie auch führen mochte, wurde nicht als solches eingestuft. Trotzdem hatte Erzbischof Kardinal Carranza es nicht riskieren wollen, sie mitzunehmen, denn sie hätte von einem der Geheimdienste der Länder, durch die er kam, entdeckt werden können. Wäre ihm etwas passiert, war wenigstens das Dokument in Sicherheit.

Er konnte nicht ahnen, dass besagter Freund, ein alter Priester mit einer kleinen Pfarrgemeinde am Stadtrand, die wunderschöne Bibel voller Stolz schon anderen Leuten gezeigt hatte.

34

Kardinal Mezzoferro stand vor dem Bild, das ihm gerade gebracht worden war. Er kannte das Motiv, aber da es noch verpackt war, konnte er es sich nur vorstellen. Er wollte es unbedingt sehen. Der Pontifex hatte vor langer Zeit in seinem Schreibzimmer in Rom davon gesprochen.

Und nun war es endlich fertig.

Er wollte es sich allein ansehen. Ein wahrer Sachverständiger lässt sich ungern ablenken, wenn es ein Werk zu begutachten gilt. Und sein Instinkt sagte ihm, dass er im Begriff war, eines dieser seltenen Meisterwerke zu sehen, deren Anblick einen echten Genuss verhieß.

Er schickte die Bediensteten, die es auf eine Staffelei gestellt hatten, hinaus und riss dann das Papier herunter. Mit einer Handbewegung, die er selbst als ziemlich theatralisch einstufte, entfernte er auch den letzten Schnipsel. Er wusste nicht, ob das Kunstwerk bereits für den Transport vorbereitet worden war, konnte sich aber vorstellen, dass die Künstlerin beim Verpacken genaue Anweisungen gegeben hatte. Eigentlich sollte das Bild von der Nuntiatur auf direktem Weg nach Rom gebracht werden. Niemand wusste, dass es in Madrid noch einen kurzen Zwischenstopp einlegen würde, um eine kleine Veränderung anbringen zu lassen.

Als er das Werk endlich vor Augen hatte, verblüffte ihn dessen Vollkommenheit dennoch. Es war wirklich ein Meisterwerk. Einfach herausragend. Der Papst hatte ihm vom Talent der Künstlerin erzählt, aber er hatte sich nicht vorstellen können, dass sie so vortrefflich arbeitete. Dieses Gemälde war des höchsten Lobes würdig.

Sein Blick fiel auf die Hand der dargestellten Figur. Sofonisba hatte ihren Zeigefinger ausgestreckt gemalt. Laut Pius' IV. Anweisung sollte ein gekrümmter Zeigefinger kennzeichnen, dass Mezzoferro das besagte Objekt erhalten hätte. Wenn nicht, sollte der Finger ausgestreckt sein.

Selbstverständlich würde er das Selbstporträt mit der entsprechenden Fingerhaltung so schnell wie möglich auf den Weg nach Rom bringen, damit der Pontifex nicht bis zu seiner Rückkehr warten musste, um vom Ergebnis seiner Mission in Spanien zu erfahren. Aber es war noch nicht entschieden, welche Antwort er dem Papst zukommen lassen würde.

Mezzoferro wusste, dass die Figur die Malerin selbst darstellte. Da er sie nicht persönlich kannte, studierte er eine Weile ihre Gesichtszüge bis ins Einzelne. Sie war viel schöner als erwartet. Er hatte geglaubt, dass eine Frau nur zum Zeitvertreib malte, um ihre innere Leere auszufüllen und mit ihrer Begabung ein eher unvorteilhaftes Aussehen auszugleichen. Aber im Fall Sofonisbas war das anders. Die junge Frau hatte goldblondes Haar und blaue Augen. Hatte sie es übertrieben, oder waren ihre Augen wirklich so blau? Wie auch immer, das Ergebnis war beeindruckend. Diese Frau war eine aufsehenerregende Schönheit. Er musste zugeben, dass er sich geirrt hatte.

Minutenlang betrachtete er das Bild, hingerissen von dieser zarten Hand, die so anmutig und talentiert die eigenen Züge auf Leinwand gebannt hatte. Dann riss er sich endlich von ihrem Anblick los und klingelte nach dem Majordomus, der sofort den Raum betrat.

»Gebt Meister Manfredi Bescheid, dass ich ihn erwarte«, befahl er, ohne den Blick von dem Gemälde abzuwenden. »Und bringt mir ein Schinkenbrot und ein Glas Wein«, fügte er hinzu.

Das war ein untrügliches Zeichen dafür, dass er in bester Stimmung war. Dann bekam er immer Appetit.

»Er wartet bereits im Vorzimmer, Eure Eminenz«, erwiderte der Majordomus zu seiner Überraschung. »Als er vom Eintreffen des erwarteten Paketes erfahren hat, ist er sogleich herbeigeeilt, aber ich habe ihm gesagt, dass Eure Eminenz allein sein und nicht gestört werden möchte.«

Dieser Majordomus redete zu viel, dachte Mezzoferro, wobei er ihm mit einer nachlässigen Geste zu verstehen gab, den Meister endlich hereinzubitten. Er durfte nicht zulassen, dass der Bedienstete sich solche Freiheiten herausnahm. Es könnte gefährlich werden, eine so geschwätzige Person um sich zu haben. Mezzoferro hasste Getratsche, vor allem in seiner engsten Umgebung. Er fürchtete zu Recht, dass so jemand auch außerhalb des Palastes alles Mögliche ausplaudern könnte. Und er hasste es, wenn die Leute Privates von ihm erfuhren, selbst wenn es nur belanglos war.

»Das nächste Mal brauchst du nicht gleich den halben Palast darüber zu informieren, wenn ein Paket geliefert wird«, rügte er ihn streng. »Ich verlange Diskretion, denk daran.«

Der Majordomus errötete leicht. Er hatte keinen Tadel dafür erwartet, dass er den Wünschen des Herrn zuvorgekommen war.

Meister Manfredi ließ sich nicht lange bitten und trat sofort ein. Er war ein Mann in den mittleren Jahren, obwohl er älter wirkte, und stammte aus der Region Ancona. Er arbeitete regelmäßig für den Kardinal und kopierte meist die Porträts, die dieser hohe Geistliche Freunden und Bekannten zum Geschenk machte. Er verfügte über ein gewisses Talent, hatte es jedoch nie geschafft, sich als Maler einen Namen zu machen. Er erhoffte sich von Kardinal Mezzoferro, dass er bei der römischen Kurie für ihn warb, aber im Augenblick waren die Ergebnisse eher bescheiden. Der Kardinal schien es vorzuziehen, einen ziemlich begabten, aber billigen Kopisten an der Hand zu haben. Trotzdem hatte Manfredi die Hoffnung noch nicht aufgegeben, eines Tages als Maler anerkannt zu werden.

Er war angenehm überrascht gewesen, als ihn der Kardinal in sein schönes Landhaus hatte rufen lassen, um ihn über sein neuestes Projekt zu unterrichten. Manfredi hatte geglaubt, er wolle ihm ein neues Werk in Auftrag geben, war aber erstarrt, als sein Gönner ihm verkündete, dass er in Kürze auf Reisen ginge und ihn mitzunehmen gedenke. Das war ziemlich ungewöhnlich. Der Kardinal hatte ihn noch nie aufgefordert, ihn auf eine seiner Reisen zu begleiten. Er hätte ihn gerne nach dem Grund gefragt, es aber dann doch nicht gewagt. Wenn Seine Eminenz es so bestimmte, hatte er gewiss seine Gründe. Zumindest würde er andere Länder kennenlernen, was ohne eine Einladung wie die des ehrwürdigen Geistlichen für ihn unmöglich gewesen wäre. Deshalb hatte er schließlich erfreut eingewilligt.

In Spanien selbst hatte er seinen Gönner nur selten zu Gesicht bekommen, der immer beschäftigt war mit Dingen, von denen er nichts verstand und die allem Anschein nach von größter Wichtigkeit für sein hohes Amt waren.

Wenn er ehrlich war, hatte er auch nicht verstanden, warum er am Bild eines anderen Künstlers »ein paar Veränderungen« vornehmen sollte, doch wenn das der Wunsch seines Wohltäters war, würde er natürlich keine Einwände erheben.

Mezzoferro war ein Mann, der über mannigfaltige Beziehungen verfügte. Als der Heilige Vater ihm die komplizierte Mission auftrug, hatte er sich nicht entmutigen lassen. Musste ein Porträt *ad hoc* verändert werden, hatte er den Richtigen zur Hand. Meister Manfredi war jedenfalls ein sehr fähiger Maler, er konnte ein Gemälde so kopieren, dass das Original nicht von der Fälschung zu unterscheiden war. Der geeignete Mann für seine Mission.

»Also Meister«, sagte der Kardinal leutselig. »Was haltet ihr von dem Werk?«

Manfredi ging zu der Staffelei, studierte schweigend das Gemälde und überprüfte jedes Detail. Am Ende verzog er das Gesicht, was der Kardinal als Wertschätzung und Bewunderung interpretierte.

»Ausgezeichnete Pinselführung. Eine feinfühlige Hand. Ist der Maler Spanier? Nach dem, was ich bisher hier gesehen habe, wirkt es nicht so. Die Spanier haben einen theatralischeren Stil, wenn Ihr mir den Ausdruck erlaubt.«

»Weiß ich nicht«, log der Kardinal. »Es interessiert mich auch nicht. Mich interessiert nur zu erfahren, ob Ihr eine kleine Veränderung anbringen könnt, die nicht auffällt…«

»Eine Veränderung?«, wiederholte der Meister sprachlos. »Aber das Porträt ist perfekt. Was für eine Veränderung soll ich denn anbringen?«

»Ich habe Euch nicht um Eure Meinung über die Qualität des Bildes gebeten. Ich will nur wissen, ob Ihr den Stil kopieren und diese Veränderung anbringen könnt, von der ich gesprochen habe«, erwiderte der Kardinal leicht verärgert. Diese Künstler mussten immer ihr eigenes Urteil abgeben.

Angesichts des strengen Tons seines Herrn zuckte Manfredi zurück. Es wäre eine Sünde, an diesem Gemälde etwas zu verändern, aber wenn der Kardinal es wünschte…

»Selbstverständlich, Eure Eminenz. Das ist kein Problem. Wenn es sich wirklich nur um eine kleine Veränderung handelt, wird es nicht einmal der Urheber sehen, das garantiere ich Euch. Welchen Teil soll ich denn verändern?«

»Die Hand«, antwortete der Kardinal erleichtert. Er zweifelte Manfredis Fähigkeiten nicht an, aber seine Bestätigung beruhigte ihn.

»Die Hand?«, rief der Meister noch verblüffter.

»Wie ich sagte, die Hand. Ich möchte, dass die Hand leicht verändert wird…«

Manfredi runzelte die Stirn. War das eine Überspanntheit des Kardinals? Warum sollte er die Hand verändern, wenn sie doch so, wie sie gemalt war, perfekt mit dem Gesamtbild harmonierte?

»Was genau an Veränderung wünscht Ihr denn, Eure Eminenz?«, fragte er. Er fand dieses Ansinnen ausgesprochen unklug, behielt seine Meinung aber lieber für sich, um den Kardinal nicht zu erzürnen.

»Das weiß ich noch nicht genau«, antwortete Mezzoferro nachdenklich. »Ich werde es Euch zum angemessenen Zeitpunkt wissen lassen. Für heute wollte ich nur erfahren, ob Ihr es Euch zutraut, woran ich allerdings nicht gezweifelt habe. Lasst mich jetzt allein. Wenn ich mich entschieden habe, lasse ich Euch rufen.«

Manfredi war verunsichert. Sein Mentor war ihm schon immer sonderbar erschienen, aber heute überspannte er den Bogen. Zuerst zeigte er ihm ein ausgezeichnetes Gemälde, dann sagte er, er wolle eine Veränderung der Hand, und schließlich räumte er ein, nicht zu wissen, wie er sie haben wollte ... verrückt. Aber er war an Mezzoferros Sonderwünsche gewöhnt und wollte sich lieber nicht mit ihm anlegen. Zum Abschied küsste er ihm den Ring.

Wieder allein lächelte der Kardinal zufrieden. Seine Pläne würden sich wunschgemäß umsetzen lassen. Jetzt fehlte nur noch Valdés' Antwort. Beide wussten, dass sie sich noch treffen würden. Mezzoferro war sich durchaus bewusst, dass ein persönliches Treffen mit dem Großinquisitor bedeutete, Pius' IV. ausdrückliche Befehle zu missachten, es ließ sich aber nicht vermeiden, wenn er zu einer Einigung kommen wollte. Es sei denn ...

Er hatte eine Idee. Vielleicht konnte er sein Ziel auch erreichen, ohne sich persönlich mit dem Großinquisitor treffen zu müssen. Es war ein riskantes Unterfangen, aber wer nicht wagt, der nicht gewinnt.

35

Je länger er sie betrachtete, desto schöner kam sie ihm vor. Es war eine besondere Bibel. Er hatte noch nie eine so wunderschön gebundene Ausgabe gesehen. Der Buchdeckel war mit kleinen Edelsteinen verziert, passend nach Farbe und Größe angeordnet, was einen vortrefflichen Anblick bot. Diese Heilige Schrift war bestimmt von unschätzbarem Wert. Er war stolz auf den Freundschafts- und Vertrauensbeweis seines alten Freundes Erzbischof Kardinal Carranza, denn er hätte sich nie träumen lassen, dass Seine Eminenz ihm einen solchen Schatz anvertrauen würde, solange er auf Reisen war. Pater Ramírez verstand seine Sorge. Wenn die Bibliothek umgebaut wurde, war es natürlich besser, dieses Juwel in Sicherheit zu bringen, aber es ihm einfach zu überlassen … Er hätte wirklich nie gedacht, dass der Erzbischof ihn so hoch schätzte.

Ramírez nahm das Buch wieder zur Hand, öffnete es vorsichtig und blätterte darin. Es war ein sinnliches Vergnügen. Er platzte fast vor Stolz. Am Nachmittag erwartete er den Besuch von Monsignore Ortega. Der Kardinal hätte bestimmt nichts dagegen, wenn er ihm die Bibel zeigte. Schließlich müsste es Carranza doch gefallen, wenn man das Geschenk herzeigte, das ihm ein Papst für seine Dienste gemacht hatte. Nicht alle konnten sich dieser Ehre rühmen. Er legte das Buch wieder in die kleine Kassette, eine mit Samt kaschierte Sonderanfertigung, die es vor Beschädigungen bewahrte.

Da klopfte es an die Tür.

Wer konnte das sein? Er erwartete Monsignore Ortega erst später.

Er ließ die Kassette auf dem Tisch stehen und ging öffnen. Er wollte denjenigen schnell abfertigen und sich wieder an der Bibel ergötzen.

Als er die Tür öffnete, stand Maria Sciacca vor ihm und lächelte ihn freundlich an.

»Guten Tag, Pater«, sagte sie munter. »Ich bin gekommen, um zu fragen, ob Ihr den Brief an meine Cousine geschrieben habt.«

Pater Ramírez zog die Augenbrauen hoch. Den Brief hatte er völlig vergessen. Aber dieses Mädchen hatte ihm geholfen, die Dame Sofonisba kennenzulernen. Ohne ihre Vermittlung wäre er nicht zu ihr vorgedrungen, er schuldete ihr den Gefallen. Außerdem musste er nur ein paar alberne Zeilen aufsetzen, sie konnte ja nicht lesen.

»Ich bin noch nicht dazu gekommen«, log er skrupellos. »In letzter Zeit hatte ich viel zu tun, aber wenn es dir eilig ist, schreibe ich ihn dir schnell. Hast du einen Augenblick Zeit?«

»Natürlich. Erinnert Ihr Euch daran, was Ihr schreiben sollt?«

»Ja, ja«, antwortete Ramírez. Er wollte es schnell hinter sich bringen. »Warte hier auf mich. Es dauert nur ein paar Minuten.«

Maria nickte, und als er verschwunden war, schaute sie sich neugierig um.

Auf dem Tisch stand eine mit dunkelrotem Samt überzogene kleine Kiste, aber nichts wies darauf hin, was sie beinhaltete. Sie trat näher und entdeckte, dass der Deckel nur zugeklappt war. Neugierig öffnete sie ihn.

Der reich verzierte Einband eines dicken Buches versetzte sie in Erstaunen. Wahrscheinlich hatte der Pater etwas darin nachgelesen, als sie klopfte.

Nachdem sie sich vergewissert hatte, dass sie wirklich allein war, nahm sie die Bibel heraus und blätterte darin. Ihr war egal, was darin stand, sie konnte es sowieso nicht lesen, aber der Buchdeckel mit den prächtigen Edelsteinen war wunderschön. Was konnte das wert sein? Bestimmt sehr viel.

Sie strich mit dem Zeigefinger über die funkelnden Kleinodien. Ein Stein bewegte sich. Sie wiederholte die Geste und sah, dass der Stein in der Fassung nachgab. Die feinen Häkchen hatten sich gelockert, der Stein könnte also leicht herausfallen.

Sie versuchte es, eher spielerisch denn in böser Absicht. Und es gelang ihr tatsächlich, ein bisschen Druck mit dem Finger, und der Stein fiel heraus.

Erschrocken fuhr sie herum. Sie lauschte, ob Pater Ramírez schon zurückkäme, hörte aber keine Schritte. Schnell ließ sie den Edelstein in ihre Tasche gleiten. Dann legte sie das Buch in seine Kassette zurück und klappte den Deckel zu.

Ihr blieb keine Zeit, darüber nachzudenken, wie sie es anstellen sollte, denn in Madrid würde es sich eher schwierig gestalten, einen Goldschmied zu finden, der ihr einen solchen Edelstein zu einem guten Preis abkaufte. Vielleicht hatte sie gerade die Lösung für ihr Problem gefunden?

Damit Pater Ramírez sie nicht in der Sakristei herumschnüffeln sah, ging sie in die Kirche hinaus und setzte sich in eine Bank. Dort tat sie, als ob sie bete.

Beim Anblick ihrer frommen Haltung würde der Verdacht des Paters nicht auf sie fallen, wenn er das Fehlen des Steines bemerkte. Er könnte einfach herausgefallen sein, ohne dass er es bemerkt hatte. Wenn die Kirche schon so reich war, um sich solche Schätze zu leisten, konnte sie, wenn auch unfreiwillig, einer armen Gläubigen auch einen kleinen Edelstein schenken. Sie betrachtete ihn als bescheidene finanzielle Unterstützung durch die göttliche Vorsehung. Mit ein wenig Glück würde man sein Fehlen gar nicht bemerken.

Kurz darauf kam Pater Ramírez mit dem Brief zurück. Als er

sah, dass sie nicht in der Sakristei war, suchte er sie in der Kirche und überraschte sie beim Beten. Sie war ein gutes Mädchen, demütig und pflichtbewusst. Er rief sie zu sich.

»Hier hast du deinen Brief, mein Kind«, sagte er. »Wenn du die Antwort erhältst, bring sie gleich zu mir, ich werde sie dir vorlesen.«

»Tausend Dank, Pater. Ich weiß nicht, wie ich Euch danken soll. Ihr seid so gut zu mir …«

Ramírez zuckte die Achseln – dieser Gefallen war eine Nichtigkeit – und lächelte freundlich. Als sie den Brief zusammenfaltete, sah er sich ihr Gesicht genauer an. Sie war ziemlich hübsch. Ach, wenn er ein paar Jahre jünger wäre …

Nachdem er sich von ihr verabschiedet hatte, kehrte Ramírez in die Sakristei zurück. Beim Anblick der Kassette auf dem Tisch erinnerte er sich daran, dass er die Heilige Schrift an ihren Platz zurücklegen sollte.

Vorsichtig legte er sie in einen Schrank. Sollten Diebe in die Sakristei eindringen, war das kein besonders sicheres Versteck, aber er wollte die Bibel ja noch Monsignore Ortega zeigen. Später würde er ein ordnungsgemäßes Versteck dafür suchen. Es hätte gerade noch gefehlt, dass sich einer seiner Gläubigen in die Sakristei geschlichen und die wertvolle Bibel gestohlen hätte. Das hätte er sich nie verziehen.

Am Nachmittag war Ortega zur vereinbarten Zeit da. Ramírez' Aufregung hatte ihm Sorge bereitet, denn er glaubte, sie hätte mit seinem Auftrag zu tun. Er beruhigte sich aber gleich wieder, als der Priester ihm die Bibel zeigte und ihm in allen Einzelheiten erklärte, welch großes Vertrauen Erzbischof Kardinal Carranza zu ihm hatte, wenn er ihm dieses wertvolle Objekt anvertraute, während seine Bibliothek umgebaut wurde.

Einen Moment lang hatte Ortega befürchtet, es hätte irgendeinen Zwischenfall gegeben. Doch jetzt konnte er aufamten. Dieser alte Spinner war nur wegen einer Bibel von Kardinal Carranza so aufgeregt.

Ja, die Bibel war zweifelsohne schön und reich verziert, aber das rechtfertigte solche Erregung auch nicht. Er hatte schönere und reicher verzierte Exemplare gesehen.

»Habt Ihr gesehen, dass ein Edelstein fehlt?«, fragte er plötzlich.

»Wo?«, fragte der Priester beunruhigt.

»Hier.« Ortega zeigte auf die Stelle. »Seht Ihr?«

Pater Ramírez starrte mit offenem Mund und weit aufgerissenen Augen auf die Stelle, er war fassungslos.

»Das habe ich noch gar nicht bemerkt«, stammelte er. »Ich könnte aber schwören, dass nichts gefehlt hat, als ich sie mir vorhin angesehen habe. Vielleicht ist er jetzt herausgefallen, als Ihr darin geblättert habt.«

Er suchte sorgfältig erst den Tisch und dann den Boden ab, konnte aber nichts finden. Er kniete nieder und tastete gewissenhaft den stumpfen Parkettbelag der Sakristei ab, denn sollte der Stein hinuntergefallen sein, müsste er sich finden lassen, aber keine Spur von ihm. Dann schaute er ängstlich auf.

»Hoffentlich ist er nicht hier in der Kirche herausgefallen. Ich möchte nicht, dass Seine Eminenz denkt…«

»Macht Euch keine Sorgen«, versuchte Ortega ihn zu beruhigen. »Wahrscheinlich hat er vorher schon gefehlt. Wem außer mir habt Ihr sie noch gezeigt?«

»Niemandem, Monsignore, das schwöre ich Euch. Ihr seid der Einzige.«

»Dann müsst Ihr auch nichts befürchten, Ramírez. Er hat bestimmt schon vorher gefehlt, er wird einfach herausgefallen sein. Schaut hier, die Häkchen haben sich gelockert.«

Ja, Ramírez sah ganz genau, dass die Häkchen offen standen, doch das beruhigte ihn auch nicht.

Der Monsignore wechselte das Thema. Er hatte keine Zeit zu verlieren. Aber der Pater war mit seinen Gedanken bei dem fehlenden Stein und konnte sich nicht auf Ortegas Worte konzentrieren. Die Intrigen des Monsignore interessierten ihn im

Augenblick wenig. Er konnte nur an den Edelstein denken und fürchtete, er könnte herausgefallen sein, als die Heilige Schrift in seiner Obhut war. Erzbischof Kardinal Carranza würde ihn für den Schaden verantwortlich machen. Er schluckte. Er musste den Stein unbedingt finden.

»Verzeiht, wenn ich Euch unterbreche, Monsignore«, sagte er mit einem Blick wie ein geprügelter Hund. »Aber Ihr kennt nicht zufällig jemanden, der den fehlenden Stein ersetzen könnte?«

Monsignore Ortega presste die Lippen zusammen. Dieser alte Spinner sorgte sich nur um diese Bibel und kümmerte sich nicht um die wichtigen Angelegenheiten. Er versuchte, höflich zu bleiben und ihn nicht gegen sich aufzubringen. Ramírez war nicht in der Verfassung, ihm seine Aufmerksamkeit zu schenken und an etwas anderes zu denken als an diesen verdammten Stein. Es war dumm von ihm gewesen, ihn darauf aufmerksam zu machen.

»Ich glaube schon«, antwortete er. »Aber so ein Stein, so winzig er auch sein mag, kostet ein kleines Vermögen. Seid Ihr in der Lage, das zu zahlen?« In seiner Stimme schwang Spott mit, aber der Priester merkte es nicht.

»Eigentlich habe ich an einen ähnlichen, aber falschen Stein gedacht«, antwortete er mutlos, als wäre er sich bewusst, dass das Unsinn war. »Ich kann mir eine solche Ausgabe nicht leisten. Wenn das Original andererseits vorher verloren gegangen ist, müsste der Erzbischof das wissen und wäre mir dankbar, wenn ich die Schönheit des Einbandes wiederherstelle.«

»Mit einem falschen Stein?«, erwiderte Ortega. Er verlor allmählich die Geduld mit Ramírez.

»Das wird man gar nicht sehen. Heutzutage werden wunderbare Nachbildungen gemacht.«

Jetzt riss Ortega der Geduldsfaden. Dieser Alte verschwendete mit seinen albernen Sorgen nur seine Zeit.

»Ist gut«, sagte er schließlich. »Ich werde mich darum kümmern. Aber ich muss das Buch mitnehmen. Der Goldschmied muss sich die anderen Steine ansehen, um einen ähnlichen anzufertigen.«

»Aber…«, stammelte Ramírez erschrocken. Konnte er Ortega vertrauen? Ihm die Bibel zu überlassen war eine Tollkühnheit, aber ihm blieb keine andere Wahl, wenn er den Schaden beheben wollte.

»Wenn Ihr mir zusichert, dass Ihr persönlich über sie wacht…?«, sagte er schüchtern. Als er Ortega die Stirn runzeln sah, fügte er rasch hinzu: »Ich vertraue Euch natürlich. Das macht mir keine Sorgen. Aber Ihr müsst mir versprechen, dass Ihr mit Seiner Eminenz nicht über diesen kleinen Zwischenfall redet. Ich möchte nicht…«

Auch das noch, dachte Ortega. Jetzt fehlt bloß noch, dass er mir nicht mehr vertraut, mal abgesehen von dem Gefallen, den ich ihm tue.

Als Ramírez erkannte, dass er keine Wahl hatte, händigte er Ortega resigniert die Bibel aus. Bevor er sich von ihr trennte, gab er ihm hundert Empfehlungen mit auf den Weg. Es sei nicht böse gemeint, aber sie sei ihm vom Erzbischof persönlich anvertraut worden und er fühle sich in seiner Schuld für das gewährte Vertrauen.

Er konnte ja nicht ahnen – denn das wurde geheim gehalten –, dass Erzbischof Kardinal Carranza unweit seiner Kirche in einem stinkenden Verlies saß.

36

Der Goldschmied Manzanares prüfte aufmerksam den Einband der Heiligen Schrift, die ihm Monsignore Ortega eben ausgehändigt hatte. Ein kleines Juwel.

Der Auftrag des Monsignore hatte ihn verblüfft. Warum einen Edelstein durch einen falschen ersetzen, wenn alle anderen auf dem wunderbaren Buchdeckel doch echt waren?

Ortega hatte ihm erklärt, dass das Buch eine Leihgabe des legitimen Besitzers an einen Freund sei, und diesem sei der Edelstein verloren gegangen. Da dieser aber nicht über genügend Mittel verfüge, wolle er ihn durch einen gleichartigen, aber weniger wertvollen Stein ersetzen lassen.

Eine wenig glaubwürdige Geschichte.

Es war nicht das erste Mal, dass er um so etwas gebeten wurde, aber immer hatte es sich um Damen der Aristokratie gehandelt, die in finanziellen Engpässen steckten. Sie versetzten die Originale und ließen sich gefälschten Schmuck anfertigen, damit niemand etwas von ihren momentanen Liquiditätsproblemen erfuhr. Wenn sich ihre Lage gebessert hatte, lösten sie den Schmuck wieder aus.

Aber dieser Fall lag anders.

Aus langjähriger Erfahrung wusste Manzanares, dass es hier nicht mit rechten Dingen zuging. War es versuchter Diebstahl? Sollte der Besitzer der Bibel wirklich eine wichtige Persönlichkeit sein – etwas anderes kam angesichts des Wertes dieser Prachtausgabe nicht in Frage –, ging er ein hohes Risiko ein.

Man hätte ihn der Hehlerei und Beihilfe zum Diebstahl bezichtigen können. Bei einer solchen Anschuldigung wäre sein Ruf dahin gewesen.

Als Ortega gegangen war, untersuchte er die wertvolle Bibel in seiner Werkstatt genauer. Als er sie aufklappte, entdeckte er auf der ersten Seite das päpstliche Wappen.

Er erschrak zutiefst.

Wenn die Bibel, wie das Wappen bewies, einem Papst gehört hatte und sich jetzt in Spanien befand, bedeutete das wahrscheinlich, dass dieser sie einem Kirchenfürsten oder einem Mitglied der Königsfamilie geschenkt hatte. Hinter dem Rücken dieser Eminenzen zu agieren war ausgesprochen gefährlich. Die Folgen wären gar nicht auszudenken.

Er wollte sich keiner Gefahr aussetzen. Es könnte ihn teuer zu stehen kommen, in so eine Geschichte verwickelt zu werden.

Also legte er die Bibel wieder in die Schatulle, sagte seinem Gehilfen, dass er gleich zurück sei, und verließ mit der Kassette unterm Arm das Geschäft.

Er schlug den Weg zum Hauptsitz der Inquisition ein.

Um nicht in finstere Machenschaften hineingezogen zu werden, blieb ihm nichts anderes übrig, als mit seinem guten Freund, wie er ihn nannte, Fernando de Valdés, zu reden. Er würde wissen, was zu tun sei.

Wenn er sich vor seiner Kundschaft damit brüstete, ein guter Freund des gefürchteten Großinquisitors zu sein, dann diente das dazu, ihm Prestige und Glaubwürdigkeit verschaffen. In Wahrheit war er nur ein kleiner Informant, und ihre Beziehungen gingen nicht über reine Höflichkeit hinaus. Für einen Kaufmann wie Juan Manzanares, der in Ruhe leben und keinen unangenehmen Überraschungen ausgesetzt werden wollte, war dieser Kontakt eine überlebensnotwendige Pflicht.

Fernando de Valdés ließ ihn ziemlich lange warten, bis er ihn empfing. Er hatte Wichtigeres zu tun, als diesen eingebildeten Goldschmied vorzulassen, der ihm nie etwas Bedeutendes zu sagen hatte.

Hinzu kam, dass dieser Mann etwas an sich hatte, das ihn aufbrachte. Es war seine Art zu reden, sein schwülstiger Versuch, sich als Edelmann auszugeben, obwohl er doch nichts weiter als ein Tölpel war. Um sein Gegenüber zu beeindrucken, benutzte Manzanares oft Worte, deren Bedeutung er nicht immer kannte. Valdés störte besonders seine Affektiertheit, wenn er jeden Satz mit einer Geste unterstrich, die darin bestand, dass er laut schmatzend den Mund öffnete und schloss.

Er begrüßte ihn nicht allzu freundlich mit einem angedeuteten Lächeln, als dieser sein Schreibzimmer betrat. Dann warf er ihm an den Kopf:

»Habt Ihr mir etwas Wichtiges mitzuteilen, Señor Manzanares, oder warum wollt Ihr so dringend empfangen werden?«

Der Goldschmied ließ sich von dem scharfen Tonfall nicht beeindrucken. Er kannte den Großinquisitor lang genug, um sich nicht darüber zu wundern. Valdés war nie ein besonders freundlicher Mensch gewesen.

»Ich wollte Euch etwas zeigen, das Euch interessieren dürfte«, antwortete er unterwürfig. Er hätte seine Entdeckung gerne enthusiastischer vorgetragen, aber Valdés' grimmige Begrüßung hatte ihn ein wenig aus dem Konzept gebracht. Es war nicht angebracht, sich lange bitten zu lassen.

»Lasst mal sehen«, erwiderte Valdés schneidend.

Manzanares öffnete den roten Kassettendeckel, holte die Bibel heraus und legte sie auf den Schreibtisch des Großinquisitors.

Der reagierte zunächst gar nicht. Er erwartete eine Erklärung.

Manzanares erläuterte ihm die Umstände und legte besonderen Nachdruck auf seinen Verdacht bezüglich des legitimen Besitzers der Bibel und des Diebstahls, bei dem Monsignore

Ortega unfreiwillig zum Komplizen geworden sein könnte. Valdés lauschte ihm, ohne mit der Wimper zu zucken, und blätterte dabei zerstreut in der Bibel. Die Sache schien nicht besonders interessant zu sein, und wer auch immer der Besitzer der Bibel sein mochte, sie war absolut unwichtig. Man wollte einen Stein ersetzen? Na und? Er beschäftigte sich mit Glaubensfragen oder mit politisch-religiösen Verschwörungen und nicht mit angeblichem Juwelenraub. Das war wieder so eine Geschichte, die sich dieser unverschämte Kerl ausgedacht hatte.

»Was soll ich tun?«, fragte Manzanares schließlich ungeduldig und überzeugt davon, dass er das Interesse seines Gegenübers geweckt hatte.

»Tut, um was Ihr gebeten wurdet«, antwortete Valdés. »Das geht uns nichts an.«

Er klappte den Buchdeckel mit Nachdruck zu und gab die Bibel dem Goldschmied zurück. Das Gespräch war beendet.

Manzanares war enttäuscht. Er hatte erwartet, dass der Großinquisitor ihn zu seiner Wachsamkeit beglückwünschte und sich dankbar zeigte, ihn über dieses Komplott unterrichtet zu haben, aber offensichtlich interessierte es ihn gar nicht. Na schön, wenigstens hatte er seine Schuldigkeit getan. Sollte etwas passieren, konnte man ihm nichts vorwerfen.

Er verließ das düstere Gebäude und schlenderte in sein Geschäft zurück. Er fühlte sich erleichtert, so als hätte ihm das sinnlose Gespräch mit dem gefürchteten Valdés eine Last von seiner Seele genommen.

Die Sonne stand tiefer, und es hatte sich etwas abgekühlt. Manzanares betrat zufrieden sein Geschäft. Um diese Abendstunde war nur wenig zu tun. Seine beiden Gehilfen waren schon nach Hause gegangen, diese Faulenzer. Er schloss ab und ging nach hinten in seine Werkstatt. Vielleicht wäre es das Beste, wenn er auch nach Hause ginge. Schließlich kam um diese Uhrzeit wirklich keine Kundschaft mehr. Als er sich schon auf den Weg machen wollte, überlegte er es sich anders. Er wollte noch einen letzten Blick auf die Bibel werfen. Er holte sie aus der Schatulle und legte sie auf den Tisch.

Manzanares wusste nicht warum, aber sie gefiel ihm. Vielleicht wegen ihres kleinen Formats oder der gelungenen Auswahl und durchdachten Anordnung der Steine. Es waren Rubine, Diamanten, Saphire und Smaragde, die mit einem feinen Goldfaden miteinander verbunden waren. Das Arrangement war perfekt. Wie schade, dass einer fehlte. Was für eine Art Stein es wohl war? Ein Smaragd oder ein Rubin? Um das herauszufinden, zählte er nach, wie viele es von jedem Edelstein gab. Vielleicht hatte der Juwelier, der diese Arbeit angefertigt hatte, immer gleich viele Steine benutzt.

Abgesehen von den Diamanten, von denen es viele gab und die als Hintergrund sternengleich verteilt waren, zählte er von jedem Edelsteintyp vier.

Plötzlich erhellte sich sein Gesicht. Jetzt hatte er es.

Es fehlte ein kleiner Smaragd. Von den Smaragden waren im Gegensatz zu den übrigen Steinen nur drei vorhanden.

Da er sie schon zur Hand hatte, blätterte er ein wenig in dem Buch, obwohl ihn eigentlich nur der verzierte Deckel interessierte. Das Innere glich dem vieler anderer Bibeln.

Beim Zuklappen fiel ihm der rückwärtige Buchdeckel auf, der eine eigenwillige Gestalt aufwies. Er war, anders als der Deckel, ein paar Millimeter dicker. Ohne Sachkenntnis merkte man das nicht.

Er suchte einen Grund dafür. Was hatte den Buchbinder dazu veranlasst, hinten einen stärkeren Deckel anzufertigen? Als Gegengewicht zum verzierten Buchdeckel vorn? Das ergab keinen Sinn. Einige der Steine waren viel höher.

Er untersuchte die hintere Buchklappe.

Er sah sofort, dass das eingeklebte Vorsatzpapier nicht dieselbe Farbe hatte wie vorn. Es war ein wenig heller und wirkte neuer. War das Buch restauriert worden? Er betrachtete die

Kleberänder unter der Lupe. Die Arbeit war fachkundig ausgeführt. Es war nichts zu sehen.

Er nahm den hinteren Buchdeckel zwischen Daumen und Zeigefinger und drückte, um die Stärke einzuschätzen und herauszufinden, ob er gefüttert war oder aus dickerem Papier bestand. Er war überrascht: Der Deckel gab nach, er war hohl.

Er prüfte ebenso die Ränder, aber die gaben nicht nach, sie waren gefüttert, der Hohlraum war in der Mitte.

Eigentlich hätte die Fütterung durchgehend sein sollen. Warum war die Mitte des Buchdeckels hohl? Er verstand das nicht, aber so lächerlich die Entdeckung auch sein mochte, sie weckte seine Neugier.

Es war spät, und seine Frau wartete gewiss schon mit dem Abendessen, aber er konnte jetzt nicht einfach nach Hause gehen und die Bibel vergessen. Er wusste, er würde die ganze Nacht keinen Schlaf finden, wenn er das Rätsel nicht gelöst hätte. Er musste der Sache auf den Grund gehen.

Er setzte Wasser auf. Als es kochte, hielt er die Bibel vorsichtig mit der Rückseite über den Wasserdampf, damit sich der Leim an den Kanten löste.

Das Buch war so sorgfältig gearbeitet, dass es eine ganze Weile dauerte, bis sich das Papier endlich entfernen ließ. Im richtigen Moment und mit Hilfe eines spitzen Brieföffners gelang Manzanares die komplizierte Operation, das Vorsatzpapier vom Pappdeckel zu trennen.

Er musste es nicht ganz ablösen. Kaum einen Zentimeter neben dem Rand sah er schon den Hohlraum. Er schien leer zu sein. Um das Papier nicht zu knicken, hob er das Blatt vorsichtig ein bisschen weiter an und entdeckte zu seiner Überraschung im Inneren mehrere Bogen eines vierfach gefalteten stärkeren Papiers.

Was für eine seltsame Restaurierung, dachte er. Wenn die Rückklappe beschädigt gewesen war, hätte man sie nach dem Heraustrennen derselben genauso dick anfertigen können. Das war wirklich nicht schwer. Warum hatte man solchen Aufwand getrieben?

Mit einer Pinzette zog er die Papiere behutsam aus dem Hohlraum. Es war kein einfaches Papier. Es war ein Dokument.

Beim Beiseitelegen der Bibel achtete er darauf, dass sie nicht zuklappte, um das gelöste Blatt nicht zu knicken. Dann konzentrierte er sich auf seine Entdeckung.

Also war dieser Hohlraum nicht zufällig entstanden, sondern extra dafür angefertigt, um etwas darin zu verbergen. Er war aufgeregt. Wer weiß, wie lange das Dokument schon darin verborgen war? Wahrscheinlich wollte derjenige, der es versteckt hatte, die Papiere für immer verschwinden lassen, sie aber nicht zerstören, oder es handelte sich um ein geheimes Testament, von dem nur der Urheber wusste.

Seine Fantasie ging mit ihm durch. Er faltete das Dokument auseinander und legte es auf den Tisch. Es waren etliche Bogen, und der letzte war mit zahlreichen rosa Lacksiegeln versehen.

Es konnte sich nicht um ein schlichtes Testament handeln.

Er versuchte, es zu lesen. Es war auf Lateinisch verfasst, eine Sprache, die er nicht beherrschte, aber ein paar Worte verstand er schon.

Der Stil war höchst merkwürdig, und er verstand den Zusammenhang nicht. Sehr schnell wurde er des Übersetzens müde. Der Text war für seine rudimentären Lateinkenntnisse zu kompliziert. Er prüfte die Siegel. Als er entdeckte, dass eines vom Erzbischof Kardinal Carranza stammte und ein anderes vom derzeitigen Papst vor seiner Wahl – das Wappen trug noch den Kardinalshut –, zuckte Manzanares zusammen.

Es musste sich um ein ausgesprochen wichtiges Dokument handeln, das jemand mit Bedacht versteckt hatte. Und er hatte es entdeckt.

Er bereute, so unbedacht gehandelt zu haben. Es war unklug gewesen, sich von seiner verdammten Neugierde hinreißen zu lassen. Was sollte er jetzt tun? Wenn er das Dokument wieder an seinen Platz legte und das Vorsatzpapier einfach wieder anklebte, als wäre nichts geschehen, würde der Besitzer der Bibel bestimmt nichts merken, oder doch? Gut möglich, dass dieser im Wissen, dass sie durch mehrere Hände gegangen war, gewissenhaft überprüfte, ob alles in Ordnung sei. Und sollte er merken, dass das Papier gelöst und wieder angeklebt worden war, wäre es durchaus möglich, dass er versuchen würde zurückzuverfolgen, welchen Weg die Bibel genommen hatte. Dann würde er im Handumdrehen auf Manzanares stoßen. Da hatte er sich etwas eingebrockt. Was sollte er jetzt tun?

Vor Aufregung rann ihm der Schweiß von der Stirn. Er musste sie mehrmals abtupfen, damit kein Tropfen auf die Bibel fiel.

Er überlegte, ob er noch einmal zu Valdés gehen sollte, um ihm seine Entdeckung zu zeigen, aber das schien ein zu großes Risiko. Nach dem letzten Besuch hatte er keine Lust, sich erneut dessen Arroganz auszusetzen. Der Großinquisitor nahm ihn nicht ernst. Er hatte ihn so herablassend behandelt, als wäre er ein Lakai. Hätte er ihm zugehört, hätte er begriffen, dass er ein Dokument vor der Nase hatte, das einen Heiligenschrein wert war. Pech für ihn. Außerdem war es immer eine zweischneidige Sache, die Inquisition zu informieren. Und wenn Valdés ihm nicht glauben würde? Er könnte daran zweifeln, dass er das Dokument in dem Buch entdeckt hatte, und glauben, es sei eine Ausrede von Manzanares, der bloß seinen Hals aus der Schlinge ziehen wolle. Bei der Inquisition hatte sein Wort nicht viel Gewicht. Es war besser, sich von ihr fernzuhalten. Aber er musste rasch eine Entscheidung fällen. Er durfte nicht weiter darüber nachgrübeln, was zu tun war, solange sich dieses brisante Dokument in seinem Geschäft befand.

Das Beste war, eine Nacht darüber zu schlafen. Es war schon sehr spät, und eine überstürzte Entscheidung könnte furchtbare Konsequenzen haben. Er würde später in Ruhe darüber nachdenken. Zunächst würde er das Dokument wieder in den Hohlraum legen.

Dann schloss er die Bibel in seinen Tresor ein. Es war dumm von ihm gewesen, in der Annahme, in seinem Beruf sei das nicht nötig, kein Latein zu lernen. Sonst hätte er das geheimnisvolle Dokument lesen und verstehen können. Er war davon überzeugt, dass es etwas Dunkles und Wichtiges war, schon die vielen Siegel der Unterzeichner deuteten darauf hin. Und wenn er es sich von einer Person seines Vertrauens, die Latein beherrschte, vorlesen ließe? Vielleicht konnte er einen Vorteil daraus schlagen?

Nein, besser kein weiteres Risiko eingehen. Dieses Papier barg ein mächtiges Geheimnis, davon war er überzeugt – warum war es sonst in einer Bibel versteckt worden? –, und eine andere Person einzuweihen könnte gefährlich werden. Geheimnisse bleiben nur geheim, wenn ganz wenige von ihnen wissen.

Diese Schlussfolgerung führte ihn zur nächsten Frage: Wie viele Personen wussten von der Existenz dieses Dokuments, und wie viele von seinem Versteck? Im Augenblick gab es keine Antwort darauf.

Beim Abendessen spürte seine Frau, dass etwas nicht in Ordnung war.

»Machst du dir über etwas Sorgen, Juan?«, fragte sie, als sie das düstere Gesicht ihres Mannes sah.

»Das hat mit der Arbeit zu tun, sei unbesorgt«, antwortete er müde. Er wollte das Ganze ein wenig herunterspielen.

Um ihn abzulenken, erzählte ihm seine Frau den neuesten Klatsch, den sie morgens auf dem Markt aufgeschnappt hatte.

»Immaculada hat mir heute Morgen an Pepes Gemüsestand erzählt, dass ein italienischer Kardinal in Madrid eingetroffen sein soll, ein Sonderbotschafter des Papstes. Das hat sie von ihrem Mann, der ist Kutscher bei der Nuntiatur.«

»Sieh an«, erwiderte Manzanares zerstreut. »Und was macht der hier?«

»Das weiß niemand. Aber ihr Mann sagt, dass er sich außerhalb der Stadt mit jemandem getroffen hat und dass er ihn später zum Gefängnis fahren musste, wo er einen Gefangenen besuchte. Wer mag wohl im Kerker sitzen, wenn ein vom Papst geschickter Kardinal sich in dieses Loch begibt? Muss doch eine wichtige Persönlichkeit sein.«

»Was weiß denn ich, Weib. Pass du besser auf, was du weitererzählst von dem, was du hörst. Die Wände haben Ohren. Hüte deine Zunge!«

Verärgert über diesen Tadel verzog sich seine Frau in die Küche. Wenn ihr Gatte schlechte Laune hatte, war es ratsam, ihn in Ruhe zu lassen.

Als Manzanares wieder allein war, grübelte er weiter darüber nach, wie er sich dieses Dokuments entledigen könnte, ohne Spuren zu hinterlassen, die später zu ihm führen könnten. Doch ihm fiel nichts Überzeugendes ein.

Er war müde und konnte sich nicht mehr konzentrieren. Zur Ablenkung dachte er darüber nach, was seine Frau erzählt hatte. Was war das gewesen? Ein Kardinal, Sonderbotschafter des Papstes? Wegen seiner Sorgen hatte er ihrem Bericht keine Aufmerksamkeit geschenkt, bedauerte jetzt aber, so ruppig zu ihr gewesen zu sein.

Plötzlich schoss ihm eine kühne Idee durch den Kopf. Und wenn er die Anwesenheit des Sonderbotschafters in Madrid nutzte und dieses Dokument über ihn dem Papst direkt zukommen ließe? Immerhin war er einer der Unterzeichner. Er könnte es auch Erzbischof Kardinal Carranza aushändigen, dessen Siegel er ebenfalls erkannt hatte, aber er wusste, dass der auf Reisen in Flandern war. Bis zu seiner Rückkehr konnte er das Dokument auf keinen Fall aufbewahren.

Die Idee begann in seinem Kopf zu keimen. Ja, das war das Vernünftigste, was er tun konnte.

Aber wie? Noch wusste er es nicht, aber er würde schon einen Weg finden. Wichtig war nur, diskret vorzugehen und sich Rückendeckung zu verschaffen.

Er war erleichtert. Die Lösung gefiel ihm. Endlich konnte er beruhigt schlafen gehen.

37

Kardinal Mezzoferro wollte gerade abfahren lassen, als plötzlich ein Unbekannter auf die Kutsche zustürzte.

Der Kardinal dachte schon, Opfer eines Attentats zu werden, als der Mann auf den Kutschentritt sprang, ihm ein Kuvert reichte und ihm zurief:

»Ich bitte Euch, dieses Dokument dem Heiligen Vater zu überbringen, Eure Eminenz! Es ist von größter Wichtigkeit!«

Mezzoferro blieb keine Zeit zu reagieren. Der Mann ließ das Kuvert los und sprang ab. Der Kardinal konnte nur noch »So wartet doch!« stammeln, aber der Unbekannte war schon in der Menschenmenge auf dem Marktplatz untergetaucht. Er ließ die Kutsche anhalten und beugte sich aus dem Fenster. Zu spät.

Noch überrumpelt von der schnellen Abfolge der Ereignisse suchte er die Menschenmenge mit den Augen ab. Niemand schien etwas bemerkt zu haben. Die Leute kümmerten sich um ihre eigenen Angelegenheiten. Das alles hatte nur wenige Sekunden gedauert. Achselzuckend befahl er dem Kutscher weiterzufahren.

Aus kurzer Entfernung hatte ein Mann in der Menschenmenge die Szene genau beobachtet. Goldschmied Manzanares rieb sich zufrieden die Hände. Er hatte den arroganten Großinquisitor ausgetrickst. Vielleicht würde er lernen, ihn nicht wie einen Aussätzigen zu behandeln.

Noch immer ganz verdattert warf der Kardinal einen Blick

auf das Kuvert. In Schönschrift stand darauf: *An Seine Heiligkeit Papst Pius IV. von einem bescheidenen Diener.* Wahrscheinlich enthielt es eine Bittschrift oder so etwas Ähnliches. Er musste über die absurde Situation schmunzeln: Jetzt wurde er schon als Postbote benutzt.

Er öffnete das Kuvert.

Als er die sechzehn Siegel unter den Unterschriften seiner Bündnisbrüder auf dem letzten Blatt erkannte, schreckte er auf. Wie versteinert las er die ersten Zeilen. Was er hier in Händen hielt, war wirklich eine Sensation.

Er faltete das Dokument wieder zusammen und steckte es schnell in seine Rocktasche. Wenn er es jetzt gleich las, würde ihn das zu sehr aufregen. Er musste sich erst wieder beruhigen, damit ihm sein Herz keinen bösen Streich spielte. Seine Hände zitterten.

Er klopfte dreimal mit dem Stock gegen das Kutschendach und befahl:

»Zurück in die Residenz! Schnell!«

In der Stille seines Gemaches fiel es Mezzoferro trotzdem schwer, sich zu beruhigen. Ihm platzte fast der Schädel.

Er hatte das Dokument auf dem Tisch liegen, hatte es aber noch nicht gelesen. Er musste warten, bis sein Herzklopfen nachließ. Die paar Zeilen, die er in der Kutsche überflogen hatte, sowie die zahlreichen illustren Unterzeichner hatten ihm auf dem ersten Blick die Brisanz des Papiers zu verstehen gegeben. Er war entsetzt.

Schließlich fand er die Ruhe, die er brauchte, um den Text zu lesen.

Was da stand, war schlicht unglaublich, am meisten schockierten ihn die Hinweise auf die Freimaurerei. Zu entdecken, dass andere Kardinäle, einige von ihnen lebenslange Freunde, sich zu einem Geheimpakt solchen Ausmaßes hatten hinreißen lassen, machte einen Kirchenfürsten wie ihn sprachlos.

Er war so fassungslos, dass er den Text mehrmals lesen musste. Das war unbegreiflich. Er konnte es einfach nicht glauben. Doch da stand es schwarz auf weiß. Er hatte sogar mehrfach die Siegel überprüft. Es gab keinen Zweifel, sie waren alle echt.

Wie hatten die hochgeschätzten Brüder so etwas unterzeichnen können? Ein Wahnsinn. Damit hatten sie ihr eigenes Todesurteil unterschrieben.

Er las die Namen der Unterzeichner noch einmal, um sie im Gedächtnis zu behalten: Della Chiesa, Bovini, Carranza … und der derzeitige Pontifex Pius IV.

Pius IV. und Carranza? War dieses Dokument etwa das »persönliche Objekt«, von dem der Papst gesprochen hatte? Je länger er darüber nachdachte, desto eindeutiger kam er zu dem Schluss: Ja, das musste es sein. Wenn Carranza im Kerker saß, war es logisch, dass der Papst versuchte, in seinen Besitz zu kommen und es in Sicherheit zu bringen. Er hatte keinen Zweifel mehr daran.

Jetzt verstand er dessen Ungeduld, so schnell wie möglich an das Dokument zu kommen. Wenn er die Verschwörung rekonstruierte, begriff er, warum Carranzas plötzliche Verhaftung den Pontifex so in Alarmbereitschaft versetzt hatte. Wissend, dass dieses Dokument ausgerechnet in Spanien aufbewahrt wurde und dass es jemand gegen ihn verwenden könnte, hatte der Papst bestimmt kein Auge mehr zugemacht. Und die unvorhergesehene Verhaftung Carranzas hatte ihn in Todesangst versetzt. Wenn Pius IV. überleben wollte, durfte das Dokument unter keinen Umständen den Feinden in die Hände geraten. Die einzige Rettung war, es zu finden und zu verbrennen.

Jetzt verstand er vieles: die Ungeduld, die Nervosität, die Eile des Papstes, ihn sofort nach Madrid zu schicken, auch die zweideutige Erklärung, die er ihm gegeben hatte. Natürlich hatte er ihm nicht den wahren Grund für die Reise nennen können, ohne sich selbst zu verraten. Wahrscheinlich hoffte er, dass Carranza angesichts der Gefahr, in der er schwebte, jeden Hinweis auf seine Beteiligung zerstört hätte.

Trotzdem war ihm eines noch nicht ganz klar: Wie konnte Pius IV. glauben, dass Carranza, wenn er sich bedroht fühlte, es riskieren würde, jemandem seinen einzigen Rettungsanker auszuhändigen? Das war undenkbar. Im Übrigen erinnerte er sich ganz genau, wie dieser rundheraus geleugnet hatte, im Besitz besagten Objekts zu sein, als er ihn danach fragte.

Vielleicht hatte er gar nicht gelogen, sondern das Dokument war ihm gestohlen worden? Diese Möglichkeit musste er in Betracht ziehen, denn er hätte sich sicherlich nie freiwillig von einen solchen Schriftstück getrennt. Es war auch möglich, dass er seinen Verlust nur vortäuschen wollte. Wie dem auch sei, es war jetzt in seinen Händen, und eines wusste er ganz sicher: Dem Papst würde er es nicht aushändigen.

Aufgrund eines seltsamen Winks des Schicksals war er jetzt im Besitz eines explosiven Beweisstücks gegen Papst Pius IV. Wer war der Mann, der es ihm gegeben hatte? Wie war er in seinen Besitz gelangt, und warum hatte er es loswerden wollen? Fragen ohne Antwort.

Wer auch immer er war, sicher war er kein Freund von Valdés. Der Großinquisitor hätte seinen Kopf verwettet, um den Inhalt eines Dokuments wie dieses zu kennen und politischen Nutzen daraus zu ziehen.

Trotzdem war der unbekannte Mann, der ihm diesen Gefallen getan hatte – denn um einen solchen handelte es sich schließlich –, wirklich naiv. Wie konnte er geglaubt haben, dass Kardinal Mezzoferro den Postboten zwischen ihm und dem Pontifex spielte, ohne vorher den Inhalt des Kuverts überprüft zu haben?

Es sei denn …

Plötzlich ging ihm ein Licht auf. Natürlich. Dieser Mann konnte kein Latein und hatte deshalb den Text gar nicht lesen können, obwohl die Schrift auf dem Kuvert auf eine gewisse

Bildung schließen ließ. Warum er das Dokument, statt dem König oder direkt Valdés, dem Papst zukommen lassen wollte, blieb sein Geheimnis, aber das war nicht so wichtig.

Jetzt musste er darüber nachdenken, was er damit tun sollte. Er konnte es nicht ständig bei sich tragen. Unschlüssig ließ er seinen Blick durch den Raum schweifen, bis er an Sofonisbas Selbstbildnis hängenblieb. Es war so schön, dass er es auf der Staffelei stehen lassen hatte, um sich noch ein Weilchen an seinem Anblick zu ergötzen. Wie bedauerlich, dass er es dem Papst schicken musste.

Er stand auf und ging mit den Papieren in der Hand zu dem Bild, wo er erneut die Meisterschaft der Malerin bewunderte. Sie hatte sich beim Malen selbst porträtiert: ein Bild im Bild. Wie gerne hätte er sie persönlich kennengelernt, wenn sie sich schon in derselben Stadt aufhielten.

Ein Bild im Bild?

Er hatte eine Idee.

Er trat hinter die Staffelei und fuhr mit dem Finger über die Rückseite der Leinwand. Ja, das ließe sich machen.

Pius' IV. Anweisungen hatten gelautet, dieses Bild als Botschafter zu benutzen. Wenn Mezzoferro das Objekt gefunden hätte, sollte eine Hand mit gekrümmtem Zeigefinger gemalt werden. Wenn nicht, musste der Finger ausgestreckt sein. Es war eine Botschaft, die nur sie beide verstanden.

Für die Künstlerin waren diese Anweisungen nicht gedacht. Das wäre zu viel verlangt gewesen. Deshalb hatte sich Mezzoferro seinen eigenen Maler aus Italien mitgebracht, damit dieser die nötigen Veränderungen anbringen konnte. Doch war eine Veränderung wirklich nötig? Die Dame Anguissola hatte sich mit ausgestrecktem Zeigefinger gemalt. Jetzt war es an ihm zu entscheiden, ob er eine Veränderung anordnen wollte.

Carranza hatte ihm tatsächlich ein Objekt übergeben, sein Brevier. Es wäre zwar seinem Ruf eines raffinierten Diplomaten abträglich, wenn er behauptete, das Objekt, das den Geist des Papstes marterte, erhalten zu haben, aber er könnte es versuchen. Und schließlich wusste außer diesem Unbekannten niemand, dass das wahre »persönliche Objekt« jetzt in seinem Besitz war, aber selbst dieser kannte seinen brisanten Inhalt wahrscheinlich nicht. Es war ein Zufall oder das Schicksal gewesen, das es ihm in die Hände gespielt hatte. Und dass Pius IV. eines Tages von dem Vorfall auf dem Marktplatz erfahren würde, war eher unwahrscheinlich. Selbst dann hätte Mezzoferro es immer noch leugnen können. Er wog die Risiken ab: Wenn Pius IV. auch nur vermutete, dass er von diesen Geheimpakt wusste, wäre sein Leben keinen Heller mehr wert.

Er entschied, alles auf eine Karte zu setzen und dem Papst Carranzas Brevier auszuhändigen, so als habe er wirklich geglaubt, es handle sich um besagtes Objekt. Also musste der Finger verändert werden.

Jetzt hatte er zwei Aufträge für den Meister.

Wenn Manfredi Sofonisbas Fingerhaltung änderte, würde er ihn bitten, die Rückseite des Gemäldes mit einer zweiten Stoffschicht zu verstärken. Manfredi hätte zwar einwenden können, dass das nicht nötig sei, war aber inzwischen an die exzentrischen Wünsche seines Wohltäters gewöhnt und befolgte dessen Anweisungen meist widerspruchslos.

Die Idee des Kardinals war, das Geheimdokument dazwischenzustecken. Er musste den Stoff nur ein wenig aufritzen, damit er die Bogen hineinschieben konnte, und ihn dann wieder zunähen. Wenn das Gemälde erst einmal in Rom war, würde er die Verstärkung abtrennen und das wertvolle Dokument wieder an sich nehmen.

So wären die Papiere auf der Reise sicher und geschützt. Niemand konnte ahnen, dass das Bild, das in Obhut eines Diplomaten auf dem Weg zum Papst war, eine der größten Gefahren für den Vatikan und den Heiligen Vater selbst barg.

Diese kleine Arbeit würde er persönlich ausführen, um mit

niemandem das Wissen um das geheime Versteck teilen zu müssen.

Ausgesprochen zufrieden mit seinem Plan ließ er Meister Manfredi rufen und gab ihm die entsprechenden Anweisungen.

38

Ortega war überrascht, als ihm ein Bursche von Goldschmied Manzanares das Paket mit der wertvollen Bibel überbrachte. In einer Notiz ließ Manzanares ihn wissen, dass er sie ihm leider unverrichteter Dinge zurückgeben müsse, da er keinen ähnlichen Stein als Ersatz gefunden hätte. Er bedauere, ihm nicht helfen zu können, aber die Suche nach dem passenden Stein nähme zu viel Zeit in Anspruch, und dieser Aufwand sei nicht gerechtfertigt.

Ortega nahm ihm das nicht übel, schließlich war es ja nicht seine Angelegenheit. Er würde Pater Ramírez die Bibel zusammen mit Manzanares' Notiz zurückgeben, als Beweis dafür, dass er es zumindest versucht hatte. Dass der Goldschmied den Auftrag ablehnte, war eben Pech.

Währenddessen befand sich Kardinal Mezzoferro in höchster Euphorie über seinen Schachzug. Endlich konnte er auf seinen schönen Landsitz vor den Toren Roms zurückkehren und die wohlverdiente Ruhe genießen. Er hatte die fette Küche der Spanier satt und träumte von frischen, mit Fleisch gefüllten Ravioli, hausgemachter Pasta mit Bolognese und einem guten Glas Chianti.

Die letzten Tage waren mit diplomatischen Aktivitäten ausgefüllt gewesen. Endlich hatte er den Zweck seiner Spanienreise erfüllt. Zumindest, was den offiziellen Teil anbelangte.

Erzbischof Kardinal Carranza hatte die Erlaubnis erhalten, seine Strafe in einem römischen Gefängnis verbüßen zu dürfen. Jedem war klar, dass das reine Augenwischerei war, denn der Geistliche würde sich nach Belieben frei bewegen können, aber so konnte der Schein gewahrt bleiben, und alle wären zufrieden.

Mezzoferro hielt seine Mission für erfüllt. Er hatte mehr erreicht als erwartet. Der Fall Carranza hatte sich zum Positiven gewendet, aber die wahre Perle der Reise, der Grund seines Frohlockens und seiner Zufriedenheit war das Dokument, das er in Sofonisbas Selbstbildnis versteckt hatte.

Noch wusste er nicht, was er damit machen würde, aber einen so wunderbaren Trumpf wollte er sich für einen passenden Moment aufheben. Am päpstlichen Hof ergaben sich solche Gelegenheiten immer dann, wenn man sie am wenigsten erwartete. Wer wusste schon, ob er mit diesem Dokument nicht gar das nächste Konklave auf den Kopf stellen könnte, sollte sich sein Lieblingskandidat nicht unter den Favoriten befinden. Wenn er mit einer hinterhältigen Erpressungstaktik arbeitete, könnte er sogar dem Kardinal seiner Wahl mit den nötigen Stimmen auf den Thron des heiligen Petrus verhelfen. Die Vorstellung gefiel ihm, und er ertappte sich bei der Überlegung, welcher seiner Ordensbrüder als Nächster Papst werden könnte. Sich selbst schloss er aus. Er kannte die Ränkespiele des Vatikans zu gut, um auf den Papststuhl zu hoffen. Es war viel amüsanter, in seinem behaglichen Landhaus die Wonnen des Lebens zu genießen und die Fäden im Hintergrund zu ziehen.

Er hatte jedoch noch eine letzte Aufgabe zu erledigen: Er musste sich mit seinem Widersacher, Großinquisitor Fernando de Valdés, treffen.

Für diesen Schlussakt seiner protokollarischen Pflichten hatte Mezzoferro den letzten Tag seines Aufenthaltes in Spanien gewählt. Die Begegnung ausfallen zu lassen, hätte man als Unhöflichkeit auslegen können. Zudem hatte sich Valdés immerhin auch schon die Mühe gemacht, ihn in seiner Residenz aufzusuchen.

Sie hatten sich viel zu erzählen, und der Kardinal war am Tag der Audienz guter Dinge. Eigentlich freute er sich darauf, sich mit dem Mann zu treffen, der es gewagt hatte, im Namen der heiligen Inquisition einen Kardinal und den mächtigsten Erzbischof des Landes zu verhaften.

Entgegen seiner sonstigen Gewohnheit stand Valdés persönlich auf dem Vorplatz des Inquisitionspalastes, um Mezzoferro in Empfang zu nehmen. Mit dieser außergewöhnlichen Geste beabsichtigte er nicht nur, dem Sonderbotschafter des Papstes seinen Respekt zu bekunden, sondern vor allem auch den Mann zu ehren, der so großes diplomatisches Verhandlungsgeschick bewiesen hatte, um seine Ziele zu erreichen, indem er sich äußerst geschmeidig durch das komplizierte Intrigennetz des spanischen Hofes bewegt hatte, und das immer in untadeliger Weise und ohne jemanden zu beleidigen.

Valdés hatte ihn wochenlang von seinen Spitzeln observieren lassen. Jede seiner Bewegungen war ihm bis ins kleinste Detail bekannt. Man hatte sogar ausgekundschaftet, was und mit wem er aß, wie viel er trank und welchen Wein er bevorzugte. Alle an Mezzoferros abgekartetem Spiel beteiligten Personen waren der Inquisition bekannt, es gab nichts, was sie nicht wusste. Die Audienz, die ihm König Philipp II. vor wenigen Tagen gewährt hatte, deren offizieller Anlass war, ihm die herzlichsten Grüße des Heiligen Vaters sowie seinen geistlichen Segen zu überbringen, war eine gute Gelegenheit gewesen, sich zu verabschieden. Mezzoferro hatte sich zwei weitere Male mit Philipp II. getroffen, wobei es um den Fall Carranza gegangen war. Der König hatte sich anfangs widerspenstig gezeigt, aber schließlich von Mezzoferros Argumenten überzeugen lassen und interveniert. Valdés nahm an, Philipp II. habe Carranzas Überstellung nach Italien nur im Austausch für einen Gefallen oder ein geheimes Abkommen zwischen Spanien und dem Kirchenstaat zugestimmt. Was genau vereinbart wurde, blieb ein Geheimnis, aber es war durchgesickert, dass der König ein

Abkommen unterzeichnet hätte, um Kardinal Carranza nach Rom zu überstellen, wo er sich für seine angeblichen Verbrechen vor dem Heiligen Stuhl verantworten sollte. Mit welchen Argumenten der päpstliche Gesandte den Monarchen letztendlich überzeugen konnte, war ein Rätsel, doch das Vorgehen des Großinquisitors blieb gerechtfertigt, da Carranza wegen der Anklage, die zu seiner Verhaftung geführt hatte, gerichtet werden musste.

Nachdem Valdés dem Kardinal geholfen hatte, aus der Kutsche zu steigen, begleitete er seinen Gast in sein Schreibzimmer. Auch als sie die breite Freitreppe hinaufgingen, die in die erste Etage führte, bot Valdés dem dicken Mezzoferro hilfreich seinen Arm.

Für den korpulenten älteren Mann war das Treppensteigen ein anstrengendes Unterfangen. Man merkte es an seiner stoßweisen Atmung und dem heiserem Röcheln nach jeder erklommenen Stufe. Valdés durchzuckte der Gedanke, dass der Mann bei seinem Gesundheitszustand wohl nicht mehr lange zu leben hätte.

Als sie es sich in den Sesseln gemütlich gemacht hatten, die Valdés für den Anlass in sein Schreibzimmer hatte stellen lassen – gewöhnlich ließ er sie hinaustragen, damit sich seine Besucher unbehaglich fühlten –, und ein Glas Wein tranken, den Mezzoferro ekelhaft fand – sein Gaumen war Besseres gewöhnt –, setzten sie zu einem freundschaftlichen Gespräch an, das sich im Rahmen des Protokolls bewegte, um sich zu entspannen.

Eigentlich erwartete jeder, dass der andere auf den wahren Anlass ihrer Begegnung zu sprechen käme. Valdés wollte wissen, was er übersehen hatte, während Mezzoferro einfach seinen Triumph über den mächtigen und einflussreichen Großinquisitor auskosten wollte.

So war es schließlich auch Valdés, der auf das Thema zu sprechen kam.

»Eminenz, welches Argument hat unseren geliebten Herrscher am Ende überzeugt und dazu veranlasst, die Überstellung von Erzbischof Kardinal Carranza nach Rom zu bewilligen?«

Diese unverschämt direkte Frage überraschte Mezzoferro nicht. Er hatte sie seit einer halben Stunde erwartet. Also lächelte er freundlich und sah seinem Gesprächspartner in die Augen.

»Wisst Ihr, hochverehrter Bischof, eigentlich musste ich mich nicht sonderlich anstrengen. Ich habe Seiner Majestät einfach gesagt, dass Erzbischof Kardinal Carranza im Besitz von Geheimdokumenten sei, deren Bekanntwerden dem Heiligen Vater sehr missfallen würde. Sollten sie an die Öffentlichkeit gelangen, könne das die diplomatischen Beziehungen empfindlich beeinträchtigen. Deshalb sei es zur Beruhigung des Heiligen Stuhls und der spanischen Königreiche empfehlenswert, den Kardinal nicht zu einer Verzweiflungstat zu nötigen. Sollte er schon gerichtet werden, dann sei es doch angemessener, dies vom Heiligen Stuhl erledigen zu lassen, da er das Handeln seiner Kirchenfürsten wahrlich besser einzuschätzen wisse. Ich riet ihm also zu einer Überführung des Gefangenen nach Rom, wobei die von der ehrenwerten Inquisition erhobenen Anschuldigungen aufrechterhalten bleiben sollten. Auf diese Weise konnten alle Beteiligten ihr Gesicht wahren.«

»Ist Carranza tatsächlich im Besitz dieser Dokumente?«, fragte Valdés argwöhnisch mit einem eingefrorenen Lächeln.

»Ich weiß es nicht mit Gewissheit. Es ist meine Interpretation des Vorgefallenen. Eine Schlussfolgerung, zu der ich gekommen bin, nachdem ich verschiedene Aspekte der Sache erwogen habe, darunter – und das ist besonders wichtig – das Anliegen des Heiligen Stuhls, den Gefangenen so schnell wie möglich nach Rom verbracht zu sehen.«

Valdés entspannte sich plötzlich und lachte laut auf. Es war klar, dass diese Dokumente nicht existierten, sie hatten aber Philipp II., der das bestimmt auch nicht geglaubt hatte, einen guten Vorwand geboten, sich des lästigen Problems zu entledigen. Indem er Kardinal Mezzoferros Worten Glauben schenkte, stellte er alle zufrieden und konnte seine Hände in Unschuld waschen.

»Ihr habt Glück gehabt, Eure Eminenz, dass Seine Majestät Euch das abgenommen hat.«

»Der Glaube versetzt manchmal Berge«, erwiderte der Kardinal augenzwinkernd.

Valdés empfand Hochachtung für den alten Diplomaten. Mezzoferro hatte eine raffinierte List angewandt, um alle Beteiligten in der heiklen Angelegenheit zu schonen.

»Aber der Glaube ist etwas sehr Zerbrechliches, Eure Eminenz. Wenn er zerstört ist, kann man ihn kaum wiederherstellen.«

»Die Kunst besteht ja genau darin, ihn nicht zu zerstören«, konterte der Kardinal.

Es gab noch etwas, das Valdés umtrieb. Er hatte nicht ganz verstanden, welche Rollen diejenigen spielten, die in Mezzoferros Verschwörung verwickelt waren.

»Da gibt es noch etwas in Eurem Vorgehen«, bohrte er nach, »das ich nicht ganz verstehe.«

Mezzoferro sah ihn belustigt an.

»Welche Rolle spielen Monsignore Ortega, der Nuntius, und dieser einfache Priester in der ganzen Angelegenheit?«

»Oh!« Mezzoferro lächelte selbstgefällig. »Das war eine falsche Fährte, um Euch abzulenken.«

Valdés zog überrascht die Augenbrauen hoch.

»Schaut, lieber Freund«, fuhr der Kardinal fort, »vor Antritt meiner Reise nach Spanien habe ich Erkundigungen über Euch eingezogen. In den Archiven des Vatikans steht, unser Nuntius in Madrid sei in seiner Jugend ein Studiengefährte des hochehrwürdigen Großinquisitors, also von Euch, gewesen. Daraufhin dachte ich mir, dass ein Wiedersehen in derselben Stadt nach so vielen Jahren die alte Freundschaft bestimmt wiederbelebt hätte. Es bestand also die Möglichkeit, dass der Nuntius in einem Gespräch unter alten Freunden ein wenig zu viel plaudern würde. Wenn ich ihn zum Komplizen einer nicht existenten Verschwörung machte, die nur er kannte, musste das zu Eurer Verwirrung beitragen und Euch in eine Richtung nachforschen lassen, wo es absolut nichts zu finden gab, während mir freie Hand blieb, meinen Vorstellungen entsprechend zu handeln.«

Valdés runzelte die Stirn und verfluchte sich selbst. Wie ein törichter Anfänger war er in die Falle des alten Fuchses Mezzoferro getappt und hatte eine sinnlose Spur verfolgt, während dieser sich heimlich mit dem König und dem Erzbischof getroffen hatte. Er war jedoch bereit, gute Miene zum bösen Spiel zu machen.

»Sehr schlau von Euch, Eminenz. Ihr habt es tatsächlich geschafft, mich zu täuschen, und ich kann Euch versichern, dass Ihr einer der wenigen seid, denen so etwas gelingt. Deshalb verdient Ihr meinen größten Respekt. Seid gewiss, dass Ihr in meiner Wenigkeit zukünftig einen treuen Diener habt, wann immer Ihr mich brauchen solltet. Welches Anliegen Ihr auch immer haben mögt, zögert nicht, Euch an mich zu wenden. Es wird mir eine große Ehre sein, mich gefällig zu erweisen.«

Mezzoferro lächelte zufrieden. Er glaubte ihm kein Wort, aber er musste anerkennen, dass Valdés ein guter Verlierer war. Zumindest vermittelte er diesen Eindruck, und der Kardinal konnte nicht anders, als sich dankbar zu zeigen.

»Ich werde darauf zurückkommen, lieber Freund. Manchmal hält das Leben ungeahnte Überraschungen bereit.«

Er erhob sich mühsam und gab damit zu verstehen, dass die Unterredung beendet sei. Sie hatten sich alles gesagt, was es zu sagen gab. Jetzt war es Zeit für den Abschied. Er bezweifelte, dass sie sich je wiedersehen würden, hoffentlich blieb es dabei. Er wäre nicht gerne noch einmal mit diesem teuflisch gefährlichen Mann zusammengetroffen.

39

Maria Sciacca war froh darüber, den Smaragd an sich genommen zu haben. Mit diesem kleinen Vermögen konnte sie endlich an ihre Zukunft denken. Sie stellte sich vor, was sie mit dem Geld, das sie bei seinem Verkauf erzielte, alles machen würde.

Zuallererst wollte sie nach Italien zurückkehren. Noch wusste sie nicht, wo sie sich niederlassen würde, aber in Sizilien bestimmt nicht. Vielleicht in einer Gemeinde, in der sie niemand kannte und wo sie sich als wohlhabende Signora ausgeben könnte. An ihre Kinder würde sie später denken, das war nicht so dringend. Bevor sie sie zu sich holte, musste sie eine gute Partie machen. Sie war immer noch von der Idee besessen, einen Mann zu finden, und mit Geld wäre das natürlich viel einfacher. Schließlich wäre sie eine reiche junge Frau. Wer konnte so viele Attribute bieten? Jetzt würde sie genug Anwärter haben.

Dennoch musste sie noch eine Kleinigkeit erledigen, bevor sie ihre Träume wahr machen konnte: den Smaragd verkaufen. Mit dem Edelstein konnte sie nichts anfangen. Nur ein Vermögen in barer Münze würde sie glücklich machen und ihr erlauben, ihre Pläne zu verwirklichen.

Es würde nicht leicht werden.

Ihre größte Angst war, betrogen zu werden. Da sie den Wert dieses Smaragds nicht kannte, musste sie zunächst mehrere Goldschmiede konsultieren, um ihn zu erfahren. Eine weitere Hürde war sein Verkauf.

Eine Kammerzofe, die versuchte, einen echten Smaragd zu verkaufen, würde gewiss Argwohn erregen. Sie musste sich eine glaubwürdige Erklärung ausdenken, die den interessierten Käufer nicht auf den Gedanken brachte, sie sei eine Diebin. Also musste sie wie eine Dame auftreten. Die Frage war nur, woher sie ein passendes Kleid nehmen sollte. Die Pfarrgemeinden verschenkten zuweilen Kleider, die wohlhabende Bürgerinnen gespendet hatten, an ihre Gläubigen, aber sie kannte nur Pater Ramírez' Gemeinde, und dahin zurückzukehren war nicht empfehlenswert.

Plötzlich erhellte sich ihr Gesicht. Obwohl die Lösung zum Greifen nahelag, hatte sie sie nicht gesehen: die Kleiderkammer ihrer Signora. Sofonisba hatte für jede Gelegenheit die passende Ausstattung. Vielleicht waren diese Kleider zu luxuriös, um damit für eine Bürgerin gehalten zu werden, aber ein paar kleine Veränderungen würden vielleicht ausreichen. Sie hatten fast dieselbe Kleidergröße, und Maria hatte auch schon eines im Sinn, das ihr passend erschien. Sogleich machte sie sich ans Werk.

Zwei Tage später war sie so weit, um den zweiten Teil ihres Plans in Angriff zu nehmen. Sie hatte eines von Sofonisbas Kleidern ihren Bedürfnissen angepasst, und als sie es vor dem Spiegel anprobierte, fand sie sich wunderschön. So ging sie einwandfrei als eine Dame des Großbürgertums durch. Wie in dem bekannten Sprichwort: Kleider machen Leute.

Sie konnte nur hoffen, dass Sofonisba nicht ausgerechnet dieses Kleid am nächsten Tag anziehen wollte, aber für den Fall hatte sie sich eine Ausrede zurechtgelegt: Sie hätte es unabsichtlich beschmutzt, und es würde in ein paar Tagen wieder in Ordnung gebracht sein.

Sie hatte auch eine kleine Szene einstudiert, die sie vorspielen wollte. Sie sei eine Witwe, die sich wegen des Ablebens ihres Gatten momentan in Schwierigkeiten befände – das Kleid war schwarz – und gezwungen sah, etwas von ihrem Schmuck zu verkaufen. Mit dem Erlös aus dem Verkauf des Smaragds hoffte sie, eine Zeit lang auszukommen.

Beim Schlendern durch die Straßen der Hauptstadt hatte sie ein paar brauchbare Goldschmieden entdeckt. Sie lagen in ruhigen Gegenden und wurden nicht von Mitgliedern der oberen Schichten aufgesucht. Mit ihrer Verkleidung konnte sie vielleicht einen einfachen Goldschmied täuschen, aber natürlich keinen, der an den Umgang mit Damen des Hochadels gewöhnt war.

Im Kleid ihrer Herrin wirkte sie wie verwandelt. Sie war mit dem Ergebnis sehr zufrieden. Entschlossenen Schrittes machte sie sich auf den Weg zur ersten Goldschmiede. Dabei wiederholte sie im Geiste die Sätze, die sie einstudiert hatte. Sie durfte nicht zu viel reden, um sich nicht etwa durch einen Fluch zu verraten. Ein falsches Wort, und alles wäre vergebens.

Um diese Tageszeit waren nur wenige Menschen auf der Straße. Es war der beste Zeitpunkt, denn später, zur Stunde des Spaziergangs, lief sie Gefahr, in den Geschäften Kundschaft anzutreffen, was ihr Vorhaben schwieriger gestalten würde.

Bevor sie eintrat, warf sie einen Blick durch das Schaufenster. Die Goldschmiede lag im Halbdunkel, es gab keine Kundschaft; perfekt. Sie trat ein.

Sofort spürte sie, dass es ein Fehler gewesen war. Dieser Ort war entsetzlich, er wirkte heruntergekommen, und es stank. Sie bezweifelte, dass man hier schon einen echten Smaragd wie den ihren gesehen hatte. Als sie gerade umkehren wollte, tauchte hinter einem schmutzigen Vorhang ein dicker Mann mittleren Alters auf und lächelte sie breit an.

»Womit kann ich Euch dienen, meine Dame?«

Maria Sciacca saß in der Falle. Sie konnte nicht einfach wortlos wieder gehen.

»Tut mir leid, aber ich glaube, ich habe mich im Geschäft geirrt«, antwortete sie ruhig und bemüht, den Tonfall und das Benehmen ihrer Herrin zu imitieren.

»Seid Ihr sicher?«, erwiderte der Händler schnell, ohne dass sein Lächeln erlosch. Wenn sich schon einmal eine echte Dame in sein Geschäft verirrte, konnte er sie nicht einfach wieder gehen lassen. »Vielleicht können wir Euch behilflich sein. Was genau wünscht Ihr?«

Maria Sciacca zögerte. Sie hätte ihr Glück lieber bei einem anderen Goldschmied versucht, aber nun war sie schon einmal hier. Dieser Mann schien bereit zu sein, ihr zuzuhören. Vielleicht trog auch hier der Schein, und er hatte genug Geld, um ihr den Smaragd abzukaufen.

»Ich habe ein kleines Problem, aber ich weiß nicht, ob Ihr ...«

»Lasst sehen, um was es sich handelt«, unterbrach der Goldschmied sie neugierig. »Wir finden bestimmt eine Lösung.«

Maria erklärte es ihm, und der Mann lauschte ihr, ohne mit der Wimper zu zucken, zeigte sich aber auch nicht sonderlich interessiert. Als er ihr schon erklären wollte, dass er keine Edelsteine kaufe, holte Maria Sciacca den Smaragd heraus.

Er riss die Augen auf, und sein Lächeln erlosch. Dann begutachtete er den Stein. Er war echt, daran bestand kein Zweifel. Er hatte noch nie mit Smaragden von diesem Wert gehandelt, aber er hatte schon ein paar gesehen.

»Das ist ein wunderbares Exemplar«, räumte er schließlich ein. »Ich glaube nicht, dass es schwer sein wird, dafür einen Käufer zu finden und einen guten Preis zu erzielen. Aber seht«, er tat bescheiden, was nicht zu seinem bisherigen Verhalten passte, »ich könnte Euch nicht bezahlen, was er wert ist, bevor ich mich nicht vergewissert habe, dass ich ihn weiterverkaufen kann. Ihr müsstet ihn mir ein paar Tage dalassen, um ihn möglichen Interessenten zu zeigen. Sicher könnte ich Euch dann eine angemessene Summe nennen.«

Maria durchschaute das Spiel des alten Schurken sofort. Wenn er glaubte, sie sei so blauäugig, hatte er sich geirrt. Noch bevor er reagieren konnte, riss sie ihm den Smaragd aus der Hand und steckte ihn in ihren Beutel.

»Tut mir leid«, sagte sie hochnäsig. »Ich glaube nicht, dass das möglich ist. Es ist kein Misstrauen, aber Ihr werdet verstehen ...«

Der Mann lächelte wieder.

»Kein Problem, Señora. Wann immer Ihr wollt, Ihr wisst, wo Ihr mich findet.«

Maria Sciacca verließ das Geschäft und machte sich Vorwürfe, ihm den Stein gezeigt zu haben. Aber jetzt war es zu spät. Sie würde es in der nächsten Goldschmiede versuchen.

Sie machte sich rasch auf den Weg. Die Hitze war unerträglich. Jetzt verstand sie, warum die Leute erst am Abend das Haus verließen, wenn die Schwüle etwas nachließ. Zum Überfluss fühlte sie sich in diesem schweren Kleid unbehaglich. Natürlich waren ihre Kleider viel bequemer, wenn auch schlichter.

Sie bog in eine winklige Gasse ein, die zu der nächsten Goldschmiede führte. Die Häuser standen hier so dicht beieinander, dass sie sich zumindest im Schatten halten konnte, und der Gang war so schmal, dass kein Karren hindurchgepasst hätte. Wahrscheinlich wurde sie von Fußgängern als Abkürzung genutzt, wenn sie es eilig hatten.

In ihre Gedanken vertieft merkte sie nicht, dass ihr zwei Männer folgten. Als sie hinter sich die Schritte hörte, war es bereits zu spät.

Ihr blieb nicht einmal Zeit, sich umzudrehen. Einer legte ihr den muskulösen Arm um den Hals, während der andere in ihrem Beutel wühlte. Maria spürte eine Messerspitze an ihrer Kehle.

Sie war verloren.

Der Mann fand schnell, was er gesucht hatte, worauf der andere sie so abrupt losließ, dass sie zu Boden stürzte. Die beiden liefen davon.

Maria richtete sich auf und begann, verzweifelt zu schreien. Ihre Hilferufe hallten in der schmalen Gasse wider.

Einer der Männer fürchtete jetzt, dass ihr Geschrei die Anwohner alarmieren würde und sie entdeckt würden. Er kehrte um und stieß ihr das Messer zweimal in die Brust.

Diesmal blieb Maria Sciacca weder Zeit zu reagieren, noch wurde sie gewahr, was geschehen war. Sie war sofort tot.

Die Nachricht, dass man eine unbekannte Dame tot auf der Straße gefunden hatte, erreichte nie den Palast.

Sofonisba Anguissola hörte nie wieder von ihrer Kammerzofe. Sie entdeckte, dass eines ihrer Kleider fehlte, was mit Marias Verschwinden zusammenfiel, aber sie wusste nicht, ob sie das eine mit dem anderen in Verbindung bringen sollte. In diesem Palast geschahen so merkwürdige Dinge – Diebstähle von Bildern und Kleidern –, dass sie nicht wusste, was sie denken sollte. Sie erinnerte sich daran, dass die junge Frau nicht zufrieden mit ihrem Leben bei Hofe gewesen war. Vielleicht hatte sie einen Verehrer und war mit ihm auf und davon. Es war kein großer Verlust, und nach ein paar Tagen hatte sie sie vergessen.

40

Nachdem er ohne jegliche Wehmut Madrid hinter sich gelassen hatte, ließ Mezzoferro die Kutsche den Weg zum Hafen von Cartagena einschlagen, wo er sich nach Civitavecchia einschiffen wollte.

Mit dem Ergebnis seiner Mission war er höchst zufrieden, auch wenn ihn die intensiven Aktivitäten der letzten Wochen ausgelaugt hatten. Doch angesichts der Aussicht, dass es in die Heimat zurückging, strahlte er und hoffte, anschließend lange Zeit auf seinem wundervollen Landsitz außerhalb Roms verweilen zu können. Er war schon zu alt, um weiterhin im Dienste des Heiligen Stuhls durch halb Europa zu reisen. Vielleicht sollte er den verdienten Abschied nehmen, um die ihm verbleibenden Jahre seines Lebens genießen zu können. Er würde mit dem Papst sprechen. Ja, der Pontifex könnte ihm noch so hartnäckig eine neuerliche Mission anvertrauen wollen, er würde sich nicht überreden lassen.

Auf dem Weg zur Mittelmeerküste dachte er an das in Sofonisbas Gemälde versteckte Dokument. Mezzoferro führte es mit sich und hatte ein wachsames Auge darauf. Beim Besteigen der Kutsche hatte er das Bild auf die gegenüberliegende Bank stellen lassen, denn da es für den Papst bestimmt war, musste es gut bewacht werden.

Er hatte die päpstliche Anordnung schlichtweg ignoriert und das Bild nicht an die Nuntiatur weitergeleitet, um es mit der Diplomatenpost zu versenden. Er hatte es einfach behalten.

Sollte Pius IV. das nicht gefallen, musste er seinen Ärger hinunterschlucken und notgedrungen auf seine Rückkehr warten, denn Mezzoferro hatte natürlich vor, das Dokument zu entfernen, bevor er es ihm aushändigte. Plötzlich wurde ihm jedoch klar, dass es auch dauerhaft das beste Versteck für das Dokument sein würde. Es war ein genialer Einfall gewesen.

Wer es auch immer suchte, würde das überall auf der Welt tun, nur nicht ausgerechnet in den Vatikanspalästen. Erstaunt über seinen eigenen genialen Schachzug lachte er laut auf. Wenn es erst einmal im Vatikan hing, wären das Bild und sein Geheimnis in Sicherheit. Er sollte ernsthaft die Möglichkeit erwägen, das Dokument in dem Gemälde zu belassen, denn er könnte es sich auch später, wenn nötig, wieder beschaffen.

Beim Gedanken an den Streich, den er Pius IV. damit spielte, lachte er noch lauter. Er sah schon dessen Gesichtsausdruck vor sich, wenn er ihm Carranzas Brevier übergab, als wäre es das ersehnte »persönliche Objekt«. Pius IV. würde außer sich geraten, aber das würde wieder vergehen. Als Entschädigung würde er ihm ein wunderschönes Gemälde mitbringen.

Der Anblick des verpackten Bildes auf der Bank beruhigte ihn ungemein, und das Schaukeln der Kutsche machte ihn schläfrig. Zwischen dem einen und anderen Schlagloch des steinigen Weges machte er kurze erholsame Nickerchen, die immer wieder von Tagträumereien darüber, welche Vorteile ihm der Besitz des Dokuments einbringen könnte, unterbrochen wurden.

Er würde mit größter Behutsamkeit vorgehen müssen. Pius IV. allzu deutlich zu verstehen zu geben, dass die Papiere in seinem Besitz waren, könnte ein extrem gefährlicher Schachzug sein und ihm nicht wenige Probleme einhandeln.

Noch wusste er nicht, wie er es anstellen sollte, aber früher oder später würde sich schon eine Lösung finden, wie er aus seinem großen kleinen Geheimnis Nutzen ziehen könnte.

Bei der Ankunft in Cartagena erfuhr er, dass sein Schiff wegen des regen Handelsverkehrs dieser Tage nicht in den Hafen hatte einlaufen können. Es lag in der Reede vor Anker, und er sollte sich von einem Ruderboot hinüberbringen lassen, um an Bord zu gehen.

Was für eine unangenehme Überraschung. Nicht nur wegen der Schwierigkeiten, die ein dicker Mann wie er beim Umsteigen hatte, sondern besonders wegen seiner panischen Angst vor Wasser. Es war ein Trauma aus seiner frühesten Kindheit, als er an einem Brunnen gespielt hatte und hineingefallen war. Bis die Gouvernante es bemerkte, hatte der Junge viel Wasser geschluckt und wäre beinahe ertrunken. Seither hatte er jede Annäherung an Wasser und Gewässer gemieden, denn nichts hatte geholfen, diese krankhafte Furcht in den Griff zu bekommen.

Er beschwerte sich beim Hafenmeister über die Behandlung einer Persönlichkeit seines Ranges, aber das nützte wenig. Missmutig begriff er schließlich, dass er entweder warten musste, bis an der Mole ein Platz frei wurde – denn alle Schiffe luden oder löschten Handelswaren, und das ließ sich nicht unterbrechen –, oder aber das Boot nehmen musste, wenn er noch am selben Tag an Bord gehen wollte. Schließlich fand er sich damit ab, nicht ohne jedoch den Hafenmeister mit Beschimpfungen und Drohungen zu überschütten.

Das Besteigen des Bootes war gar nicht so schwierig. Mit einem flinken Satz, den ihm die Anwesenden gar nicht zugetraut hatten, sprang der Kardinal geschickt von der steinernen Mole ins Boot, das bei seinem Gewicht jedoch gefährlich zu schaukeln begann.

Die Überfahrt zum Schiff verlief trotz des aufkommenden Windes problemlos.

Der Kardinal bemühte sich, seine Panik hinter einem würdevollen Gesichtsausdruck zu verbergen, schloss die Augen und dachte an etwas anderes. Doch das Schaukeln des Bootes verursachte ihm Übelkeit. Er wusste, dass es besser wäre, die Augen zu öffnen, aber im Kampf zwischen der Panik mit offenen und dem Brechreiz mit geschlossenen Augen, zog er die Übelkeit vor.

Nach geraumer Zeit, die ihm unendlich vorkam – die Überfahrt dauerte kaum eine Viertelstunde –, war das kleine Boot an der Schiffsflanke angelangt.

Mezzoferro öffnete die Augen, und was er sah, gefiel ihm überhaupt nicht. Er heulte auf vor Wut und Ohnmacht: Um an Bord zu gelangen, sollte er eine Strickleiter hinaufklettern, die von ein paar Matrosen heruntergelassen worden war. Auch wenn es für seine Begleiter nichts Ungewöhnliches war, bedeutete dies für ihn ein unüberwindliches Hindernis. Er protestierte so lautstark, dass der Kapitän, der das Umsteigemanöver des ehrwürdigen Passagiers von Deck aus beobachtete, einen Augenblick erwog, die Operation abzublasen und darauf zu warten, bis an der Mole ein Anleger frei wurde, um dem hohen Würdenträger die Sache zu erleichtern. Aber diese Lösung würde eine mehrtägige Verzögerung im knapp bemessenen Reiseplan bedeuten.

Wie ein Seemann gotteslästerlich alle verfluchend fand sich der Kardinal schließlich bereit, es angesichts des guten Zuspruchs seiner Bediensteten, die ihm versicherten, dass es nicht so schwierig sei, wie es aussähe, wenigstens zu versuchen.

Jemand schlug vor, ein Tau mit Haken hinunterzuwerfen, um den dicken Kardinal hochzuziehen, aber das verweigerte Mezzoferro rundheraus. Eine derart lächerliche Maßnahme war undenkbar und absolut würdelos. Er stellte sich schon das Gelächter der Besatzung vor, wenn man ihn wie ein Schwein auf dem Weg zum Schlachthof aufhängte.

Ein heftiger Windstoß ließ das kleine Boot gefährlich hin und her schaukeln und an den Schiffsrumpf schlagen. Schließlich war der Kardinal davon überzeugt, dass er auf der Strickleiter weniger gefährdet sei. Unsicher stellte er einen Fuß auf die unterste Holzsprosse und stieß sich mit dem anderen ab. Der Ruck brachte das Boot zum Schlingern und ließ es ein wenig abdriften. Einen Augenblick lang hing der ehrwürdige, dicke Geistliche über dem Wasser, mit einem Fuß auf der Strickleiter und mit dem anderen verzweifelt nach einem Halt suchend, denn Mezzoferro mochte nicht nach unten schauen.

Es war eine Sache von Sekunden. Während man versuchte, das Boot näher ans Schiff zu rudern, verlor der Kardinal das Gleichgewicht und fiel platschend ins Wasser.

Bei seinen Bediensteten brach Panik aus, während sich oben an Deck ein paar Matrosen über das aberwitzige Spektakel vor Lachen ausschütteten.

Mezzoferro konnte nicht schwimmen. Er versuchte verzweifelt, die Hände zu ergreifen, die ihm hingehalten wurden, aber der Wind und die Wellen trieben ihn immer wieder ab. Schließlich sprangen ein paar Matrosen vom Schiff ins Wasser, doch das Gewicht seiner Kleider zog Mezzoferro nach unten, sodass er mehrfach unterging und wieder auftauchte, als die Retter versuchten, ihn zum Boot zu ziehen. Aber der Wellengang und das Herumfuchteln des Kardinals erschwerten ihre Bemühungen.

Als sie ihn nach mehrmaligem Anlauf endlich ins Boot hievten, hatte der Kardinal bereits das Zeitliche gesegnet. Die Lungen hatten sich mit Wasser gefüllt, und sein Herz hatte nicht länger standgehalten.

Alle waren fassungslos.

Kardinal Mezzoferros unerwarteter Tod löste bei Pius IV. eine Nervenkrise aus. Doch als ihm Sofonisbas Selbstbildnis gebracht wurde, beruhigte er sich ein wenig. An dem gekrümmten Zeigefinger erkannte er, dass Mezzoferro vor seinem Ableben die Mission erfolgreich zu Ende gebracht hatte. Doch eines machte ihm Kopfzerbrechen: Hatte Mezzoferro ihm mitteilen wollen, dass er das Dokument erhalten hatte, oder einfach nur, dass alles in Ordnung wäre und der Pontifex ganz beruhigt sein könnte?

Er gedachte, das Rätsel zu lösen, wenn Carranza in Rom eintraf, wo er aufgrund der in Madrid getroffenen Vereinbarungen vor das vatikanische Gericht gestellt werden sollte.

Aber auch von Carranza erhielt er keine klare Antwort. Der Erzbischof von Toledo hätte nie zugegeben, dass ihm das Dokument auf so alberne Weise gestohlen worden war, und wich den Fragen nach dem Ort, an dem er es versteckt hatte, geschickt aus. Und da es die einzige Garantie für die Rettung seines Lebens war, weigerte er sich hartnäckig, es einem anderen Kardinal auszuhändigen, wie es in den Vereinbarungen stand.

Bevor Erzbischof Kardinal Carranza ins römische Exil aufbrechen konnte, wurde er unter strengster Bewachung in seine Residenz begleitet, wo ihm gerade noch Zeit blieb, sich von Pater Ramírez die Bibel zurückbringen zu lassen. In dem Moment fiel ihm nicht auf, dass ein Edelstein fehlte, denn es war ihm nur wichtig, zu überprüfen, ob das geheime Versteck im hinteren Buchdeckel noch intakt war. Als er ihn unversehrt fand, atmete er erleichtert auf.

Erst nach seiner Ankunft in Rom, als er das Dokument aus seinem Versteck holen wollte, entdeckte er dessen Fehlen.

Monatelang quälte ihn die Frage, wer es herausgenommen haben könnte und welchen Gebrauch derjenige davon machen wollte, fand aber keine Antwort darauf. Das Zusammentreffen mit dem Pontifex war nicht angenehm gewesen. Pius IV. war ein Nervenbündel und hatte ihn rufen lassen, kaum dass er in Rom eingetroffen war. Er brauchte einen Hinweis, um Mezzoferros Botschaft zu entziffern.

Der verstorbene Kardinal hatte Sofonisba den Zeigefinger gekrümmt malen lassen, was nur eines bedeuten konnte: Carranza hatte ihm die Bibel mit den gefürchteten Dokumenten ausgehändigt. Aber nach seinem Tod hatte man keine Bibel unter Mezzoferros persönlichen Sachen gefunden. Was hatte er damit gemacht? Deshalb sollte Carranza dem Papst die Übergabe der Bibel bestätigen.

Als Kardinal Carranza das Schreibzimmer des Papstes betrat, entnahm er dessen Gesichtsausdruck, dass es keine freundschaftliche Unterredung werden würde. Aber Pius IV. war schlau und wollte den alten Freund nicht gleich zu Beginn mit böswilligen Fragen in die Ecke drängen.

»Ich hoffe, Ihr hattet eine gute Reise und der Kerker hat Eurer Gesundheit nichts anhaben können«, sagte er lächelnd. Tatsächlich sah Carranza gut aus, als hätte ihn die wiedergewonnene Freiheit verjüngt.

»Ich kann mich nicht beklagen, Eure Heiligkeit. Es war hart, aber ich wusste, dass der Herr mir zu Hilfe kommen würde.«

Pius IV. zog die Augenbrauen hoch. Der Herr? Welche Dreistigkeit!

»Die Wege des Herrn sind unerforschlich, Eure Eminenz, das wissen wir, die wir ihn täglich anrufen, sehr wohl.« Er machte eine Pause und fügte dann hinzu: »Dennoch erhört auch der Herr gelegentlich die Stimme eines bescheidenden Dieners wie die meine.«

Die Anspielung entging Carranza nicht. Pius IV. verlangte den Gegenwert für seine Freilassung.

»Gewiss, Eure Heiligkeit, gewiss. Andererseits ist es die Pflicht des Hirten, seine Schäfchen zusammenzuhalten, nicht wahr?«

Diesmal war Pius IV. überrascht. Wollte der Kardinal etwa andeuten, dass er als Papst mit seiner Freilassung nur seine Pflicht erfüllt hätte? Diese Art von Spitzfindigkeiten gefiel ihm gar nicht, erst recht nicht, wenn sie seine Verdienste in Frage stellten. Er wechselte lieber das Thema.

»Ich nehme an, Ihr habt vom unglückseligen Tod unseres geschätzten Mezzoferro gehört.«

»Wirklich eine Tragödie, Eure Heiligkeit. Er war ein guter Mensch.«

»Er hat Euch gewiss großes Vertrauen eingeflößt, wenn Ihr ihm am Ende unser ›persönliches Objekt‹ anvertraut habt, oder?«

Carranza riss überrascht die Augen auf.

»Hatte Kardinal Mezzoferro vor seinem Tod noch Gelegenheit, Euch das ›persönliche Objekt‹ zukommen zu lassen?«, fragte er neugierig.

»Nein«, antworte der Pontifex schneidend. »Wir haben es unter seinen persönlichen Sachen suchen lassen, aber die Bibel, die uns interessiert, wurde nicht gefunden …«

»Natürlich nicht, Eure Heiligkeit, weil ich sie ihm nicht gegeben habe.«

Pius IV. sah ihn verblüfft an.

»Nicht? Aber Mezzoferro hat mir versichert, dass sie in seinem Besitz sei …«

»Mezzoferro hat *geglaubt*, das ›persönliche Objekt‹, das nach Rom zu holen Ihr ihn gebeten habt, sei in seinem Besitz. Und der Gegenstand, den ich ihm gegeben habe, findet sich bestimmt unter seinen persönlichen Sachen, aber es ist nicht die Bibel. Als er mich darum bat, begriff ich, dass Eure Heiligkeit wissen wollte, ob sie an einem sicheren Ort versteckt ist, und deshalb habe ich es mit dem vereinbarten Codewort bestätigt. Aber ich hätte ihm die Bibel mit dem darin versteckten Dokument nie ausgehändigt. Nicht nur, weil sie mein einziges Unterpfand ist, sondern auch, wie Eure Heiligkeit ganz genau weiß, weil dieses Dokument in keinem Fall einem Papst ausgehändigt werden darf. Damit er nicht misstrauisch wurde, habe ich ihm mein persönliches Brevier gegeben. Der Arme hat vielleicht ein Gesicht gemacht … Ich glaube, er hat geahnt, dass es nicht das Objekt war, um das Ihr gebeten habt, aber er wagte nicht, etwas zu sagen.«

Pius IV. warf ihm einen vernichtenden Blick zu. Wie konnte es dieser unverschämte Kerl wagen, ihn auf den Arm zu nehmen? Aber er beruhigte sich schnell. Carranza hatte recht, und er wusste es. Das Geheimdokument durfte niemals in die Hände eines Papstes gelangen.

»Daraus schließe ich, dass Ihr das Dokument noch habt«, sagte er. »Ist es so?«

»Gewiss, Eure Heiligkeit«, log Carranza.

»In Kürze wird die Zeit Eurer Obhut abgelaufen sein«, stellte Pius IV. klar. »Dann müsst Ihr es einem anderen übergeben.«

»Ich fürchte, wir müssen das Abkommen ändern«, erwiderte Carranza herausfordernd. »Zumindest, bis der Prozess beendet ist, in dem ich der Ketzerei beschuldigt werde.«

Pius IV. war im Begriff, vor Wut in die Luft zu gehen. Er musste sich jedoch vor allem vergewissern, dass das Dokument in Sicherheit war, und beherrschte sich notgedrungen. Carranza würde seine Erpressung später noch teuer bezahlen.

»Wollt Ihr etwa sagen, dass …«

»Genau, Eure Heiligkeit. Das ist es genau, was ich Euch sagen möchte. Das Dokument wurde verfasst, um uns gegenseitig zu schützen und uns darüber hinaus reich und mächtig zu machen. Und jetzt brauche ich nötiger denn je eine Rückversicherung für mein Leben. Wir wissen beide, Heiliger Vater, dass nur der Besitz dieses Dokuments sie mir geben kann.«

Das war das Ende der Unterredung. Mit Pius' IV. Erlaubnis zog sich Kardinal Carranza zurück.

Er hatte Wichtiges zu erledigen. Er hatte den Papst belogen, und diese Lüge würde er nicht lange aufrechterhalten können. Er musste das Dokument finden, bevor dem Pontifex der Verdacht kam, dass alles eine Täuschung war.

Im Geiste versuchte er den Weg zurückzuverfolgen, den das Dokument genommen hatte, um herauszufinden, wer es entwendet haben könnte.

Er hatte es zum letzten Mal gesehen, als er es selbst im Buchdeckel der Bibel versteckt hatte. Dann hatte er die Heilige Schrift Ramírez anvertraut und war auf Reisen gegangen. Also konnte es nur passiert sein, als Ramírez sie in seiner Obhut hatte. Was hatte dieser alte Dummkopf gemacht? Hatte er das Dokument zufällig entdeckt? In dem Fall wäre sein Schicksal besiegelt. Das verlangten die strengen Regeln des Geheimbundes, dem er angehörte: Kein Dritter, der das Dokument gelesen hatte, durfte am Leben bleiben.

Er arrangierte die Reise zweier bezahlter Schergen nach Madrid. Bevor sie ihn umbrachten, mussten sie aus ihm herausholen, was er mit dem Dokument gemacht hatte.

Die Nachrichten, die sie bei ihrer Rückkehr überbrachten, gefielen dem Kardinal ganz und gar nicht. Sie hatten Ramírez nicht angetroffen, denn er war schon tot. Eine Woche vor ihrer Ankunft in Madrid war der alte Priester an plötzlichem Herzversagen gestorben.

Das brachte Kardinal Carranza in eine heikle Lage: Wenn Ramírez tot war, gab es keinerlei Möglichkeit, das Dokument wiederzufinden. Wie lange würde er seine Bündnisbrüder noch täuschen können?

Er brauchte sich nicht lange zu sorgen. An einem schönen Frühlingsmorgen, als die ersten Zugvögel nach Rom zurückkehrten, fand man Kardinal Carranza tot in seinem Bett. Man hatte den Verdacht, er sei aus Rache vom Großinquisitor vergiftet worden, weil er ihm entkommen war, aber Pius IV. kam allen Gerüchten zuvor, indem er befahl, Carranzas Leichnam umgehend und ohne jegliche Untersuchung zu beerdigen. Wenn in Rom der Tod so gelegen kam, vermutete man dahinter immer einen Giftmord. Es war bekannt, wie die Dinge in der Ewigen Stadt funktionierten.

Auf der Suche nach dem Dokument wurde Carranzas Residenz auf den Kopf gestellt, aber ohne Erfolg. Pius IV. schnaubte vor Wut, doch seine Sorgen hielten nicht lange vor. Auch er verstarb nur knapp vier Monate nach Kardinal Carranza.

Kardinal Mezzoferros Unfalltod hatte eine sonderbare Situation geschaffen. Da er als Einziger vom Verbleib des Geheimdokuments gewusst hatte, konnte man dies als endgültig verloren betrachten. Und so blieb es jahrelang in seinem Versteck, bis der Zufall die Wahrheit ans Licht brachte.

41

Genua, zwanzig Jahre später

Sofonisba bewunderte über die Türme der Altstadt hinweg das Hafenpanorama.

Aus den Fenstern ihres ruhig gelegenen Hauses konnte sie die Küste Liguriens von Osten nach Westen überblicken, und das erinnerte sie daran, dass tausend Meilen westlich jenes Land lag, in dem sie fünfzehn lange Jahre gelebt hatte.

Während sie auf den Besuch eines Freundes wartete, ließ sie ihren Blick über die Schiffe gleiten, die im Hafen ein- und ausliefen. Sie liebte diesen friedlichen Anblick, sie träumte von exotischen Ländern, wo die Schiffe ihre Fracht luden, um sie dann, nachdem sie halb Europa durchquert hatten, in dem ligurischen Hafen zu löschen.

In einem anderen Leben wäre sie wohl Abenteurerin geworden, um all die Orte kennenzulernen, die in den letzten Jahrzehnten entdeckt worden waren. Es waren keine richtigen Länder, aber wer sie gesehen hatte, erzählte wunderbare Dinge vom warmherzigen und gefügigen Wesen der Wilden, die diese fernen Regionen mit mildem Klima und üppiger Vegetation bevölkerten. Manche Reisende hatten seltsame Pflanzen mitgebracht, die man im alten Europa noch nie gesehen hatte, und süße, bisher unbekannte Früchte.

Aber das waren nur Träume.

Ihr Leben war in einen guten Hafen gemündet, und sie bereitete sich auf ein beschauliches Altern an der Seite ihres Gatten vor.

Hin und wieder griff sie zum Pinsel und malte ein Porträt von einem Durchreisenden, doch ihre Augen spielten ihr schon böse Streiche.

Sie wartete ungeduldig auf das Eintreffen ihres sizilianischen Freundes, den eine Geschäftsreise nach Genua führte. Er hatte ihr sein Eintreffen angekündigt und darum gebeten, sie besuchen zu dürfen.

Sofonisba war begeistert gewesen. Es gab wenig Ablenkung, sodass ein Besuch immer eine gute Gelegenheit bot, angeregt zu plaudern und sich über alte Bekannte und jüngst kennengelernte Menschen auszutauschen.

Sandro Imbruneta traf pünktlich zur vereinbarten Stunde ein. Er war ein Mann fortgeschrittenen Alters, ein Freund von Pünktlichkeit und mit einer unerschöpflichen Wissbegierde gesegnet. Er erzählte ihr ausführlich von seiner Reise. Nach der Überfahrt von Sizilien nach Ligurien hatte er ein paar Tage in Rom haltgemacht und seinen Aufenthalt genutzt, um einen Verwandten, der im Vatikan als Kurator tätig war, zu besuchen. Im Laufe ihres Gesprächs hatte er fallen lassen, dass er nach Genua weiterreisen würde, wo er sich mit seiner Freundin, der Malerin Sofonisba Anguissola, treffen wollte.

»Was für ein Zufall«, hatte der Verwandte gerufen. »Vor ein paar Tagen ist mir aus den Gemächern des Papstes ein Porträt von ihr gebracht worden, wo es mehrere Jahre hing. Der Pontifex tauscht sie gerne alle paar Jahre gegen andere aus der Sammlung des Vatikans aus. Wenn du es sehen möchtest, es ist hier im Nebenraum. Ich habe es gestern aufhängen lassen.«

Sandro Imbruneta hatte das Gemälde seiner Freundin bewundert, ein Werk, das zwanzig Jahre alt war und das er nie hatte sehen können.

»Na so was«, rief Sofonisba amüsiert. »Und welches ist es?«

»Es ist ein Selbstbildnis. Du malst ein Bild von der Jungfrau mit dem Kinde.«

»Ja, ich erinnere mich. Das war eine Auftragsarbeit von Pius IV., ich habe es in Spanien gemalt.«

»Sehr interessant, wie du eine Hand gemalt hast«, merkte Sandro an. »Mit gekrümmtem Zeigefinger. Hat das eine besondere Bedeutung?«

»Der Zeigefinger war gekrümmt?«, wiederholte Sofonisba verblüfft. »Ich erinnere mich nicht, ihn so gemalt zu haben. Mehr noch, ich bin mir absolut sicher, ihn ausgestreckt gemalt zu haben.«

»Aber der Zeigefinger ist gekrümmt, das versichere ich dir. Als ich das sah, dachte ich noch, ich muss dich fragen, was das bedeuten soll.«

Sofonisba wurde nachdenklich. Sie versuchte sich an das Malen des Selbstbildnisses zu erinnern, aber sie hatte keinen Zweifel. Sie hatte diesen Finger nicht gekrümmt gemalt.

»Ich bin mir absolut sicher, lieber Freund. Ich habe ihn ausgestreckt gemalt. Das ist nicht mein Bild. Es wurde kopiert oder verändert, aber es ist nicht das Original.«

»Wenn du erlaubst, schreibe ich meinem Verwandten, um ihn darüber in Kenntnis zu setzen. Er ist für die Sammlung des Vatikans zuständig und sollte das wissen.«

Sofonisba antwortete nicht gleich, sie hing ihren Gedanken nach. Dennoch war sie absolut sicher, sich genau daran zu erinnern, wie sie die Hand gemalt hatte.

»Ja, natürlich«, sagte sie schließlich. »Das ist eine gute Idee. Ich würde das Bild gerne mit eigenen Augen sehen. Ich bin die Einzige, die bestätigen kann, ob es eines meiner Werke ist oder nicht.«

»Ich werde es meinem Verwandten mitteilen. Mit deiner Erlaubnis könnte ich ihm deine Adresse geben, damit er sich direkt mit dir in Verbindung setzen kann.«

»Selbstverständlich. Ich kann mit Sicherheit behaupten, dass ich den Finger nicht so gemalt habe«, bekräftigte sie besorgt.

Sie gingen zu anderen Gesprächsthemen über.

Als ihr Freund gegangen war, dachte Sofonisba wieder an das Selbstbildnis. Wie merkwürdig! Warum sollte jemand so eine Kleinigkeit an einer Hand verändern und dann behaupten, es sei das Original?

Wochenlang hörte sie nichts von der Sache. Sie hatte es nicht vergessen und war einmal sogar versucht gewesen, Imbrunetas Verwandtem zu schreiben, aber dann fand sie es besser abzuwarten, bis er auf sie zukäme.

Und so geschah es.

Eines Morgens erhielt sie einen Brief vom Generalkurator des Vatikans, Imbrunetas berühmtem Verwandten. Er berichtete ihr von dem Brief seines Cousins, in dem er ihm diese merkwürdige Sache schilderte. Angesichts des Dilemmas, ein Bild vor sich zu haben, von dem er glaubte, es sei ein Original, und der Möglichkeit, dass es doch keines war, wollte er es der Malerin schicken mit der Bitte, ihm zu bestätigen, ob es ihr Werk sei oder nicht. Nach der Überprüfung könne Signora Anguissola das Selbstbildnis dem Erzbischof von Genua übergeben, der es wieder an den Vatikan zurückschicken würde.

Sofonisba war einverstanden. Und kurze Zeit später traf ihr Selbstbildnis ein.

Es war aufregend, ein Gemälde wiederzusehen, das sie vor zwanzig Jahren gemalt hatte. Die Erinnerungen überwältigten sie. Sie beschwor diese Jahre herauf, erinnerte sich wieder an die Stunden, die sie damit verbracht hatte, jedes Detail zu vervollkommnen, um den Papst zufriedenzustellen. Im Rückblick waren es wunderbare Jahre, besonders die letzten, als sie die kleinen verwaisten Infantinnen unterrichtete. Sie hielt noch immer Verbindung zu ihnen. Isabella Clara Eugenia hatte sie wiedergesehen, als sie bei einer Italienreise in Genua haltgemacht hatte.

Kaum hatte sie das Bild ausgewickelt, fiel ihr Blick auf den Finger. Tatsächlich, der Zeigefinger war gekrümmt. Sie prüfte das Gemälde aufmerksam und entdeckte, dass es übermalt war. Eine kunstfertige Arbeit, wahrscheinlich das Werk eines Sachkundigen, aber es blieb eine Fälschung ihres Werkes. Wie merkwürdig! Wer konnte angeordnet haben, so ein nebensächliches Detail zu verändern?

Sie erinnerte sich daran, wie sonderbar sie alles gefunden hatte, was am spanischen Hof passiert war. Ein Bild, das verschwunden und wiederaufgetaucht war, ein anderes, das sie nie wieder gesehen hatte, ein verschwundenes Kleid … Madrid war ihr noch immer ein Rätsel.

Sie untersuchte das gesamte Bild. Der Rest war intakt. Die unerhörte Veränderung betraf nur den Finger.

Automatisch drehte sie es um und entdeckte etwas Ungewöhnliches am Rahmen. Sie war sprachlos. Aus welchem Grund hatte man einen zweiten Stoff darübergespannt? Das war nicht nötig gewesen. Sie drehte das Bild wieder um und überprüfte nochmals sorgfältig die Vorderseite. Die Leinwand wies keinerlei Beschädigung auf. Also war nichts damit passiert, wie sie im ersten Moment befürchtet hatte, was die Verstärkung auf der Rückseite gerechtfertigt hätte.

Dann untersuchte sie das Leinen auf der Rückseite. An der Oberkante entdeckte sie eine kleine, etwa handbreite Naht.

Das war wirklich sehr außergewöhnlich.

Sie erinnerte sich daran, wie der erste Entwurf des Bildes verschwunden war und sie noch einmal von vorn anfangen musste. Und dieses Bild war jetzt verfälscht und verstärkt. Sie verstand gar nichts mehr.

Diesem Rätsel musste sie auf die Spur kommen.

Sie wusste, dass sie das eigentlich nicht tun sollte, weil ihr das Bild nicht mehr gehörte, aber sie wollte unbedingt herausfinden, warum eine zweite Bespannung angebracht worden war. Ganz vorsichtig schnitt sie die Naht auf, damit sie sie danach wieder zunähen konnte.

Als der Stoff ein kleines Stückchen aufgetrennt war, hob sie ihn ein wenig an, um darunterzuschauen.

Die vorherige Bespannung war genau zu erkennen. Sie war

unbeschädigt. Weiter unten war noch etwas. Es sah aus wie Papier. Sie wollte es mit der Hand herausziehen, aber obwohl sie sehr kleine Hände hatte, passte sie nicht durch den Schlitz.

Ohne über die Folgen nachzudenken, trennte sie den Stoff ein Stückchen weiter auf. Das Ganze beunruhigte sie ungemein. Wie hatte man es wagen können, ihr Bild auf diese Weise zu manipulieren? Endlich passte ihre Hand hinein.

Sie erwischte das Papier mit den Fingerspitzen und zog es vorsichtig heraus. Es waren drei Blätter. Das letzte war von sechzehn Personen unterzeichnet und besiegelt. Sie war verblüfft. Jemand hatte eine Verstärkung an der Rückseite ihres Bildes angebracht, um ein Dokument darin zu verstecken.

Sie begann zu lesen.

Ihre Lateinkenntnisse waren hervorragend. Sie hatte viele Schriften in dieser Sprache gelesen und studiert und verstand genau, was da stand. Sie konnte es nicht glauben: Es handelte sich um einen Teufelspakt.

Sofonisba begann jetzt vor lauter Nervosität zu zittern und bekam Angst. Unfreiwillig hatte sie ein Geheimnis aufgedeckt, das viele Jahre lang im Inneren ihres Gemäldes geschlummert hatte.

Sie kannte nur ein paar der Unterzeichner. Einer davon war der Papst, der das Bildnis bei ihr in Auftrag gegeben hatte.

Vor dreißig Jahren hatte eine Gruppe von insgesamt sechzehn Männern einen geheimen Bund im Stile der Freimaurer geschlossen, in dem sie sich bedingungslose gegenseitige Hilfe gelobten. Das Hauptziel der Unterzeichner, allesamt hochrangige Geistliche, Bischöfe, Erzbischöfe und ein paar Kardinäle, war die Besteigung des Papstthrons. Wenn es einem von ihnen gelang, musste er denjenigen Bündnisbrüdern, die ihn noch nicht hatten, den Kardinalshut verschaffen und alle vom Heiligen Stuhl angehäuften geistlichen Pfründe wie den Pachtzins der größten Klöster und andere Sondervergünstigungen unter den Unterzeichnern aufteilen.

Im Fall eines Konklaves mussten die unterzeichnenden Kardinäle ihre Stimmen dem Bruder geben, der sich zur Wahl stellte, und außerdem ihren Einfluss nutzen, um so viele Stimmen wie möglich zusammenzutragen. Als sie sich die Namen der Unterzeichner genauer ansah, entdeckte Sofonisba, dass es drei von ihnen in den folgenden Jahren tatsächlich geschafft hatten, einschließlich Pius IV., der das Bild bei ihr in Auftrag gegeben hatte. Wenn dieses Dokument öffentlich gemacht würde, wäre das ein echter Skandal. Der Pakt war ein unumstößlicher Beweis für Ämterschacherei, Raffgier und Erpressung, der ausreichte, um alle seine Unterzeichner an den Pranger zu stellen.

Um zu verhindern, dass einer von ihnen in Versuchung geriet, das Geheimnis zu lüften oder sich von dem Pakt loszusagen, nachdem er Papst geworden war, musste das Dokument unbedingt absolut geheim bleiben. Deshalb war es wie ein geheim geschlossener Freimaurervertrag abgefasst. Dieser Umstand hatte die Vorbehalte von mehr als einem Kardinal auf den Plan gerufen, aber am Ende hatten alle unterzeichnet. Für einen Kirchenfürsten hätte die Anschuldigung, zu den Freimaurern zu gehören, mit Sicherheit das Todesurteil bedeutet.

Und diese anmaßende Idee, einen unmissverständlich freimaurerischen Text aufzusetzen, der den Rückzug der Unterzeichner unmöglich machte, stammte von keinem Geringeren als Papst Pius IV. selbst.

Aus Sicherheitsgründen existierte nur ein Original des Textes.

Die Unterzeichner hatten nach erbitterten Diskussionen vereinbart, jedes Jahr per Abstimmung einen Wächter des Dokuments für die nächsten zwölf Monate zu bestimmen, den sogenannten Bewahrer, um auf diese Weise zu verhindern, dass einer bevorzugt würde und dass der Bewahrer es als Instrument zur Erpressung benutzen konnte.

Des Weiteren war festgelegt, das Dokument vor jedem Konklave von dreien der Unterzeichnenden an einem geheimen Ort zu verstecken, damit im Falle, dass einer von ihnen zum Papst gewählt würde, dieser es nicht verschwinden lassen konnte. Nach der Wahl des Papstes hatten die anderen beiden den Auftrag, das Dokument wiederzubeschaffen und es einem neu gewählten Bewahrer zu überantworten.

Man hatte desgleichen an ein Sicherheitssystem im Todesfalle des Bewahrers gedacht. Auf diese Weise sicherte man den Fortbestand des Geheimbundes sowie den Erhalt der Begünstigungen und Pfründe der Nutznießer. Die Preisgabe des Geheimnisses wurde mit dem Tode geahndet, der auf jeden Dritten ausgedehnt werden konnte, der aus welchem Grund auch immer das Dokument lesen würde. Er musste sofort eliminiert werden, selbst wenn er nur in Verdacht geriet, das Geheimnis zu kennen.

Sofonisba zuckte zusammen. Da war bei ihr der Fall! Sie hatte unfreiwillig von dem Geheimpakt erfahren.

Wer hatte das Dokument in ihrem Gemälde versteckt? Und warum? War es ein Notfall gewesen? Wusste derjenige, dass das Gemälde jetzt die sicheren Säle des Vatikans verlassen hatte und nach Genua geschickt worden war? Suchte er es?

Wenn jemand erfuhr oder auch nur vermutete, dass sie das Dokument gelesen hatte, war ihr Leben in Gefahr. Selbst wenn sie die Papiere an ihren Platz zurücklegte und den Stoff wieder zunähte, würde immer der Verdacht über ihr schweben, dass sie das schändliche Geheimnis kannte.

Sie fühlte sich gefangen in einer tödlichen Falle. Und sie verfluchte sich dafür, so pedantisch gewesen zu sein und die Authentizität ihres Bildes überprüft zu haben. Wäre sie einfach darüber hinweggegangen, befände sie sich jetzt nicht in dieser schrecklichen Zwickmühle. Je länger sie darüber nachdachte, desto nervöser wurde sie. Das Beste wäre, sich zu beruhigen und mit kühlem Kopf nachzudenken.

Sie beschloss, erst einmal nichts zu tun und ein paar Tage abzuwarten. Das Bild dem Erzbischof zurückzuerstatten hatte keine Eile.

Am Abend würde sie mit ihrem Mann darüber beraten. Er

war ein besonnener Mensch, der im entsprechenden Moment die richtigen Entscheidungen treffen konnte.

Den restlichen Nachmittag verbrachte sie in einem Zustand hochgradiger Aufregung, lief alle paar Minuten ans Fenster und beugte sich hinaus, um zu sehen, ob der silbrige Schopf ihres Gatten endlich auftauchte. Er müsste bald kommen, aber ihre Ungeduld, ihre Sorge und der Wunsch, die Entdeckung des Geheimdokuments mit ihm zu teilen, ließen die Minuten furchtbar langsam verrinnen.

Endlich tauchte er auf, und sie lief ihm entgegen.

Als er sie keuchend und aufgeregt die Treppe herunterkommen sah, war Orazio Lomellini alarmiert.

»Was ist passiert, meine Liebe?«

»Komm, schnell«, sagte sie noch außer Atem. »Ich muss dir etwas zeigen.«

Sie schlossen sich in Orazios Schreibzimmer ein, wo Sofonisba das Bild hatte aufstellen lassen. Das Dokument steckte in ihrer Tasche.

Sie erklärte ihm das Ganze.

Orazio zeigte sich zunächst verblüfft und dann besorgt. Das alles klang nicht nur merkwürdig, sondern zudem sehr gefährlich. Im Gegensatz zu seiner Frau konnte er kein Latein, aber als sie ihm den Text übersetzt hatte, war er wie versteinert. Er konnte nicht glauben, was sie da in Händen hielten.

»Wenn wir das Dokument wieder zurücklegen, könnte derjenige, der es versteckt hat, glauben, dass du es entdeckt hast. Wenn sie so vorgehen, wie es der Pakt vorschreibt, ist unser Leben in Gefahr, denn sie werden glauben, dass du es gelesen hast, und auch, dass ich auf dem Laufenden bin. Wir sollten vorsichtig sein.«

»Und wenn ich die Naht schließe, ohne das Dokument hineinzustecken, werden sie irgendwann herausfinden, dass das Bild den Vatikan verlassen hat, um von mir als Original bestätigt zu werden.«

»Ja. Aber sag mir, bist du ganz sicher, dass du nichts mit dieser wirren Geschichte zu tun hast?«

Sofonisba warf ihm einen vernichtenden Blick zu, aber er ließ ihr keine Zeit zu protestieren.

»Das war ein Scherz, meine Liebe«, fügte er mit einem Lächeln auf den Lippen hinzu.

»Das ist nicht der geeignete Moment zum Scherzen«, erwiderte sie etwas gekränkt.

Sie diskutierten die ganze Nacht und wogen alle Möglichkeiten gegeneinander ab. Wenn einer eine Idee hatte, welche auch immer, spielte der andere den Anwalt des Teufels, indem er die Nachteile der vorgeschlagenen Lösung auflistete. Im Morgengrauen, als die Sonne schüchtern hervorblinzelte, kam das Paar, erschöpft und mit geröteten übernächtigten Augen zu dem einzig überzeugenden Schluss: Sie saßen in einer Falle.

»Lass uns zu Bett gehen«, sagte Sofonisbas Mann, der zu müde war, um weiter nachzudenken. »Wir müssen wieder zu Kräften kommen und den Kopf frei machen, um die richtige Entscheidung zu treffen. Ich kann nicht mehr, und du auch nicht.«

Sofonisba nickte zustimmend. Auch sie war nicht mehr in der Verfassung, weiter über die Angelegenheit nachzugrübeln.

Sie wollten gerade das Schreibzimmer verlassen, als sich Sofonisba an der Tür abrupt umdrehte.

»Ich glaube, ich habe die Lösung!«, rief sie überrascht darüber, nicht früher darauf gekommen zu sein.

Sie verstummte einen Moment, als versuchte sie einen Schwachpunkt an ihrer Idee auszumachen, fand aber keinen.

»Sag schon«, sagte ihr Mann mit müder Stimme. Ihm fielen die Augen zu, aber der Ausruf seiner Frau hatte ihn ein wenig munter gemacht.

»Ja, ich glaube, wir haben es«, beharrte sie noch nachdenklich.

»Und was?«, fragte Orazio ungeduldig.

»Wenn wir es wieder hineinstecken, könnten sie unterstellen, dass wir es gefunden und gelesen haben, bevor wir es zurücklegten. In dem Fall laufen wir Gefahr, nur aufgrund eines Verdachts ermordet zu werden. Einverstanden?«

»Ja, natürlich, und weiter?«

»Wenn wir hingegen das Dokument behalten und nur die Naht sorgfältig verschließen, wird einige Zeit vergehen, bis sie sein Fehlen entdecken.«

»Ja, aber worauf willst du hinaus?«

»Wenn sie das Dokument nicht finden, was passiert dann? Sie werden es suchen. Dann werden sie zwangsläufig entdecken, dass das Bild ein paar Tage in unserem Haus war, und was werden sie als Nächstes versuchen?«

»Das Dokument wiederzubekommen?«

»Natürlich! Aber wenn wir es leugnen, kann uns nichts passieren, denn auch wenn sie uns verdächtigen, werden sie es nicht wagen, uns umzubringen, sonst würden sie es ja nie wiederbekommen. Ich glaube nicht, dass sie das riskieren würden. Selbst wenn wir die Hauptverdächtigen sind, wird es bestimmt noch andere geben. Was werden sie also tun? Alle umbringen? Wenn schon der bloße Verdacht, von dem Dokument zu wissen, die Todesstrafe bedeutet, ist die einzige Lösung, dafür zu sorgen, dass sie nie erfahren, wo es ist. Solange sie danach suchen, sind wir gerettet.«

Orazio starrte seine Frau an. Von allen Möglichkeiten, die sie die ganze Nacht lang erwogen hatten, schien diese die einzig gangbare. Es bestand noch ein Restrisiko, gewiss, aber Risiken lauerten überall. Selbst wenn Sofonisba das Dokument nicht entdeckt hätte, würden sie gleichermaßen Gefahr laufen, ermordet zu werden.

»Ich glaube, du hast recht, meine Liebe. Das scheint mir eine gute Idee. Aber was machen wir mit dem Dokument? Wenn sie das Haus durchsuchen, werden sie es finden.«

»Sie werden es nicht finden, weil es nicht da sein wird!«

»Was willst du damit sagen?«

»Dass wir es für immer verschwinden lassen. Wir verbrennen es«, entschied sie.

»Verbrennen?«, rief Orazio überrascht.

»Natürlich«, bekräftigte sie überzeugt. »Wenn wir es verbrennen, werden sie es nie finden. Willst du den Rest deines Lebens in der Angst zubringen, dass man es eines Tages zufällig entdeckt? Das Risiko dürfen wir nicht eingehen. Ich kann sowieso nie wieder ruhig schlafen, aber wenn ich mir zu allem Überfluss auch noch darüber Sorgen machen müsste, könnte ich nicht weiterleben. Nein, nein, wir müssen es vernichten.«

»Wie du willst«, sagte Orazio matt. »Aber wie können wir wissen, dass es keine Kopien davon gibt?«

»Das ist nicht unser Problem!«

Schließlich verbrannten sie das Dokument im Kamin ihres Salons und gedachten dabei aller, die gestorben waren, weil sie versucht hatten, diesen düsteren Geheimbund zu schützen, oder weil sie zur Unzeit von dem Pakt erfahren hatten.

Während sie zusahen, wie das Papier in Flammen aufging und die Lacksiegel schmolzen, grübelte Orazio weiter. Die Angelegenheit war mit dem Verbrennen noch nicht erledigt. Sie mussten noch eine Lösung für das Bild finden.

»Was wirst du mit dem Bild machen? Du wirst dem Vatikan eine Antwort geben müssen. Sie werden wissen wollen, ob es von dir ist oder nur eine Kopie«, sagte er, ohne den Blick von den Flammen abzuwenden, die das unselige Papier schon verschlungen hatten.

Sofonisba lächelte. Es war das erste Lächeln, das Orazio seit dem Heimkommen am Abend über die Lippen seiner Frau huschen sah.

»Warum lächelst du, meine Liebe?«, fragte er zärtlich. Sofonisba war wunderschön, wenn sie lächelte.

»Erschrick nicht, mein Liebster, aber ich hatte gerade noch eine Idee! Wir verbrennen auch das Bild!«

»Aber was sagst du da!«, rief Orazio überrascht. »Bist du verrückt geworden? Was wird man im Vatikan sagen?«

»Was soll man denn sagen? Es war ein Unfall. Ich werde ihnen vorschlagen, zur Entschädigung ein ähnliches zu malen.«

Plötzlich entspannte sie sich. Ein Brand wäre die Antwort auf alle weiteren Fragen. Dann musste man annehmen, dass das Dokument einfach mit verbrannt war. Niemand würde je erfahren, ob sie es gelesen hatte oder nicht, und selbst wenn dieses Damoklesschwert immer über ihrem Kopf hängen würde, wäre das Risiko doch beträchtlich geringer.

Sie hoffte nur, dass Imbrunetas Verwandter mit ihrem Angebot einverstanden wäre und nicht zu viele Fragen stellen würde. Sie könnte ihm auch ein Bild aus ihrer Sammlung schenken. Damit wäre dem Museum des Vatikans gedient, und alle wären zufrieden.

Sofonisba konnte allerdings nicht wissen, dass das Dokument schon vor vielen Jahren von Hand zu Hand gegangen war, bevor es in dem Bild versteckt wurde, und dass es derjenige, der es auf dem ganzen Kontinent gesucht hatte, nämlich Papst Pius IV., nie mehr zu Gesicht bekommen hatte.

Wenn Pius IV. gewusst hätte, dass das, was er zum Ende seines Pontifikats so ausdauernd wie erfolglos suchte, direkt vor seinen Augen hinter diesem Selbstbildnis versteckt war, das ihm so gut gefiel und das er in sein Schreibzimmer gehängt hatte, um es bewundern zu können, wenn er den Blick hob, dann hätte er vielleicht in Frieden ruhen können. Stattdessen hatte sich das Schicksal launisch mit ihm gezeigt und ihn gezwungen, bis zum letzten Tag seines Lebens von der Furcht gequält zu werden, das Dokument könnte eines Tages in falsche Händen geraten und auftauchen.

42

Anthonis van Dyck war von seiner Italienreise nach Antwerpen zurückgekehrt.

Statt den direkten Weg zu nehmen und sich in Palermo nach Genua einzuschiffen, hatte er beschlossen, über Rom zu reisen, wo er ein paar Wochen verbrachte, um die Stadt kennenzulernen und Freunde zu besuchen.

Er hatte den Aufenthalt genutzt und mehrere Hefte mit Skizzen der wichtigsten Baudenkmäler und der schönsten Winkel der Stadt gefüllt. Sie sollten später nicht nur seinem Gedächtnis auf die Sprünge helfen, sondern er wollte sie auch seinen flämischen Freunden zeigen, die noch keine Möglichkeit gehabt hatten, in eine der schönsten Städte der Welt zu reisen.

Nach den Aufregungen der Italienreise war ihm das Alltagsleben in der Heimat deprimierend erschienen.

Auch das kalte, raue Klima machte ihm zu schaffen. Wenn er sich an die Sonne in Rom und Palermo und ihr besonderes Licht erinnerte, das ihn so begeistert hatte, wurde er melancholisch. Doch langsam fand er in seine Gewohnheiten zurück und nahm seine frühmorgendlichen Spaziergänge an den Kanälen Antwerpens entlang zum Atelier wieder auf, die er jetzt aber eintönig fand.

Seinem Freund und Meister Rubens hatte Anthonis ausführlich von der Reise erzählt, von den Orten und Menschen, die er gesehen und kennengelernt hatte, und natürlich in allen

Einzelheiten von seinen Besuchen bei der italienischen Malerin. Die Gespräche mit Sofonisba hatten großen Eindruck auf ihn gemacht, und wenn er von ihr redete, übertrug sich seine Begeisterung auf den Zuhörer.

Dieser Abschnitt der Reise war Hauptgesprächsthema, was so weit ging, dass der Meister ihn gelegentlich im Beisein seiner anderen Schüler spaßhaft aufzog und »Sofonisbo« nannte. Wenn er ihn vom großen Atelierfenster aus mit gesenktem Kopf und in seine melancholischen Gedanken vertieft näher kommen sah, pflegte er amüsiert anzukündigen:

»Da kommt der Freund der Italienerin. Gleich wird er uns wieder die Geschichte der berühmtesten Malerin der Renaissance erzählen.«

Alle Schüler lachten schelmisch und wechselten verschwörerische Blicke. Beim Eintreten des jungen Malers verstummten sie allerdings, denn sie respektierten Anthonis, und wenn sie ihn erzählen hörten, waren sie treuherzig bemüht, ihren gesunden Neid zu verbergen. Sie alle träumten davon, in das schöne Italien reisen und die großen Renaissancekünstler studieren zu können.

Nachdem sie so viel von der Reise nach Palermo, dem Haus der Malerin, ihrem Aussehen und ihren Ausführungen gehört hatten, fühlten sie sich beteiligt, als wäre es eine Gruppenreise gewesen, von der jeder Einzelne eine bestimmte Erinnerung bewahrte, denn alle, einschließlich diejenigen, die es nicht zugaben, hatten sich von dieser Reise in ihrer Fantasie eine persönliche Vorstellung gemacht.

Aber der heutige Tag war nicht wie jeder andere.

Es war etwas Außergewöhnliches geschehen, und alle warteten ungeduldig auf Anthonis, um mit ihm Rührung und Neugier zu teilen. Aus Italien war ein Paket für ihn eingetroffen. Sie hatten es gut sichtbar auf den Tisch gestellt, an dem Anthonis gewöhnlich arbeitete, sodass er es beim Betreten des Ateliers sofort bemerken musste.

Anthonis kam herein und begrüßte alle wie gewohnt mit einem mürrischen Gruß. Er war kein sonderlich herzlicher Mensch, aber keiner nahm es ihm übel.

Alle taten sehr beschäftigt, beobachteten aber aus den Augenwinkeln, wie seine Reaktion ausfallen würde, wenn er das Paket entdeckte.

Anthonis hatte es gleich gesehen.

Er hob es an, schätzte sein Gewicht, las seinen Namen und fragte schließlich:

»Wer hat das gebracht? Wann ist das angekommen?« Und fügte, ohne eine Antwort abzuwarten, hinzu: »Wisst ihr, wo das herkommt? Es trägt keinen Absender.«

Meister Rubens antwortete:

»Es ist am frühen Morgen mit der Post aus Italien eingetroffen. Es scheint eine lange Reise hinter sich zu haben.« Seine Stimme klang heiter.

Da sie ihre Neugier nicht mehr bezwingen konnten, kamen alle an Anthonis' Tisch, einige mit schalkhaftem Lächeln, andere ernst und zurückhaltend. Einer von ihnen drängte ihn:

»Mach es schon auf, Anthonis. Wir sterben vor Neugier. Du willst uns doch nicht noch länger hinhalten, oder?«

Anthonis sah seine Mitschüler ein wenig verwirrt an. Dann lächelte er endlich und sagte:

»Ist ja gut, ist ja gut. Schauen wir mal, was das ist.«

Bei diesen Worten begann er, das geheimnisvolle Paket vorsichtig auszuwickeln.

Es war ziemlich groß. Anhand seines Umfangs ahnte man schon, was es sein könnte. Höchstwahrscheinlich ein gerahmtes Bild. Das war ungewöhnlich, denn normalerweise wurde eine Leinwand zusammengerollt in einem Futteral verschickt. Aber diesmal war der Absender des Geschenks – denn alle gingen davon aus, dass es sich um ein solches handelte – so zuvorkommend gewesen und hatte es rahmen lassen. Das machte seine Mitschüler noch neugieriger. Wer machte sich so viele

Umstände und war so gewissenhaft, um nicht zu sagen so ehrerbietig, Anthonis ein gerahmtes Bild zu schenken?

Endlich war das Bild ausgepackt.

Die Anwesenden waren sprachlos, es war nur ein allgemeines bewunderndes »Oh!« zu vernehmen. Auf dem Gemälde war eine junge Frau abgebildet, vielleicht zwanzig Jahre alt, die vor einem dunklen Hintergrund in ein vielfarbiges Licht getaucht war, was der Figur, die eine Jungfrau malte, einen eigenwilligen Ausdruck verlieh. Obwohl sie keine umwerfende Schönheit war, war es dem Künstler doch gelungen, ihr Wesen und ihre Persönlichkeit einzufangen, die energisch durchschimmerten. Die Frau war schwarz und schmucklos gekleidet und blickte dem Betrachter geradeaus in die Augen. In der einen Hand hielt sie den Pinsel, und mit der anderen, die so schneeweiß war, dass man sie makellos nennen konnte, schien sie mit dem gekrümmten Zeigefinger ein Zeichen zu machen.

Anthonis erkannte das Bild sofort. Es war das rätselhafte Selbstbildnis, von dem er in Sofonisbas kleinem Salon in Palermo die Augen nicht hatte abwenden können.

Am Ende hatte Sofonisba ihm dessen Geheimnis nicht mehr enthüllen können, weil sie krank geworden war. Das Geschenk bedeutete ihm sehr viel. Seine Augen füllten sich mit Tränen der Rührung, aber er beherrschte sich. Er wollte vor seinen Mitschülern nicht weinen.

Seine Ergriffenheit war weniger dem Bild als dem Umstand zu verdanken, dass er die Botschaft dieses Geschenks verstanden hatte: Sofonisba war gestorben. Ihm ihr Selbstbildnis zu schicken war ihre Art, es ihn wissen zu lassen. Sofonisba hatte ihr Geheimnis mit ins Grab genommen.

In ihm stiegen die unterschiedlichsten Gefühle auf. Er war völlig durcheinander. War er traurig über ihren Tod oder glücklich, weil sie bis zum Ende an ihn gedacht hatte? Ihm gingen Gesprächfetzen über dieses Bild durch den Kopf.

Er wäre jetzt gern allein gewesen, um sich das Bild bis zum

Überdruss ansehen zu können, aber das war im Augenblick unmöglich. Er musste die Neugier seiner Freunde befriedigen und ihnen erlauben, Sofonisbas Kunstfertigkeit selbst zu beurteilen und im Detail zu untersuchen und zu kommentieren. Er bezweifelte nicht, dass alle zutiefst beeindruckt waren. Aber für ihn war es eine Herzensangelegenheit, und in diesem wichtigen Augenblick von so vielen Menschen bedrängt zu werden war störend.

Seine Freundin Sofonisba war gestorben.

Kurz vor ihrem Ende war sie so umsichtig gewesen, sich an ihn zu erinnern. Sie wollte Anthonis ihr Selbstbildnis vermachen, deshalb hatte sie Anweisungen gegeben, es ihm nach ihrem Tod zu schicken. Natürlich nicht irgendein Porträt. Wissend, dass er es zu schätzen wüsste, war es sorgfältig ausgewählt worden.

Vielleicht begriff Anthonis erst jetzt richtig, dass ihr Treffen kein Zufall gewesen war. Die Vorsehung hatte es gewollt, dass sie sich kennenlernten. Deshalb hatte von Anfang an diese entspannte Atmosphäre zwischen ihnen geherrscht. Erst jetzt beim Betrachten des Selbstbildnisses und in Erinnerung an sie, wurde ihm das klar.

Es gab kein Begleitschreiben. Kein einziges Wort. Es war auch nicht nötig. Sie hatte gewusst, dass er die Botschaft verstehen würde.

Hinter ihm fragte eine Stimme:

»Wer ist das?«

Anthonis antwortete:

»Das ist sie.«

Danksagung

Mein aufrichtigster Dank gilt den Freunden, die mich bei den Recherchen für dieses Buch unterstützt haben: Isabel Margarit, Herausgeberin der Zeitschrift *Historia y Vida* und leidenschaftliche Bewunderin von Sofonisba Anguissola, die mir ausführliche Informationen zukommen ließ und deren Freundschaft mich ehrt; María Dolores Fúster Sabater, Restauratorin und Mitarbeiterin der Kunstzeitschrift *Goya*, die mir die Techniken der Vorbehandlung von Leinwänden in der Renaissancemalerei erklärte; Josep Sort Ticó für seine Anregungen nach der Lektüre des Manuskripts; und meinen Freunden aus dem Museum Lázaro Galdiano, weil sie mir Zugang zu Sofonisbas wunderbarem Bild aus ihrem Stiftungsbesitz ermöglicht haben, und für die viele Zeit, die sie mir widmeten.

Nachbemerkung

Dieser historische Roman basiert nur teilweise auf wahren Begebenheiten. Die Geschichte ist frei erfunden. Die beteiligten historischen Persönlichkeiten dienten lediglich als Vorlage für die fiktive Handlung, keine von ihnen hatte je mit den geschilderten Ereignissen und Vorgehensweisen zu tun.

Ein Findelkind zwischen drei Religionen und die gefürchtetste Krankheit aller Zeiten

Ricarda Jordan
DIE PESTÄRZTIN
Historischer Roman
640 Seiten
ISBN 978-3-404-15990-1

Mainz 1348. Der schwarze Tod wütet in der Stadt und eine junge Heilkundige nimmt den Kampf mit ihm auf: Lucia verfügt über außergewöhnliche medizinische Kenntnisse. Als christliches Findelkind wuchs sie in einer jüdischen Familie mit maurischem Kindermädchen auf. Doch auf dem Höhepunkt der Epidemie verliert sie ihren wichtigsten Mitstreiter, ihren Geliebten, den Pestarzt Clemens. Sie flieht nach Süden und findet in Landshut Aufnahme in einer jüdischen Familie, allerdings unter falschen Vorzeichen: Man hält sie für ihre jüdische Ziehschwester Lea. Eines Tages kommt Leas Bruder in die Stadt ...

Bastei Lübbe Taschenbuch